AF198621

Das Buch

- Ein Soap-Darsteller, der aus seiner Serie herausgeschrieben wurde, landet in einem demütigenden und perfiden Zweitverwertungs-Event;
- der Designer einer hochautomatisierten kommerziellen Haftanstalt wird zum Gefangenen seiner eigenen Einrichtung;
- bei einem Cyborg, halb menschlich halb mechatronisch, gerät immer mehr die Abstimmung seiner Komponenten aus dem Gleichgewicht;
- eine verunglückte junge Frau, der uralten keltischen Zeitreisetechnik des Stromwanderns mächtig, erweitert mit der Hilfe eines aufgeklärten Traumatherapeuten ihre Möglichkeiten;
- der altgediente Bildauswerter einer aufstrebenden Sicherheitsfirma erlebt einen personalisierten Countdown, von dem er lange nicht weiß, ob er real ist und was an seinem Ende stehen wird, sollte er nicht nur einer berufsbedingten Paranoia entsprungen sein…

Spannungsgeladene Szenarien, ungewöhnliche Akteure und bizarre Schauplätze: Bildreich und lebendig erzählt, lassen die Geschichten dieser Sammlung den Leser oft nachdenklich, aber immer auch gut unterhalten zurück.

Der Autor

Herbert Fahrnholz wurde 1949 in Regensburg geboren und studierte nach dem Abitur Psychologie. Ab Beginn der achtziger Jahre war er als bildender Künstler in den Bereichen Fotografie und Objektkunst, sowie Druck- und Computergrafik tätig.
Seit 2013 schreibt er Gedichte, Kurzgeschichten und Romane, die er mit eigenen Illustrationen ausstattet. Die zwölf Erzählungen des hier vorliegenden Bandes entstanden in den Jahren 2016 und 2018.

Herbert Fahrnholz

Stromwanderer

Phantastische Erzählungen

Copyright © 2020 Fahrnholz, Herbert
Umschlagbild, Umschlaggestaltung und Illustrationen:
NOCTUA Graphics, Regensburg
Herstellung und Verlag: BoD – Books on Demand, Norderstedt

ISBN 9783750469013

INHALT

CRABs

Der handtellergroße Körper der metallenen Kreatur drehte sich planlos im Kreis. Acht lange Beine trommelten einen chaotischen Rhythmus auf den harten Asphaltstreifen, der sich zwischen all den Gras- und Moosflächen, die ihn umgaben, beharrlich seine graue Glätte bewahrt hatte.

Am Rumpf der stählernen Krabbe blinkten zwei blaue Lichter eine einfache, periodische Zeichenfolge, als ob ein Signalcode abgesetzt würde.

Nur wenig später lief ein zweites Exemplar schnell und geschickt über den aufgerissenen, krümeligen Boden und näherte sich dem orientierungslosen Artgenossen.

Vorsichtig kam es heran und betastete sein immer noch kreisendes Gegenstück behutsam mit den Greifscheren.

Die blinkenden Lichter auf dem Körper der defekten robotischen Krabbe erloschen. Sie stellte ihre Drehbewegungen ein, wandte sich unverzüglich dem Helfer zu und schoss, ohne einen Augenblick zu zögern, aus der Vorderseite ihres Kopfes einen scharf gebündelten roten Strahl auf ihn ab.

Die Samariter-Krabbe wurde zwischen den gestielten Augen an der Stirn getroffen. Ein Dampfwölkchen stieg auf und ein Tropfen geschmolzenes Metall fiel auf den asphaltierten Flecken.

Dem abgeschossenen Exemplar knickten die Beine ein.

Es sackte in sich zusammen und bewegte sich nicht mehr.

Der Schütze begann abermals zu rotieren und zu blinken.

Doch diesmal kam kein hilfsbereiter Artgenosse, sondern ein mittelgroßer, hagerer Mann, dessen jugendliche Bewegungen nicht so recht zu seinem alten, vom Wetter gegerbten Gesicht passten. Er trug eine mit Fransen verzierte, ärmellose Weste aus speckigem Wildleder über einem rotkarierten Baumwollhemd, dazu eine grüne Latzhose wie ein Gärtner, auf dem Kopf einen schwarzen Zylinder und an den Füßen merkwürdige verspiegelte Stiefel, die ihm fast bis an die Knie reichten.

Die metallene Krabbe versuchte, sich in eine günstige Schuss-position zu bringen, aber der seltsam Gekleidete war schneller, richtete seinerseits ein kleines schwarzes Kästchen auf den zielsuchenden Gliederfüßer und drückte auf einen Knopf.

Sofort knickte der Schütze ein, dem Vorbild des eben von ihm erlegten Exemplars folgend, und blieb regungslos neben seinem Opfer liegen.

Der Mann sammelte die beiden Stahlkrebse auf und verstaute sie behutsam in einem braunen Lederrucksack, der über seiner Schulter hing.

»Ab in die Werkstatt mit euch beiden«, kommentierte er laut.

»Ihr benehmt euch ja schon wie Menschen.«

Dann stapfte er durch den ungezügelten Wildwuchs zu den sie-benstöckigen, verfallenden Wohnblöcken, die rundum aus dem Dickicht aufragten.

☺

Die ›Verbotene Zone‹ lag im Norden der riesigen Stadt und war nicht schon immer verboten gewesen.

Vor dreissig Jahren war sie nur ein hoffnungslos tristes, herun-tergekommenes Viertel am Stadtrand, beherrscht von unifor-men Wohnschachteln, die alle sieben Stockwerke hatten und fünf Treppenhäuser, über die man in jeweils genau siebzig trostlose, aber gerade noch bezahlbare Wohneinheiten gelangen konnte.

Jede der Betonschachteln war in einem anderen Farbton gestri-chen, damit man sie auseinanderhalten konnte.

Aber es wäre im Grunde genommen egal gewesen, in welche dieser Behausungen man gegangen wäre, denn dort herrschte überall dasselbe Elend und dieselbe Abgestumpftheit, überall vegetierten da die Bewohner eher wie Pflanzen, als dass sie wie Menschen lebten. Solange man sie gut feucht hielt, mit mehr oder weniger verdünnten alkoholischen Lösungen und sie genügend Licht aus ihren Fernsehgeräten abbekamen, konnten sie dort Wurzeln schlagen und sich vermehren und dabei helfen, die Kassen gieriger Hedgefonds zu füllen, die diese Gebäude, mit hämischer Ironie auch ›Sozialbauten‹ genannt, für einen Pappenstiel erworben hatten.

Es erfüllte für sich alleine schon den Tatbestand von Körperverletzung und seelischer Grausamkeit, Menschen in dieser Umgebung wohnen und dafür auch noch bezahlen zu lassen.
Aber solange das pure physische Überleben dort noch möglich war, kam natürlich niemand auf solche Gedanken.
Gesperrt wurde das Viertel erst, als diese Möglichkeit, buchstäblich explosionsartig, vom einen zum anderen Moment verpuffte und dort alles radioaktiv verseucht wurde.

Urheber dieser Verstrahlung war ein junger Mann gewesen, der, aufgewachsen im trostlosen Umfeld dieses Stadtbezirks, verzweifelt versucht hatte, seinem Leben am äußersten Rand der Gesellschaft einen Sinn zu geben.
Rekrutiert als Kämpfer für einen archaischen Gottesstaat war der Extremist auf ein überraschend modernes, aber auch recht kompliziertes Kampfmittel verfallen und hatte sich am Bau einer radiologischen Waffe versucht.
Leider waren die einschlägigen Anleitungen aus dem Netz sehr ungenau und fehlerhaft gewesen, sodass dem Krieger seine schmutzige Bombe eines schönen Nachmittags um die Ohren geflogen war.
Der Bastler starb dabei wie gewünscht den Märtyrertod und in der zitronengelb gestrichenen Wohnschachtel kamen weitere fünf Menschen durch die Explosion ums Leben.
Das war schlimm; noch weit schlimmer aber war es, dass durch die Detonation Kobalt 60 freigesetzt wurde, das vermutlich aus schlecht gesichertem Gerät für die medizinische Strahlentherapie stammte. Wie der tote Bombenbauer an dieses stark radioaktive und hochgefährliche Material gekommen war, konnte nie zufriedenstellend geklärt werden. Aber man hielt es für wahr-

scheinlich, dass er, wäre er nicht durch die Explosion gestorben, den Emissionen der schwer zu handhabenden Gammastrahlen-Quelle alleine erlegen wäre.

Natürlich bemerkte man die Katastrophe nicht sofort, und so kam es zu schweren Verstrahlungen rund um den Wohnblock, der zu großen Teilen zerstört worden war.
Sanitäter, Polizisten und Feuerwehrleute waren als Erste betroffen und viele von ihnen klagten bald über Kopfschmerzen und Übelkeit oder erbrachen Blut.
Bis man die Gefahr erkannte, an solchen Symptomen und an der auffallend großen Zahl von Bleiplatten, die am Unfallort verstreut waren, vergingen mehrere Stunden.
Dann endlich wurden Strahlungsmessungen durchgeführt, die eine sofortige Evakuierung und weiträumige Sperrung des Viertels zur Folge hatten.
Die Bewohner durften nur mitnehmen, was in einen einzigen Koffer passte und man versprach ihnen, dass sie nach drei Tagen zurückkehren könnten.
Aber aus den Tagen wurden Wochen und den Leuten aus der Zone wurde langsam klar, dass sie wohl nie mehr zurückkehren würden. Und dass sie alles, was sie in der Zone an Besitz hatten zurücklassen müssen, endgültig vergessen konnten. Das waren keine großen Reichtümer, aber doch vieles, woran sie gehangen hatten und das für sie, wie es so schön hieß, von ›sentimentalem Wert‹ war.
Nach und nach wurden sie aus den Notunterkünften heraus auf andere Viertel an anderen Stadträndern verteilt, die ebenso hässlich, ebenso verwahrlost und ebenso deprimierend waren wie jenes, das nun zur ›Verbotenen Zone‹ geworden war.
Manche der gesichtslosen Blöcke, die sie nun bezogen, gehörten sogar denselben Investmentfonds. Wie sollten sie sich da nicht schnell wieder zuhause fühlen in ihrer neuen Umgebung?
Nur die entstandene Tabuzone selbst machte Probleme, denn es versuchten immer wieder Waghalsige, dort einzudringen.
Entweder waren es ehemalige Bewohner, die noch Habseligkei-

ten aus ihren Behausungen holen wollten, oder es waren Plünderer mit ganz ähnlichen Absichten. Aber auch Jugendliche in Abenteuerlaune, für die das alles ein spannendes Spiel war, oder einfach nur Neugierige, die sehen wollten, wie es dort jetzt aussah, ließen sich alles Mögliche einfallen, um die anfangs noch unzureichenden und lückenhaften Absperrungen zu überwinden. Dass ihnen dort in der Zone wirklich Gefahr drohte, glaubten sie nicht; hatten doch Magistrat und Regierung ihr Bestes getan, um eine Massenpanik zu vermeiden und alles so weit heruntergespielt, dass sich nun keiner mehr ernsthaft bedroht fühlte. Um ihrem Erfolg wieder etwas entgegenzuwirken, veröffentlichten die amtlichen Stellen eine Auswahl von schockierenden Bildern Strahlengeschädigter, die nun schon sichtbare Folgen in Form von Verbrennungen der Haut, großen offenen Wunden und Haarausfall aufwiesen. Neben der Polizei postierte man noch zusätzlich Soldaten an den Zonenrändern, die dort so lange Wache schoben, bis die Bauarbeiten an der geplanten hermetischen Abriegelung beendet waren. Das zog sich hin, denn man hatte es mit einem Gebiet von 700 Metern Radius rund um den Ausgangspunkte der Kontamination zu tun, einer Mauer also von reichlich vier Kilometern Länge, die eine Fläche von anderthalb Quadratkilometern umschloss. Aber nach zwei Jahren intensiver Bautätigkeit, die durch diverse Sonderauflagen zum Schutz der Arbeiter erschwert worden war, ließ der Magistrat stolz verkünden, das Projekt sei nun abgeschlossen. Das Militär wurde wegbeordert und widmete sich wieder seiner Kernkompetenz, dem Töten von Menschen in weit entfernten Gebieten, und fortan patrouillierten nur mehr lokale Polizeistreifen locker an der neuen Mauer, von der man annahm, sie reiche dazu aus, die Zone komplett abzuschotten.

❧

»Immer dasselbe. Das Modul für Beuteschema und Raumorientierung ist durchgeschmort. War womöglich keine so geniale

Idee, das miteinander auf ein einziges Bauteil zu packen, Herr Cheftechnicus. Die MBR geben jetzt so nach und nach alle den Geist auf.«

Der Mann mit dem gegerbten Gesicht sah vom Stereomikroskop auf und öffnete eine Schublade. Er holte eine Schachtel heraus und entnahm ihr mit einer Pinzette aus Kunststoff ein zuckerwürfelgroßes, graues Teil mit einer Unmenge von Drahtfüßchen an der Unterseite, die es wie elektronisches Ungeziefer aussehen ließen. Dann beugte er sich wieder über die Vergrößerungsoptik und machte sich daran, die defekte Schaltung auszutauschen.

»Das gibt eine Menge Arbeit in nächster Zeit«, stellte er fest, nahm den vielbeinigen Stahlkrebs vom Objektträger und sandte ihm mit dem schwarzen Kästchen ein Signal. Die Roboter-Krabbe erwachte blinkend zu neuem Leben, lief auf dem Tisch vor und zurück und aktualisierte ihre Positionbestimmung.

Unterdessen holte ihr Wartungstechniker aus einem Käfig eine graue, ein wenig räudig wirkende Maus und setzte sie auf den Tisch. Blitzschnell wandte sich der Krebs ihr zu und nahm sie ins Visier.

Die Maus fiepte ängstlich.

Die Krabbe schoss einen roten Laserstrahl ab, der den Nager exakt zwischen die schwarzen Knopfaugen traf.

»Bah, stinkt das immer! Aber seis drum, brav gemacht, Cindy.«

Der Mann packte den kopflosen Mäusekörper am Schwanz, trat mit seinem verspiegelten Stiefel auf das Pedal eines Treteimers und warf den qualmenden Torso in den Blechbehälter.

Er schaltete die Krabbe wieder ab und überprüfte mit einem langen, stiftförmigen Instrument die Akkus.

»Reicht noch bis zum Abend«, diagnostizierte er und legte Cindy beiseite.

Dann holte er aus seinem Rucksack die andere Robo-Krabbe, die ein kleines Loch mit geschmolzenen Rändern im Kopf hatte und drehte sie abschätzend zwischen den Fingern.

»Aber das hier sieht übel aus. Wird wohl eine etwas größere Operation werden, Harry. Cindy hat dich voll erwischt. Nimms ihr nicht übel, Alter, sie war krank.«

Er legte Harry auf den Objektträger des Mikroskops mit der Doppeloptik und blickte durch die Okulare.

»Du meine Güte«, sagte er beeindruckt, »da brauchen wir ja wohl einen komplett neuen Kopf. Wie kann sie das nur? Ne richtige Furie, das alte Mädchen.«

Kopfschüttelnd machte er sich daran, den getroffenen Krebs zu zerlegen.

☙

Man muss dem Magistrat zugute halten, dass es keinerlei Erfahrungen mit der Isolierung einzelner Wohngebiete einer Großstadt gab. Bisher hatte man nur ganze Ortschaften oder Areale rund um ein Kernkraftwerk abgeriegelt, einmal sogar eine ganze kleine Stadt mit fünfzigtausend Einwohnern.

Aber natürlich wollte man nicht wegen eines verseuchten Randgebiets die riesige Mega-Millionenstadt aufgeben und so versuchte man sich an der Premiere der Abschottung eines verstrahlten Teilgebiets und machte dabei zwangsläufig auch einige Fehler.

Zum Beispiel bemerkte man erst sehr spät, genauer gesagt etwa zehn Jahre nach Fertigstellung der Mauer, dass die neu errichtete Barriere nicht so undurchlässig war, wie die massive, vier Meter hohe Bauweise rein optisch glauben machen wollte.

Je mehr nämlich die Natur die verstrahlte Zone wieder in Besitz nahm, je mehr es dort grünte und sprießte, desto mehr Getier tauchte auf und siedelte sich dort an. Es überschritt die Grenzen aber nur allzu oft auch wieder in Richtung der daran angrenzenden, dicht bewohnten Viertel, in denen eine Vielzahl von verstrahlten Insekten, Vögeln und kleinen Nagern nun für Aufregung sorgten. Dabei schienen die Tierchen selbst die Strahlung erstaunlich gut wegzustecken, waren aber nun zu unkontrollierten, mobilen Quellen harter Strahlung geworden.

Sogar radioaktive Waschbären waren schon gesichtet und von verängstigten Anwohnern erlegt worden. Irgendwie hatten sie die offenbar nicht an allen Stellen gleich undurchlässige Mauer überwinden können, waren dann aber lieber auf ein Gebiet übergewechselt, in dem die Mülltonnen regelmäßig neu befüllt wurden.

Diese Durchlässigkeit war sehr unerfreulich, denn nichts, was einmal in der Zone gewesen war, sollte diese so einfach wieder verlassen und andere Stadtteile verunreinigen können.

Selbst wenn man davon ausgehen konnte, dass das Ausmaß der Kontamination, die auf diese Weise verursacht wurde, eher gering war, so blieb doch die Angst und Verunsicherung der Nachbarschaft, die sich leicht zur Panik aufschaukeln konnte und schon allein deshalb sehr ernst genommen werden musste.

Am leichtesten überwanden die Einzäunung natürlich Tiere, die fliegen konnten, wie Vögel, Fledermäuse oder ungezählte Insektenarten. Sie kamen und gingen, wie es ihnen beliebte.

Um dem ein Ende zu bereiten, errichtete man auf der Mauer zusätzlich eine engmaschige, an die hundert Meter senkrecht nach oben reichende energetische Abschirmung, in deren Schlingen die grenzüberschreitenden Luftikusse hängen blieben und gegrillt wurden. An manchen Tagen, vor allem an den warmen, trieben nun stakkatoartiges Geknatter und ein brenzliger Gestank aus der Richtung der Sperrzone über die Stadt.

Auch den leichtsinnigen Aktionen einiger unbelehrbarer Zweibeiner, die ab und zu mit langen Leitern die Mauer überwinden wollten, war damit ein wirksamer Riegel vorgeschoben.

Der Schild wirkte auf sie zwar nicht tödlich, aber äußerst abschreckend, denn er verursachte versengtes Fleisch und scheußlich schmerzende Wunden, die nur schwer verheilten.

Man schien also nun alles wieder im Griff zu haben und in der Stadt gewöhnte man sich allmählich an das Leben mit der Verbotenen Zone.

Mittlerweile war auch allen klar, dass die Zone noch für sehr lange Zeit unbewohnbar sein würde, wobei die Schätzungen stark schwankten, zwischen fünfzig und fünfhundert Jahren.

Aber man machte sich im Magistrat darüber keine größeren Sorgen mehr, sondern hielt die Gefahr, die vom verstrahlten Areal ausging, auch über einen längeren Zeitraum hinweg für verwaltbar.

꩜

Auf einer ausgebleichten Klappliege, die er von einem der maroden Südbalkone des ehemals olivgrünen Plattenbaus requiriert hatte, lag der Ranger und sah in den hohen Frühsommerhimmel. Die warme, klare Luft auf dem Flachdach, das üppig mit krautigem Pfeifengras, dichten Lavendelpolstern und Thymiansträuchern bedeckt war, wurde vom starken Aroma der Wildkräuter gewürzt.

Neben ihm, auf dem stahlverstärkten Dachhaus, ragte der zwanzig Meter hohe Sendemast empor, über den er und die Robo-Krabben mit der Außenwelt verbunden waren.

Das furchendurchzogene Gesicht des Rangers wirkte entspannt. Er hatte die verspiegelten Stiefel ausgezogen und genoss den leichten, kühlen Windhauch, der um seine nackten Füße strich.

Weiße Kondensstreifen aus allen Richtungen linierten das wolkenlose, tiefe Blau.

Die winzigen Flugzeugsilhouetten, an ihrer Spitze kaum zu erkennen, verrieten sich nur gelegentlich durch glitzernde Reflektionen auf den Metallrümpfen, wenn die Einfallswinkel der Sonnenstrahlen von Turbulenzen etwas verschoben wurden.

Scheinbar ähnlich klein, doch sehr viele Etagen tiefer, in einer Höhe von etwa zweihundert Metern, schwebten die Kameradrohnen, die das Gebiet aus der Luft mit leistungsfähiger, hochauflösender Optik überwachten. Selbst sehr kleine Objekte, die nicht größer waren als eine Maus, konnten die Hitec-Geräte damit noch entdecken.

Die zahlreichen Bussarde, Sperber und Falken, die über ihnen in der Thermik kreisten, standen ihnen darin in nichts nach.

Ihren überscharfen Augen entging nicht die kleinste Bewegung am Boden und immer wieder setzte einer der eleganten Vögel zum Sturzflug an und schoß mit rasender Geschwindigkeit dem Erdboden entgegen, um sich aus dem Überangebot an kleinen Nagern ein besonders saftiges Exemplar zu greifen.

Aus dieser Höhe war es für sie ein Leichtes, in die Zone einzudringen und sie hatten lange schon gelernt, diese auch wieder durch steilen, senkrechten Flug nach oben zu verlassen, um nicht im hundert Meter hohen Energieschirm hängenzubleiben und gegrillt zu werden.

So genossen sie das Schlaraffenland und die Köstlichkeiten, die unter ihnen wie auf einem riesigen Teller von anderthalb Kilometern Radius angerichtet waren.

Vom nahen Abschnitt der Mauer, nur einige Dutzend Meter vom schmutzig grünen Gebäude am Rand der Zone entfernt, hörte der Ranger wieder das Knistern und Bruzzeln eines Tierkörpers, der in den Schirm geraten war. Dem Geräusch nach war es ein etwas größerer Vogel, eine Amsel vielleicht, vermutlich ein Jungvogel, dem nachlässige Eltern noch nicht beigebracht hatten, wie man den unsichtbaren, tödlichen Zaun vermied.

Das ferne, monotone Rauschen der Großstadt wirkte einschläfernd auf den Ranger. Als ihm eben schon die Lider zufallen wollten, ließen ihn die trommelnden Geräusche eines schnellen Staksens vieler Beine auf hartem Stahlbeton wieder hochschrecken.

Er setzte sich auf und sah sich um.

Eine Krabbe bahnte sich einen Weg durch die bewachsenen Risse und blinkte hektisch, während sie, womit auch immer, pfeifende und quietschende Geräusche absonderte, als sei sie ein naher Verwandter von R2D2.

»Was ist los, Lefty?«, fragte der Ranger erstaunt. Er zog seine Füße auf die Liege hoch, angelte sich die Stiefel und streifte sie über die nackten Füße.

»Was machst du denn hier oben? Ist irgendwas passiert?«

Der Krebs blinkte und piepste wieder, als gäbe er eine Antwort, aber der Ranger verstand nur so viel, dass etwas Ungewöhnliches geschehen sein musste oder immer noch im Gang war.

»Na, dann zeig mir mal, was dich so aufregt«, sagte er, stemmte sich aus dem bequemen Campingmöbel hoch, hängte sich den Rucksack um und ging dann erwartungsvoll hinter der mit flinkem Klappern vorauseilenden Krabbeneinheit her, die immer wieder die gestielten Augen mit den optischen Sensoren rotieren ließ, um sich zu vergewissern, dass er ihr auch folgte.

Natürlich war, wie vorausschauende Kritiker warnten, die man wie gewöhnlich zunächst als negativ denkende Pessimisten abtat, nun keineswegs schon in allen wichtigen Fragen vorgesorgt worden.

Beispielsweise hatten diese notorischen Miesmacher schon früh vor der Ratten- und Mäuseplage gewarnt, die in und an der Zone bald um sich griff.

Es erwies sich nämlich als unmöglich, die Kanalisation, die die Sperrzone über tausende kleiner Röhren und Schächte mit dem Netz der restlichen Stadt verband, gänzlich zu kontrollieren oder gar abzuriegeln.

Außerhalb, aber auch innerhalb des Mauerrings gab es bald nach der Installation der energetischen Abschirmung ein grosses, verlockendes Angebot an gegrilltem Kleintier-Aas, speziell Vögeln und gerösteten Insekten, das für großen Zuspruch aus der ganzen Nachbarschaft sorgte.

Es entwickelte sich ein reger kleiner Grenzverkehr von Mäusen und Ratten, in geringerem Maß auch von Marderartigen, wie Steinmarder, Iltis oder Wiesel, die ungeachtet der Mauer und des Schirms nach Belieben zwischen der Zone und den angrenzenden Gebieten hin und her wechselten.

Etwas eingedämmt wurde diese Plage zwar von einer wachsenden Zahl stets hungriger Greifvögel, die diese neue Nahrungsquelle intensiv nutzten. Auch einige andere Tierarten, natürliche Fressfeinde der Nager wie Igel, von denen es noch kleine, in der Zone heimische Populationen gab, bedienten sich da gerne, ebenso wie ein paar verwilderte Katzen.

Diese Nachkommen von damals zurückgelassenen Haustieren waren allerdings gerade am Aussterben, weil die wenigen verbliebenen, unkastrierten Kater nicht für genügend Nachwuchs hatten sorgen können und die wenigen Jungen zudem häufig steril waren.

Hunde gab es übrigens in der ganzen Zone gar nicht mehr; die allermeisten waren bei der Evakuierung von ihren Herrchen und Frauchen mitgenommen worden, sah man in ihnen doch eher Familienangehörige als Haustiere und die wenigen Streuner waren inzwischen alle eingegangen.

So viel war klar: Man konnte keinesfalls darauf hoffen, das freie Flottieren verstrahlter Tiere durch die Kanalisation würde sich auf natürliche Weise von selbst regulieren.

Wie aber sollte man hier effektiv von außen eingreifen?

Es ergab sich, dass genau zu dieser Zeit eine Entwicklung der Firma MOBILE AUTONOMOUS ROBOTIC SYSTEMS, kurz MARS, in die Testphase eintrat.

Die Firma entwickelte im Auftrag des Energiekonzerns NEPCO (NUCLEAR ELECTRIC POWER COMPANY) universell einsetzbare Automaten für den Rückbau von Kernkraftwerken, die sich aber auch für die heiklen Aufräumarbeiten nach einem atomaren Super-GAU eignen würden.

Die Katastrophe in der Verbotenen Zone hatte nach Ansicht von MARS ein ideales Testgebiet für ihre Räumeinheiten geschaffen. Es handelte sich bei diesen Geräten um autonom operierende Oktopod-Läufer mit Greifzangen, stabile achtbeinige Laufroboter anpassbarer Größe für unwegsames Gelände, die sie COMMMUNICATIVE ROBOTIC AUTONOMOUS BASIC, kurz CRAB nannten.

Die CRABs waren mit energiereichen roten Lasern ausgerüstet, die sie befähigten, große Trümmerstücke in kleinere Trümmerstücke zu zerteilen und dann, wo nötig, im Team zu einem Sammelplatz neben dem beschädigten Gebäude zu bringen.

Außerdem konnten sie mit ihnen Angriffe von Ratten oder Raubvögeln abwehren und sie verfügten über ein integriertes Beuteschema, das ihnen sagte, was sie abschießen durften, ja sogar sollten, und was nicht, z.B. andere, teure Krabben-Einheiten. Und selbstverständlich, gemäß dem ersten der bekannten und bewährten drei Asimovschen Robotergesetze, auch keine Menschen.

Diese oberste Maxime war ihnen sogar noch zusätzlich auf der Hauptplatine in den BIOS-Chip eingebrannt.

Für den Test hatten MARS und NEPCO die Größe der einzelnen Units auf die einer kräftigen Holzfällerhand festgelegt, zum einen aus Kostengründen, zum anderen, weil bei den in der Zone anfallenden Arbeiten in einem Langzeitversuch keine größeren Dimensionen für notwendig erachtet wurden.

Der Rückbau eines Kernkraftwerks, wo meterdicke Betonarmierungen und Bleiabschirmungen zu zerlegen waren, würde natürlich Einheiten bis zur Größe eines Kleinwagens und darüber hinaus erfordern, aber Mechanik und Elektronik dieser Super-CRABS würden sich nicht grundsätzlich von der ihrer kleineren Verwandten unterscheiden. Sie würden wesentlich kräftiger sein, über größere Tragkraft verfügen und energiereichere Laser erhalten, aber ihre wesentlichen Funktionen und die organisatorischen und logistischen Strukturen ihres konzertierten Einsatzes im Team würden sich ebenso gut auch mit kleineren Modellen erproben lassen.

Wegen der bekannt guten Kontakte von MARS und NEPCO zu Regierung und Magistrat konnte es nicht überraschen, dass der Testeinsatz der CRABS in der Zone als innovatives Projekt von großem Nutzen gefeiert wurde und schnell beschlossene Sache war. Der Zonen-Nachbarschaft verkaufte man den Testeinsatz aber vor allem als Jagd auf die gefährlichen Ratten und Mäuse durch robotische Kammerjäger und punktete damit, flankiert durch lobende Medien-Kampagnen, bei der Bevölkerung.

So setzte nur wenig später ein Trupp von bleibemantelten MARS-Männern zweihundert CRABS am äußeren Rand der Sperrzone aus, von denen fünfzig sich sofort über das ganze Gebiet verteilten, permanent die Strahlung maßen und die Werte über den neuen Sendemast nach draußen funkten.

Den Mast hatten MARS-Techniker auf dem Flachdach eines fleckig-olivgrünen, siebenstöckigen Plattenbaus an der Peripherie errichtet.

Der Bau repräsentierte einen dort etwas weniger häufig anzutreffenden Gebäudetyp, der neben Wohnungen auch Büro- und Ladeneinheiten beherbergt hatte.

Die anderen CRABS sammelten sich, der Quelle der höchsten Strahlungsemission folgend, beim Ursprung der Verseuchung, dem durch die Explosion beschädigten schmutzig-zitronengelben Plattenbau im Mittelpunkt der Zone. Dort begannen sie unverzüglich mit dem Zerteilen, dem Klassifizieren und dem Abtransport strahlender Überreste, für die sie Halden mit drei unterschiedlichen Kontaminations-Stufen anlegten.

€)

»Hier muss es sein«, behauptete die drahtige Siebzehnjährige, ohne sonderlich überzeugend den Eindruck zu vermitteln, dass sie es wirklich wusste.

»Herrje, Senza«, maulte das andere Mädchen, das jünger aussah, aber genauso mager war, und kein bisschen weniger verdreckt als die Angesprochene.

»Das hört sich nicht grade an, als wärst du dir sicher.«

Zweifelnd sah sie nach oben.

Die enge Röhre war im Durchmesser grade eben noch weit genug, um unterernährte Straßen-Kids ihres Kalibers durchschlüpfen zu lassen wie eine Kugel durch den Lauf.

Die eiserne Leiter an der Wand begann in Griffhöhe ihrer ausgestreckten Arme, wenn sie sich auf die Zehenspitzen stellte, und endete etwa vier Meter höher unter einem runden, eisernen Deckel. Durch zwei kleine Löcher in der Abdeckplatte fiel Licht in eng gebündelten Strahlen auf ihren lilaweißblonden, wirren Haarschopf.

»Und wie sollen wir da bloß hochkommen?«

Senza seufzte.

»Das hat man davon, wenn man Kinder mitnimmt«, lästerte sie. »Ich mach dir die Räuberleiter, Kleines. Und dass wir hier richtig sind, weiß ich so sicher, wie man eben sein kann, wenn einem ein zugedröhnter Freak den Weg erklärt hat.«

» … und man selber mindestens genauso hackedicht war wie er«, ergänzte Minx trocken und knipste die Taschenlampe an und aus. »Wenn wir nicht richtig am Rand rauskommen, sondern zu weit innen, dann kanns das für uns gewesen sein, hab ich mir sagen lassen. Nur einmal kurz die Rübe rausgestreckt und wir besehn uns den Hanf von unten.«

Senza zuckte mit den schmalen Schultern.

»Wenn schon«, spielte sie vor der Jüngeren wieder die Coole. »Was haben wir schon zu verlieren? Draußen können wir nicht bleiben. Sie haben unsere Scans für die Gesichtserkennung und wir sind zur Fahndung ausgeschrieben. Ich sage nicht, dass du schuld bist. Aber so ist es nun mal. Draußen haben sie uns schneller, als wir ›Scheißbullen‹ sagen können und dann gehts ab mit uns ins Erziehungslager. Aber ohne mich. Dann lieber krepiert. Wenn ich merke, dass wir zu weit drin sind, dann lauf ich schnell noch weiter rein, bis zu dem Haus mit dem Loch in der Mitte. Kann man ja wohl gar nicht verfehlen. Da hock ich mich dann hin und in ein paar Stunden bin ich hinüber.«

Minx war den Tränen nah.

»Könnten wir denn nicht auch im Kanal leben, so wie Meik? Er sagt, es gibt Tausende, die da leben, allein oder in kleinen Gruppen. Wär doch vielleicht gar nicht mal so schlecht.«

Senza schüttelte energisch den Kopf. »Ohne mich, Kleines. Ich brauch Sonne. Ich bin kein Vampir oder sowas. Wir müssen doch was essen und trinken. Meik sagt, dass sie manchmal dort Ratten fressen oder Mäuse und das dreckige Wasser saufen, das da in den Rinnen fließt. In der Zone, wenn wir Glück haben und richtig rauskommen, sind Läden und Supermärkte. Da gibt es Konserven und Getränke, einfach auf Selbstbedienung und wir können in einer richtigen Wohnung wohnen und in richtigen Betten schlafen, wenn wir wollen jeden Tag woanders. Wenn wir immer schön am Rand bleiben, haben wir dort ein Leben wie die reichen Kids und die da draußen können uns mal, der Teufel soll sie alle holen!«

Sie holte tief Luft und keuchte, weil sie sich so in Rage geredet hatte, dass darüber das Luftholen zu kurz gekommen war.

Die Augen von Minx glänzten immer noch verdächtig feucht.

»Ja, aber die Krebse«, sagte sie leise. »Ich hab Angst vor diesen Roboter-Krebsen. Die schießen mit Lasern, sagt Meik.«

»Die sind nur für kleine Tiere gefährlich«, beschwichtigte Senza. »Nur für die ganze Brut aus der Kanalisation. Haben sie immer wieder gesagt. Höchstens kleine Vögel jagen die noch. Die machen nix anderes wie Katzen, und vor denen hast du doch auch keine Angst, oder?«

Minx schüttelte jetzt tapfer den Kopf.

»Ich komm ja mit, Senza«, bekräftigte sie. »Ich hab ja gesagt, dass ich mitkomm. Ich will doch bei dir sein. Ich will immer bei dir sein. Wenn du mich nur wieder so schön streichelst.«

Sie legte ihre Arme um den Hals der Freundin und küsste sie auf den Mund.

Senza ließ es geschehen.

»Aber natürlich, Kleines«, flüsterte sie. »Alles wird gut, du wirst schon sehen.«

Ein paar Jahre nach der Auswilderung der CRAB-Population häuften sich die Probleme in der Zone erneut.

Zwar waren die CRABs autonom und mobil. Sie konnten ihre Akkus selbständig an den Dockingstationen im Erdgeschoß des

16

olivgrünen Baus wieder aufladen und sogar Soft- und Firm-ware-Updates konnten ihnen auf diesem Weg aufgespielt werden. Für kleinere Hilfen, etwa wenn eine Einheit auf dem Rücken lag oder sich irgendwo verheddert hatte und sich nicht aus eigener Kraft weiterhelfen konnte, hatten die CRABs die Möglichkeit, Notsignale zu senden. Diese Signale aktivierten bei anderen Exemplaren, die sich in der Nähe aufhielten, den ›Samariter-Modus‹ der sie dazu veranlasste, zum Sender zu eilen und im Rahmen ihrer Möglichkeiten Hilfe zu leisten.

Aber trotz solcher ausgeklügelten Funktionen gab es immer höhere Ausfallquoten. Häufig versagte das interne Beuteschema und die CRABs schossen sich mit den Lasern gegenseitig ab oder sie blieben sogar, ohne jede erkennbare Ursache, plötzlich als Totalausfall liegen, vor allem in der inneren Zone.

Ziemlich sicher lag das an der hohen Strahlung, denn im Firmenlabor hatten die Krabben über wesentlich längere Zeiträume hinweg einwandfrei funktioniert.

Bald wurde klar, dass wohl regelmäßige Wartung notwendig war, eine Aufgabe, die permanente menschliche Anwesenheit in der Zone voraussetzte.

Nicht die einzige Aufgabe übrigens, die sich stellte, auch der Sender musste ab und zu überprüft und nachjustiert werden, tote Tiere waren wegen der starken Geruchsbelästigung und ihrer magnetischen Anziehungskraft auf Mäuse und Ratten einzusammeln, auf geeignete Weise zu entsorgen, und noch einiges andere mehr.

Kurz, man brauchte so etwas wie einen Zonen-Ranger, der dort alles instandhielt und sich um die auftretenden Probleme kümmerte.

Wo aber fand man jemanden, der dazu bereit gewesen wäre, sich immer wieder, oder noch besser permanent, solch hohen Strahlendosen auszusetzen, wie sie in der inneren Zweihundert-Meter-Kernzone auftraten, aber auch noch im mittleren Ring, der sich bis zu einem Radius von fünfhundert Metern um das immer noch hochaktive Strahlungszentrum herum ausdehnte?

Die Lösung, die den damit befassten Behörden einfiel, die MARS von dem Wartungsproblem unterrichtet hatte, war so typisch obrigkeitsstaatlich und autoritär, dass sie keinen überraschen konnte, der schon eine Zeit lang in der Stadt lebte.

Man bot Strafgefangenen, die in den Todeszellen von St. Victor saßen, die Chance, sich freiwillig für den Posten eines Rangers in der Verbotenen Zone zu melden.

Und siehe da, nicht wenige konnten sich mit der Aussicht anfreunden, in einem verfallenden, menschenleeren, nur von kranken Tieren und reparaturbedürftigen Roboterkrebsen besiedelten Gebiet zu leben, um dort langsam als medizinischer Selbstversorger an der Strahlenkrankheit zu krepieren.

Diese Perspektive erschien manchen immer noch erträglicher als die Gewissheit, eines schönen Morgens abgeholt und auf den Elektrischen Stuhl geschnallt zu werden, den alle dort den ›Schwarzen Raucher‹ nannten, weil die Delinquenten manchmal zu qualmen und zu brennen anfingen, bevor sie nach langem und qualvollem Todeskampf in die Zinkwanne gelegt wurden.

Einer dieser Freiwilligen also, der am geeignetsten erschien, erhielt bei MARS einen Crashkurs in der Wartung der CRABs, ebenso wie in den diversen anderen Tätigkeiten, die man von ihm erwartete.

Dann stattete man ihn mit improvisierter, beinahe schon grotesk anmutender Schutzkleidung aus, nicht etwa aus Menschenfreundlichkeit - schließlich war er ja ein zum Tode verurteilter Schwerverbrecher - sondern damit er wenigstens ein paar Wochen lang seine für das Projekt so wichtige Tätigkeit würde ausüben können.

Mit einem Helm, ähnlich dem eines Tiefseetauchers, einem langen Blei-Poncho und schweren bleiplattierten Stiefeln versehen, wurde er über den einzigen noch passierbaren, scharf bewachten Zugang durch die Kanalisation ins Sperrgebiet verbracht. Aber die Kamerakopter, welche die Zone aus der Luft überwachten, lieferten von seinen Aktivitäten überaus enttäuschende Bilder. Der gepanzerte ›Liquidator‹, wie er im allgemeinen Jargon genannt wurde, der Mühe hatte, sich vor lauter Blei überhaupt noch zu bewegen, das seinen Körper trotzdem nur lückenhaft schützte, dachte gar nicht daran, nun pflichtgemäß die liegengebliebenen CRABs in der Kernzone einzusammeln.

Stattdessen verschwand er in der olivgrünen Mietskaserne am äußeren, schon strahlungsarmen Rand der Zone, seiner Operationsbasis mit der Werkstätte und den Dockingstationen für die Krabben und legte, wie man vermuten durfte, erst einmal das ganze schwere Zeug ab, um sich dann zu entspannen.

Und er entspannte sich sehr lange.

Er missachtete auch die Anweisung, sich jeden Abend um achtzehn Uhr dreissig zum Rapport zu melden und einige simple medizinische Vitalparameter wie Blutdruck, Körpertemperatur und Atemfrequenz, die er an sich messen sollte, dem neu eingestellten medizinischen Personal im MARS-Labor zu übermitteln. Warum sollte er auch, er hatte sich ja keiner Gefahr ausgesetzt und nichts getan, worüber eine Berichterstattung von Interesse gewesen wäre.

Trotz eingehender Belehrung über die möglichen Folgen seines subversiven Treibens und darauf gegründeter scharfer Ermahnungen, die man ihm per Telescriptor in die Basis sandte, kam er auch in den folgenden Tagen seinen Pflichten nicht nach.

Also entzog man ihm die Essens- und Getränkerationen, die ihm sonst täglich am Morgen durch den Kanalgang geschickt wurden und hoffte, ihn auf diese Weise weichzukochen.

Er zeigte sich allerdings wenig beeindruckt.

Dafür sah man ihn mit einem dicken Hammer in der Hand einen Supermarkt im nächsten Gebäude, einem moosgrünen Plattenbau, aufsuchen, den er bald darauf mit einem Karton, randvoll gefüllt mit Konserven und Flaschen, wieder verließ.

Dabei winkte er fröhlich den Drohnen hoch über seinem Kopf zu.

Bei MARS beriet die Projektleitung hinter verschlossenen Türen über das weitere Vorgehen und fasste dann, wie später durchsickerte, den Beschluss, diesen Fall einer ›diskreten internen

Lösung‹ zuzuführen, um möglichst wenig Aufsehen in der Öffentlichkeit zu erregen, die damals noch gierig auf Schauergeschichten aus der Verbotenen Zone lauerte.

Und wirklich gelang es ihnen, über dieses Kapitel der CRAB-Testphase einen so dichten Mantel des Schweigens zu breiten, dass bis heute kein einziger Medienbericht zu finden ist, der etwas Licht in die Sache gebracht oder wenigstens auf die Existenz der informationellen Dunkelwolke hingewiesen hätte, die damals über der Zone hing.

℘

Der Krebs, den der Ranger Lefty genannt hatte, eilte geschickt die Treppenstufen hinunter. Er driftete dabei immer wieder zur linken Seite hin ab und musste sich wieder neu ausrichten, was er jedoch so schnell erledigt bekam, dass er sein Tempo kaum verringern musste.

Der Linksdrall wurde von einem leicht lädierten Bein auf der linken Körperseite bewirkt, das der Ranger nicht ersetzt hatte, weil er Eigenheiten, die grundlegende Funktionen nicht gravierend einschränkten, bei den CRABs schätzte. Sie verliehen den Exemplaren Individualität und halfen ihm dabei, sie auseinanderzuhalten.

Im Lauf der Jahre, die er nun schon zusammen mit den Hitec-Geräten verbracht hatte, war bei ihm eine Beziehung zu den hochfunktionellen Maschinen gewachsen, die durchaus persönliche Züge trug. Er konnte sie alle unterscheiden und hatte allen Namen gegeben, die manchmal ihre Eigenheiten reflektierten, manchmal aber auch nur einer spontanen Eingebung folgend von ihm vergeben worden waren.

Unten, an der Schwelle zur Außentreppe, wartete Lefty vor dem Ausgang, dessen Tür entfernt worden war, damit die CRABs jederzeit zu ihren Dockingstationen gelangen konnten, die hier im Erdgeschoß untergebracht waren.

Wieder gab er einige Quietschgeräusche von sich und rannte dann draußen unter dem Vordach die flache Rampe hinunter, die der Ranger regelmäßig vom Unkraut befreite, um den abends einpassierenden und am Morgen wieder ausrückenden Exemplaren den Weg freizuhalten.

Zielstrebig richtete Lefty sich nach der Mauer hin aus, die gut fünfzig Meter entfernt aufragte und bahnte sich einen Weg durch Gestrüpp und Buschwerk, das Pflaster und Asphalt immer weiter aufbrach und überzog. Aus dem offenen Seitenfenster eines vom Rost roten Fahrzeugs mit platten Reifen, schräg voraus, wuchs ein Haselnuss-Strauch.

Nach etwa der Hälfte der Distanz bis zum Bollwerk, über dem es immer wieder aufblitzte, wenn Insekten in den summenden Schirm gerieten, wendete er sich nach links und lief auf eine Gruppe höherer Bäume zu, die noch aus der Vor-Zonenzeit stammten und nun zu einem kleinen Wäldchen herangewachsen waren.

Der Ranger folgte dem geschäftig vorauseilenden Lefty bis zum Rand der Baumgruppe, teilte die Zweige einiger mannshoher Büsche und dann war plötzlich klar, warum ihn die Krabbe hierher geführt hatte, die sich nun, mission completed, seitlich durch die Büsche entfernte.

Auf dem bemoosten Boden in einigen Metern Entfernung saßen zwei Menschen in schmutziger, abgerissener Bekleidung, junge Mädchen offenbar, beide mit kurzem Haarschopf.

Die eine, so etwas wie lilablond und vermutlich die Jüngere, hatte Tränen in den Augen und unterhalb des hochgerollten Hosenbeins ein sauber gestanztes Loch in der Wade.

Sie schluchzte und schniefte ein wenig, während die Göre mit dem schwarzen Haarschopf ihr die Hand hielt und ihr mit der anderen tröstend die dreckfleckige, strichweise durch ihre Tränen gereinigte Wange tätschelte.

Vor den beiden lag bewegungslos eine Krabbe.

Sie lag da ziemlich flach und einige Beine standen in unpassenden Winkeln von ihrem Körper weg, während mindestens zwei andere abgeknickt waren. Die blauen Lichter am Rumpf blinkten noch einmal kurz und erloschen dann.

Als die beiden den Ranger erblickten, klammerten sie sich aneinander fest.

In ihren Gesichtern stand Angst.

Angst, ausgelöst durch das wutverzerrte Gesicht des seltsamen Mannes, der sie mit zornig blitzenden Augen fixierte.

»Wer zum Teufel seid ihr, und wie kommt ihr hierher?«, blaffte er die Mädchen an. »Und was habt ihr mit Billy gemacht?«

❦

Nach dem Fiasko mit dem Todeskandidaten kam man bei MARS zu der Einsicht, weitere Experimente mit Leuten, die nichts mehr zu verlieren hatten, seien nicht erfolgversprechend, bedankte sich bei den Behörden und überließ die übrigen, tief enttäuschten Bewerber wieder dem Schwarzen Raucher, der ihnen von Gerichts wegen zugedacht war.

Man suchte nach besseren Lösungen und befand sich dabei gerade in einer ersten Brainstorming-Phase, als eines Abends ein hochrangiger Funktionär von NEPCO mit dem CRAB-Projektleiter zum Essen ging und diesem dabei diskret einen höchst inoffiziellen Vorschlag auf dem kurzen Dienstweg unterbreitete. Über ähnliche Kontakte wie den beschriebenen war es natürlich schon bis zu NEPCO durchgedrungen, dass es bei MARS gerade etwas klemmte, was die Wartung der Räumeinheiten anbelangte.

Da wurden beim Atomstrom-Erzeuger nämlich gerade wieder die Folgen eines peinlichen Vorfalls virulent, der sich bereits ein Jahr vor der Explosion der Schmutzigen Bombe in der Vorstadt ereignet hatte und den man glücklicherweise aus den Medien hatte heraushalten können. In einem NEPCO-Kernkraftwerk war es damals zur Verstrahlung einer Mitarbeiterin gekommen, die zu allem Überfluss auch noch schwanger gewesen war.

In der zwanzigsten Woche, wo man ihr keine großzügig hono-
rierte Abtreibung mehr anbieten konnte. Genauer gesagt wurde
ihr diese zwar angeboten, von ihr aber empört zurückgewiesen.
Man ging von einer Äquivalentdosis von 1,8 Sievert (Sv) aus.

Die Frau wurde dekontaminiert und unverzüglich in die gut
ausgestattete Betriebs-Klinik eingeliefert, wo man sie mit Jod-
tabletten und Vitaminpräparaten versorgte und die hämatolo-
gischen Schäden durch Bluttransfusionen behandelte.

Da sich aufgrund des geschwächten Immunsystems Anzeichen
einer Sepsis zeigten, entschloss man sich trotz der Schwanger-
schaft zu einer Therapie mit hochriskanten Antibiotika und
hoffte im Stillen, der Körper der Frau würde den Fötus, den
man für ernsthaft geschädigt hielt, abstoßen.

So hätte man ihm ein traurige Zukunft mit schwersten Behin-
derungen erspart und wenigstens die Mutter gerettet.

Tatsächlich kam es bei der Frau zwei Wochen später zu einer
Frühgeburt. Das Kind, ein Junge, schien jedoch wider alle Er-
wartungen gesund und lebensfähig, ja sogar erstaunlich gut
entwickelt zu sein, wies keine sichtbaren Mängel auf und zeigte
auch keine organischen Fehlbildungen oder Dysfunktionen, wie
gründliche Untersuchungen ergaben.

Der Mutter allerdings ging es immer schlechter.

Vierzehn Tage nach der Geburt des Jungen erlag sie einem eigentlich banalen Infekt.

Offenbar gab es keine Angehörigen, die unbequeme Fragen hätten stellen können. Die Personalakte der Frau zeigte, dass sie
ihren Vater schon als Kind verloren hatte. Ihre Mutter war vor
drei Jahren einem Krebsleiden erlegen und ein älterer Bruder
war bei einem Segeltörn verschollen und inzwischen für tot
erklärt worden.

Der Vater des Neugeborenen konnte nicht ermittelt werden.

Dies alles nur, um zu erklären, wie mit dem Waisenkind verfahren wurde. Ihn einer staatlichen Fürsorgeeinrichtung zu
überantworten, hätte mit Sicherheit unangenehme Fragen nach
sich gezogen. Also vertraute man ihn einem kinderlosen Paar
an, das sich jahrelang schon vergeblich bemüht hatte, eigene

Nachkommen zu zeugen oder, nachdem ihre Bemühungen wegen beiderseitiger verminderter Fertilität erfolglos geblieben waren, doch wenigstens ein Kind zu adoptieren.

Beide arbeiteten praktischerweise in demselben NEPCO-Kraftwerk, in dem sich auch der Unfall zugetragen hatte.

Das Kind hatte zu dieser Zeit immer noch keinen Namen und wurde von den Krankenschwestern der Betriebsklinik etwas flapsig ›kleiner Strahlemann‹ genannt.

Die überglücklichen, frischgebackenen Eltern gaben ihm nun den Nachnamen des Mannes, der auch Familienname sein sollte, ›Korilenko‹, und verpassten ihm dazu den Vornamen ›Theodor‹, das Gottesgeschenk.

Diese Namenswahl war zwar, berücksichtige man die Gefühlslage der beiden, gut nachvollziehbar, implizierte aber, der Strahlentod der leiblichen Mutter sei ein Werk göttlicher Vorsehung, ja sogar Gnade gewesen, was nun wiederum den sonst nicht zimperlichen, aber religiös vorbelasteten Krankenschwestern unpassend erschien.

Sonst aber war nun alles in bester Ordnung, denn es blieb ja jetzt NEPCO-intern.

Der Kleine konnte in die betriebseigene Kinderkrippe gebracht werden, später in den Firmenkindergarten gehen und schließlich die NEPCO-Schule besuchen, die hervorragend qualifizierte Privatlehrer beschäftigte und mit jeder staatlichen Schule locker mithalten konnte.

Und das Geschenk Gottes machte sich gut.

Theo zeigte besonderes Interesse und Verständnis für mechanische und elektronische Zusammenhänge, sodass man ihn in den Schulferien Kurse besuchen ließ, die ihn auf eine Ausbildung zum Robotronik-Ingenieur vorbereiten sollten.

Dabei hatte man natürlich an MARS als Ausbilder gedacht. Welche Firma wäre besser geeignet gewesen? Die Energieerzeuger redeten bei allen Entscheidungen, die Theo betrafen, immer noch ein gewichtiges Wort mit, denn zum einen war da immer noch das Vertuschungsinteresse für den jetzt schon fast zwanzig Jahre zurückliegenden Störfall mit Todesfolge, zum anderen kam man für seine Ausbildung auf und seine Eltern standen bei ihnen in Lohn und Brot.

Last, not least aber wollte man Theodor auch deshalb im Auge behalten, weil man an ihm ein konkretes Forschungsinteresse hatte, was die ungewöhnlich große Strahlungs-Resistenz betraf, die bei ihm festgestellt worden war.

Hatte schon die hohe Dosis, die er noch im Mutterleib abbekommen hatte, bei ihm wenig mehr bewirkt als höchstens einen Entwicklungsschub, so zeigte sich durch einen weiteren geringfügigen Störfall, bei dem Theodor im Alter von zwölf Jahren bei einem Besuch im AKW erneut erhöhter Strahlung ausgesetzt wurde, wiederum seine geringe Empfindlichkeit.

Bei der anschließenden Blutuntersuchung fand man ein hochwirksames Zell-Antioxidans von besonderer Form in hoher Konzentration vor. Da man derartige Peptide auch aus Untersuchungen an Vögeln kannte, die sich einem Leben in radioaktiv verseuchten Gebieten erstaunlich gut angepasst hatten, vermutete man schnell einen Zusammenhang zwischen dem vermehrten Auftreten dieser Eiweißgruppen und einer gesteigerten Strahlungstoleranz.

Aber wie sollte man das überprüfen?

Theo gezielt einer im Normalfall schädlichen Strahlungsdosis auszusetzen und dann die Folgen zu untersuchen, wäre hochgradig unethisch gewesen und kam für die Ärzte, die zu dieser Zeit im NEPCO-Klinikum mit der Sache betraut waren, nicht infrage. Sie fertigten daher nur einen Bericht an und legten ihn zu Theos Akten.

Einige Jahre später, ziemlich genau zu dem Zeitpunkt, als MARS erste Schwierigkeiten mit den CRABs bekam und Theo gerade die Schule abgeschlossen hatte, fiel der Bericht einigen anderen Ärzten, die die alten abgelöst hatten, in die Hände.

Sie waren clever, hatten weniger Skrupel und witterten schnell ihre Chance, womöglich mit der Entwicklung eines vorbeugenden Mittels gegen die Strahlenkrankheit ein milliardenschweres Projekt an Land zu ziehen.

Sie erstatteten an höherer Stelle Bericht und erbaten sich die Erlaubnis für geeignete Versuche mit oder an Theo.

So war die ganze Geschichte schließlich bei dem hochrangigen NEPCO-Funktionär gelandet, kurz bevor er mit dem CRAB-Projektleiter essen ging.

Die beiden einigten sich zwischen Suppe und Rindfleisch auf den zeitlich unbegrenzten Einsatz des jungen Theodor, der sich nun auch für MARS und NEPCO als Geschenk Gottes erwies, als Ranger in der Verbotenen Zone.

Während das verletzte Mädchen zu weinen begann, funkelte das andere den Ranger nun zornig an.

»Falls du mit ›Billy‹ das blöde Blechvieh da meinst, da bin ich draufgesprungen. Damit!«

Sie streckte die dürren Beine aus und präsentierte die schweren Boots, die an Spitze und Absatz mit Eisen beschlagen waren.

Böse musterte sie den Ranger von oben bis unten.

»Dein Billy hat uns nämlich angegriffen! Einfach so. Vielleicht siehst du ja das Loch da im Bein von der Kleinen. Und wer bist *du* eigentlich? Der Herr der Schrottkrebse?«

»Ich bin hier Ranger in der Verbotenen Zone«, antwortete der Gescholtene und focht mit sich einen harten Kampf um die Wiedergewinnung seiner Selbstbeherrschung aus.

Er kniete sich neben dem arg lädierten Billy nieder, drehte ihn um und untersuchte ihn eingehend, während Senza die schniefende Minx tröstete.

»Ranger in der Verbotenen Zone, die übrigens nicht nur aus Jux ›Verbotene‹ Zone heißt«, legte er dann nach. »Wie seid ihr hier hereingekommen?«

»Kannst Du Dich irgendwie ausweisen, Ranger?«, fragte Senza, die automatisch in die Regularien des Umgangs mit Obrigkeiten verfiel, die sie von ihrem Leben auf der Straße her gewohnt war. Man wurde angemacht, fragte nach einem Ausweis, bekam eine aufs Maul und wurde dann irgendwohin gebracht, wo sich jemand um einen kümmerte, irgendwie.

So lief das draußen.

Senza, in der Annahme, dass nun der Punkt mit der Maulschelle dran war, verbarg ihr Gesicht vorsorglich in der Ellbogenbeuge, aber der Ranger, der keine wirklich handfeste Obrigkeit war, sah sie nur verdutzt an.

»Ausweis? Was redest du da für einen Quatsch?«

Er nahm seinen Lederrucksack von der Schulter und entnahm ihm einen offenbar schweren Kasten im Format eines tausendseitigen Fantasywälzers.

Mit dem Kasten in der Hand näherte er sich den beiden Mädchen, die sich aneinander festklammerten und offenbar damit rechneten, er würde ihnen nun das Teil um die Ohren zimmern.

Kopfschüttelnd kauerte er sich neben den verängstigten, aber keineswegs in ihr Schicksal ergebenen Küken nieder. Er legte den Kasten ab und öffnete ihn. Er war mit Bleiplatten ausgekleidet.

»Lass mal dein Bein sehen«, forderte er Minx auf. »Das muss verarztet werden.«

Minx sah unsicher erst ihn und dann Senza an.

Senza spürte, dass von dem seltsamen Mann keine Gefahr mehr drohte und nickte ihr aufmunternd zu.

Minx streckte dem Ranger mit schmerzverzerrtem Gesicht das Bein entgegen.

»Mein Name ist Theo. Theodor Korilenko«, stellte der sich etwas steif vor und entnahm seinem Medizinkasten eine kleine Einwegspritze. »Antibiotikum«, erklärte er kurz, als Minx zurückzuckte. »Damit sich das nicht entzündet. Wirst du gar nicht spüren.«

Abschließend wickelte er eine weiße, elastische Binde um das dünne Bein. »Meine Güte«, sagte er und umfasste den Knöchel unterhalb des Verbands mit Daumen und Mittelfinger. »Ihr seid ja nur noch Haut und Knochen.«

Seine Stimme klang betroffen und besorgt. »Geben euch eure Eltern denn nichts zu essen?«

»Eltern?«, fragte Senza, irritiert von so viel Weltfremdheit. »Ich erinnere mich noch schwach an meine Mutter, der sie mich weggenommen und ins Heim gesteckt haben. Minx hier ist vor zweieinhalb Jahren von zuhause weggelaufen. Und hat echt keine Sehnsucht nach einer Begegnung mit ihren Alten.«

Theo schluckte. »Ich wäre froh, ich könnte meine noch einmal sehen«, sagte er leise.

Schnell drückte er ein gelbes Dragee aus einer Blisterfolie und reichte es Minx auf der flachen Hand.

»Gegen die Schmerzen. Mir ist das alles selber auch schon mal passiert. Ich weiß, wie weh das tut.«

Er setzte sich auf den Boden und zog seinen rechten Stiefel aus. Unter der heruntergezogenen grünen Socke sah man eine runde, vernarbte Stelle knapp oberhalb der Ferse.

»Danach haben sie mir die verspiegelten Stiefel gegeben.«

»Danke«, sagte Minx, die jetzt Zutrauen zum Ranger gefasst hatte, mit schwacher Stimme. »Die Krabben sind böse.«

Theo lachte. »Oh nein, sie sind nicht böse. Nur manchmal ein wenig krank. Ich bin hier, um ihnen zu helfen.«

»Ich habe noch nie etwas davon gehört, dass es hier drinnen einen Ranger gibt.«

Senzas Stimme klang fragend, hatte aber auch immer noch einen misstrauischen Unterton.

Theo zuckte mit den Schultern.

»Darüber weiß ich nichts. Ich bekomme nicht viel mit von dem, was draußen passiert. Sie haben hier fast alles abgeschaltet und ich lebe schon sehr lange hier in der Zone. Soweit man das ›leben‹ nennen kann.«

Er packte den Medizinkasten zusammen und steckte ihn wieder zurück in den Rucksack.

Den geplätteten Billy legte er sorgsam und vorsichtig dazu.

Draußen, in der hellen Sonne vor dem kleinen Waldstück, stürzte in rasendem Fall ein Sperber auf den Boden herab. Mit einigen kraftvollen Schnabelhieben gab er seinem Opfer den Rest. Dann startete er mit ihm wieder senkrecht in die Luft und gewann rasch an Höhe.

»Ich muss euch noch einmal fragen, wie ihr hier hereingekommen seid«, sagte Theo dann, und sein altes Gesicht wirkte beunruhigt.

Senza zeigte mit dem Daumen über die Schulter nach hinten, wo das Wäldchen noch etwas dichter wurde. Theo ging ein Stück in die angezeigte Richtung. In einiger Entfernung lag dort ein runder, eiserner Kanaldeckel inmitten einer bewachsenen Struktur, die einmal eine Straßenkreuzung gewesen sein mochte.

»Durch den Kanal also«, stellte er fest, als er beim Loch angelangt in die Tiefe sah. »Meine Güte. Um da durchzuschlüpfen hätten sie auch nicht ein einziges Gramm mehr auf den Rippen haben dürfen.«

Er packte den Deckel mit seinen kräftigen Händen und legte ihn vorsichtig wieder auf die dunkel gähnende Öffnung.

»Das war unglaubliches Glück, das ihr da hattet«, erklärte er dann den beiden zerknirschten Eindringlingen, als er wieder bei ihnen war.

»Erstens gibt es hier fast keine Strahlung mehr und zweitens habt ihr eine der ganz wenigen Stellen erwischt, wo euch die Kameras nicht sehen können.«

Er warf einen kurzen Blick auf Minx mit ihrem Verband.

»Ihr werdet wohl ein paar Tage hier bleiben müssen. Solange das Bein nicht verheilt ist, schafft sie es auf diesem Weg nicht wieder zurück. Wenn ich es richtig verstanden habe, wird euch wohl draußen keiner so schnell vermissen.«

Die Mädchen schüttelten eifrig die Köpfe.

»Ich muss euch hier zurücklassen, bis es dunkel wird. Nachts ist es hier draußen so finster wie in einem Kohlensack. Dann werden die Kamerakopter blind und gehen runter. Bis dahin rührt ihr euch hier am Besten nicht von der Stelle. Wenn es so weit ist, komme ich und hole euch.«

»Nein, nein, bitte nicht!«, protestierte Minx panisch. »Was ist, wenn wieder eine kranke Krabbe kommt?«

Der Ranger überlegte kurz. Senza sah, wie es in seinem Gesicht arbeitete. Dann schien er einen Entschluss gefasst zu haben und reichte Minx ein kleines schwarzes Kästchen, das er aus seiner Hosentasche holte.

»Wenn eine dich angreift, zielst du einfach mit dem Kästchen auf sie und drückst den Knopf. Dann bleibt sie liegen wie vom Blitz getroffen.«

Minx strahlte. »Ist sie dann tot?«

»Nein, nur bewusstlos. Ich kann sie dann einsammeln und wieder gesund machen.«

Aus der Richtung der Mauer kam eine Salve knatternder Geräusche, als habe ein ganzer Insektenschwarm Bekanntschaft mit dem Schirm gemacht. Der Ranger wandte sich zum Gehen.

»Ich komme also wieder, wenn es dunkel ist und bringe euch von hier weg. Keine Angst, wenn es dämmert, laufen alle Krabben in das grüne Haus dort drüben und docken an ihren Ladestationen an. Dann gibt es hier nur noch Ratten und Mäuse. Aber die sind dick und satt und tun euch nichts.«

Die Mädchen nickten und sahen ihm nach, bis er hinter Gestrüpp und Büschen verschwunden war.

»Netter Kerl«, sagte Senza. »So nett wie dieser Theo war schon lange keiner mehr zu uns, nicht wahr, Minx? Und das, obwohl ich seinen Billy kaputtgemacht habe.«

Die Kleine nickte und hielt stolz das Kästchen in der Hand.

»Ja«, sagte sie schlicht, »und er wollte nicht mal, dass wirs ihm machen sollen, obwohl es hier keiner sehen kann. Aber vielleicht findet er uns einfach zu hässlich. Zu dünn sind wir ihm, glaub ich.«

Wie erwartet, zierten sich Theos Eltern zuerst ein wenig, ihn ziehen zu lassen. Aber als NEPCO die beiden mit einer saftigen

Gehaltserhöhung unter Druck setzte und ansonsten unmissverständlich klar machte, dass die Sache mit oder ohne ihre Zustimmung genau so und nicht anders laufen würde, gaben sie nach und verabschiedeten sich von ihm unter Tränen, denn ihnen war klar, dass es ein Abschied für immer sein würde.

Theo selbst war kaum Zwanzig und sah die Sache als Wende in seinem Leben an.

Was ja auch nicht ganz falsch war.

Als er zu einem Gespräch in die Personalabteilung von NEPCO eingeladen wurde, fühlte er sich geehrt. Als man ihm eröffnete, er sei ein äußerst bemerkenswerter Mensch, ungewöhnlich resistent gegen schädliche Strahlung, erfüllte ihn diese Mitteilung mit Stolz. Und als man ihm erklärte, im Interesse der Allgemeinheit sei es seine moralische Pflicht, sich ganz der Forschung zur Verfügung zu stellen, verspürte er einen feierlichen und ernsten Drang in sich, der großen Verantwortung, die da auf ihm ruhte, gerecht zu werden.

So packte er seine Koffer, schloß noch ein letztes Mal seine Eltern in die Arme, die er immer noch für seine leiblichen hielt und stieg in den Wagen, den NEPCO ihm geschickt hatte, um ihn abzuholen und zu den besagten ehrgeizigen neuen Ärzten des Firmenklinikums zu bringen.

Dort absolvierte er eine so unglaubliche Menge an Untersuchungen und Tests, nicht alle angenehm und manche sogar auch durchaus schmerzhaft, dass er nach einer Woche Intensiv-Diagnostik erste Ermüdungserscheinungen zeigte und kurz davor war, seinen Entschluss zur Mitarbeit noch einmal zu überdenken.

Doch wie der Zufall so spielt, wurde ihm genau zu diesem Zeitpunkt Nelly Frigg als Betreuerin zugeteilt, eine überaus attraktive Ärztin Mitte dreißig, die es verstand, den unerfahrenen jungen Mann mit viel Geschick und Routine bei der Stange zu halten. Nicht zuletzt durch intime Vergünstigungen, die sie ihm in fein dosierter Steigerung zukommen ließ. Sie wies ihn ein in die Bedienung der komplizierten Selbstdiagnose-Automaten, die jeden Abend hunderte von Meßwerten aus dem Sperrgebiet nach draußen senden sollten.

Sie unterrichtete ihn im Gebrauch des Erste-Hilfe-Kastens, mit dessen Inhalt er kleinere Unfälle und Verletzungen bei sich selbst behandeln konnte.

Und sie erklärte ihm lange und geduldig die Zielsetzung und Wichtigkeit des Experiments, für das er sich da zur Verfügung gestellt hatte.

Als er in den medizinischen Fragen fit genug war, überstellte man ihn an MARS, damit er dort die Wartung der CRABs lernen sollte und dazu noch einige andere Instandhaltungs- und Reparaturarbeiten, etwa an der Übertragungstechnik.

Er war äußerst wissbegierig und lernte noch schneller als vorher, da er nun in seinem eigentlichen Interessengebiet geschult wurde.

Zudem hielt Nelly den Kontakt zu ihm aufrecht und besuchte ihn ab und zu. Wenn man es unvoreingenommen sah eigentlich immer dann, wenn er sich eine Belohnung verdient hatte.

Aber zu solcher Distanz war Theo natürlich nicht fähig.

Er glaubte ehrlich und wahrhaftig daran, Nelly sei die große Liebe seines Lebens, und auf eine tragische Art und Weise hatte er damit sogar recht, würde doch allen Planungen zufolge nach Nelly keine zweite mehr kommen.

Anhand einer holografischen 3D-Projektion lernte er, sich in der Verbotenen Zone zu orientieren, erfuhr alles über die Flora und Fauna, die er dort antreffen würde und übte unter psychologischer Anleitung einige Wochen lang Strategien gegen Einsamkeit und Langeweile ein. Diese Zeit empfand er als sehr belastend, weil sie ein striktes Kontaktverbot mit Nelly einschloss.

Aber er überstand auch diese Prüfung und dann war es eines Morgens so weit: Durch den streng kontrollierten Zugang in der Kanalisation brachte man ihn im Untergrund der Zone zu einem breiten Ausstieg, der schon gefährlich nahe an der inneren Zweihundert-Meter-Kernzone lag.

Die Wachen in ihren Schutzanzügen, die ihn begleitet hatten, wünschten ihm Glück und kehrten eilig wieder zurück zum Ausgangspunkt des unterirdischen Ganges, der direkt vor der Mauer an die Oberfläche führte.

Theo hörte noch, wie die Tritte ihrer schweren Bleischuhe allmählich verhallten, dann stieg er nach oben und sein neues Leben in der Zone begann.

☙

Von Billys acht Beinen waren sechs nicht mehr brauchbar.

Keine Chance, sie noch irgendwie zu reparieren. Nur ein kompletter Austausch kam da infrage. Im Grunde war das eine recht einfache Angelegenheit und natürlich stand ihm auch eine große Menge an Ersatzbeinen zur Verfügung, denn es kam immer wieder vor, dass ein Bein eingeklemmt und beschädigt wurde, sei es bei den Räumarbeiten oder beim Durchqueren von unwegsamem Gelände.

Aber der Ranger hatte über die Reparaturen, die er durchführte, genau zu berichten. Draußen wussten sie, dass der Krebs mit der Seriennummer 28a/176, von ihm ›Billy‹ genannt, heute im Wäldchen an einer Stelle, die sie nicht einsehen konnten, liegen geblieben war.

Wenn er nun beim Rapport angab, an ihm sechs Beine ersetzt zu haben, würden sie wissen wollen, wie es zu diesem schwerwiegenden Schaden gekommen war. Dann hatte er nur zwei Optionen: Die Wahrheit oder eine glaubhafte Geschichte.

Die Situation war neu. Seit dem Bau der energetischen Barriere war kein Mensch mehr in die Zone gelangt, der nicht dort hingehörte. Er war sicher, dass weder NEPCO noch MARS die Sache gefallen würde. Beide würden darauf dringen, dass die Eindringlinge so schnell wie möglich das Sperrgebiet wieder verließen und sie würden ganz genau wissen wollen, wie sie da hatten hineinkommen können, damit sie diesen Zugang für immer verschließen konnten.

Vermutlich würden sie vorschlagen, die Mädchen provisorisch abgeschirmt über den Kanalzugang nahe der gefährlichen Kernzone bis ans Außentor zu bringen und sie dort den Sicherheitskräften zu übergeben.

Er sah schon die anklagenden Augen der mageren Straßenkinder vor sich, die ihn vorwurfsvoll anschauten, während die Security sie in Empfang nahm und abführte, um sie der Polizei zu übergeben.

Theo seufzte und machte sich daran, Billys Beine zu ersetzen.

Ein ums andere Mal wurde das leise Rauschen der Klimaanlage übertönt durch das harte Klickgeräusch, mit dem die Präzisionsstecker der Hydraulikleitungen seitlich am Korpus einrasteten. Als der Austausch abgeschlossen war, versuchte er, Billy mit einem schwachen Stromstoß wieder Leben einzuhauchen, aber die Operation Frankenstein zeigte keine Wirkung.

Der Automat blieb bewegungslos liegen. Da war wohl noch viel mehr beschädigt, als auf den ersten Blick zu sehen war.

Der Ranger entfernte eine schwarze Metallabdeckung an der Unterseite des Korpus, legte Billy auf den Objektträger des binokularen Stereomikroskops und fokussierte auf die Hauptplatine. Lange studierte er die Schaltungen, aber seine Aufmerksamkeit konzentrierte sich immer wieder auf den Chip mit dem BIOS.

Irgendetwas war da anders, als er es kannte. Der Chip unterschied sich offenbar von denen der anderen CRABs. Man musste sehr genau hinsehen, um es zu bemerken, aber er war sicher, dass er sich nicht irrte.

Beunruhigt und irritiert schaute er auf die große Analoguhr an der Wand.

Kurz vor achtzehn Uhr. Um achtzehn Uhr dreissig war der tägliche Rapport fällig und für die Ermittlung aller Parameter, für die NEPCO sich interessierte, brauchte er eine halbe Stunde.

Er ging also die Treppe hoch in das ehemalige Versicherungsbüro, das jetzt etwas hochtrabend als ›Konferenzraum‹

firmierte. MARS hatte den Raum damals für den Liquidator eingerichtet, der ihn allerdings nie betreten hatte.

Kurz bevor Theo kam, war hier dann von Medizintechnikern eine Batterie hypermoderner Selbstdiagnose-Automaten installiert worden, die seine Physis penibel überwachten und deren verwirrendes Leitungsgestrüpp nach nunmehr zehn Jahren Terabyte-Fluten von Daten an die Forscher draußen übermittelt hatte, deren Auswertung noch Generationen von Wissenschaftlern beschäftigen konnte.

Nachdem er alle Stationen der Autodiagnose durchlaufen hatte, setzte der Ranger sich vor den einen von zwei flachen Bildschirmen und aktivierte ihn. Limaal, der Cheftechniker der 28er-CRAB-Reihe bei MARS wartete schon auf ihn.

»Was ist los mit Einheit 28a/176?«, schoss er grußlos sofort seine Frage ab. »Wir konnten sie im Wäldchen nicht mit den Kameras beobachten.«

»Totalschaden«, berichtete Theo wahrheitsgemäß. »Ich habe sechs Beine bei ihr ersetzt. Bei ihm, meine ich. Bei Billy.«

»Sechs Beine?! Wie konnte das passieren?«

»Ein morscher Ast ist von einem Baum gefallen und hat ihn plattgemacht.«

»Ein morscher Ast. Scheint ja ein gefährliches Gebiet dort zu sein. Vielleicht sollte man mit einem Sondertrupp mal dort die Bäume fällen. Ist ja nahe an der Mauer. Kriegst du die Einheit wieder hin, wie nennst du sie, Billy?«

»Ich denke, ich werds schaffen.«

»Sonst kannst du sie uns auch über den Kanal rausbringen.«

»Nicht nötig. Ich werds hinkriegen.«

»Sonst noch was vorgefallen?«

»Nichts. Keine besonderen Vorkommnisse sonst.«

Damit war der Rapport beendet. Der Schirm wurde dunkel.

Er rollte den Stuhl vor das andere Display und aktivierte es.

Auf dem Schirm erschien das NEPCO-Logo.

Dann begrüßte ihn ein junger Mann, den er noch nicht kannte.

Wieder ein neues Gesicht in der offenbar wachsenden Riege von

Praktikanten. Schon seit einiger Zeit kam es immer seltener vor, dass Nelly seinen Rapport selbst entgegennahm.

Der Praktikant versuchte, professionell zu wirken.

»Ich habe mir Ihre wichtigsten Vitaldaten schon angesehen«, verkündete er stolz. »Sie scheinen sich allerbester Gesundheit zu erfreuen. Sehen auch gut aus. Gibt es irgendwelche besonderen Vorkommnisse?«

Theo runzelte die Stirn.

»Lest ihr Leute das eigentlich alle von einem Teleprompter ab?«, fragte er spöttisch. »Ihr erzählt alle fast wortwörtlich immer dasselbe.«

Der junge Mann sah verdutzt aus. »Ich verstehe nicht?«

Theo winkte ab. »Schon gut. Was solltet ihr auch sonst sagen, wenn nicht einmal eure Chefin mir noch viel zu sagen hat.«

Sie tauschten noch einige Gemeinplätze aus und trennten dann die Verbindung.

Das NEPCO-Logo rotierte wieder auf dem Screen.

»Du fehlst mir, Nelly«, sagte Theo leise und schaltete den Bildschirm ab.

Einige Minuten blieb er vor dem dunklen Monitor sitzen und fühlte sich elend und leer.

Draußen dämmerte es.

Geräuschvoll passierten unten im Erdgeschoß die CRABS ein und dockten an ihre Stationen an. Die Kamerakopter sanken, der Sonne folgend, schnell tiefer und waren bald zusammen mit der blutroten Scheibe vom Himmel verschwunden.

»Senza?«

»Ja Kleines?«

»Glaubst du, er lässt uns hierbleiben? Ich meine, auch wenn meine Wunde verheilt ist?«

»Weiß nicht. Er war nett, aber wenn sein Boss merkt, dass er uns versteckt, dann kriegt er ganz bestimmt Ärger. Und wir fliegen raus.«

Senza saß mit dem Rücken an einen Baumstamm gelehnt und strich der auf dem Moos ausgestreckten Minx, deren Kopf in ihrem Schoß lag, übers Haar.

»Ist halt auch blöd, dass wir am Tag nicht rauskönnen. Verdammte Drohnen.«

»Vielleicht, wenn die draußen denken, wir sind auch so verstrahlt wie die ganzen Mäuse und Kanalratten, dann wollen sie am Ende gar nicht mehr, dass wir hier rauskommen«, überlegte Minx. »Uns will doch keiner haben, schon gar nicht, wenn wir verseucht sind.«

Senza war verblüfft.

»Die Idee ist gar nicht so blöd. Wenns drauf ankommt, kannst du manchmal ein verdammt schlaues kleines Biest sein.«

»Dann würden sie auch den Ranger nicht zwingen, uns rauszuschmeißen«, spann Minx stolz ihre Idee weiter. »Genau, und wir könnten hier drinnen machen, was wir wollen. Auch am Tag.«

Senza nickte. »Schon klar. Nur, wie kriegen wir sie dazu, dass sie uns für verseucht halten?«

Minx gähnte.

»Weiß nicht. Da fällt uns schon noch was ein.«

Wieder stieß am Rand des Wäldchens ein großer Raubvogel herab und schwang sich kurz darauf wieder mit einem dünnschwänzigen Wollknäuel in den Klauen senkrecht in die Lüfte empor. Der Wind frischte etwas auf und rauschte durch das Blätterdach der schützenden Bäume. Die Sonne näherte sich allmählich dem entfernten Horizont der Stadt, hinter dem es noch weitere Horizonte gab, angefüllt mit Türmen, Gebäuden und Brücken, grauen, in der Ferne verblassenden urbanen Strukturen, in denen Millionen von Menschen trieben, ohne Halt, so wie Senza und Minx und jeder von ihnen war so verloren wie ein einsamer Schwimmer im Ozean.

»Ohne ihn geht es nicht«, meinte Senza, die die ganze Zeit über

Minxens Idee nachgedacht hatte.

»Was meinst du?«

»Na ohne ihn, den Ranger. Ohne ihn wir das nicht klappen.«

»Vielleicht wenn wir uns schön herrichten und ganz viel essen, vielleicht gefallen wir ihm dann besser und er behält uns«, meinte Minx hoffnungsfroh.

Senza lachte und strich ihr wieder übers Haar.

»Du bist so süß, Kleines. Dafür liebe ich dich, wie einfach du die Welt sehen kannst.«

Die Sonne verschwand hinter dem Häusermeer und die blaue Stunde brach an.

Im langsam schwindenden Tageslicht zogen einige Krabben an ihnen vorbei, alle in derselben Richtung, alle demselben Gebäude entgegen, wie der Ranger es ihnen gesagt hatte.

Minx spielte nervös mit dem schwarzen Kästchen in ihrer Hand, aber die achtbeinigen, metallenen Kreaturen beachteten sie gar nicht, sondern gingen flink und zielstrebig ihres Wegs. An ihren Oberseiten blinkten blaue Lichter.

Dann wurde es schnell dunkel, dunkler als die abgehärteten Streunerinnen es bisher je unter freiem Himmel erlebt hatten. Es dauerte nicht lange, bis archaische Ängste sie heimsuchten, die sie zweifelnd und ungeduldig auf die Rückkehr des Rangers warten ließen.

❧

Theos Aufenthalt in der Zone war nicht frei von Krisen, die den weiteren Verlauf der mit ihm verknüpften Projekte zum Teil ernsthaft gefährdeten.

Die erste Krise trat schon früh auf, nur ein knappes halbes Jahr nachdem er seine Tätigkeit als, wie man es damals noch nannte, ›Zonenwart‹ aufgenommen hatte.

Nelly Frigg hatte zu dieser Zeit, im vollen Bewusstsein ihrer Wichtigkeit für das ›Projekt Theo‹, wie es tatsächlich inoffiziell hieß, einige Forderungen an NEPCO gestellt, die man ihr in dieser Höhe nicht erfüllen mochte. Als sie daraufhin mit Kündigung drohte, zeigte sich der Personalchef davon unbeeindruckt und kündigte ihr nach einem hitzigen Wortwechsel seinerseits.

Nelly unterrichtete Theo in einer tränenreichen letzten Rapportsitzung davon, dass sie ihn nicht weiter betreuen könne, weil NEPCO sie gefeuert habe.

Theo war außer sich.

Er litt stark unter seiner neuen Situation, der eingeschränkten Freizügigkeit und dem physischen Entzug von Nelly.

Als er hörte, der Kontakt zu ihr würde ihm nun ganz verloren gehen, drehte er durch. Er trat in einen unbefristeten Streik und eröffnete dem Projektleiter, er werde erst wieder Messdaten an sich erheben und übermitteln, wenn die Kündigung zurückgezogen und die Forderungen Nellys erfüllt würden.

Der Projektleiter, Dr. Gallo, der selbst schon für eine kurze Affäre mit ihr teuer bezahlt hatte und die schöne Intrigantin ganz gerne losgeworden wäre, saß nun in der Falle, denn auf der Führungsebene von NEPCO fand man Projekt Theo viel zu wichtig, um es an Kleinlichkeiten scheitern zu lassen.

Also gewann Nelly. Der weniger wichtige Personalchef nahm den Hut und Dr. Friggs Chancen, bald die Leitung des Projekts zu übernehmen, stiegen erheblich.

Auch die nächste Krise hatte mit Nelly zu tun, diesmal aber auf ganz andere Art und Weise.

Sie kam fast genau drei Jahre später.

Theo hatte sich inzwischen gut in der Zone eingelebt, Routinen entwickelt, die seinem Leben dort Struktur gaben und den Rückhalt des täglichen Kontakts mit Nelly, aus dem er immer wieder die Kraft schöpfte, mit seinem ›heroischen und aufopferungsvollen Einsatz‹ weiter fortzufahren.

Dr. Gallo, an dessen Stuhl Nelly auch weiter unermüdlich gesägt hatte, war der täglichen Grabenkämpfe überdrüssig geworden und hatte sich um eine nur geringfügig schlechter bezahlte, dafür aber wesentlich ruhigere Stelle beworben und diese auch bekommen.

Bevor er seinen Hut nahm, wollte er aber wohl noch beweisen, dass nicht nur schöne Frauen, sondern auch durchschnittlich aussehende Männer intrigant sein können.

Er vertrat Nelly bei einem Rapport und steckte Theo dabei einige Dinge über sie, die zwar der Wahrheit nur teilweise entsprachen, in Theos immer noch eher kindlichen Seele aber Verwüstungen anrichteten wie ein Tornado in einer Laubenkolonie.

Er erzählte Theo nicht nur von seinem eigenen Techtelmechtel mit ihr, sondern auch noch von einigen anderen, die man ihr mit diversen Kollegen nachsagte.

»Junge, glaubst du wirklich, einer solchen Frau hätte ein wenig Petting mit einem verliebten Pennäler genügt? Wir haben sie damals auf dich angesetzt, gerade weil sie in diesen Dingen so erfahren war wie eine Professionelle. Und diese Erfahrungen hat sie nicht beim Blümchenpflücken gesammelt.«

Theo hatte die Geschichten, die man über Nelly erzählte, damals nicht geglaubt und er glaubte sie auch jetzt noch nicht, aber er war doch so weit verunsichert, dass er sie persönlich mit Gallos Geschichten konfrontieren wollte.

Er stieg in die Kanalisation, lief den Gang entlang bis zum schwer bewachten Ausgang und machte dort die Erfahrung, dass er zwar Dinge mit den bewaffneten Männern dort austauschen durfte, Dinge wie CRABs, die er nicht mehr selbst reparieren konnte in der einen Richtung und seine Essensrationen in der anderen.

Aber er selbst durfte die Zone nicht verlassen.

In seinem Kopf hatte er das immer gewusst.

Aber nur, wer einmal versucht hat, sein Gefängnis zu verlassen und nicht der, dem nie dieser Gedanke gekommen ist, kann ermessen, was Gefangensein bedeutet.

Nelly fiel es später nicht schwer, Theo wieder dessen zu versichern, was er gerne glauben wollte. Dass sie das Opfer böswilliger Verleumdungen sei und eigentlich ein eher zurückhaltender, ja schüchterner Typ. Und dass er ihr deshalb auf Anhieb gefallen habe, weil sie eine Seelenverwandtschaft mit ihm gespürt habe, ganz tief drinnen. Und so weiter.

Trotzdem blieben Narben bei Theo zurück.

Der Vorfall hatte ihm gezeigt, wie isoliert er in der Zone war, wie wenig er noch mit dem Leben anderer Menschen, selbst solcher die er liebte, zu tun hatte und wie machtlos er war und ohne Einfluss darauf, was draußen geschah.

Diese Einsicht deprimierte ihn sehr und trug dazu bei, dass er sich nach und nach den CRABs immer stärker verbunden fühlte und sie als seinem Schutz anvertraute Schicksalsgenossen, manchmal sogar als Freunde empfand.

Die dritte Krise kam schleichend, nicht mit einem Paukenschlag, wie die beiden anderen. Umso schwerer war ihr beizukommen.

Es war eine essentiell menschliche Misere:

Die lange Krise des Alterns.

So könnte man im Allgemeinen sprechen, aber der Alterungsprozess Theos war von besonderer Natur.

Im Verlauf der Studie fand man heraus, dass ihn das spezielle Antioxydans, das sein Körper produzierte, zwar vor Strahlenschäden schützte, andererseits aber auch bewirkte, dass er umso schneller alterte, je mehr Strahlung er abbekam.

Die besondere Zusammensetzung des Peptids hatte als höchst unerfreuliche Nebenwirkung einen beschleunigten Zellverfall im Gefolge, dessen Motor die Strahlung war.

Nach zehn Jahren in der Zone, mit Dreissig, hatte Theo das biologische Alter eines Fünfzigjährigen und man sah es ihm auch an.

Die Ausfälle der CRABs waren in der Kernzone am häufigsten, sodass er oft gerade da zu tun hatte, wo die Strahlung am höchsten war und seine Körperzellen am meisten gestresst wurden.

Es ließ sich hochrechnen, dass aus Theo nach zehn weiteren Jahren im Sperrgebiet, also mit Lebensalter Vierzig, physiolo gisch und im Erscheinungsbild ein achtzigjähriger Greis geworden sein würde.

Den Ärzten draußen, inklusive Nelly Frigg, war das alles schon in einem frühen Stadium des Projekts bekannt, nur Theo wurde es, einer kurzsichtigen Strategie der Konfliktvermeidung folgend, lange verheimlicht.

So lange wie eben möglich.

Denn natürlich hatte der Augen im Kopf und es gab Spiegel.

Trotzdem dauerte es einige Jahre, bis er seine beschleunigte Alterung wahrnahm, denn er hatte keine direkten Vergleichsmöglichkeiten vor Augen, wusste nicht mehr, wie Gleichaltrige aussahen und hörte von Nelly jeden Tag Komplimente über seine äußere Erscheinung.

Widerstrebend begriff er nach und nach, was mit ihm los war und geriet so in seine ganz persönliche Alterskrise, die wohl um einiges schmerzlicher, aber auch kürzer zu werden versprach als die üblichen.

Sie bewirkte eine tiefgreifende Verunsicherung, die alles, was er tat, woran er glaubte und wofür er sein Leben opferte, kontaminierte wie die tödliche Strahlung, die ihn umgab.

❦

»Das passt fürs erste, denke ich. Wenigstens für diese Nacht«, meinte der Ranger unsicher und legte Minx linkisch, aber behutsam auf das breite Ehebett im altmodisch eingerichteten Schlafzimmer der Wohnung in der dritten Etage, die er für die unerwarteten Besucherinnen vorbereitet hatte.

Er war jetzt umgezogen und trug eine enge schwarze Hose mit scharfen Bügelfalten und ein weißes Hemd, dazu stabile braune Trekking-Treter.

Er sah aus wie ein Kellner auf Bergtour.

Senza zog Minx behutsam die altrosafarbenen Turnschuhe aus und ließ sich neben ihr auf die weiche Matratze plumpsen.

Minx war selig.

»Das ist wie früher, als ich noch ganz klein war«, strahlte sie und Senza überlegte angestrengt.

»Ich weiß schon gar nicht mehr, wann ich zuletzt in einem Bett gepennt habe. Wo schläfst du eigentlich?«, wollte sie dann, immer auf der Hut, von Theo wissen.

»Ich? Oh, ich schlafe unten, gleich bei den CRABs.«

»Wirklich?«, fragte Minx ungläubig, »du schläfst bei den Blechkrabben?«

»Naja«, präzisierte Theo, »natürlich nicht direkt bei den Dockingstationen, nicht in einem Raum mit ihnen. Ich habe mir daneben eine Bleibe eingerichtet, als ich hier anfing. Man hat mir damals die Generalschlüssel für alle Häuser in der Zone gegeben, die noch aufzutreiben waren und ich habe mir nach und nach aus den Wohnungen und Geschäften Sachen zusammengesammelt, die noch brauchbar waren. Alles streng legal.«

»Das ist super! Gibst du uns mal die Schlüssel?«, rief Minx begeistert. »Dann könnten wir auch sammeln gehen! Stell dir vor Senza, wir könnten in die Läden und Wohnungen und dort herumschnüffeln, schlafen, wo wir wollen und bleiben, wo es uns gefällt! Das wäre irre! Gibst du uns mal die Schlüssel, bitte bitte bitte!«

Der Ranger schüttelte den Kopf.

»Ich glaube, du stellst dir das alles etwas zu einfach vor. Ihr beiden könnt nur in die Häuser gehen, die ganz nahe an der Mauer stehen. In den anderen ist die Strahlung viel zu hoch. Ich habe keine Schutzkleidung für euch, nichts was ihr anziehen könntet. In den meisten Gebäuden ist auch kein Strom und kein Wasser. Außerdem hat die Explosion damals viele Fenster zerbrochen und es war keine Zeit mehr, sie zu reparieren. Die betroffenen Wohnungen waren dreißig Jahre lang Wind und Wetter ausgesetzt und sind heute nicht mehr benutzbar. Auch von den Sachen in den Geschäften ist schon das meiste verdorben.«

»Oder völlig aus der Mode«, ergänzte Senza trocken.

Minx versuchte zu protestieren.

»Und außerdem mußt du erst mal dein Bein still halten«, fügte Theo noch rasch hinzu.

Minx war enttäuscht und sann auf Rache.

»Dreißig Jahre«, betonte sie die Wörter. »Das ist aber lange. Bist du auch schon so lange hier?«

Der Ranger schüttelte irritiert den Kopf. »Für wie alt hältst du mich denn?«, fragte er, sichtlich beunruhigt.

»Für steinalt«, antwortete Minx ohne zu zögern.

Senza rammte ihr den Ellbogen in die Rippen.

»Vielleicht Sechzig«, korrigierte Minx sich schnell.

Der Ranger war entsetzt. »Ist es wirklich schon so schlimm?«, sagte er mehr zu sich als zu den beiden Mädchen.

Sein gefurchtes Gesicht wurde grau und er fühlte sich elend und schwach.

»Ich finde, du siehst höchstens aus wie fünfzig«, versuchte Senza zu retten, was nicht mehr zu retten war.

»Nett von dir«, dankte ihr der Ranger mit einem schwachen Lächeln, »aber gib dir keine Mühe. Kinder sind eben ehrlich.«

»Wer ist hier ein Kind?!« Minx war empört. »Ich bin bald sechzehn! Immer nennen mich alle ein Kind.«

»Sie ist grade mal fünfzehn geworden«, korrigierte Senza und legte ihr beschwichtigend die Hand aufs Knie.

Theo wandte sich ab. »So ist das eben. Die einen können nicht schnell genug alt werden und die anderen ...«

Er ging auf den Flur hinaus. Dort drehte er sich noch einmal um. »Ich habe euch den Kühlschrank aufgefüllt«, sagte er, »esst euch mal richtig satt.«

Dann verließ er sichtlich geknickt die Wohnung.

❦

In Theos zehntem Jahr in der Zone begannen sich die Projekte allmählich aufzulösen.

Die Ursache dafür waren einerseits Schwierigkeiten, die den diversen Vorhaben immanent waren, andererseits aber auch, und das wog viel schwerer, kooperative Probleme zwischen NEPCO und MARS. Die beiden Firmen hatten sich gewissermaßen auseinandergelebt. Personelle Verbindungen hatten sich zerschlagen und diverse Wechsel in leitenden Positionen, wodurch andere Lieblingspartner favorisiert wurden, hatten ein Klima der Unsicherheit und des gegenseitigen Misstrauens geschaffen.

Das Aus für Projekt Theo machte den Anfang.
Immer weniger gelang es den verantwortlichen Forschungsleitern mit Dr. Frigg an der Spitze noch, den wissenschaftlichen Beirat von NEPCO vom Nutzen einer weiteren Fortsetzung ihrer Langzeitstudie mit nur einer einzigen Testperson zu überzeugen. Schließlich hatten sie ja das Wunderpeptid, das Theo vor der Strahlung schützte, bereits in den Blutproben isoliert und sie waren kurz davor, es synthetisch in größeren Mengen herstellen zu können.
Wichtiger als die weitere Datensammlung war folglich jetzt, sich darüber Gedanken zu machen, wie man es in einem weiteren Versuch testen konnte, ohne dass dabei die äußerst unerwünschte Nebenwirkung der Substanz zutage kam, nämlich eine rapide Zellalterung durch die verminderte Absorption von Abbauprodukten.
Eine Zeit lang konnten sie mit verklausulierten Formulierungen und komplizierten Begründungen die Beendigung von Projekt Theo noch hinauszögern; es hingen ja nicht wenige Existenzen daran. Aber dann waren die Kontrolleure am Ende ihrer Geduld und die Fördermittel wurden zuerst gekürzt und dann ganz gestrichen.
Für Dr. Frigg, die wegen ihrer ›Überinformiertheit‹ gefürchtet und praktisch nicht kündbar war, fand man einen neuen Aufgabenbereich im Anschlussprojekt, das ›Radiotect‹ (so wurde das Strahlenschutzmittel intern vorläufig genannt), bis hin zur Marktreife entwickeln sollte.
Die Frage, was weiterhin mit Theo Korilenko geschehen würde, stellte sich zunächst noch nicht, weil dieser ja wegen der

Wartungsarbeiten an den CRABs, die er für MARS durchführte, noch weiter in der Zone gebraucht wurde.

Seine rebellischen Aktionen waren noch in lebhafter Erinnerung. Die Änderungen sollten ihm deshalb nicht kommuniziert werden, um ihn nicht zu verärgern und so seine weitere Tätigkeit für MARS zu gefährden.

Man beschloss, dass er mit den Selbsttestungen zunächst wie gewohnt fortfahren sollte, nur würden seine Daten ab sofort nicht mehr analysiert, sondern nur noch gespeichert werden, um sich die Option auf eine spätere Untersuchung zu erhalten. Ferner sollten die täglichen Rapportgespräche weitestgehend von Praktikanten durchgeführt werden und nur noch dann von Dr. Frigg selbst, wenn Theo es mit Nachdruck verlangte.

All dies galt, wohlgemerkt, nur für eine kurze Zwischenphase. Dann änderte sich die Situation noch einmal grundlegend, weil sparwillige neue Entscheidungsträger bei NEPCO bald darauf auch das gesamte CRAB-Projekt als verzichtbar betrachteten und seine Einstellung betrieben.

❧

»Ist das dein Billy? Willst du ihn wieder heil machen?«

Der Ranger schreckte von den Okularen des Mikroskops hoch. Senza stand direkt hinter ihm und machte ein schuldbewusstes Gesicht, das aber dennoch Entschlossenheit zu trotziger Gegenwehr signalisierte.

»Warum schleichst du dich an?«, fragte Theo, etwas ungehalten wegen der Unterbrechung. »Ich dachte, ihr schlaft noch.«

»Ich habe nur die Boots nicht an. Und Minx schläft ja auch noch. Aber ich habe in der Nacht kein Auge zugetan. Das Bett war viel zu weich. Man sinkt darin ein, wie in einem Sumpf. Dann hab ich es auf dem Boden versucht, aber da war es schon hell und die Vögel haben so laut gezwitschert.«

Senza kam wieder auf ihre Frage zurück.

»Und, ist das Billy? Kriegst du ihn hin?«

Der Ranger schüttelte zweifelnd den Kopf.

»Weiß noch nicht. Ist ziemlich schwierig. Du hast ihn ordentlich plattgemacht.«

»Aber das war Notwehr«, verteidigte sich Senza. »Ich konnte doch nicht zusehen, wie er ein Sieb aus Minx macht.«

»Schon klar. Heißt sie wirklich Minx?«

»Ich finde, es passt besser zu ihr als Flora, oder?«

»Weiß nicht«, meinte Theo zweifelnd. »Mag sein. Aber mich beschäftigt grade eine andere Frage, nämlich die, wie es überhaupt dazu kommen konnte, dass Billy einen Menschen aufs Korn nimmt. Dieselbe Frage habe ich mir schon damals gestellt, als Holly mich durchlöchert hat.«

»Hast du allen Krabben Namen gegeben? Wieviele sind es denn?«

Theo nickte. »Es sind zweihundert und jede hat einen Namen.«

»Wie kannst du sie nur auseinanderhalten?«

»Sie sind sehr verschieden. Sie sehen zwar ziemlich gleich aus, aber sie verhalten sich nicht gleich. Jede Einheit hat einen anderen Charakter. Sie machen ihre eigenen Erfahrungen und lernen daraus. Manche von ihnen werden mehr männlich, aggressiv und forsch, andere entwickeln sich mehr weiblich, eher vorsichtig und fürsorglich. Es ist wirklich nicht schwer, sie zu unterscheiden.«

Der Ranger sah wieder durch seine Okulare, aber Senza suchte weiter das Gespräch mit ihm.

»Was ist denn nun daran so seltsam, dass Billy Menschen angreift? Warum wunderst du dich, dass ein Krebs nicht richtig funktioniert? Deshalb bist du doch hier, oder?«

Der Ranger drehte sich ihr zu.

»Ganz so einfach ist es nicht«, erklärte er leicht belustigt.

»Eigentlich dürfte es unter keinen Umständen passieren, dass die CRABs Menschen angreifen. Das ist ihr oberstes Gesetz und ist nicht nur einmal, sondern gleich doppelt in ihnen verankert. Zur Sicherheit.«

»Schießen sie nur auf die Beine?«

»Weiß nicht. Sie sind für Kleintiere am Boden ausgelegt. Das ist ihr Beuteschema. Kleine Mädchen gehören nicht dazu.«

»Oder große Jungs«, ergänzte Senza und schnitt eine Grimasse.

»Ja«, bestätigte Theo, der nicht zu Gesprächen aufgelegt war, einsilbig.

»Hör mal«, fuhr er fort, »du solltest wieder nach deiner Freundin sehen. Sie darf nicht anfangen, dich zu suchen, wenn sie aufwacht. Sie muss ihrem Bein ein paar Tage Zeit geben, sich zu erholen. Achte darauf, wenn du ihr helfen willst.«

»Schon verstanden«, maulte Senza enttäuscht. »Ich lass dich ja schon in Ruhe. Ein Einsiedler ist eben nicht auf Besuch eingestellt.«

Als sie abgezogen war, ging Theo zu den Dockingstationen hinüber. In der hinteren Ecke des großen Raums, der früher einmal einen jederzeit gut besuchten Getränkemarkt beherbergt hatte, stand ein elektronischer Tisch, der ein detailliertes holografisches 3D-Modell der Zone projizierte. Es war eine Dublette des Geräts, an dem er damals die Topografie der Zone kennengelernt hatte.

Er trat an den Tisch, auf dem sich eine Menge kleine blaue Pyramiden langsam hin und her bewegten, Avatare der CRABs, die die genauen aktuellen Positionen der Originale anzeigten.

Mit der kleinen Tastatur am Tisch gab er eine Nummer ein und sah gleich darauf eines der Symbole blinken.

»Da treibst du dich also herum, Holly«, sagte er zufrieden.

»Dann lass uns mal nachsehen, was hier los ist.«

In einem bis zur Decke hinauf weiß gekachelten Bereich, einem früheren Kühlraum, zog er das Kellner-Outfit aus, mit dem er sich zu besonderen Anlässen fein machte und legte es sorgfältig zusammengefaltet in eine abgeschirmte Kiste. Er streifte wieder das rotkarierte Hemd und die grüne Latzhose über, mit denen er gewöhnlich im äußeren strahlungsarmen Zonengürtel unterwegs war. Nachdenklich musterte er den alten Bleiumhang, der an einem Schwerlasthaken an der Wand über einem merkwürdigen Taucherhelm und unförmigen bleiernen Schuhen hing. Dann schlüpfte er in die Spiegelstiefel und machte sich auf den Weg ins Gelände.

Nach einer Stunde kam er zurück, Holly im Rucksack, die er anstelle von Billy auf den Objektträger legte. Lange studierte er ihre Unterseite, wechselte sie dann wieder gegen Billy aus, verglich und überlegte. Schließlich setzte er die Holly-Einheit auf dem Boden ab und aktivierte sie mit dem Sender im schwarzen Kästchen. Die Krabbe blinkte und lief zur Positionsbestimmung eine kurze Strecke nach vorn und wieder zurück. Dann eilte sie zielstrebig zur Tür, um draußen ihre unterbrochene Tätigkeit wieder aufzunehmen.

Nach kurzem Zögern suchte der Ranger erneut seine Umkleide auf. Dieses Mal zog er sich vollständig aus, bevor er die Tür zu einer ehemaligen Putzkammer öffnete und aus einem bleiarmierten Blechspind die schwer verstrahlte Kleidung hervorholte, mit der er ausschließlich die aktivere mittlere und die heiße Kernzone betrat. Mit diesem Wechsel hatte er begonnen, als ihm klar geworden war, welchen Preis er für den dauernden sorglosen Kontakt mit Strahlung zu bezahlen hatte.

In einem hip-Billigmodemarkt im kreischgrünen übernächsten Bau hatte er dafür einen lila-gelb-gestreiften Jogginganzug mit Kapuze ausgesucht, ein Stück von so erlesener Scheußlichkeit, dass die Vögel erschreckt das Weite suchten, wenn sie ihn darin kommen sahen. Nicht wenige von ihnen hatte er so schon in die elektrischen Schlingen des Schirms getrieben.

Ein anderes Paar verspiegelter Stiefel, das einzige Element, das ihn wenigstens vor irgendetwas schützte, komplettierte sein lächerliches Outfit, mit dem er die tödliche Strahlung der zerfallenden Atomkerne verhöhnte.

Auf dem Weg nach draußen begegnete er Senza, die sich langweilte, weil Minx immer noch schlief und grade einen zweiten Versuch starten wollte, mit ihm ins Gespräch zu kommen.

»Halt dich von mir fern!«, rief er ihr zu. »Die Sachen, die ich anhabe, sind sehr gefährlich für dich.«
Senza nickte zustimmend.
»Da hast du ja sowas von recht. Ich kriege Augenkrebs davon. Wohin gehst du denn damit? In die Oper?«
Theo hatte keine Lust auf Scherze.
»In die Kernzone. Muss dort etwas überprüfen, aber ich bin bald wieder zurück. Denkt daran, das Gebäude hier tagsüber nicht zu verlassen, wenn ihr nicht wollt, dass man euch entdeckt und von mir verlangt, euch der Polizei auszuliefern.«
Senza verzog den Mund.
»Hältst du uns für blöd? Wir haben schon kapiert, was läuft.«
Sie stieg wieder die Treppe hoch und sah verwundert durch die Fenster des Treppenhauses, wie er, nur mit dem grässlichen Jogginganzug bekleidet, der ihn vor rein gar nichts schützen konnte, außer vielleicht vor begehrlichen Frauenblicken, hinaus ins Freie ging und sich in Richtung Zonenmitte entfernte.

Nach kurzem Fußmarsch erreichte Theo die Halden neben dem teilweise eingestürzten Plattenbau, dessen eitergelber Putz sich großflächig von den Wänden geschält hatte wie versengte Haut. Die zum Räumen eingesetzen CRABs waren emsig am Zerteilen, Sortieren und Ablegen von kontaminiertem Material auf einem der drei langgezogenen, flachen Abraumbeete für schwach, mittel oder stark strahlende Überreste der Katastrophe.
Während am Zonenrand überall das Zwitschern der Vögel und der herbe Duft der Wildkräuter in der Luft lag, war es hier das scharfe Zischen der roten Laser und ein omnipräsenter, beißender Ozongeruch.
Bei ihrem Arbeitsbeginn hatten die Räumer die flachen Halden auf einer großen freien Fläche angelegt und im Lauf der Jahre, da sie konstruktionsbedingte Schwierigkeiten mit dem In-die-Höhe-Stapeln hatten, zu immer längeren Streifen aufgeschüttet, von denen der schwächer kontaminierte am längsten und der strahlungsaktivste der kürzeste war. Theo hatte diese Arbeitsweise mehr und mehr für unökonomisch gehalten, weil die We-

ge der CRABs so immer länger wurden.

Es wäre höchste Zeit gewesen, wenigstens den ausgedehntesten der niedrigen Haufen, der schon bald das benachbarte Gebäude erreichen würde, wegzubaggern und abzutransportieren, um wieder neuen Platz zu schaffen.

Aber vermutlich wussten sie bei NEPCO einfach nicht, wohin mit dem Zeug und ließen es deshalb da liegen, wo es war.

Für Theo erwies sich jetzt diese unentschlossene Schlamperei als Glücksfall, sonst hätte er das, wonach er suchte, nicht mehr finden können.

Er kramte aus den tiefen seitlichen Taschen seines Polyester-Anzugs, der vor statischer Aufladung nur so knisterte, ein Paar derbe Arbeitshandschuhe hervor und streifte sich die Fäustlinge aus grauem Rindsleder und steifem Leinenstoff über die Hände.

Er studierte die langgestreckten Beete und überlegte:

Die CRABs hatten mit der Räumarbeit vor etwa siebzehn Jahren begonnen; die ersten Ausfälle, die eine Wartung notwendig machten, waren um die fünf Jahre später aufgetreten. Zu dieser Zeit mochten die Streifen gerade ein knappes Drittel ihrer heutigen Ausdehnung erreicht haben.

Der Ranger erkletterte die längste der kniehohen Halden und begann mit den Händen dort herumzuwühlen. Er durchackerte die ganze Breite des Streifens, kehrte um und zog eine zweite Furche, parallel zur ersten, genau da, wo er das geschredderte Gut vermutete, das dort vor siebzehn Jahren deponiert worden war. Silly, eine Räumeinheit, die ihm besonders ans Herz gewachsen war, stieg zu ihm auf den Haufen, machte einige komische Luftsprünge und grub sich, ihn imitierend, ebenfalls durch die handlich zerkleinerten Überreste dessen, was einmal ein Haus, eine Wohnung, ein Möbel oder auch ein Gegenstand des täglichen Lebens gewesen war, den man für schön oder nützlich gehalten hatte.

Silly grub und ergriff mit den Zangen Brocken, wendete sie, wie Theo es tat und warf sie dann wieder weg.

Theo lachte. »Du bist mir ja ein Komiker, Silly. Ein Krabben-Pantomime! Willst du mich verarschen?«

Wieder ergriff Silly etwas, drehte es um und warf es dann dem Ranger vor die Füße.

Ein Stück Knochen spiegelte sich in den Stiefeln.

Theo, der sich gut in Anatomie auskannte, weil Nelly sie ihm oft wunderbar anschaulich an ihrem eigenen Körper demonstriert hatte, identifizierte es als Kniescheibe.

Als menschliche Kniescheibe.

Theo konzentrierte nun seine Suche auf die Stelle, wo Silly die Patella gefunden hatte. Er fand Rippen, ein Schulterblatt, das Skelett einer linken Hand. Dann ein Fersenbein, das ein scharf umrissenes kleines Loch mit schwarzen Rändern aufwies, welches den ganzen Knochen durchquerte, immer genau im selben Durchmesser. Ein Brustbein kam zutage, ebenfalls durchlöchert, und schließlich die obere Hälfte eines Schädels mit einem kleinen Loch in der Stirn, genau zwischen den Augenhöhlen.

Silly fiepte und sprang blau blinkend in die Luft.

»Holla, Kollege«, sagte Theo zum Schädel. »Hättest wohl deinen Job doch besser erledigen sollen.«

☙

Es gab verschiedene Gründe, warum das CRAB-Projekt bei NEPCO in Ungnade fiel. Neben den erwähnten, eher firmenpolitisch oder persönlich motivierten, waren auch einige durchaus ganz sachliche dabei, mit denen man an der Oberfläche trefflich Wellen schlagen konnte, während in den Beziehungstiefen die großen, mächtigen Strömungen unsichtbar ihre Bahnen zogen. In einer gemeinsamen Projektleiterkonferenz der beiden Firmen zeigten sich die Vertreter von NEPCO unzufrieden mit den Fortschritten, die die CRABs bei den Räumarbeiten in der Zone machten. Man bemäkelte die hohen Ausfallquoten der CRABs, mehr noch, man tadelte die Störanfälligkeit der Automaten generell, die die permanente Anwesenheit eines Wartungs-Technikers im Sperrgebiet erst erforderlich gemacht habe.

Derlei technische Unzulänglichkeiten würden die Erledigung der Aufgaben in einem vertretbaren Zeitrahmen sehr erschweren. Überdies sei die Arbeitsweise der Räumer unökonomisch, die Größe der Einheiten falsch dimensioniert und die Kooperation zwischen den einzelnen Units der CRAB-Population insgesamt unzureichend. Man müsse darüber nachdenken, ob nicht das gesamte Konzept, das dem Projekt zugrunde liege, verfehlt und deshalb ad acta zu legen sei.

Das war starker Tobak für MARS, aber es war von den Plänen bei NEPCO bereits genug durchgesickert, dass die Robotiker wussten, warum ihr CRAB-Projekt komplett zu Fall gebracht werden sollte. Um diesen strategischen Vorteil nicht aus der Hand zu geben, argumentierte der CRAB-Projektleiter streng sachlich und stellte sich dem Gegner konsequent an genau der Front entgegen, an der dieser seine Scheingefechte austrug.

Der MARS-Vertreter verteidigte geschickt das Grundkonzept, das dem Einsatz vieler kleinerer Einheiten der Verwendung von nur wenigen, dafür aber großen Automaten den Vorzug gab.

Er zählte alle, bereits sattsam bekannten Pluspunkte noch einmal auf und stellte so die Geduld der gegnerischen Diskutanten auf eine schwere Probe.

Die Häufigkeit der Ausfälle erklärte er mit der harten Gammastrahlung, der die elektronischen Bauteile aber schon länger widerstanden hätten, als es derzeit Standard sei. Zudem seien neue Abschirmungen in der Entwicklung, die die Lebensdauer der Komponenten verdreifachen würden.

Die Größe der Einheiten sei in gemeinsamer Planung so festgelegt worden, sodass man nicht jetzt MARS allein die Verantwortung dafür zuschieben könne.

Und dem Vorwurf der unökonomischen Arbeitsweise, die viel zu viel Zeit kosten würde, begegnete er mit der süffisanten Frage, ob NEPCO denn schon einige Jahre eher gewusst hätte, wohin mit dem strahlenden Abraum der Halden, wo doch dafür auch heute noch kein Plan existiere.

Schließlich blieb den NEPCO-Leuten nichts anderes mehr übrig, als die Katze endlich aus dem Sack zu lassen.

Würde man fünfzig hochbezahlte Arbeiter mit schwerem Gerät ausstatten, so schätzten sie, könnten diese dieselbe Arbeit, die die CRABs bis zum heutigen Zeitpunkt erledigt hatten, wohl in einem einzigen Jahr schaffen.

Wie man diese denn gegen die immer noch agressive Strahlung schützen wolle? Und bitte keine Märchen von Schutzkleidung, da sei man bei MARS besser informiert.

Die NEPCO-Vertreter begriffen, dass das Versteckspiel beendet war. Nun ja, bestätigten sie, was alle schon wussten, das könne man mit einem neuen Medikament bewerkstelligen, intern vorläufig Radiotect genannt, das sie an ihrem Klinikum entwickelt hätten. Als Ergebnis des Projektes Theo.

Man wolle die Chance nutzen, das Mittel nun an einer größeren Gruppe von Probanden auszutesten.

Nun, bedauerte der CRAB-Projektleiter, in diesem Falle würde man natürlich die Automaten alle abschalten, sehe sich dann aber gezwungen, Theo, den lebendigen, offensichtlichen Beweis für die fatale Nebenwirkung des besagten Mittels, wieder aus der Zone in die Öffentlichkeit zu entlassen.

Natürlich im Rahmen einer großen Feier, mit Pressekonferenz und allem Pipapo.

So wurde Theodor, Gottes Geschenk, unversehens zum Danaergeschenk, das sich bald als gefährlich erweisen konnte für den einen oder den anderen Spieler, die da um die Durchsetzung ihrer Interessen pokerten.

Am Ende womöglich sogar für beide.

»Das war ein Unfall«, behauptete Limaal unwirsch.

Der Mann auf dem Bildschirm fuhr sich nervös mit den Fingern durch den wild wuchernden schwarzen Bart.

Limaal war schon fast so lange bei MARS, wie Theo alt war, und er galt als ›Vater der CRABs‹. Ein genialer Techniker, aber auch schwierig im Umgang. Weniger dezent formuliert ein echter Kotzbrocken, der von seiner Umgebung gerne gemieden wurde. Normalerweise war er brummig und kurz angebunden, aber jetzt wirkte er angespannt und unsicher, als bewege er sich auf glattem und sehr dünnem Eis.

»Ein Unfall, sagst du«, wiederholte Theo zweifelnd. »Aber das sollte doch eigentlich gar nicht möglich sein. Wie konnte das nur passieren?«

Limaal zwirbelte seinen Bart.

»Es gab einige, um genau zu sein sechzehn CRABs, die ursprünglich für einen Einsatz als Kampfläufer entwickelt worden waren. Sie hatten einen BIOS-Chip eingebaut, dem logischerweise das generelle Tötungsverbot für Menschen fehlte. Außerdem hatten sie eine Schaltung für ein Beuteschema, auf dem alle Menschen ein Ziel waren, die kein Codesignal aussandten.«

»Was für ein Codesignal?«

»Ganz einfach. Dieses Signal hätte ein Minisender ausgestrahlt, der den Soldaten der eigenen Truppe und ihren Kombattanten unter die Haut appliziert werden sollte. Wer dann nicht sendete, war ein Feind und wurde angegriffen.«

»Sind diese Kampfkrabben nach einer bestimmten Taktik vorgegangen?«

»Oh ja. Zuerst auf die Füße zielen, um die Gegner zu Fall zu bringen, dann waren auch Schüsse auf den liegenden oder sitzenden Körper möglich bzw. auf den Kopf. Sie suchten die Augen und nahmen die Mitte einer imaginären Linie zwischen ihnen aufs Korn.«

Theo seufzte. »Tja, scheint ja bestens funktioniert zu haben. Armer Kerl.«

»Ach was«, raunzte Limaal ungehalten. »Ein Schwerverbrecher. Doppelmörder, glaube ich. Hatte noch Glück; auf dem Elektrischen Stuhl wäre er noch um einiges unangenehmer zu Tode gekommen.«

Theo schwieg eine Weile.

»Wie habt ihr denn diese Kampf-CRABs umfunktioniert?«, wollte er dann wissen, »und was ist dabei schiefgegangen?«

Limaal stöhnte. »Mann, Theo, musst wohl immer allem auf den Grund gehen, wie? Okay, zweierlei: Zum einen wurde der BIOS-Chip umprogrammiert und um das erste Robotergesetz erweitert. Zum zweiten wurde am Chip das Beuteschema verändert. Ziel war nun alles, was sich bewegte, außer Menschen und andere CRABs. Auch ganz neue Funktionen kamen dazu, wie der Samariter-Modus und das Räumschema. Und die Mechanik selbst wurde natürlich um die Manipulator-Zangen erweitert.« Er zwirbelte wieder seinen schwarzen Bart, in dem sich erste graue Stellen zeigten.

»Was dann schief ging - naja, das Beuteschema ist wohl durchgebrannt, wie es auch jetzt noch immer wieder vorkommt. Das kann früher passieren oder später, je nachdem, wie lang sich die Einheit schon in den stark strahlenden Bereichen aufgehalten hat. Tja, und dann hat sich wohl auch noch der BIOS-Chip gleichzeitig zurückgesetzt und die Tötungshemmung für Menschen war futsch. Es war wirklich extrem unwahrscheinlich, dass das alles zur selben Zeit passiert ist.«

Theo überlegte eine wenig.

»Hört sich halbwegs plausibel an«, gestand er dann zu. »Hatten denn die sechzehn Killer-CRABs stärkere Laser als die späteren Einheiten?«

Limaal nickte. »Ist dir aufgefallen, wie? Ja, die hatten entschieden mehr Bumms drauf, größere Durchdringungskraft. Waffe eben, kein Werkzeug.«

»Was habt ihr gemacht, als es passiert war?«

»Was meinst du?«

»Ich meine, wie kam die zerkleinerte Leiche auf die Halde?«

»Ach das. Ganz einfach, wir haben einigen Räumern über das Interface der Dockingstation die Anweisung gegeben, die Leiche wie schwach kontaminierten Abraum zu behandeln.«

»Abraum«, wiederholte Theo langsam. »Ihr seid echte Gemütsmenschen.«

»Nochmal, ja?«, raunzte Limaal, »es war ein Unfall und das Opfer ein zum Tod verurteilter Galgenvogel, der noch dazu seinen

Pflichten nicht nachgekommen ist. Also mach dir mal nicht ins Hemd.«

»Schon gut. Aber eine Frage habe ich noch: Als was habt ihr denn *mich* angesehen, als ich hier anfing?«

»Wie, was meinst du?«

»Als ich hier ankam, lief eine Killerkrabbe hier herum, von der ihr mir nichts gesagt habt. Und noch fünfzehn andere, die tickende Zeitbomben waren.«

Limaal schüttelte ärgerlich den Kopf.

»Nun mach mal halblang, Junge. Nicht so theatralisch. Das BIOS haben wir natürlich wieder auf menschenfreundlich gesetzt. Übers Docking-Interface.«

»Das könnt ihr? Wusste ich noch gar nicht, dass das geht. Aber trotz allem hat mir dann Holly später in die Ferse geschossen.«

»Okay, Okay, noch so ein wirklich unwahrscheinlicher Zufall. Aber dann hast du ja sofort die Schutzstiefel bekommen, oder? Und seitdem ist auch nie wieder sowas vorgekommen. Also, reg dich ab, Mann. Du machst da einen Männerjob, klar?«

Theo kaute bedächtig auf seiner Unterlippe herum und schwieg eine Weile, während Limaal wieder seinen Bart beharkte.

»Ihr hättet mir das mit dem Unfall ruhig sagen können«, beharrte der Ranger schließlich. »Immerzu habe ich mich gefragt, was mit dem Liquidator passiert sein könnte. Und ich habe euch gefragt. Aber ihr habt mir einfach nicht vertraut.«

»Oh ja? Und hatten wir nicht recht damit? Wer hat denn dann mit Streik gedroht? Wer wollte denn rauslaufen aus der Zone wegen seiner kindischen Verliebtheit in ein Flittchen, das ihn nur für die Karriere ausgenutzt hat?«

Jetzt hatte Limaal ihn an seiner verletzlichsten Stelle erwischt.

Theos Augen glänzten feucht. »Leck mich, Mann«, sagte er und trennte rasch die Verbindung.

Eine Weile saß er still da und wartete, bis der Schmerz nachließ. Dann fuhr er mit dem Stuhl zum anderen Monitor und startete die allabendliche Konferenzschaltung mit NEPCO.

Der Schriftzug erschien, dann das angespannt wirkende Gesicht von Nelly Frigg. Theo schwante nichts Gutes.

»Hi Nelly. Welch seltene Ehre«, begrüßte er sie mit belegter Stimme, einerseits erfreut, andererseits darauf aus, ihr weh zu tun. So ging das nun schon seit einiger Zeit, wenn er mit ihr sprach, wozu sie ihm nur mehr selten die Gelegenheit gab.

»Hatte niemand von den Praktikanten Zeit? Nicht einmal die Putzfrau? Die könnte mir die paar obligatorischen Phrasen doch genauso aufsagen. Könnte sie in fünf Minuten lernen.«

Nelly Frigg zuckte resigniert mit den Schultern

»Nur zu«, forderte sie ihn auf. »Mach mich fertig. Ich kann verstehen, wenn du sauer auf mich bist. Ich würde es sogar verstehen, wenn du mich hassen würdest.«

Ihre Demutshaltung überraschte Theo und löste eine Beißhemmung bei ihm aus. Die alten animalischen Reflexe funktionierten zuverlässig, wie alle einfachen Mechanismen.

»Ich hasse dich nicht«, sagte er leise. »Ich liebe...«

»Psssst!«, unterbrach sie ihn. »Sag das nicht, sag es nicht. Es schmerzt mich mehr als jede Beschimpfung, die du mir an den Kopf werfen könntest.«

Theo schluckte und schwieg.

Seine Augen begannen wieder zu glänzen.

Nelly war so anders als sonst, und er verstand die Veränderung nicht.

»Ich habe herausgefunden, was mit dem Liquidator passiert ist«, sagte er schließlich, als er die Stille nicht mehr aushielt.

»Ach ja?« Sie klang überrascht. »Ist der damals nicht wieder der Justiz übergeben worden? So haben die von MARS uns das jedenfalls erzählt.«

»Haben sie das? Klar, gerade bei NEPCO sollte natürlich keiner erfahren, was da wirklich passiert ist. Ein CRAB hat ihn getötet. Vielleicht auch mehrere zusammen. Sie kommunizieren ja miteinander.«

Nelly war schockiert.

»Bist du sicher?«

»Todsicher. Limaal hat es zugegeben. Hat behauptet, es sei ein Unfall gewesen, aber das nehme ich ihm nicht ab.«

»Du denkst, sie haben ihn eliminiert?«

Nelly wirkte außerordentlich beunruhigt, weit mehr, als Theo es erwartet hätte.

»Ja, das denke ich. Der Liquidator hatte ja keinen Kontakt mit ihnen aufgenommen und das Haus fast nie verlassen. Es muss also im Haus passiert sein, wo sie nichts sehen konnten. Es gibt in den Gebäuden keine Überwachungskameras, wegen der Strahlung und weil sie ihm auch etwas Privatsphäre gönnen mussten. Woher haben sie also gewusst, was passiert ist, wenn sie nicht selbst dran gedreht haben?«

»Das konnten sie, daran drehen?«

»Das konnten sie. Auch das hat Limaal mir bestätigt. Übers Docking-Interface haben sie Zugriff auf fast alle wichtigen Funktionen. Auf mehr, als mir bisher selber klar war.«

Nelly sah Theo aus dem Bildschirm heraus ernst an.

Nichts Falsches oder Manipulatives war mehr in ihrem aparten Gesicht zu erkennen, selbst nicht für einen weniger voreingenommenen Beobachter, als der in seine Gefühle verstrickte Ranger es war.

»Ich mache mir Sorgen um dich«, sagte sie, ohne Pathos.

»Große Sorgen. Ich habe Angst, dass dir etwas Ähnliches zustoßen könnte.«

»Mir?« Theo war überrascht.

»Aber wieso denn? Ich bin für gleich zwei Versuche, die hier laufen, unverzichtbar. Ohne mich wären die doch am Ende.«

Er lachte. »Was ist denn bloß los mit dir, Nelly? So kenne ich dich gar nicht. Aber es gefällt mir.«

»Sie *sind* am Ende«, stellte sie sachlich knapp fest, ohne auf seine letzte Bemerkung einzugehen. »Es werden beide Projekte bald eingestellt. Das CRAB-Projekt und Projekt Theo.«

Theos Gesicht erstarrte zu einer Maske.

Ungläubigkeit, hinter der ganz langsam die Erkenntnis aufkeimte, dass Nelly die Wahrheit sagte, zeichnete sich in ihr ab.

Eine lange Pause entstand.

»Wann?«, fragte Theo dann mit rauer Stimme.

»Projekt Theo wurde schon vor einiger Zeit eingestellt. Das ist auch der Grund dafür, dass du fast nur noch Hilfskräfte beim Rapport gesehen hast. Deine Daten werden nur noch abgespeichert, nicht mehr analysiert oder irgendwie ausgewertet. Beim CRAB-Projekt streiten NEPCO und MARS noch um die Modalitäten. Aber das Ende ist schon beschlossene Sache.«

In Theo arbeitete es heftig.

»Gut, dass aus dem Strahlenschutzmittel nichts mehr werden würde, war mir schon klar«, gestand er. »Bei den Nebenwirkungen, die es haben würde.«

Nelly Frigg presste die Lippen zusammen und schüttelte den Kopf. »Du denkst immer noch zu idealistisch, mein Lieber. Das Medikament wird wegen der Nebenwirkungen nicht fallengelassen. Oh nein, es wird zur Marktreife gebracht. Mit meiner Mithilfe, wie ich zugeben muss. Man wird es allerdings nur in einem akuten Notfall anwenden dürfen, für einen kurzen Zeitraum. Also nicht zur Prophylaxe. Der ultimative Gewinn wird sich damit also wohl nicht erzielen lassen, aber trotzdem werden viele Staaten, die Kernenergie nutzen, es wohl in großen Mengen kaufen und für den Ernstfall einlagern. Auch damit läßt sich noch sehr, sehr viel Gewinn machen. Allerdings bezweifle ich, dass man dich bei NEPCO gerne draußen in der Öffentlichkeit sehen möchte, so wie du aussiehst. Verzeih mir, wenn ich das so offen sage, aber ich will dich nicht mehr länger belügen.«

»Nicht mehr länger belügen? Heißt das, dass du mich bisher belogen hast?«

»Hör zu, Theo. Du hast einiges über mich zu hören bekommen im Lauf der Jahre. Ich sei leicht zu haben, hätte mich für meine Karriere durch viele Betten geschlafen, und so weiter. Das war nicht alles gelogen. Dass ich leicht zu haben sei, haben immer nur die behauptet, die nicht bei mir landen konnten. Aber für meine berufliche Zukunft habe ich einiges auf mich genommen, das muss ich zugeben.«

»Auf dich genommen.«

Theo brütete über diesen drei Wörtern.

»Willst du damit sagen, du hast es ›auf dich genommen‹, Gefühle für mich zu heucheln?«

»Ich bin nicht stolz auf das, was ich getan habe. Aber ich war ehrlich davon überzeugt, dass es das Richtige sei, dich für das Projekt zu motivieren, auch auf die Art, wie ich es getan habe. Das Projekt war mir so wichtig, ob wegen meiner Karriere oder aus edleren Motiven - das konnte ich dabei gar nicht richtig auseinanderhalten. Sicher ist, es war beides mit dabei. Denk jetzt nichts Falsches. Ich musste mich nicht dazu überwinden, dich zu verführen. Deine kindliche Bewunderung und Verehrung taten mir gut. Die anderen alle waren nur scharf auf mich, auf meinen Körper. Aber sie haben mich auch spüren lassen, dass sie im Grunde nicht viel von mir hielten. Bei dir war das anders. Für dich war ich begehrenswert und noch dazu fast eine Heilige. Das war Balsam für meine Seele. Aber erwidern konnte ich die Gefühle, die du für mich hattest, nie.«

Theo erhob sich aus dem Stuhl und durchquerte den Raum wie ein gefangenes Raubtier. Seine Kehle brannte.

Schließlich setzte er sich wieder.

»Warum erzählst du mir das *jetzt* alles? Hättest du mich nicht noch ein wenig länger belügen können, wo nun sowieso alles zu Ende geht?«

Ein unterdrücktes Schluchzen geriet ihm zu einem seltsamen Schnarchgeräusch, anrührend und komisch zugleich.

»Ich fand, dass du ein Recht darauf hast, die Wahrheit zu erfahren.«

»Oh nein. Darum ging es dir nicht. Du wolltest reinen Tisch machen zum Abschluss deines Projekts, so wie man die Daten aufräumt und archiviert oder die Geräte, die man nicht mehr braucht, reinigt und verpackt. So wird jetzt Theo aufgeklärt, kurz vorgewarnt, er sei vielleicht in Gefahr, um das Gewissen zu beruhigen und schon ist wieder ein Punkt abgehakt auf der Liste.«

Nelly nickte. »Wenn es dir gut tut, glaub nur, dass es so ist.«

»Wie überaus großzügig von dir.«

Abrupt wechselte Theo das Thema.

Noch eine ganz andere Frage trieb ihn um.

»Was ist mit dem CRAB-Projekt? Warum will es NEPCO nicht mehr?«

»Ich bin nicht so genau darüber informiert, aber was man so hört, finden sie es zu unökonomisch. Die CRABs sind wohl ihrer Meinung nach zu langsam und haben zu viele Störungen und Ausfälle. Alles Dinge, die frühere Entscheidungsträger offenbar nicht so schlimm fanden.«

»Dann wollen sie die Zone also in Zukunft sich selbst überlassen?«

»Nicht ganz. Sie schicken fünfzig Mann mit schwerem Gerät hinein, die die Räumarbeiten fortsetzen sollen.«

»Und die bekommen...«

»Radiotect, ja. Das ist der vorläufige Name.«

»Und du bist wieder mit von der Partie.«

»Ich habe die medizinische Leitung der Studie.«

Wieder stand Theo auf und lief im Raum hin und her.

Nelly wartete geduldig, bis er sie wieder ansprach. Endlich blieb er hinter dem Stuhl stehen und stützte sich auf die Lehne.

»Da du ja heute deinen ehrlichen Tag hast: Bist *du* verantwortlich gewesen für das Ende von Projekt Theo?«

»Nein. Ich hätte es gerne noch länger laufen lassen. Für mich waren noch viele Fragen offen. Aber das war nicht mehr durchsetzbar. Die Struktur deines Wunderpeptids war ja vollständig aufgeklärt und es konnte bereits synthetisch hergestellt werden. Sie haben einfach die Mittel gestrichen, weil sie der Meinung waren, wir hätten nun lange genug Daten gesammelt. Aber ich muss auch leben. Deshalb habe ich mich für das Nachfolgeprojekt beworben.«

»Leben«, wiederholte Theo bitter. »Du musst auch leben. Klingt recht zynisch, wenn man das einem wie mir sagt, der das wohl bald nicht mehr muss.«

»Vielleicht finden sie ja noch irgendeine Lösung, mit der auch du leben kannst«, sagte Nelly.

Theo überlegte, ob ihr die erneute Zweideutigkeit bewusst war oder nicht, aber das war am Ende dieses Tages nicht mehr so wichtig.

»Wie lange noch?«, fragte er nach einer Weile.

»Ich weiß es nicht genau. In drei Tagen ist wieder eine Besprechung auf der obersten Ebene. Danach könnte alles sehr schnell gehen.«

Er schwieg. Dann lachte er.

»Weißt du, dass ich immer gedacht habe, eines schönen Tages würde ich die Zone verlassen, mit dir Kinder haben und mit dir zusammen sein, bis der Tod uns scheidet?«

»Ich weiß. Und ich habe diesen Tag gefürchtet.«

»Jetzt wirst du keine Angst mehr davor haben müssen. Was war ich nur für ein unglaublicher Dummkopf.«

»Beschwer dich nicht. Es fühlt sich besser an, der Narr zu sein als der Schuft, glaub mir. Du würdest nicht mit mir tauschen wollen.«

Theo suchte nach Worten, Worten der Weisheit, nach starken, an Bedeutung schweren Sätzen, mit denen er sich von ihr verabschieden wollte.

Aber es fiel ihm nichts ein.

»Pass auf dich auf«, hörte er ein letztes Mal ihre Stimme und bevor er noch ein trotziges ›Wozu?‹ erwidern konnte, wurde der Bildschirm schwarz und das Logo rotierte.

Bei den nächsten Gesprächen auf Führungsebene zwischen dem Atomenergie-Konzern und dem Robotik-Entwickler erlebten die Vertreter von MARS eine böse Überraschung.

Hatte man geglaubt, mit dem nun bald arbeitslosen CRAB-Wärter ein perfektes Druckmittel gegen die widerspenstigen Energieversorger in der Hand zu haben, die ihnen den Geldhahn zudrehen wollten, so wurde ihnen das nun aus der Hand geschlagen.

Die NEPCO-Leute hatten nämlich auf einmal Informationen über das Ende des Liquidators, die man ihnen immer sorgfältig vorenthalten hatte.

Schlimmer noch: Sie nahmen ihnen die Unfallgeschichte nicht ab, sondern verdächtigten sie mit guten Argumenten, dem Tod des Häftlings aktiv und sehr effizient nachgeholfen zu haben.

Sie erzählten auch mit sichtlichem Genuss, wie sie in den Besitz dieser Informationen gelangt waren, nämlich durch den medizinischen Rapport des besagten CRAB-Wärters, welcher aussagekräftige Skelett-Teile seines entsorgten Vorgängers gefunden hatte.

Die Drohung, den so bedauerlich früh gealterten Mitarbeiter Theodor Korilenko medienwirksam der Öffentlichkeit zu präsentieren, um damit NEPCOs Radiotect zu sabotieren, wurde so zu einem Schwert, so stumpf, dass man auf seiner Klinge hätte reiten können.

Um den düpierten kleineren Partner, der nun zwar seines Druckmittels beraubt war, aber vergleichsweise vielleicht weniger zu verlieren hatte, vor unergiebigen Rachegedanken zu schützen, bot der Kernkraft-Multi der Firma MARS ein anderes, lukratives Projekt an: Die Entwicklung von innovativen, mit der neuartigen Strahlen-Abschirmung geschützten Wartungs- und Inspektions-Automaten für den Dienst in ihren Kraftwerken.

Denn die stabilsten Lösungen sind stets die, welche allen Beteiligten Nutzen bringen. In dieser Einschätzung sind sich alle Konglomerate von Macht einig, seien es Konzerne, Staaten oder mafiöse Strukturen aller Art.

Und sie stimmen auch darin überein, dass Ethik oder Moral keine Kategorien sind, die für ihre Entscheidungen bestimmend wären.

Dabei mag der einzelne Manager, Politiker oder Pate, was seine private Umgebung betrifft, durchaus ein moralischer Mensch sein, der seine Kinder mit festen ethischen Grundsätzen erzieht; in seiner professionellen Funktion könnte er Handlungen, die nur von derartigen Prinzipien getragen würden, niemals ernsthaft rechtfertigen.

Am Ende dieser Eigendynamik stand die von allen Beteiligten bedauerte, aber dennoch gebilligte zweite ›diskrete interne Lösung‹, mit der MARS, erfahren in solchen Aufräumarbeiten, es übernahm, die Beseitigung des gefährlichen Restpostens der beiden terminierten Projekte zu übernehmen.

❧

»Wenigstens hast du ihr noch etwas Zeit gegeben für ihren Fuß, bevor du uns rauswirfst«, motzte Senza, die offenbar immer noch ihren rosaroten Vorstellungen von einem ruhigen Leben in der Zone nachhing.

Theo, jetzt wieder in seinem Kellner-Outfit, ging mit der Taschenlampe voran.

Die Zonennacht war dunkel und tot wie ein Schwarzes Loch, nur ihre Ränder wurden schwach vom Streulicht der Großstadt erhellt, die mit ihrem nie verstummenden, leisen Rauschen an ihre hier fast schon vergessene Existenz erinnerte.

»Hör doch auf damit, Senza«, bat Minx, die noch etwas humpelte und sich bei der Freundin untergehakt hatte. »Er hat es uns doch erklärt.«

»Du glaubst einfach immer alles, du Schaf«, raunzte Senza mürrisch.

Theo blieb stehen.

»Hört mal, ihr beiden«, redete er ihnen geduldig zu, »falls ihr euch noch immer fragt, was vor drei Tagen passiert ist: Es war wirklich sehr freundlich von euch, was ihr für mich tun wolltet. Vielleicht hätte ich euer Angebot sogar angenommen, wenn ich den Wodka mitgetrunken hätte. Aber ich vertrage nun mal keinen Alkohol, darum habe ich es bleiben lassen. Aber ihr seid immer alberner geworden und habt schließlich angefangen, euch sehr liebevoll miteinander zu beschäftigen. Ich bin dann gegangen. Aber ich habe am nächsten Abend eurer Bitte entsprochen und beim Rapport gemeldet, dass zwei Streunerinnen

- ja was denn, das seid ihr doch! - nachts in die Zone eingedrungen sind. Über einen bislang unbekannten Zugang aus der Kanalisation, sehr nahe beim innersten Bereich. Und dass ihr stark verstrahlt seid. Genau, wie ihr es wolltet.«

»Schon, aber du hast es übertrieben«, kritisierte Senza. »Hast es erzählt, als hätten wir nur mehr ein paar Tage zu leben. Deshalb können wir jetzt nicht bleiben, weil sie uns ja nicht sehen dürfen, wie wir putzmunter hier rumlaufen. Wirklich super gemacht.«

»Dafür habt ihr doch jetzt draußen wieder eine Chance. Sie suchen euch nicht mehr, weil sie euch für tot halten.«

»Das ist etwas, was ich noch nicht ganz verstanden habe«, sagte Senza. »Woher können die Bullen denn wissen, dass wir beide das sind, die sich verstrahlt haben?«

»Na ja, ich habe am Morgen nach eurer Orgie ein Foto von euch gemacht und es beim Rapport nach draußen geschickt. Darauf habt ihr so elend ausgesehen, dass jeder sofort geglaubt hat, dass ihr es nicht mehr lange macht«, grinste der Ranger, so breit, dass man sogar noch im tiefen Dunkel seine Zahnreihen leuchten sah.

»Du mieser, hinterhältiger Wichser!«, polterte Senza und holte aus, um ihm eine Ohrfeige zu verpassen.

Theo hielt ihr den Arm fest.

»Jedenfalls haben sie euch auf den Fotos identifiziert und von der Fahndungsliste gestrichen. Ihr solltet mir lieber dankbar sein.«

»Pah, dankbar!«, spuckte Senza. »Du hast uns gelinkt!«

Sie holte zu einem schwungvollen Tritt mit ihren martialischen Boots aus, aber Theo fasste den Treter in der Luft und hob ihn bis auf seine Brusthöhe an.

Senza stieß einen Schrei aus und plumpste mit dem Hintern auf das weiche Moos.

Sie blieb sitzen und machte ihrem Frust Luft.

»Verdammt, ich bins leid! Ich habs draußen so satt! Hier drinnen, es wär so perfekt gewesen! Keiner der uns sagt, was wir tun sollen, keiner der uns sagt, was wir nicht tun dürfen, keine geilen Säcke, die sich einen runterholen lassen und dann nicht zahlen, keine miesen Bullen, die uns abnehmen, was wir verdient haben und sich fette Donuts dafür kaufen, während uns die Schwarte kracht. Nur du! Und mit dir wären wir schon noch einig geworden. Aber du hast alles versaut.«

Sie schluchzte hemmungslos.

Minx nahm ihren Kopf in die Arme und streichelte ihn.

Der Ranger trat verlegen von einem Bein aufs andere und wirkte wie ein Oberkellner, der einem Gast die heiße Suppe in den Schoß gekippt hat.

»Ihr hättet in keinem Fall bleiben können«, sagte er nach einigem Zögern.

»Hier wird bald die Hölle los sein. Sie schicken fünfzig Mann herein, mit schwerem Räumgerät. Schon in ein paar Tagen kann die Vorhut kommen, die alles dafür fertig macht.«

Die Mädchen starrten ihn ungläubig an.

»Ohne Scheiß jetzt?«, fragte Minx.

»Warum hast du uns das nicht gleich gesagt?«, belauerte Senza ihn misstrauisch.

Theo zuckte mit den Schultern.

»Weiß nicht, ich wollte euch keine Angst machen, aber so wie sich die Sache jetzt entwickelt hat, musste es wohl doch sein.«

»Wers glaubt!«, zweifelte Senza, »das hast du doch grade erst erfunden, stimmts?«

Theo seufzte.

»Ich wollte, es wär so. Ihr könnt ja bleiben und es selber raus-finden. Aber wenn die euch in die Finger kriegen, ist der ganze Bluff geplatzt und ihr habt nirgendwo mehr eine Chance, drinnen nicht und draußen auch nicht.«

An seiner Stimme merkten die beiden, dass er die Wahrheit sagte. Senza ließ den Kopf hängen, während Minx, die sich mit der Aussicht auf ein Leben in der Zone nie so recht hatte anfreunden können, ihr wieder tröstend über das verzauste Haar strich.

»Was machst denn dann du?«, wollte sie wissen. »Und was machen deine Blechkrebse? Bleibt ihr hier?«

Theo schüttelte den Kopf.

»Die CRABs werden stillgelegt«, sagte er, »ja und ich… ich werde wahrscheinlich…«

Er unterbrach sich. »Nun, das wird sich dann schon finden«, beendete er vage den Satz.

Er drehte sich um und ging weiter in Richtung auf das kleine Waldstück nahe der Mauer. »Kommt schon«, rief er über die Schulter zurück, »lasst es uns kurz machen.«

Senza rappelte sich hoch und trottete mit Minx rasch hinter ihm her.

Wenig später waren sie beim Kanaleinstieg angelangt.

Theo gab den beiden die Lampe und hob den Deckel ab.

Er schaute in die enge Röhre.

»Da käme ich nie im Leben durch«, stellte er fest und es klang, als hätte er schon daran gedacht, es zu versuchen.

Jeder von ihnen hasste es, Abschied zu nehmen, also ließen sie es bleiben.

Die beiden Kinder der Straße verschwanden im Bauch der Erde, die sie wieder aufnahm in ihren Schoß, und es war, als hätte es sie nie gegeben.

»Wie eine umgedrehte Geburt«, murmelte der Ranger. »Passt auf euch auf.«

Dann verschloss er die Öffnung wieder mit der runden Eisenplatte und wuchtete zwei schwere Bordsteinbrocken darauf.

Ein heller Strich zog schnell über den klaren, dunklen Himmel und kurz darauf noch ein zweiter.

Die Vorhut der Perseiden, dachte er, *so früh in diesem Jahr. Oder Raketenschrott.*

Die Nacht roch nach wildem Salbei.

Er kehrte zurück zur Basis hinter den schäbigen Mauern des olivgrünen Gebäudes.

Im Dockingroom summten die CRABs stromsaugend und mit blinkenden Kontroll-Leuchten an den durchnumerierten Ladeports. Ein Bild des Friedens, das für ihn eine ruhige, konzentrierte Kraft ausstrahlte und ihm das Gefühl gab, zuhause zu sein. Die Furchen in seinem alten Gesicht vertieften sich.

»Kaum zu glauben, dass einige von euch mich bald jagen werden«, sagte er, während sein Blick prüfend über die Reihen der Oktopoden wanderte, in deren stählernen Körpern und Gliedern sich matt die gedimmte Deckenbeleuchtung spiegelte.

»Du wirst dabei sein, Billy, frisch überholt und wieder wie neu, und du, Holly, du natürlich auch. Aber wer von euch wird noch bei den Killern sein? Wir werden sehen.«

Er sah es bereits am nächsten Morgen.

Normalerweise waren die CRABs sein Wecker.

Im ersten Licht der aufgehenden Sonne erwachten sie zum Leben, koppelten mit prallvoll geladenen Akkus von den Stationen ab und liefen nach draußen an ihre Arbeit.

Das vielhundertfache Klappern metallener Beine auf dem harten Betonboden war sein Weckton.

Doch an diesem Tag schlief er länger als sonst.

Als er schließlich erwachte und aus dem Fenster sah, stand die Sonne schon hoch über dem östlichen Horizont.

Beunruhigt lief er, noch in Shirt und Unterhosen, hinüber zu den Stationen.

Die CRABs, noch angedockt, waren abgeschaltet.

Aber einige Docks waren leer.

Er zählte die verwaisten Stationen.

Es waren sechzehn.

Alarmiert rannte er zurück in seinen Wohnbereich und zog sich hastig an, schlüpfte schnell in die verspiegelten Schutzstiefel, stopfte die grünen Hosenbeine hinein und sah nach, ob das schwarze Senderkästchen in der Hosentasche steckte.

Dann machte er sich auf die Suche nach den Assassinen, die nun, modifizierten Algorithmen folgend, auf der Jagd nach ihm waren.

Aber welche Taktik würde Limaal ihnen in der Nacht aufgespielt haben? Guerillataktik oder Treibjagd? Würden sie sich anpirschen oder ihm irgendwo auflauern?

Er hatte keine Ahnung, was ihn erwartete.

So erschien ihm die Idee vernünftig, sich besser vor unerwarteten Angriffen zu schützen. Vielleicht würden die Killer ja auf einen Stuhl oder einen Tisch klettern, um ihn weiter oben zu erwischen und trotz der Stiefel zu Fall zu bringen.

Der Bleiponcho des Liquidators und der Helm in der Umkleide gingen ihm nicht aus dem Kopf. Er hatte keine Ahnung, wieviel Schutz gegen die Kampflaser diese Utensilien wirklich bieten würden, aber besser als nur der dünne Stoff über der Haut würden sie wohl allemal sein.

Er betrat den gekachelten Raum und erstarrte.

Da saßen sie alle zusammen auf den Bodenfliesen und erwarteten ihn. Limaal musste seine Gedanken erraten haben.

Die CRABs blinkten und verglichen ihn mit ihrem neu aufgespielten Beuteschema.

Er passte und sie eröffneten das Feuer auf seine Füße.

Aber die Stiefel hielten stand. Die zischenden Strahlen wurden von ihnen in alle Richtungen reflektiert, ein chaotisches Netz roter Fäden.

Theo lachte.

»Hast wohl nicht damit gerechnet, dass ich im Haus die Stiefel tragen würde, du lausiger Stratege!«

Die CRABs registrierten sehr schnell die ausbleibende Wirkung ihrer Aktionen und hörten auf, Energie zu verschwenden.

Theo holte das schwarze Kästchen aus der Hosentasche, richtete es auf Billy und drückte den Knopf. Nichts geschah. Er versuchte es weiter, mit Holly, Sammy, Rosy, Cindy, Kenny - insgesamt fünfzehn Einheiten, aber es war nutzlos.

Vermutlich war nächtens im Dock die Abschaltfrequenz verändert worden. Das wiederum war ein verdammt guter Zug.

Nur fünfzehn?

Alarmiert drehte er sich um, da kam eine weitere Killerkrabbe auf flinken Beinen herbeigerannt, hüpfte hoch in die Luft und schoss dabei einen Strahl auf ihn ab, der ihn über dem rechten Stiefel ins Knie traf.

Theo knickte ein und fiel zu Boden.

»Du also auch, Silly?!«

Er stöhnte, während ein stechender Schmerz sich durch sein Bein wühlte.

Hatte er Limaal von Sillys Eigenheiten erzählt?

Oh ja, und der hatte ihn aufgefordert, das abweichende Verhalten dieser Einheit zu korrigieren. ›Lass gut sein, Limaal‹, hatte er gesagt, ›das Springen schadet doch nicht, es hält den Burschen nicht von der Arbeit ab und mir macht es Freude, also lasse ich es ihm.‹

»Limaal, du alter Teufel«, keuchte er, dann sprang ihm fauchend eine Garbe roter Blitze entgegen und bündelte sich genau in der Mitte einer gedachten Linie, die seine weit geöffneten Augen verband.

❦

Der Tod des Zonenwarts wurde als tragischer Unfall berichtet.

Der erfahrene Ranger, der schon seit zehn Jahren in der Zone gelebt und gearbeitet habe, sei dem Angriff eines der autonomen Räumgeräte zum Opfer gefallen, die dort getestet würden. Die Einheit habe vermutlich eine fatale, tödliche Fehlfunktion aufgewiesen. Man habe beschlossen, den wertvollen Mitarbeiter, der mit seinem Aufenthalt im Sperrgebiet auch bei der Entwicklung eines hochwirksamen Strahlenschutzmittels geholfen habe, nicht zu ersetzen. Man halte das, in Anbetracht dieses Vorfalls, für zu gefährlich.

Stattdessen sei in Übereinstimmung mit Magistrat und Regierung beschlossen worden, aus Sicherheitsgründen die ganze Population von Räumrobotern stillzulegen und eine Gruppe von fünfzig gut trainierten Spezialisten in die Zone zu schicken, die, geschützt durch das neue Medikament Radiotect, die Fortsetzung der Aufräumarbeiten übernehmen sollten.

Es sah nur auf den ersten Blick so aus, als hätte nun MARS nach diesem Bericht den Schwarzen Peter, denn bei den Robotik-Spezialisten war beschlossen worden, die CRABs wieder in den Ausgangszustand zurückzuversetzen und sie als autonom operierende, miteinander vernetzte Kampfeinheiten militärisch zu vermarkten. Und unter diesem Aspekt war der angebliche Unfall plötzlich kein Makel mehr, sondern eher schon eine Empfehlung.

Von einer kriminaltechnischen Untersuchung des Todesfalls wurde abgesehen, da nach übereinstimmender Auffassung von Staatsanwaltschaft und Polizei keine ausreichenden Hinweise auf ein Fremdverschulden vorlagen.

NEPCO versprach, sich der Leiche des geschätzten Mitarbeiters anzunehmen und sie auf dem Gelände der Zone in einem kleinen Wäldchen nahe der Mauer würdig beizusetzen.

Als die Vorhut, die den Einzug der fünfzig neuen Testpersonen technisch und logistisch vorbereitete, dieses Versprechen mit einem dezent gefilmten, feierlichen Akt einlöste, entdeckte sie in der Nähe der Grabstelle einen engen, bisher unbekannten Zugang aus der Kanalisation, den wohl der soeben Beerdigte mit schweren Steinfragmenten verschlossen hatte.

Sie schweißten den Deckel auf die Öffnung und fällten bald darauf die Bäume, die den Drohnen die Sicht aufs Gelände versperrten.

Kurze Zeit später rückte durch den Hauptzugang das neue Räumkommando im Sperrgebiet ein und es begann, was man später in der Chronik der Zone die ›Zeit der Fünfzig‹ nannte.

Bagger, Planierraupen, Kipper, Tieflader und ein Dutzend Tanklastzüge für die Treibstoffversorgung wurden in die Zone verbracht, indem man ein Stück der Mauer, das quer über eine ehemalige Hauptverkehrsstraße führte, vorübergehend niederriss und nach dem Passieren des Geräts sofort wieder hochzog.

Für diese Lösung hatte man sich entschieden, weil man zurecht befürchtete, ein Absetzen dieser schweren Fracht in der Zone mit Lastenhubschraubern würde zuviel radioaktiv kontaminiertes Material aufwirbeln.

Allerdings zeigte sich später beim Verfüllen der Abraumhalden in Spezialbehälter, dass auch die Arbeit mit dem Großgerät alleine schon enorme Mengen an belastetem Staub aufwirbelte, der vom Wind in die angrenzenden Viertel geweht wurde.

Dergleichen war über all die Jahre hinweg während des Einsatzes der CRABs nicht vorgekommen, deren ›sanfte Arbeitsweise‹ nun nachträglich, zur nicht geringen Freude der Planer und Techniker bei MARS, von der Presse hoch gelobt und als beispielhaft hingestellt wurde.

Das brachiale Vorgehen der Fünfzig stieß weder in der Nachbarschaft der Zone noch bei den zuständigen städtischen und staatlichen Stellen auf Gegenliebe.

Als dann auch noch in der alten CRAB-Basis im olivgrünen Gebäude eine Videobotschaft des verblichenen Rangers gefunden wurde, der sich selbst aufgenommen hatte und seine Nachfolger mit dem eigenen Gesicht als Beweis über die Nebenwirkungen von Radiotect aufklärte, verweigerten einundvierzig der Fünfzig ihre weitere Mitwirkung und verlangten, unverzüglich aus dem Sperrgebiet herausgeholt zu werden.

Draußen erzählten sie, Korilenko habe auch davon gesprochen, dass er befürchte, er würde aus dem Weg geräumt werden, ebenso wie seinerzeit ein ominöser ›Liquidator‹, von dem bisher noch keiner gehört hatte.

Man tat dies zwar als Hirngespinste eines vereinsamten, kranken Mannes ab, trotzdem wurde NEPCO die ganze Geschichte zu heiß und die Verantwortlichen entschlossen sich zum Abbruch des neuen Projekts.

Die Markteinführung von Radiotect wurde auf einen unbestimmten späteren Zeitpunkt verschoben.

So endete die Zeit der Fünfzig, nur wenige Wochen nach ihrem Beginn.

Die Zone, die nun keinen wirtschaftlichen Interessen mehr diente, wurde von da an sich selber überlassen. Schließlich lag der ›Urknall‹ der Schmutzigen Bombe bereits über dreißig Jahre zurück und die Strahlungsintensität war daher schon stark abgesunken, kein Grund also mehr zur Panik in der Nachbarschaft wegen Vögeln, Ratten, Insekten oder anderem Getier im kleinen Grenzverkehr.

Am sichersten war es, das ganze Gebiet einfach in Ruhe zu lassen, so die neue Philosophie.

Man schloss den Hauptzugang und überwachte die Zone fortan allein durch die Kameradrohnen, deren Aufzeichnungen aber nur bei selten durchgeführten Stichproben gesichtet wurden.

In einigen Jahren, wenn durch den atomaren Zerfall die strahlende Masse an Kobalt 60 noch weiter abgenommen haben würde, könnte man auch den Schirm auf der Mauer abschalten, um keine weitere Energie mehr zu verschwenden.

Den Rest ließ man die Zeit besorgen.

EPILOG

Kurz nach all diesen Ereignissen verschwand auf ungeklärte Weise eine eingefrorene Spermaprobe aus den Beständen des NEPCO-Klinikums. Der Verlust wurde nur zufällig durch einen Praktikanten entdeckt.

Die Probe stammte vom verunglückten Theodor Korilenko, der während seiner Zeit als Zonenwart regelmäßig alle sechs Monate ein Ejakulat zur Überprüfung des Samenmaterials nach draußen geschickt hatte. Die fragliche Probe von ihm war aber noch kurz vor seinem Langzeiteinsatz im kontaminierten Gebiet gesichert worden.

Etwa sechs Monate später gebar Dr. Nelly Frigg einen Sohn, den sie Nathanael nannte, was in hebräischer Sprache soviel bedeutet wie ›Gabe Gottes‹.

Niemand hatte davon gewusst, dass bei ihr noch ein aufgeschobener Kinderwunsch aktiv war, denn sie hatte niemandem davon erzählt und keiner, der mit ihr zu tun hatte, konnte sie sich als Mutter vorstellen.

So wurde natürlich schnell ein Zusammenhang zwischen dem Verschwinden des Samens und Dr. Friggs Mutterschaft konstruiert. Böse Zungen, und deren gab es viele, unterstellten ihr, sie habe sich auf diese Weise ein neues Forschungsobjekt, an dem sie offen gebliebene Fragen des Theo-Projekts weiter studieren konnte, buchstäblich in vitro zeugen lassen.

Nachgewiesen wurde ihr allerdings nicht das Geringste, das solche Spekulationen gerechtfertigt oder gar deren Wahrheitsgehalt bestätigt hätte.

Das Oktopus-Gen

Ben Selling war neun, als er es zum ersten Mal bemerkte.

Bemerkte, dass er anders war.

Dass etwas mit ihm nicht stimmte.

So jedenfalls sah er das damals.

Unter dem Einfluss von Jugendliteratur, die es mit historischen Fakten nicht so genau nahm, hatte er Buster, den er als seinen Freund betrachtete, dazu überredet, rituelle Blutsbrüderschaft nach Indianerart mit ihm zu schließen.

Buster war robust und eher fantasielos, las freiwillig nie ein Buch, kannte aber das fragliche Zeremoniell aus dem Kino, von einem Film, der es mit den historischen Fakten ebenso wenig genau nahm wie Bens Buch.

So standen sie denn eines Nachmittags neben den rostenden Karosserien hinter der alten Autowerkstatt im Unkraut der Brachwiese und ritzten sich nacheinander die Unterarme, weil keiner sich die Blöße geben wollte, im letzten Moment doch noch zu kneifen.

Sie pressten die Schnitte aneinander, während sich ihre Hände umkrampften und sahen, erschrocken über ihren Mut, wie ein paar dicke rote Tropfen den Klee zu ihren Füßen färbten.

Ben wurde es erst kurz schwindlig, was er dem Blutverlust zuschrieb, aber nicht beredete, weil er glaubte, der blutige magische Ritus erfordere es, solche Begleiterscheinungen mannhaft zu ertragen.

Dann schwoll sein Arm an, zuerst der blutende, wenig später der andere, dann die Hände in derselben Reihenfolge. Arme und Hände schienen ihm größer und irgendwie klobiger geworden zu sein.

Buster bemerkte derweilen so lange nichts von Bens Veränderungen, bis auch dessen Kopf zu jucken begann und die Haut im Gesicht sich spannte und dehnte und darunter ein seltsames Knirschen und Malmen hörbar wurde.

Für einen kurzen Moment schien es Ben, als würde er die Welt mit anderen Augen sehen und er sah sich selbst dabei zu, wie er mit diesen anderen Augen das fassungslose Erstaunen und Entsetzen betrachtete, das Buster überwältigte.

Derartiges war in seinem Film nicht passiert.

»Duuu«, heulte der Blutsbruder, wenig indianerhaft, »hör damit auf, lass das sein!«

Er riss sich von Ben los und wich einige Schritte zurück.

»Gib mir sofort mein Gesicht zurück«, rief er und betastete seinen eigenen Kopf, wohl um zu untersuchen, ob er vielleicht nun Bens Aussehen angenommen habe. Ben, der sich selber nicht ins Gesicht sehen konnte, fürchtete kurz, der arme Buster sei verrückt geworden, habe sich vielleicht mit etwas Schrecklichem infiziert, konnte aber an den eigenen Händen sehen, wie sie sich verändert hatten und nun den größeren und gröberen seines Freundes zum Verwechseln glichen.

Vielleicht war etwas Ähnliches mit seinem Kopf passiert?

Dann war alles auf einmal wieder vorbei.

Äußerlich gab es keine sichtbaren Veränderungen mehr an Ben. Die beiden bewahrten striktes Stillschweigen über das Vorgefallene, Ben, weil er sich schämte und Buster, weil er zu Recht befürchtete, dass keiner ihm glauben würde. Aber von dieser Stunde an mieden sie sich, wo immer sie konnten und sahen sich nicht in die Augen, wenn sie einer Begegnung einmal nicht ausweichen konnten.

So verlor Ben, der sich die Schuld an all dem zuschrieb, weil ja nur er sich verändert hatte, durch seine Andersartigkeit schon früh einen Freund.

Er tröstete sich damit, dass er nie wieder mit einem Menschen das machtvolle Ritual praktizieren wollte.

Dann wäre auch ein neuerlicher magischer Gestaltwandel, den er mit dem Blutaustausch verband, nicht mehr zu befürchten.

❧

Nur wenig später, noch immer in seinem neunten Lebensjahr, wurde Ben durch ein weiteres Ereignis darüber belehrt, dass keinerlei Vermengung von Blut und auch kein Zeremoniell erforderlich war, um die erschreckende Verwandlung einzuleiten.

Auf dem Nachhauseweg von der Schule hatte ihn wieder einmal Hostile an der günstigsten, weil fast immer menschenleeren Stelle abgepasst und verlangte Geld von ihm.

Ben hatte für diese Fälle immer eine alte Börse mit einem Zehner dabei, die er sich abnehmen lassen konnte. Ein Zehner stellte den Rüpel so weit zufrieden, dass Ben ungeschoren davonkam; ein Fünfer war in der Testphase zu wenig gewesen und er hatte sich damit einige Ohrfeigen als Zugabe eingehandelt, die ihm noch in schmerzlicher Erinnerung waren.

Ben fühlte sich an diesem Tag zwar wie immer gedemütigt, aber doch recht sicher, als er Hostile wieder einmal seinen Zehner überließ. Doch dem war gerade eben ein größerer Deal missglückt und er war in gefährlich übler Laune, die er nun an Ben auszulassen gedachte.

Also fing er an, Ben zu provozieren, solange, bis dieser die Nerven verlieren und ihm einen Grund geben würde, ihn ordentlich aufzumischen.

Die üblichen Bemerkungen über die angebliche Profession seiner Mutter ließen Ben noch kalt, so etwas gehörte zum normalen Umgangston, der auf der Straße gepflegt wurde.

Schlimm wurde es erst, als Hostile anfing, ihm auszumalen, was er gern mit Willow treiben würde, denn Willow war in der Entwicklung zurückgeblieben und lebte mit ihren siebzehn vollständig in der Welt einer Siebenjährigen, ein stets freundliches, liebenswertes Kind im Körper einer attraktiven jungen Frau und Ben hegte bei aller Befangenheit und Selbstzensur und trotz des Wissens, dass etwas nicht stimmte mit ihr, ein Gefühl von scheuer Verliebtheit für seine Schwester.

So sah er bei Hostiles Fantasien zunehmend rot, je weiter dieser sich in ekelhafte Details hineinsteigerte und schließlich verlor er soweit die Beherrschung, dass er dem Provokateur einen harten Fausthieb auf die Nase verpasste.

Hostile wischte sich langsam das Blut mit der Hand ab und lachte bösartig.

»Du bist tot, Kleiner«, sagte er und versuchte, Ben die schützend vor das Gesicht erhobenen Hände wegzuziehen.

Er packte ihn hart mit seinen blutigen Fingern am Handgelenk.

Kaum hatte Hostile ihn berührt, überkam Ben ein Schwindelgefühl, ähnlich dem, das er während des Blutsbrüder-Rituals verspürt hatte, nur um ein Vielfaches stärker. Die ganze Straße um ihn herum drehte sich, als säße er in der Gondel eines Kirmes-Karussells in rasender Fahrt.

Er taumelte und wäre gestürzt, hätte ihn nicht der Dealer am Arm festgehalten.

Die morphologischen Verformungen traten diesmal schneller und gründlicher ein als noch beim ersten Mal und sie breiteten sich nun über seinen gesamten Körper aus, nicht mehr nur über Kopf und Arme.

Mit dem beängstigenden Knirschen und Malmen, das er noch so gut in Erinnerung hatte, dehnten und streckten sich all seine Glieder bis an die Grenze dessen, was seine Bekleidung zuließ. So konnten sich seine Hände ausdehnen, bis sie fast die Größe ihrer Vorbilder erreichten, während dem Wachstum der Füße durch die Schuhe enge Grenzen gesetzt wurden.

Hostile sah mit offenstehendem Mund zu, wie aus dem Opfer langsam eine groteske Karikatur des Täters wurde, ein verzerrtes Spiegelbild seiner selbst, das ihn aus der zum Zerreißen gespannten Kinderkleidung heraus mit einer seltsamen Mischung aus Verlegenheit und Verzweiflung angrinste.

Der Dealer ließ Bens Arm fahren, den er immer noch am Handgelenk gepackt hielt. Die kleinen Füße, die ja den Kinderschuhen nicht hatten entwachsen können, konnten den vergrößerten Rest Bens nicht tragen und sein so fürchterlich entgleister Körper stürzte schwer aufs Pflaster.

Ben sah, dass kein Blut von Hostile mehr auf seiner Haut zu sehen war; jeden Tropfen davon musste sie aufgesaugt haben wie ein trockener Schwamm.

Der Dealer, von panischer Angst ergriffen, machte auf dem Absatz kehrt und lief weg, so schnell er konnte.

Ben aber, der erst nach einigen Minuten wieder in seinen gewohnten Zustand zurückfand, hatte durch diese neue Erfahrung die irritierende Erkenntnis gewonnen, dass seine Andersartigkeit nicht nur beängstigend war, sondern auch zur Waffe taugte.

℘

Nach dem zweiten Vorfall achtete Ben peinlich genau darauf, auch nicht mit dem allerkleinsten Tröpfchen fremden Blutes in Berührung zu kommen.

Er verstand sehr wohl, dass er großes Glück gehabt hatte, dass beide Ereignisse nicht von Zeugen beobachtet worden waren. Nur diesem Umstand hatte er es zu verdanken, dass er noch unbehelligt zuhause leben konnte, ein ganz normaler Junge, etwas verschlossen und schüchtern zwar, aber ansonsten ohne große Besonderheiten und schon gar kein gestaltwandlerisches Monster.

Höchstens wirkte er manchmal etwas verschroben und schien unter verschiedenen seltsamen Ängsten zu leiden, einer abnormen Furcht vor Mückenstichen etwa, oder vor völlig harmlosen Verletzungen, sobald sie auch nur ein klein wenig bluteten. Solche Kratzer oder Abschürfungen nahm er merkwürdigerweise am eigenen Leib viel weniger wichtig als bei anderen, während er Mückenstiche bei sich mit übermäßiger Vorsicht zu vermeiden suchte.

Wegen solcher Marotten galt er bald als Hypochonder und Phobiker, und das brachte ihn zwar an den Rand dessen, was man noch für akzeptabel halten wollte, aber noch nicht ganz darüber hinaus.

Ein heikler Balanceakt aber war es allemal.

Während er nun einerseits ständig von Ängsten geplagt wurde,

81

sein dunkles Geheimnis könnte gelüftet werden, ließen ihm die vielfältigen Möglichkeiten, die sich auftaten, seine extreme Anpassungsfähigkeit zu seinem Vorteil zu nutzen, keine Ruhe.

Er wälzte sie in seinem Kopf hin und her und vornehmlich eine setzte ihm dabei ganz besonders zu.

Wegen seiner Eigenheiten war Ben schon längst in der Schule zum Außenseiter geworden und kam demzufolge auch bei den Mädchen seines Alters, die ihn dort umgaben, nicht gut an, ein Umstand, der ihm allerdings wenig ausmachte, da sich sein erwachendes Interesse am weiblichen Geschlecht mehr auf die körperlichen Merkmale älterer, schon voll entwickelter Frauen richtete.

So beschäftigte und inspirierte ihn vor allem das Aussehen Willows, die an Jahren inzwischen zwanzig war, mental und psychisch aber immer noch bestenfalls siebeneinhalb.

Das von Cord und Rose streng geregelte und kontrollierte Zusammenleben unter einem Dach mit ihr war für ihn ein beständiger Stachel in seinem schwachen Fleisch.

Willow war körperlich in einer Weise entwickelt, die sein höchstes Interesse erregte, dem aber nicht nur dadurch Grenzen gesetzt wurden, dass sie mit ihm verwandt war, sondern mehr noch durch ihre kindliche, unschuldige Arglosigkeit, die nach den Maßstäben, die man ihm eingepflanzt hatte, nur ein durch und durch verdorbener Mensch ausgenutzt hätte.

Aber die Lust, sie heimlich zu beobachten, wenn sie sich so ungeniert an- und auszog und das Verlangen, sie beim Scherzen und Spielen wie zufällig an Stellen zu berühren, die ihm verlockend erschienen, war dennoch da und setzte ihn unter andauernde Hochspannung.

Diese schwierige Situation spitzte sich eines Tages bis aufs Äußerste zu, als Ben zufällig in den Besitz von Willows Blut gelangte.

Neben dem Treteimer im Badezimmer, das er sich mit Willow teilte, fand er einen blutgetränkten, aufgequollenen Tampon. Er wusste genau, was das war und dass Willow sich so etwas zwischen die Beine steckte, eine extrem verbotene Zone, wenn sie ihre Tage hatte.

Sein schlechtes Gewissen war sehr mächtig, aber noch mächtiger war seine Neugierde. Mit dem Stiel einer alten Zahnbürste bugsierte er das blutige Fundstück, vorsichtig jede Berührung vermeidend, in ein leeres Tablettenröhrchen. Er verschloss den Behälter sorgfältig mit dem zugehörigen Plastikstopfen und schloss ihn dann in der Schublade seines Schreibtischs ein.

Schon an diesem Punkt meldete sich das schlechte Gewissen erneut und forderte ihn auf, das Röhrchen wieder hervorzuholen und in die Mülltonne zu werfen, aber er konnte sich nicht überwinden, der inneren Stimme nachzugeben, obwohl er ganz sicher war, dass er sich dann besser gefühlt hätte.

Doch die Möglichkeit, in einen weiblichen Körper so gänzlich hineinzuschlüpfen, sich Willows Körper gewissermaßen anzueignen, ohne dass jemand davon wusste, war für ihn eine Versuchung, an der er scheitern *wollte*, und wären die Schuldgefühle hinterher auch noch so groß.

Einzig die Unsicherheit, wie lange eine neuerliche Verwandlung anhalten könnte, hielt ihn noch von seinem Vorhaben zurück, denn er hatte bemerkt, dass schon seine zweite Umformung viel länger gedauert hatte als noch die erste.

Was, wenn die bevorstehende sich nun über Stunden oder Tage hinziehen würde, ja wenn er vielleicht sogar überhaupt nicht mehr zu seiner eigenen Gestalt zurückfinden konnte?

So pendelte er auch noch am nächsten Tag zwischen wagemutiger, wenn auch unmoralischer Neugier und der Angst vor Entdeckung und den unausweichlichen Folgen hin und her.

Aber dann fuhren am übernächsten Tag Cord und Rose mit Willow in eine Klinik am anderen Ende der Stadt zu einer Untersuchung, von der sie sich neue Hoffnung für ihr Sorgenkind versprachen, denn Willow litt an einem schweren, angeborenen Herzfehler und die aufwendige Diagnostik, die klären sollte, ob ihr Fall für die neu entwickelte Therapie in Frage käme, würde sicher den ganzen Tag dauern.

An diesem Vormittag war Ben in der Schule gedanklich sehr abwesend und als er mittags nach Hause kam, hatte er bereits den festen Vorsatz gefasst, die Gelegenheit zu nutzen, die sich ihm so günstig vielleicht nicht wieder bieten würde.

Er schleuderte seine Schulmappe in eine Ecke des Zimmers, holte den Schüssel aus seiner Hosentasche und öffnete die Schreibtischlade.

Inzwischen zwölf geworden und schon fast genau so groß wie Willow, zog er sich vollständig die Kleidung aus und entstöpselte das Röhrchen.

Aufgeregt ließ er den Tampon auf ein Stück Papier gleiten.

Das Blut war schon fast eingetrocknet.

Ben befeuchtete es mit einem nassen Wattestäbchen, damit es wieder eine etwas flüssigere Konsistenz bekam.

Dann atmete er tief durch, nahm das Fundstück in die offene Hand und schloss sie zur Faust.

Für eine kurze Zeit geschah gar nichts.

War es zu wenig Blut? Oder musste es ganz frisch sein?

Dann kam das Schwindelgefühl so heftig, dass er das Gleichgewicht verlor und zu Boden stürzte.

Der dicke Teppich dämpfte seinen Fall und Ben blieb einfach liegen und schloss die Augen, als die Verwandlung begann.

Es fühlte sich an, als würde er ins warme Wasser einer Badewanne eintauchen. Kein grobes Dehnen oder Stauchen diesmal, auch keine unheimlichen Geräusche.

Alles verlief sanft, beinahe unmerklich und fühlte sich an wie die Wellness-Massage, die er letztes Jahr auf Drängen von Rose, die der Meinung war, dass er eine Lockerung nötig hätte, misstrauisch über sich hatte ergehen lassen.

Ben öffnete die Lider ein wenig und schaute über seinen Körper, der ihm nun irgendwie viel gerundeter und gepolsterter vorkam, vor allem die leicht angewinkelten Knie.

Um die harten, kleinen Druckknöpfe der Brustwarzen herum entstanden große hellbraune Höfe und auch die Warzen selbst schwollen an und dehnten sich aus auf den beiden elastischen

Polstern, die sie langsam in die Höhe hoben, bis zwischen ihnen eine Vertiefung lag wie der sanfte Taleinschnitt eines stillen Bachs. Ben blickte das Tal entlang und sah, wie sein Glied, immer steiler aufgerichtet, anschwoll und sich dann nach innen, tief in den Bauch hinein, umstülpte wie ein Gummihandschuh, den man sich von den Fingern streifte.

Als er keine Veränderungen mehr spürte, stand er vorsichtig auf. Im großen Spiegel auf dem Flur begegnete er Willow.

Oder vielmehr einem gespenstischen Wesen, das Willow so ähnlich sah, wie eine etwas ungeschickt angefertigte Kopie dem Original gleicht.

Am wenigsten stimmten die Haare. Da war immer noch Bens blonde Jungenfrisur anstelle der halblangen, brünetten Locken von Willow. Offenbar überstieg die Nachahmung von Haaren die Möglichkeiten von Bens Wandlungsfähigkeit.

Zwar gefielen ihm die wohlgeformten Brüste und wie sie fielen, jetzt wo er stand.

Aber sie zu berühren war nicht halb so aufregend, wie er es sich in seine Fantasien ausgemalt hatte; selbst zufällige Kontakte über der Kleidung waren da spannender gewesen, wenn die Rundungen sich an Willow selbst befanden.

Als wirklich große Enttäuschung aber stellte sich der Unterleib heraus. Als er die Region um den nach innen gestülpten Penis abtastete, empfand er dabei keinerlei Lustgefühle. Selbst das Einführen eines Fingers war mehr schmerzhaft als angenehm oder gar erregend und obwohl ihn der Anblick der Brüste stimulierte, fehlte ihm nun das Organ, mit dem er diese Lust hätte genießen oder gar noch weiter vorantreiben können.

In Willows Kleiderschrank fand er nur die hausbackene Oberbekleidung und die reizlose Unterwäsche, die er von ihr kannte. Cord und Rose achteten sehr darauf, dass die arglose Willow nichts trug, das männliche Begierde unangemessen hätte stimulieren können.

Die Spitzen-BHs und -höschen in den duftenden Schubladen von Rose dagegen waren zu klein und passten ihm nicht, wenig überraschend, war sie doch ein ganzes Stück kleiner als Willow

und viel weniger gerundet, um es nicht mager zu nennen.
Einzig die Nylons saßen bei ihm perfekt und erregten ihn, was sich in einem diffusen Kribbeln im Unterleib äußerte, das aber wiederum weder Steigerung noch Höhepunkt erfahren konnte.
Der Körper, in dem er steckte, schien Ben ein einziger großer Betrug zu sein.
Er brachte alles wieder in Ordnung, legte alles zurück, wie es gewesen war und tilgte die Spuren seines Selbstversuchs mit der Aneignung eines weiblichen Körpers.
Dann legte er sich nackt auf sein Bett und hoffte inständig auf eine rechtzeitige Rückkehr in seinen echten, eigenen Körper, der bleich und etwas schwächlich war, aber wenigstens genau das, was er zu sein schien.
Er schlief erschöpft ein.
In der beginnenden Dämmerung erwachte er und stellte zutiefst erleichtert fest, dass er wieder in sich zuhause war.
Als am späten Abend Cord und Rose mit Willow aus der Klinik zurückkamen, konnte er den offenen, liebevollen Blick des hübschen Kindes von zwanzig Jahren nicht ertragen und vermied es von da an, ihr in die Augen zu sehen.
Die neue Therapie kam für sie zu spät.
Fast genau ein Jahr nach der Intensivdiagnostik starb Willow an Herzversagen, spät genug, dass Ben nicht mehr glauben musste, er sei schuld an ihrem Tod, weil er ihren Körper missbraucht hatte. Aber immer, wenn er an sie dachte, sah er auch ihr grotesk verzerrtes Abbild im Spiegel vor sich, zu dem er an jenem Nachmittag geworden war.

❦

Nach Willows Tod wurde Ben in den Augen der Menschen in seiner näheren Umgebung womöglich noch seltsamer. Cord und Rose machten sich große Sorgen um ihn und warfen sich vor, ihn vernachlässigt zu haben wegen der großen Aufmerksamkeit, die die Verstorbene ihnen abverlangt hatte.

Also richteten sie nun ihre ganze fürsorgliche Energie in einem Ausmaß auf Ben, das diesen schwer belastete und seinen Problemen noch ein weiteres hinzufügte.

In solchen Fragen immer bedauernswert einig, ließen sie solange nicht locker, bis er sich dazu bereit erklärte, einen Therapeuten aufzusuchen, der ihm natürlich nicht helfen konnte, weil Ben nicht im Traum daran dachte, sein Geheimnis mit irgendjemandem zu teilen.

Er saß seine Stunden ab und schwieg entweder verstockt oder beichtete Dinge, die ihn gar nicht groß berührten, bis Cord und Rose fanden, dass er keine Fortschritte machte und den Therapeuten für inkompetent erklärten, sich aber zur Erleichterung Bens nicht auf einen Nachfolger einigen konnten.

Ben war nun fünfzehn, bald sechzehn und hatte damit das Alter erreicht, in dem die persönlichen Deutungen von Gott und der Welt sich festigen. Bei ihm hieß das auch, dass er auf der Grundlage seiner gerade eben etablierten Weltanschauung eine passende Erklärung seiner besonderen Fähigkeiten dauerhaft favorisierte.

Seiner Schulbildung und Erziehung entsprechend neigte er dazu, die Welt eher im Licht der Naturwissenschaften zu sehen, bei gelegentlicher Ergänzung durch eine zwar funzelige, aber nicht völlig irrlichternde esoterische Notbeleuchtung.

Hatte er zunächst an Magie und starken Zauber geglaubt, auch einen Fluch nicht ausgeschlossen oder die Besetzung seines Körpers durch eine außerirdische Macht, so war er nun davon überzeugt, die Ursache des Übels sei eine vermutlich sehr seltene Krankheit infolge einer genetischen Veränderung.

Zwar hatte er trotz intensiven Nachforschens in Bibliotheken und im Netz keinen Hinweis darauf gefunden, dass ein derartiger Gendefekt bekannt war, aber was hieß das schon?

Wenn alle davon Betroffenen sich ähnlich verhalten hatten wie er, musste man sich darüber nicht wundern.

Als er siebzehn war, stieß er endlich auf eine Forschungsmetho-

de, die ihm in seinem Fall Erfolg zu versprechen schien:
Ahnenforschung.

Wenn es sich wirklich um eine Erbkrankheit handelte, dann
war er ja vermutlich nicht der Erste seines Geschlechts, der
damit behaftet war. Vielleicht fanden sich schon bei einigen
seiner Vorfahren Hinweise auf ein ›Oktopus-Gen‹, wie er es für
sich benannt hatte.

Auf die Oktopoden verfiel er deshalb, weil die Tiere als sehr
intelligent galten, nicht so wie das verschlafene, stumpfsinnige
Chamäleon mit seiner ekligen, klebrigen Schleuderzunge, das
zwar die Farbe wechseln konnte, aber nicht auch die Gestalt, so
wie die Oktopoden - und Ben.

Also fühlte er sich lieber den achtarmigen Kraken verwandt,
umso mehr, als er gelesen hatte, das Genom dieser Wesen un-
terscheide sich so grundlegend von dem anderer Tiere, dass
eine außerirdische Herkunft der bizarren Gestaltwandler nicht
auszuschließen sei.

An genau diesem Punkt erlag Ben, der sich selbst oft fühlte, als
stamme er von einem fremden Planeten, begreiflicherweise der
Versuchung, sich aus dem grellen Scheinwerferlicht rein wis-
senschaftlicher Erkenntnis in den mystischen Kerzenschimmer
unüberprüfbarer Spekulationen zu flüchten.

Jedenfalls fühlte er sich noch am wohlsten mit der Vorstellung,
bei ihm seien eines oder mehrere dieser geheimnisvollen
Oktopus-Gene auf wundersame Weise aktiv und hätten ihn zu
dem gemacht, was er nun war, nämlich ein isolierter, seelisch
kranker Mensch, den seine spezielle Eigenart umso mehr von
den anderen Menschen trennte, je mehr sie versuchte, ihn seinen Artgenossen wenigstens äußerlich gleich zu machen.

Längst war es Ben klar geworden, dass sein Körper nicht in der
Lage war, eine perfekte Kopie einer Originalperson zu produzieren. Er konnte nur grobe, wie eine Verhöhnung des Vorbilds
wirkende Mimikry hervorbringen, die sich auf die äußere
Erscheinung beschränkte, tiefer liegende Ebenen aber nicht einmal berührte. Das half ihm nicht dabei, sich besser in andere

Menschen einzufühlen oder besser zu verstehen, was sie bewegte. Wozu also wäre eine derartige Fähigkeit gut gewesen? Wofür hätte er sie nutzbringend einsetzen können?

Was hätte das Risiko aufgewogen, dabei entdeckt zu werden und den Rest seines Lebens als öffentlich diskutiertes und sensationslüstern vermarktetes Zwangs-Versuchsobjekt ehrgeiziger, aber letztlich unnützer Forschung zuzubringen?

Er fand keine Antwort auf all diese Fragen, obwohl er oft nächtelang wach lag und sich den Kopf darüber zermarterte.

Ich bin eine Sackgasse der Evolution, dachte er wehmütig und verabscheute den Gedanken ebenso, wie er das Gefühl tragischer Einsamkeit genoss.

Im Bewusstsein der Fruchtlosigkeit solcher Theatralik entschied er, sich mehr auf seine genealogischen Nachforschungen zu konzentrieren, von denen er sich zwar keine Hilfe, aber doch wenigstens ein kleines Stück Erkenntnis und, ja, auch ein Stück Trost versprach.

Tatsächlich stieß er auf einige interessante Geschichten, die sich alle in der Linie von Cord zugetragen hatten und durch unterschiedlich zuverlässige Quellen belegt wurden.

Besonders angetan hatte es ihm ein Bericht aus dem späten 18. Jahrhundert über einen gewissen Gotthilf Seling, der drei ›unbescholten Weybern beygewohnet‹ haben sollte, indem er die Gestalt der ihnen angetrauten Ehemänner annahm, die er zuvor mit einer Mistgabel oder anderem ›spitzig Geräht‹ hingemetzelt hatte.

Er war des mehrfachen Mordes und der ›teuflischen Hexerey‹ beschuldigt und zum Tod verurteilt worden; für die Morde zerschmetterte man ihm mit einem Wagenrad ›alles grosz Gebeyn‹ und verbrannte das, was dann noch von ihm übrig war, wegen der Hexerei auf dem obligatorischen Scheiterhaufen. So war es aufgezeichnet in den Annalen der Stadt Fenringham anno domini 1788. War dies nicht ein deutlicher Hinweis auf das Oktopus-Gen? Wenn ja, dann hatte es seinem Träger nicht gerade viel Glück gebracht.

Glücklos war auch ein anderer, den Ben in den Archiven als heißen Kandidaten dafür ausmachte, mit dem exotischen Erbmaterial behaftet zu sein.

Er war Magier, Illusionist, nannte sich ›Der Große Sellini‹ und versetzte zu Beginn des 20. Jahrhunderts das Publikum in Staunen und Aufregung.

Und nicht nur das Publikum, sondern auch seine Kollegen und Konkurrenten, denn niemandem von ihnen soll es je gelungen sein, die Verwandlungs-Tricks von Sheldon Selling nachzumachen oder auch nur zu erklären, wie sie funktionierten.

Kein Wunder, denn wie Ben die Sache einschätzte, waren es gar keine Tricks gewesen, jedenfalls nicht im herkömmlichen Sinn.

Er verwandelte sich etwa auf offener Bühne in einen Seelöwen, der Bälle auf der Nase balancierte, die ihm von seiner adretten Assistentin im kurzen Rüschenröckchen zugeworfen wurden, oder, seine allergrößte Nummer, er stieg in ein riesiges, rundes Wasserbecken aus Glas und wurde unter den staunenden Augen der Zuschauer zu einem Delphin, auf dem die Assistentin ritt, im knappen Badedress, versteht sich.

Sein Vorfahr hatte Mut bewiesen, dachte Ben, denn Versuche mit Tierblut waren ihm immer als allzu gruselig und riskant erschienen, sodass er sogar Blutwurst mied und sein Steak nur gut durchgebraten aß.

Aber der große Sellini hatte nur mit Tieren gearbeitet, die eine glatte Haut aufwiesen. Hatte er also dieselben Schwierigkeiten mit der Imitation von Haaren gehabt wie er? Wahrscheinlich, sonst hätte er sich doch sicher in einen Tiger oder Löwen gemorpht.

Vermutlich hatte er sich aber mit dieser Einschränkung nicht abfinden wollen, denn an einem sonnigen Nachmittag im Jahr 1911 fand man seinen zerschmetterten Körper nackt auf dem Pflaster der 62. Straße.

Offenbar war er vom Dach eines Hochhauses gestürzt.

Sein Tod gab Rätsel auf, denn er hatte sich auf dem Höhepunkt seiner Karriere befunden und keinerlei Anzeichen von Depressionen oder gar Suizidabsichten gezeigt.

Auch ein Mord konnte bei den polizeilichen Untersuchungen ausgeschlossen werden und so legte man den Fall mit der Feststellung ab, das Ende des Sheldon Selling sei ebenso rätselhaft wie seine Verwandlungstricks.

Ben aber meinte zu wissen, was passiert war:

Der Uhrahn musste beim Versuch, eine neue Nummer zu entwickeln, mit einem Vogel experimentiert haben.

Es waren nämlich angeblich auf dem Dach, unter dem man den Magier gefunden hatte, einige seltsame Federn gefunden worden, nicht eindeutig klassifizierbar und, wie ein Revolverblatt einen Ornithologen zitierte, ›eher die Idee einer Feder von einem großen Greifvogel‹, genau der Art Vogel also, die der große Sellini sich ausgesucht haben würde für eine waghalsige Flugnummer.

Beim Versuch, die Lüfte zu erobern, musste es dann passiert sein, sei es, weil die Federn nichts taugten, oder weil Sheldon seine Schwingen nicht in der richtigen Weise bewegen konnte. Fliegen will gelernt sein.

Vielleicht hatte aber auch die Rückformung zu früh eingesetzt, während er noch über dem Abgrund schwebte.

Ben merkte selbst nicht, in welch abwegige und fantastische Spekulationen er sich da hineinsteigerte und weil er niemandem davon erzählte, konnte ihn auch keiner darauf hinweisen.

Doch dann brach eines Tages das ganze schöne Gebäude, bewohnt von Ahnen, die alle ›das Gen‹ hatten, in sich zusammen wie die Sozialbauten am Droste-Park, die zuviel Sand im Beton hatten.

❧

Kurz bevor Ben achtzehn wurde, baten ihn Cord und Rose etwas steif und förmlich um ein Gespräch, das ihnen so offenkundig unangenehm war, dass es Ben Angst machte. Was hatten sie ihm denn so Schlimmes mitzuteilen? Sie setzten sich im Wohnzimmer zusammen, wo sie sich sonst fast nur zum Fernsehen aufhielten und wenn Besuch kam.

Cord räusperte sich und eröffnete Ben dann mit etwas belegter Stimme, dass er nicht sein Vater sei. Nicht sein leiblicher Vater.

Als dieses Bekenntnis abgelegt war, kehrte zunächst Schweigen ein zwischen der geölten Birkenwohnwand aus nachhaltigem Holzanbau und der veganen Sitzlandschaft aus naturbelassen hellgrünem, strapazierfähigem Kaktusleder.

Cord und Rose betrachteten interessiert den beigen Hochflorteppich, als hätten sie dort eine artenreiche Fauna im Fasergestrüpp entdeckt und Ben wiederum betrachtete mit offen stehendem Mund Cord und Rose.

»Wir fanden, du solltest das wissen, bevor du volljährig bist«, meinte Rose schließlich.

»Eher wollten wir dir nichts sagen, weil wir befürchteten, es würde dich vollends aus der Bahn werfen«, fügte Cord hinzu. »Aber es ist dein Recht, das zu wissen.«

»Und wer ist mein richtiger Vater?«, fragte Ben, als er wieder reden konnte.

Cord zuckte zusammen.

Rose bemerkte es und legte ihm die Hand aufs Knie.

Ihre Stimme klang weinerlich.

»Cord war immer für dich da. Er war dir ein besserer Vater als der, der dich gezeugt hat, es je hätte sein können. Ich wünschte, du könntest das auch so sehen.«

»Wer war es?«, fragte Ben noch einmal.

»Nach Willows Geburt haben wir lange versucht, noch ein zweites Kind zu bekommen«, holte Cord aus.

»Aber Rose wurde nicht schwanger. Schließlich haben wir den Gedanken wieder aufgegeben. Willow beanspruchte ohnehin unsere ganze Aufmerksamkeit und Energie. Einige Jahre später, auf dem Mud-Rock-Festival, ist es dann passiert. Wir hatten Willow mitgenommen, aber es war ihr dort viel zu laut und sie weinte nur immerzu. Deshalb bin ich mit ihr eher zurückgefahren. Rose blieb noch und da war dann dieser Typ, ein Ozeanografiestudent mit Sympathien für die Öko-Aktivisten der

Green Rod Warriors.«

»Und für zierliche, rothaarige Frauen natürlich«, fügte er dann schnell noch hinzu.

»Cord, bitte«, bat Rose, »du hast versprochen, nicht in alten Wunden zu stochern.«

Cord winkte ungeduldig ab.

»Jaja, schon klar, der Alkohol, die Musik, und außerdem dachtest du, du würdest sowieso nicht mehr schwanger werden. Jedenfalls hat, kaum dass ich weg war, dieser Kerl Rose seinen green rod reingesteckt.«

»Cord!!«

So war das also gewesen, damals.

Rose hatte Cord ihren Fehltritt gebeichtet und er war bei ihr geblieben, in der Hauptsache wegen Willow, aber so ganz hatte er die Sache wohl nie verwunden.

Und jetzt, wo die beiden Ben davon erzählten, kochte alles wieder hoch und Cord meinte, er bliebe jetzt nur noch so lange, bis Ben aus dem Gröbsten raus sei, aber dann würde ihn diesmal nichts mehr halten.

Rose weinte und Ben hatte noch so viele Fragen, zum Beispiel nach dem Namen seines biologischen Vaters, aber Rose kannte nur den Vornamen, Earl, mehr nicht. Sie wusste auch nicht, wo er wohnte, was er machte und ob er überhaupt noch am Leben war.

Cord erzählte, zwei Jahre nach Bens Geburt habe Rose einen Mann getroffen, mit dem Earl damals auf dem Festival war. Aber der hatte keinen Kontakt mehr zu ihm und wusste nur, dass Earl das Studium abgebrochen und dann irgendwo eine Banklehre begonnen hatte.

»Das Flair des Abenteuers und der großen, weiten Welt, auf das gewisse Frauen offenbar so abfahren!«, höhnte Cord und Rose schluchzte. Es war einfach nur traurig, nicht auszuhalten.

Ben sprang auf und rannte aus dem Haus und auf die Straße hinaus, wo ihn ein pinkfarbener Lieferwagen überfuhr.

Er erwachte inmitten von Apparaten, mit denen er über Kabel und Schläuche verbunden war.

Durch einen schmalen Sehschlitz im Kopfverband sah er Lichter blinken, an gerundeten weißen Kästen und Bildschirmen mit gezackten Kurven.

Einer der Schläuche steckte tief in seinem Rachen und gab ihm die Atmung vor. Er geriet in Panik und versuchte, sich dem aufgezwungenen Rhythmus zu widersetzen.

Eine weibliche Stimme redete beruhigend auf ihn ein.

»Nichts tun«, sagte sie, »alles geschehen lassen.«

Unter den nackten Sohlen spürte er das kühle, glatt lackierte Brett am Fußende des Bettgestells. Er empfand die Berührung als so köstlich, dass ein jähes, unbändiges Triumphgefühl durch seinen Körper floss.

Dann wurde es wieder dunkel in seinem Kopf.

Als er aufs Neue zu sich kam, standen Rose und Cord an seinem Bett und badeten, leise miteinander flüsternd, in ihren Schuldgefühlen.

Der Schlauch in seinem Hals war nun weg.

»Da!«, sagte Rose plötzlich aufgeregt, »er hat die Augen offen!«

»Das wollten wir nicht, Junge«, beteuerte Cord, »ehrlich nicht. Wenn wir geahnt hätten, dass dich das so mitnimmt ...«

Er ließ den Satz unvollendet.

»Wir sind so froh, dass du am Leben bist.«

Rose schniefte in ein Papiertaschentuch.

»Was machst du denn nur für Sachen. Sie mussten dir zwölf Liter Blut geben, weil deine Milz gerissen war. Es sind eine Menge Leute gekommen und haben für dich Blut gespendet. Es lief erst schneller aus dir heraus, als sie es nachfüllen konnten, hat der nette junge Arzt gesagt.«

Ben zuckte zusammen. Nur langsam erschloss sich ihm die ganze Tragweite der letzten Sätze.

»Wie sehe ich aus?«, flüsterte er heiser.

»Wie du aussiehst?«, wiederholte Cord und versuchte ein kleines, schüchternes Lachen. »Ehrlich, Junge, das ist schwer zu sagen. Am ehesten wie eine Mumie«, ließ er einen zaghaften Scherz folgen. »So wie du einbandagiert bist, kann man fast nur deine Augen sehen.«

»Und die Füße«, ergänzte Rose mit einem gequälten Lächeln.

Eine blonde Schwester kam und ermahnte die beiden, dass sie jetzt wieder gehen müssten. Ben sei noch zu schwach für längere Besuche.

Als sie gegangen waren, Tränen in den Augen, aber erleichtert, ein Lebenszeichen von ihm bekommen zu haben, überkam Ben ein Gefühl der Verzweiflung, das aber schon bald in Resignation umschlug.

Jetzt war es also passiert. Jetzt hatten sie es bemerkt. Sie würden warten, bis er wieder gesund war und ihn dann testen und untersuchen und jede Kleinigkeit in seinem Körper und in seinem Leben wissen wollen.

Er war erledigt.

Alles war umsonst gewesen, die jahrelange Angst und Vorsicht.

Erschöpft schlief er wieder ein.

Nach einer Woche wurde er auf Station verlegt, wo ihn deutlich weniger Geräte und Monitore überwachten.

Cord und Rose besuchten ihn jeden Tag, um ihm zu sagen, wie gut er sich doch erholen würde. Tatsächlich wurde jetzt in schneller Folge immer wieder ein weiteres Stück Verband entfernt, ohne dass sich Bens Befürchtungen bestätigten.

Immer kam zu seiner größten Verwunderung nur sein eigener, geschundener, aber eben doch *sein* Körper zum Vorschein.

Nach der Riesenmenge Blut, die er bekommen hatte, war ihm ein Rückverwandlung so gut wie ausgeschlossen erschienen. Aber kein Arzt und keine Schwester verloren ein Wort über irgendeine Auffälligkeit.

Eines Tages brachten Cord und Rose ein junges Mädchen mit, das ein nettes, offenes Gesicht und eine gute Figur hatte, die ein wenig der von Willow glich.

»Das ist Shelly«, erklärte Rose, »sie wohnt in der Nachbarschaft und wollte dich gerne mal besuchen.«

Ben erinnerte sich dunkel daran, die hübsche junge Frau schon einmal gesehen zu haben und verband keine unangenehmen Gefühle mit ihr.

Als Shelly einmal kurz aus dem Zimmer war, um Tee zu holen, raunte Rose ihm verschwörerisch zu: »Sie scheint großes Interesse an dir zu haben. Sie ist ein wirklich liebes Mädchen.«

Dann wurde eines Tages der Kopfverband abgenommen.

Ben erkannte sich im Spiegel wieder.

Sein Gesicht war noch grün und gelb, aber schon nicht mehr blau und es war eindeutig sein eigenes.

Ben verstand nicht, was geschehen war und blieb misstrauisch. Während er im Labor auf die Schwester wartete, überprüfte er seinen Status mit der Blutprobe eines Patienten, die dort herumlag. Nichts geschah.

Endlich war also der Spuk vorbei.

Warum allerdings sein Oktopus-Gen so plötzlich nicht mehr funktionierte, war ihm ein Rätsel. Lag es an den starken Medikamenten, die er bekommen hatte oder war vielleicht die ganze Gentheorie von Anfang an ein Irrweg gewesen?

Und wie sollte er sich dann all das erklären, was sich früher zugetragen hatte? Er wusste keine Antwort und schon bald vergaß er diese Fragen.

Anderes trat in den Vordergrund.

Shelly besuchte ihn jetzt immer häufiger, während Cord und Rose nur mehr an den Wochenenden vorbeischauten.

Ben genoss dieses Verhältnis und freute sich jeden Tag auf Shelly, die ihm immer angenehmer wurde und ihn bald schon zum Abschied zart auf die Wange küsste, bis sie die einmal verfehlte und seinen Mund traf.

Es war ein unbeschreibliches Gefühl, das da tief in seinen Eingeweiden Einzug hielt und nach Wiederholung verlangte, die Shelly mit Freuden gewährte.

Da wurde Ben klar, dass sie nun miteinander gingen.

Nach seiner Entlassung aus der Klinik begann er ein neues Leben, eines, das glatter lief und zufriedenstellender war für seine Umgebung und damit freilich auch für ihn selbst.

Cord blieb bei Rose, obwohl er nun ja wirklich hätte gehen können, denn Ben war eindeutig aus dem Gröbsten heraus. Aber er hatte sich schon zu sehr an Rose gewöhnt, genauso wie Ben an Shelly, mit der er bald zusammenzog und derart harmonierte, dass alle sagten, was für ein nettes, perfektes Paar die beiden doch seien.

So war nun alles doch noch gekommen, wie er es sich früher so oft herbeigesehnt hatte.

Nur manchmal, wenn er einen pinkfarbenen Lieferwagen sah, schoss ihm der Gedanke durch den Kopf, ob nicht damals der echte Ben gestorben war und irgendeine dunkle Macht hatte in der Klinik eine Kopie von ihm in den Mumienverband geschummelt, eine etwas dilettantische Kopie, die nicht so kompliziert war und die kein düsteres Geheimnis hatte.

Der gleiche Stein zwar, aber glattgeschliffen und ohne Facetten, langweilig und absolut erwartbar.

Aber solche Gedanken störten sein Wohlbefinden nur selten, denn wie oft sieht man schon einen pinkfarbenen Lieferwagen?

Zweite Chance für den Biber

»Das gabs doch alles schon mal«, maulte Kirby missmutig.

»Ich meine, dieses ganze Großer-Bruder-Zeugs, wo sie immer alle mit der Kameras beobachten. Tag und Nacht, und sogar noch aufm Klo. Das sind doch echt ausgelutschte Drops, mal ehrlich. Habt Ihr da wirklich nichts Besseres für mich? Was künstlerisch Anspruchsvolles, ich meine, was mit ner Story und nem richtigen Drehbuch.«

Slim Croce lachte spöttisch. »Ach, was Anspruchsvolles will der feine Herr? Aber sicher, wir hätten da was, du gibst den Hamlet beim nächsten Royal Shakespeare Festival!«

»Sein oder nicht Sein, darum gehts doch immer, nicht wahr?«, setzte er dann schnell hinzu, bevor der Biber noch kreuzblöde ›Echt?‹ fragen konnte.

»Cool bleiben, Slim«, mahnte Silverberg, »immer schön cool und zivilisiert. Unser Kirby hier ist doch ein Künstler, nicht wahr, und kein schlechter dazu. Er hat immer noch eine Menge Fans und es war ja auch nicht seine Schuld, dass sie ihn vor drei Monaten aus der Soap rausgeschrieben haben und er jetzt keine Rollen mehr bekommt, weil er für alle immer nur der Biber aus ›Luder & Looser‹ ist. Was war noch gleich der Grund, warum sie dich nach Australien haben auswandern lassen?«

»Na ja«, wand der Biber sich verlegen, »ich hatte da was am Laufen mit Prisca, also mit Trish. Da war was drüber in die Zeitungen und ins Netz geraten, und das wollten sie nicht. Aus dramaturgischen Gründen, haben sie gesagt, aber ich finde immer noch, dass sie das nix anging. Ich meine, das war ganz allein ne Sache von Trish und von mir.«

»Vielleicht hilfts ja, wenn du mal deine Verträge durchliest«, empfahl Slim und bleckte die gelben Zähne unter seinem schwarzen Schnurrbart, der so schmal und dünn war wie mit Kajalstift aufgemalt. »Da steht nämlich ganz genau drin, was wen was angeht und was nicht.«

»Da hat Slim nicht ganz unrecht«, nickte Silverberg und lächelte milde. »Deshalb wird sich auch gleich im Anschluss an das Gespräch hier Dr. Brosius, unser Hausjurist, mit dir zusammensetzen. Damit es da nicht wieder Unklarheiten gibt.«

Kirby wirkte noch nicht überzeugt. »Aber ne richtige Rolle…«, fing er wieder an, »da muss es doch was geben. Ich bin Schauspieler. Ich meine, ich war sogar auf der Schauspielschule. Ich kann euch mein Abschlusszeugnis zeigen.«

»Stories und Drehbücher sind stark überschätzt«, winkte Silverberg ab, »sieh es doch mal so, du machst da Improtheater! Das ist die Königsdisziplin, das verlangt mehr, als die meisten zu bieten haben. Das können nur die Allerbesten.«

Slim grinste wissend und der Biber kratzte sich am Kopf.

»Hmm, meinen Sie wirklich?«, zweifelte er, noch sichtlich unentschlossen, aber der Sache schon ein gutes Stück weniger abgeneigt.

»Aber hundertpro!«, bekräftigte Silverberg ernsthaft, ohne eine Miene zu verziehen, »das ist die Zukunft, Junge, und hier und jetzt klopft sie an deine Tür. Sei bloß nicht so dumm und lass sie draußen im Regen stehen! Sonst läuft sie nämlich ganz schnell ein und schrumpft, bis nichts mehr von ihr übrig ist.«

☉

»Ich fasse das Ganze also noch einmal zusammen«, erklärte Dr. Brosius mit ruhiger und freundlicher Stimme. Er war ein Mann von unerschütterlicher Geduld, begeisterter Angler in seiner Freizeit, in dem schon manch ein auf begriffsstutzig machender Provokateur seinen Meister gefunden hatte.

Kirby, der ihm gegenüber saß, war kein Provokateur.

Er hatte echte Probleme mit zuviel Information.

»Sie wohnen zunächst für drei Wochen in den für diesen Zweck ausgebauten Schaufenstern des Roundabout-Eventkaufhauses«, fuhr Brosius gelassen fort.

«Betrachten Sie diese Zeit als Probezeit, während der Ihr Vertrag fristlos gekündigt werden kann. Von beiden Seiten selbstverständlich. Sollte es allerdings wirklich zu einer Kündigung kommen, dann müsste Ihnen die Firma ›Zweite Chance‹ die Kosten in Rechnung stellen, die ihr für den Ausbau der Wohnfläche sowie die gesamte Medienarbeit drumherum bislang entstanden sind.«

»Wieviel ist das?«, wollte Kirby wissen.

»Viel. Sehr viel. Sie machen sich keine Vorstellung davon, wieviel alleine schon in der Werbekampagne steckt. Die Summe würde ausreichen, Sie für hundert Jahre arm zu machen. Vielleicht auch für zweihundert, je nachdem.«

Brosius bemerkte seinen Fehler, noch bevor der Biber ›Je nach was?‹ fragen konnte und fuhr schnell mit seiner Zusammenfassung fort. »Nach der Probezeit wohnen Sie dann zunächst für einen weiteren Monat in den Räumen im Fenster. Wir werden später noch einen Rundgang durch die Wohnung machen. Dabei werden Sie auch den Butler kennenlernen, der Ihnen die Mahlzeiten und frische Kleidung bringen und sich diskret darum kümmern wird, dass die Wohnung immer sauber und aufgeräumt ist. Er wird Ihnen von acht Uhr morgens bis sechs Uhr abends zur Verfügung stehen. Er ist sehr dezent und sehr verschwiegen.«

»Hey cool, ich krieg nen eigenen Butler!«

Biber war beeindruckt. »Ja, aber was mache ich denn so den ganzen Tag? Ich meine, wenn ich nicht irgendwas tun kann, wird das bald verdammt öde.«

»Sie werden genug zu tun haben. Sie kommunizieren mit Ihren Fans, online und mit denen vor Ort. Also denen, die vor den Fenstern versammelt sind. Besonders in den ersten Tagen wird mit einem großen Andrang gerechnet. Später, wenn die Anfangsbegeisterung etwas abgeflaut ist, wird die Firma ›Zweite Chance‹ dann für einige Überraschungen sorgen.«

»Was denn für Überraschungen?«, fragte Kirby neugierig.

Brosius reagierte gelassen, fast schon ein wenig müde.

»Die Firma zieht es vor, Einzelheiten geheimzuhalten. Sonst wären es ja keine Überraschungen mehr. Zu Ihrer Beruhigung: Es wird nichts von Ihnen verlangt werden, das Ihrer Gesundheit schaden könnte oder gegen die guten Sitten verstößt.«

Kirby kratzte sich hinterm Ohr. »Gute Sitten, he? Soll heißen?«

»Sie müssen nichts tun, wofür Sie sich vor Ihrer Mutter schämen würden. Was Sie nicht auch in der Soap vor der Kamera gemacht hätten.«

»Ja so, ist klar. Aber was ist, wenn mir das Ganze auf den Geist geht, ich meine, wenn ich keinen Bock mehr hab und einfach ausziehen will?«

»Vertragsverletzung. Die Konventionalstrafe wird fällig. Reicht gut und gern für dreihundert Jahre Armut.«

Die Formulierung klang brutal und mochte ein schlechtes Licht auf Brosius werfen. Aber wer ihn kannte, dachte anders darüber und wusste, dass ihm Leute wie Kirby, die nicht übermäßig helle waren und für ein Überleben im medialen, von Hechten und Anglern verseuchten Karpfenteich kaum geeignet, insgeheim ein wenig leid taten. Und dass er sich auch etwas schuldig fühlte, weil er die Interessen der skrupellosen Zweitverwerter zu vertreten hatte, die im Trüben von unklar und zweideutig formulierten Paragrafen fischten. Also drückte er sich zuweilen in den obligatorischen, klärenden Vorgesprächen mit schlichten Typen wie Kirby etwas deutlicher aus, als er es bei aalglatten und mit allen Wassern gewaschenen Medienprofis getan hätte. Sagte ihnen überdeutlich, was Sache war, denn eigentlich hätte er besser schlafen können, wenn sie von Knebelverträgen wie dem vorliegenden die Finger gelassen hätten.

Erfolg hatte er freilich mit dieser Taktik am Ende noch nie gehabt. Zu groß war die Raffinesse der Angler, zu verlockend ihre Köder und zu hungrig und treudoof die Fische.

Wieder einmal, wie so oft, schien es bei Kirby zunächst, als könne Brosius die tumbe Nase, die gierig den Wurm fixierte, verscheuchen.

»Ja, wie nun«, räsonierte Kirby, »bei allem läufts hier drauf raus, dass ich mein Leben lang verschuldet bin! Das ist doch unfair! Ich meine, ist das nicht auch gegen die guten Sitten?«

»Sie haben die Möglichkeit, den Vertrag nicht zu unterzeichnen. Das kostet Sie nichts, alle Vorleistungen bleiben dann an der ›Zweiten Chance‹ hängen. Und Sie gehen kein Risiko ein, sich zu verschulden. Also überlegen Sie es sich gut.«

Alles umsonst. Kirby schnappte sich den Wurm, als hätte der Anwalt ihm zugeraten.
»Okay, okay«, seufzte er, »Sie haben sicher recht. Wo muss ich unterschreiben?«

ॐ

Der Tag, an dem der Biber im Kaufhaus einzog, war der dreizehnte in einer Reihe von ungewöhnlich warmen Maitagen mit Temperaturen über dreissig Grad.
Die kostspielige Klimaanlage, die sie hatten einbauen lassen, damit es hinter den Fenstern ihrer Auslagen nicht bald gerösteten Biber gab, ächzte schon am Vormittag unter Höchstlast.
Das Roundabout war eines dieser neu auferstandenen, überraschend erfolgreichen Event- und Erlebnis-Warenhäuser, die als Zielgruppe vor allem Jugendliche im Visier hatten und solche, die möglichst nichts anderes werden wollten.
Trotz der Hitze war vor den Schaufenstern direkt beim Haupteingang eine Menge los.
Hardcore-Fans hatten die viel zu warmen Nachtstunden vor Bibers neuer Behausung auf der Straße zugebracht, um nur ja den Einzug nicht zu versäumen. Viele von ihnen waren mit den zwei großen, weißen Plastik-Vorderzähnen ausgerüstet, die es im Netz zu kaufen gab und die auch hier vor Ort an einigen Ständen mit Merchandising-Artikeln feilgeboten wurden.
Seinen leicht vergrößerten Schneidezähnen verdankte der Biber nämlich seinen Spitznamen, nicht etwa einem großen, aber flunderplatten Schwanz, wie die Hater, die Hasstrolle, immerzu behaupteten. Den habe ihm seinerzeit eine unwillige Gespielin verschafft, mithilfe eines Gummihammers zum Einschlagen von

Zeltheringen beim Campen auf Ibiza.

Alles erlogen, aber schon beeindruckend, welchen Detailreichtum die Story mittlerweile erreicht hatte. Nicht nur der Name der fraglichen Dame war bekannt (Luisa Lamour, was nun wirklich etwas erfunden klang), sondern auch Ihr Alter (22) und Gewicht (62 Pfund), ihr Lieblingsessen (Sauere Nierchen mit Kartoffelstampf) und dass sie allergisch war auf die Pollen des Gemeinen Beifuß.

Wer denkt sich nur all sowas aus?

Auch die Hater waren natürlich vor Ort. Sie hatten zwar nicht vor den Fenstern campiert, das war ihnen die Sache nun doch nicht wert, aber gegen Mittag, gut zwei Stunden bevor der Zirkus losging, rückten sie an, um Stunk zu machen und den Biber als plattschwänzigen Looser zu verspotten.

Bibers Zweitverwerter störte das wenig, waren doch die Hass-Typen in gewisser Weise genauso wertvoll wie die enthusiastischen Anhänger und schwärmerischen Geister, denn mit ihrem permanenten Gestänkere hielten sie die mediale Fankult-Suppe, die sonst allzu schnell kalt geworden wäre, immer schön am Köcheln. Findige Promotion-Firmen hatten das längst erkannt und im Netz neben den Jubelbots die Hass-Accounts gleich selbst mitinstalliert. So war es denn auch an diesem Tag nicht wirklich klar, wieviele der lautstarken Biber-Hasser in Wirklichkeit auf der Lohnliste der ›Zweite Chance‹-Mediengruppe standen.

Die Fenster der Biberburg, wie Bibers neue, öffentliche Behausung mittlerweile überall genannt wurde, waren noch mit Leintüchern verhängt, als der aufgeregte Kirby, der Live-Auftritte nicht gewohnt war, in Begleitung von Slim Croce und Rainer Maria Silverberg, meist kurz RM, manchmal aber auch bewundernd ›Silberzunge‹ genannt, die Räumlichkeiten vorab besichtigen durfte.

Falls er es sich doch noch anders überlegen sollte, meinte RM spaßhaft, obwohl er genau wusste, dass Brosius dem Kandidaten das Nötige hierzu bereits ausführlich verklickert hatte und dieser seine drei Kreuze schon unter den Vetrag gesetzt hatte.

Hundert Jahre Armut, dachte der Biber, schluckte und stimmte pflichtschuldig, auf eigene Kosten und etwas zu laut, in das Gelächter der beiden humorigen Agenten ein. *Oder sogar zweihundert, wenn es ganz schlimm kommt.*

Die Einrichtung der Räume gefiel ihm ganz gut, vielleicht weil er selbst kaum klare Vorstellungen von einem wohnlichen Ambiente hatte und daher fast alles als Stil akzeptierte, das ihm irgendwie zusammenzupassen schien.

Nur die jetzt noch verhüllten Glasflächen machten ihm etwas Angst: Es waren so viele und sie waren so groß! Wenn er sich vorstellte, dass überall dahinter Menschen darauf lauerten, ihn zu Gesicht zu bekommen, dann schmeichelte ihm das zwar einerseits, machte ihm aber auch ein hohles Gefühl im Magen, so, als hätte er seit drei Tagen nichts mehr gegessen.

Das war alles so anders als bei den Aufnahmen für die Soap. Da gab es zwar auch eine Menge Leute, aber die hatten alle etwas zu tun, waren mit ihren Aufgaben beschäftigt, wie die Räder einer großen Maschine, und er gehörte mit dazu und war nicht mehr als einer von vielen.

Aber diese hier waren nur wegen ihm da.

Sie würden ihn genau beobachten, immer gespannt darauf, was er als nächstes tun würde. Und viele von denen lauerten wie die Geier auf eine Ungeschicktheit, ein geistesabwesendes, leeres Gesicht oder auch nur eine ungünstige Profil-Perspektive, um ihn dabei abzulichten und dann live oder im Netz mit höhnischen Kommentaren zu überschütten.

Trotz der gut eingestellten Klimaanlage bildeten sich Schweißtropfen auf seiner Oberlippe.

Worauf hatte er sich da bloß eingelassen?

Um Punkt vierzehn Uhr rissen als kleine Biber verkleidete Kinder die Leinenbahnen vor den Fenstern herunter und rafften sie zusammen, während sie sich gegenseitig immer wieder auf die ledernen Schwanzkellen traten und auf den Boden purzelten.

Die Menschenmenge draußen johlte, pfiff und applaudierte, bis endlich die alte Silberzunge RM zusammen mit dem Direktor des Roundabout erschien, um den Auftritt des Biber anzumode-

105

rieren. Die Werbeprofis hatten sich etwas ausgedacht, das des Bibers neuen Aufenthalt erklären sollte.

Alle oder wenigstens die meisten Anwesenden draußen wussten natürlich, dass das alles Humbug war, mochten aber diese kleinen Geschichten, die es ihnen leichter machten, sich in die Scheinwelt ihrer Idole hineinzuträumen.

In der Story, die Silverberg grade zum besten gab, ging es darum, dass der Biber in Australien bei einer Fahrt durch das Outback überfallen und ausgeraubt und ohne auch nur einen einzigen Schluck Wasser in der Gluthitze zurückgelassen worden sei. Völlig entkräftet nach Tagen von Aborigines gerettet, habe er, wieder zurück in Sydney gerade noch genug Geld gehabt, um einen Freund in der Heimat anzurufen und um seine Hilfe zu bitten. Dieser Mann, der famose Slim Croce hier, ein alter Kumpel aus wilden Zeiten, habe sofort alle Hebel in Bewegung gesetzt und es schließlich möglich gemacht, dass der Biber wieder zurückkehren und bis auf weiteres, stets sichtbar und präsent für seine Fans und Bewunderer, in einigen Schaufenstern des riesigen, achtstöckigen Rundbaus wohnen konnte, den sich der lokale Roundabout-Franchise mitten im alten Kolonialwaren-Viertel hingestellt hatte.

Die Geschichte war total idiotisch und sorgte für viele Lacher und Zwischenrufe, kam also gut an. Der Direktor des Roundabout wollte auch noch ein paar Sätze loswerden, aber da war dann die Geduld der Leute draußen schon erschöpft.

Also kündigte RM endlich den Auftritt des Bibers an, der sich bisher noch hinten im fensterlosen Zugang zum Kaufhaus aufgehalten hatte.

Etwas verlegen und blöde grinsend kam er herein, winkte mit beiden Armen und bleckte die großen Vorderzähne.

Die Menge tobte.

Die Zeit in seiner Schaufensterwohnung begann für den Biber besser, als er erwartet hatte.

Schon kurz nach der Eröffnung gerieten sich Fans und Hater in die Haare und die Feindseligkeiten eskalierten zu einer deftigen Schlägerei.

Kirby hatte dabei natürlich einen Logenplatz. Er machte es sich auf dem Sofa im Wohnzimmer bequem, naschte von den Chips und nippte am Sekt. Das Zeug hatten Sponsoren dem Roundabout zur Verfügung gestellt, damit Biber es den Live-Gaffern und den Kameras ausgiebig präsentieren konnte.

Im Moment interessierte sich allerdings draußen kein Mensch dafür, was der Mann im Schaufenster grade so zu sich nahm, denn es rückte bereits Polizei an und die eher Besonnenen versuchten, sich aus dem Staub zu machen, während die völlig Ausgetickten es gerne auch noch mit der Staatsgewalt aufnehmen wollten.

So war Biber mit einem Mal der Gaffer und nicht mehr der Begaffte, was ihm gut gefiel. Spontan fiel ihm ein Besuch im Zoo ein, damals, als er noch ein Kind war, und unversehens fühlte er sich eins mit den Schimpansen im Affenhaus, die höhnisch gelacht hatten über die Menschen, die draußen vor den Gittern dumme Grimassen schnitten.

Auch der Biber amüsierte sich.

So, fand er, konnte es bleiben.

Aber so blieb es natürlich nicht.

Als erster bitterer Wermutstropfen, der in seinen gesponserten Champagner fiel, stellte sich schon bald der Butler, Mr. Milton, heraus. Wegen des feinen englischen Namens hatte Kirby einen Gentleman-Leibdiener der besten Schule erwartet, dezent, diskret, stets aufmerksam und dienstbeflissen, vielleicht sogar ein wenig devot.

So, wie man diese Jungs eben aus einschlägigen Filmen kannte.

Sein Mr. Milton aber war da ein ganz anderes Kaliber.

Er war faul, musste immer mehrmals gerufen werden und hatte ständig einen provozierenden, ironischen Unterton in der Stimme. Überhaupt war sein ganzes Verhalten geprägt von einer unangenehmen passiven Aggressivität, ganz so, als zeuge es von seiner grenzenlosen Großmut, so einem wie dem Biber überhaupt zu Diensten zu sein.

Kirby wunderte sich, dass die Zweite-Chance-Leute keinen Besseren für den Job gefunden hatten. Damals wusste er ja noch nicht, dass ›Mr. Milton‹ ein bezahlter Schauspieler war, der sich genau so verhielt, wie es von ihm erwartet wurde und der nur den detaillierten Anweisungen folgte, die er vom Regieteam bekommen hatte.

Das ganze Gezoff zwischen dem Biber und Mr. Milton war also professionell kalkuliert und sollte für mehr Unterhaltung sorgen, sollte verhindern, dass die voyeuristische Spannerei zu schnell fad wurde. Und diesen Zweck erfüllte der erprobte dramaturgische Kniff eines aufsässigen Gegenparts auch ziemlich gut.

Der ahnungslose Kirby freilich fand den Butler zunächst einfach nur lästig und es dauerte gar nicht lange, da wäre er am liebsten in seiner transparenten Wohnung allein gewesen und hätte die ganze anfallende Hausarbeit selbst erledigt.

Weil das nicht ging, fing er an, die Kabbeleien zu eskalieren, immer weiter, bis hin zu dem Punkt, an dem er Mr. Milton eins auf die Ohren gab. Das war bereits am dritten Tag und nachdem der Butler die Slapstick-Einlage wider Erwarten einfach hinnahm und sich nur mit komischem Gesichtsausdruck die schmerzende Wange rieb, klatschte ihm der Biber ab da öfter mal eine. Dafür gab es dann von draußen immer johlenden Beifall und wieherndes Gelächter und beides tat Kirby ebenso gut wie den Zuschauerquoten, Klickraten und der Livepräsenz des Publikums vor den Schaufenstern.

Direkt reden konnte er mit den Leuten draußen nur schwer.

Während man auf der Straße jedes Flüstern von drinnen deutlich hören konnte, weil es von empfindlichen Spezialmikros verstärkt und übertragen wurde, konnte er im Inneren seiner Wohnung kaum verstehen, was draußen gebrüllt wurde.

Die Besucher fanden das schnell heraus und drückten lieber mit der Hand geschriebene Plakate gegen die Scheiben oder sie begnügten sich mit Grimassen und simplen, aber oft recht drastischen Gesten, um dem Biber ihre Botschaften zu übermitteln.

Die erste Nacht in seiner öffentlichen Wohnung empfand er später als seltsam unfertig, provisorisch. Vielleicht, weil er sich sektbedingt nicht mehr an alles so recht erinnern konnte und Reales und Geträumtes dauernd durcheinanderwarf. Wie auch nicht, beides war doch Erlebtes und befand sich jetzt in seinem Kopf. Aber die Teile setzten sich ständig anders zusammen und ergaben doch in keiner Version ein fertiges Puzzle mit einem richtig runden, ordentlichen Bild.

In der wahrscheinlichsten Fassung tanzten und hüpften sie draußen herum, überwiegend Mädels und ein paar Schwule, warfen ihm Kusshände zu und hielten gemalte Plakate ans Fenster, mit Herzen drauf und Sprüchen wie ›Träum von MIR, Biber!!!‹ oder ›Biber, ich will ein Kind von dir!‹ Die Bande war wegen der Hitze, die auch in der Nacht kaum abkühlte, fast nackig und die Mädels lüfteten immerzu die T-Shirts und pressten statt der Plakate ihre Möpse an die Scheibe, schrien dazu Sachen, die er nicht ganz verstehen konnte und ab und zu pappte auch der Hintern eines besonders heißen Bruders platt am dicken Glas, weiß wie übergartes Suppenhuhn.

Nur, was sollte die Torte auf seinem Bett, mit der Zuckerguss-Aufschrift, die im einen Augenblick noch forderte ›Leg Hand an dich, mehr wolln sie nich!‹, dann verschwamm und im nächsten Moment verkündete ›Hier spricht die Polizei! Die Party ist vorbei!‹? Sowas kam doch nicht von Champagner. War da etwa noch mehr im Spiel?

Zu Kirbys großem Bedauern ließ sich in den vielen weiteren Nächten im Fenster, die auf diese erste folgten, kein vergleichbarer Zustand mehr herstellen, weil sein Alkoholkonsum auf einmal streng limitiert wurde und man ihm offenbar auch sonst nichts Gutes mehr gönnte.

Das machte den Sturz umso tiefer.

Jede Art von alkoholischem Getränk, das Kirby präsentierte, gab es nur noch in einer Menge, die ihn etwas lockerer werden ließ. Danach brachte Mr. Milton stattdessen gesponserten Kaffee oder Tee und, wenn es richtig schlimm kam, auch ein Mineralwasser, das er bewerben musste.

Laut Vertrag hatte er all diese Produkte zu lieben und durfte ihren Konsum nicht verweigern. Und plötzlich achteten sie auch darauf, dass er den Butler nicht schlug, der sie ihm servierte und ihn dabei widerwärtig triumphierend angrinste.

Das machte die Probezeit so richtig hart, dass er sich keine Freiheiten erlauben konnte, sondern einfach nur zu funktionieren hatte, also fleißig chatten und dazu Produkte platzieren, die er angeblich toll fand, auch wenn sie ekelhaft waren, wie diese spanischen Dosen-Anchovies, die er zum Kotzen fand, aber angeblich irre gern zum Frühstück aß.

Gut, einmal hatte er die sogar schon freiwillig verzehrt, aber das war nach dem Riesenkater gleich am Anfang gewesen, und so einen wieder zu bekommen hatte er ja nun nicht mehr die Gelegenheit.

Mehr und mehr ärgerte ihn die ständige Gängelung und Regulierung und am liebsten hätte er sich den Ohrknopf, über den sie ihn kontrollierten, aus dem Gehörgang gepult.

Er hatte keine Ahnung, wo die Regie wirklich saß, gleich hier im Roundabout oder irgendwo in der Stadt, vielleicht auch in einer ganz anderen, egal, für ihn saß sie direkt in seinem Ohr.

Alles wurde ihm diktiert und vorgeschrieben und wenn er aufmuckte, drohten sie ihm mit Kündigung oder Konventionalstrafe. Was wann genau griff, hatte er trotz der anschaulichen Belehrung durch Brosius nicht so ganz genau kapiert.

Nicht, dass er so viele eigene Ideen gehabt hätte, was er tun und machen wollte, so war er nicht gestrickt. Er hatte immer schon wenig Initiative und fand sich gern damit ab, wenn es einen Plan dafür gab, was gerade zu tun war. Seit er denken konnte, war das so gewesen, in der Schule, bei der Ausbildung zum Schauspieler, beim Dreh für die Soap. Immer gab es Stundenpläne, Zeitpläne, Terminpläne. Und in der Freizeit bestimmten Freunde oder Kollegen, was gemacht wurde. Eigentlich hätte er also kein Problem damit haben sollen, dass ihm die Tage derart straff und lückenlos eingeteilt wurden. Vielleicht lag es an den ständigen Drohungen, dass er sich eingeschränkt fühlte, vielleicht vertrug er auch das ständige Begafftwerden nicht, immer und überall, wo er sich auch grade aufhielt.

Drehte er bald durch? Schnappte über, tickte aus?

Das ganze Theater fühlte sich für ihn an wie Knast, oder wie er sich Knast vorstellte, und die Probezeit war wie eine Bewährungsstrafe. Nur, dass man da die Zeit draußen verbrachte und sich gut benahm, um nicht reinzukommen und bei der Probezeit war es genau umgekehrt.

Die alten Hasen im Regieteam rochen schnell, was mit ihm vorging. Sie hatten aus ähnlichen Formaten schon einschlägige Erfahrungen.

Also begannen sie damit, für Ablenkung zu sorgen.

Es war wieder heiß geworden, heiß wie am Tag des großen Einzugs. Nach kurzer Abkühlung waren die Temperaturen erneut auf Werte über dreissig Grad geklettert und alles stöhnte unter der feuchten Hitze, da fiel in der Biberburg die Klimaanlage aus. Gut getimt, während der Mittagsstunden, als nur flauer Betrieb vor den Roundabout-Event-Fenstern war.

Das sollte sich nun zügig ändern.

Die Störung wurde sofort in allen Medien verbreitet, mit reißerischen Headlines wie ›Hitzeschock! Gibt es noch Rettung für den Biber?‹ oder ›Wahnsinn! Wird der Biber jetzt gegrillt?‹.

Die absurde Möglichkeit, das potentielle Hitzeopfer einfach aus seinem Bau herauszuholen, wurde dabei nicht einmal am Rande in Erwägung gezogen. Warum auch?

Denn jetzt war das Gedränge wieder zurück am Schauplatz des Geschehens und die Party nahm erneut Fahrt auf.

In dichten Trauben hingen die Gaffer vor den Glasfronten und sahen zu, wie Biber in der sich schnell aufheizenden Luft zu schwitzen begann, sich erst Luft zufächelte, sich dann nach und nach seiner Kleidung entledigte, bis er, schweißtriefend und mit hochrotem Kopf, in die Dusche flüchtete, vor der er auch noch die Unterhose fallen ließ, um sich dann unter dem Wasserstrahl ausgiebig abzukühlen.

Die Zuschauer jubelten und johlten und winkten ihm zu, denn nicht einmal im Badezimmer war Kirby ihren Blicken entzogen. Gerade im Badezimmer nicht, wo es doch erst richtig interessant wurde.

Das Objekt ihrer Neugierde hatte wohl ziemlich kaltes Wasser aus der Brause regnen lassen, sehr zum Gaudium der Beobachter, die dem Biber, als er tropfnass aus der Klarglaskabine kam, mit Daumen und Zeigefinger zwei Zentimeter zeigten und sich dabei vor Lachen krümmten. Waren das nun die unvermeidlichen Hasser oder waren es Fans, die soeben ihr Idol vom Sockel stießen?

Manchmal tat Kirby sich jetzt schwer mit solchen feinen Unterscheidungen. Einen kurzen Moment lang hoffte er, es würde draußen wieder eine Keilerei in Gang kommen und die feixenden Voyeure von ihm ablenken. Aber die dachten gar nicht daran, sich zu prügeln, dazu war es viel zu heiß. Lieber fotografierten und filmten sie ihn mit ihren Handys, wie er sich bibbernd abtrocknete und dann schnell wieder in seine gesponserten Boxershorts schlüpfte.

Eine Weile versuchte Kirby, brav zu chatten und das Schlamassel heldenhaft zu ironisieren, aber das hielt er nur für kurze Zeit durch, dann wurde es ihm erneut zu heiß und er musste wieder unters kalte Wasser.

So ging das mehrmals hin und her zwischen Dusche und Wohnzimmer und er schätzte, dass es in seinen Räumen inzwischen schon bald fünfzig Grad hatte.

Von Mr. Milton war natürlich weit und breit nichts zu sehen, und die Regie, die sich sonst immer ganz schnell einschaltete, wenn er etwas falsch machte, ließ auch nichts von sich hören, obwohl er immer dringender im Chat persönliche Nachrichten an sie absetzte und um Hilfe bat.

Erst geschlagene drei Stunden nach dem Ausfall der Kühlung, also am späten Nachmittag, schickten sie ihm einen nachlässig gecasteten Monteur mit einem großen, roten Werkzeugkasten und einer Trittleiter hinein. Der Mann sah aus wie einem billigen Porno entsprungen, belästigte aber den entnervten und erschöpften Biber wider Erwarten nicht mit sexuellen Angeboten oder Forderungen, sondern stieg auf seine Leiter, schob eine Deckenverkleidung zur Seite und gab vor, dahinter irgendetwas mit einem geradezu lächerlich riesigen Schraubenschlüssel zu bearbeiten. Er klapperte ein wenig herum, dann verschloss er die Öffnung in der Decke wieder und stieg von der Leiter.

»Geht wieder«, sagte er hölzern seinen kurzen Text auf und verließ winkend die Bühne, stürmisch als Retter gefeiert von den treu gebliebenen Biber-Fans. Und so erbärmlich sein Auftritt auch gewesen sein mochte, er hatte wenigstens nicht gelogen: Innerhalb weniger Minuten kehrten wieder angenehmere Temperaturen ein in der Biberburg.

Dass allerdings der alberne Porno-Monteur damit irgendetwas zu tun hatte, wollte Kirby im Leben nicht glauben. Er kam sich verarscht vor, wurde bockig und versuchte sogar zu streiken, bis ihn die Teufel von der Regie wieder einmal mit der neunzigseitigen Vertagsknute einregulierten.

Zur Krönung der ganzen Geschichte eröffneten sie ihm anschließend, der Unterhosen-Sponsor habe sich beschwert, die Ware sei so lieblos präsentiert worden, man habe das Logo ja kaum erkennen können. Sollte sowas noch einmal vorkommen, sähe man sich leider gezwungen... blabla und so weiter, immer die alte Leier.

Einmal wieder in Gang gebracht, musste die Maschine weiterlaufen, darum ließ die Regie dem Biber grade mal ein paar Tage Zeit, sich zu erholen, bevor sie mit der nächsten Überraschung aufwartete.

Bereits einen Monat vor dem Einzug des Helden hinter die Schaufenster hatte es ein Preisausschreiben gegeben, bei dem einige leichte Fragen über die Soap zu beantworten waren und dessen Hauptgewinn zunächst geheimgehalten wurde.

Man verriet nur, dass er für jeden echten Fan der absolute Kracher sein sollte.

Jetzt rückten sie damit heraus.

Sie verkündeten den Namen des glücklichen Gewinners und was der tolle und geheimnisvolle Preis nun wirklich war, nämlich das einmalige Privileg, einen vollen Tag, also ganze vierundzwanzig Stunden, zusammen mit dem Biber in seiner Burg verbringen zu dürfen!

Der vielbeneidete Fan, den das Los erwählt hatte, hieß Rolle, einfach nur Rolle, und sie erzählten dem armen Biber erst am Vorabend davon, dass am nächsten Morgen, Punkt acht Uhr, für einen Tag ein Fan bei ihm einziehen würde, der Rolle hieß, einfach nur Rolle, mit einem Err vorne wie in *rasten* oder *rosten*, und dessen Wünsche er soweit wie nur irgend möglich erfüllen sollte, damit dieser Tag auch wirklich zu einem echten Hauptgewinn würde.

Ach ja, und man rechne aus diesem Anlass wieder einmal mit einem gewaltigen Besucherandrang vor seinen Fenstern.

Die kurzfristige Ankündigung sorgte bei Kirby für unruhigen Schlaf, den zu allem Überfluss auch noch einige Spinner mit ultrahellen Taschenlampen ständig unterbrachen, indem sie ihn durch die Scheiben hindurch blendeten. Erst um drei in der Nacht wurden die lästigen Störer endlich von der Security des durchgehend geöffneten Roundabout-Kaufhauses vertrieben, aber auch danach fand Biber nur noch wenig Schlaf und stand wie gerädert um sieben Uhr am Morgen auf.

Da war es, direkt vor seinem Bett, draußen schon gestopft voll mit Leuten, die ihn begafften und filmten, und es gab Gerangel und Gerempel im Kampf um die besten Plätze.

Und dann kam Rolle.

Er war untersetzt und stämmig, trug eine lilaglänzende Sporthose aus reinem Polyester zu einem quietschgelben Polohemd und war, soweit das ängstlich zögernde Auge sehen konnte, haarlos wie eine Nacktschnecke.

Kirby fand ihn auf Anhieb widerwärtig.

Die Erfüllung all seiner nächtlichen Albträume.

Als sein Besucher aber dann zu sprechen begann, schwante ihm bald, dass das fiese Äußere Rolles womöglich noch mit Abstand das Beste an ihm sein könnte.

Der Kerl war ohne Zweifel ein hochbegabter Provokateur.

Ständig auf der Lauer, wo er einem am Zeug flicken konnte, hatte er offenbar ein feines Näschen für die Schwächen seiner Mitmenschen und streute fleißig Salz in die offenen Wunden, die er bei ihnen erschnüffelte.

Gleich zur Begrüßung eröffnete er Kirby, er sei beileibe kein Fan von ihm, das könne er sich abschminken. Vielmehr finde er Soaps öde und das Unterste, das ein Schauspieler überhaupt machen könne, ausgenommen vielleicht Werbeclips. Sein hoffnungsloser Bruder habe die Quizfragen beantwortet und unter seinem, Rolles, Namen eingeschickt.

Den Gewinn habe er nur angenommen, weil er einmal mit eigenen Augen habe sehen wollen, was für ein Mensch sich so weit demütigen ließe, dass er in einem Schaufenster öffentlich Quartier bezöge.

Die Fans auf der Straße, die liebend gern mit Rolle getauscht hätten, buhten, denn mit ihrem Idol hatte die Nacktschnecke sie alle beleidigt. Die Hater hingegen, auch jetzt wieder zahlreich vertreten, applaudierten dem Provokateur, der vermeintlich einer der ihren war und ermutigten ihn zu weiteren verbalen Attacken.

Und Rolf, genannt Rolle, tat ihnen gern den Gefallen.

Er wich dem Biber nicht von der Seite, bei allem, was der auch anfing und wohin er auch zu flüchten versuchte. Viele Möglichkeiten, den grässlichen Gast zu vermeiden, hatte er ohnehin nicht. Eigentlich nur das Klo, um genau zu sein, denn das war der einzige Raum, im hintersten Teil der Wohnung gelegen, der immerhin von innen abschließbar war und nicht von außen eingesehen werden konnte. Und auch auf eine Kamera hatte man dort verzichtet.

Um diese Tabuzone hatte es heftige Diskussionen im Vorfeld gegeben, weil dadurch der große Klopapierhersteller als Sponsor wegfiel, der sich interessiert gezeigt hatte.

Andere Partner hingegen, zum Beispiel die Frühstücksflocken-Firma, wollten wiederum keinesfalls mit einem Event in Verbindung gebracht werden, das es zuließ, jemanden live bei der Darm- und Blasenentleerung zu beobachten.

Eine simple Kosten-Nutzen-Rechnung hatte den Fall entschieden und das WC blieb tabu. Allerdings durfte sich Kirby hier nicht zu häufig und zu lang aufhalten, sonst wurde er umgehend ermahnt und an seine vertraglichen Pflichten erinnert.

Zum Abmahnen hatte die Regie an diesem Tag reichlich Gelegenheit, denn Rolle trollte den Biber unermüdlich weiter, und der hatte sich schon häufiger und länger aufs Klo gerettet, als es eigentlich geduldet wurde.

Nervlich hart strapaziert redete er sich damit heraus, er leide unter einer akuten Diarrhoe, wahrscheinlich vom Krabbensalat, den Mr. Milton zum Brunch serviert hatte. Das war nicht sehr plausibel, denn da hatte auch Rolle ordentlich mit zugelangt und dessen Verdauung schien in bester Ordnung zu sein. Trotzdem ließ man dem Überforderten etwas mehr Zeit als vorgesehen, bevor man ihm wieder Druck machte. Schließlich stand ja nach ihrem dramaturgischen Konzept der Höhepunkt von Rolles Gastauftritt erst noch bevor, und dafür wollte man den Biber noch in halbwegs passabler Verfassung haben.

Als endlich am Abend die Sonne unterging, schaltete Rolle, für Kirbys Geschmack etwas arg plötzlich, vom gewohnten Angriffsmodus auf eine softere Gangart um, als habe synchron mit dem schwindenden Tageslicht seine zuschnappende Jagdlust einer Art von romantischer Gefühligkeit Platz gemacht.

Oder lag es an dem, was Mr. Milton ihm hinter seinem Rücken zugeraunt hatte? Auf Biber wirkte Rolles Schleimerei jedenfalls fast noch bedrohlicher als das Gestänkere zuvor, obwohl er fand dass sie besser zu seinem Äußeren passte.

Der Troll versuchte jetzt doch tatsächlich, ihn anzumachen!

Eigentlich sei Kirby ja ein ganz netter Kerl, meinte er nun, ja, und auch körperlich nicht zu verachten, nein, richtig schön knackig, genau betrachtet. Er wolle gern mit ihm zusammen mal zur Entspannung unter die Dusche hüpfen, und dann mal sehen, was sich da so ergäbe.

Bevor Kirby ihm barsch versichern konnte, es ergäbe sich da mit Sicherheit rein gar nichts, schaltete sich wieder einmal die Regie ein und raunte ihm ins Ohr, er habe sich auf Seite 34 des Vertrags dazu bereit erklärt, eventuellen Besuchern auch ungewöhnliche Wünsche zu erfüllen, wenn es von ihm verlangt werde. Nun, und jetzt werde es verlangt, zumindest das Duschen, was sei denn da schon dabei? Was dann noch kommen würde, werde man ja sehen. Das sei verhandelbar.

Am liebsten hätte Kirby lautstark losgeflucht und den Einflüsterer angebrüllt, so etwas hätte er in der Soap nie gemacht und er würde sich ganz sicher dafür vor seiner Mutter schämen. Aber er beherrschte sich mühsam, denn mit einer derartigen Reaktion hätte er gegen eine der obersten und wichtigsten Regeln überhaupt verstoßen, eine, die schon auf Seite drei des Vertrags aufgelistet war. Der einschlägige Absatz besagte, das Publikum, ob vor Ort oder an medialen Endgeräten, dürfe auf keinen Fall die Kommunikation der Regie mit ihm bemerken. Es müsse stets der Eindruck gewahrt bleiben, der Biber handle frei und unabhängig, ohne jede Beeinflussung von außen.

Also ging Kirby zähneknirschend auf Rolles Forderung ein, obwohl er gewaltigen Schiss hatte vor dem, was da zum Vorschein kommen würde, wenn dieser seine schauderhaften Klamotten ablegte.

Draußen hielten sie die Handys im Anschlag, um jede Einzelheit einzufangen von dem, was da kommen sollte.

Die Heten vor den Fenstern, ob männlich oder weiblich, teilten Kirbys Ängste, doch die Schwulen feierten ein Fest. Mit großem Hallo drängten sie zu den Plätzen, die der Dusche am nächsten waren. Nun endlich würde sich ja zeigen, ob der Biber wirklich einer von ihnen war, wie sie es schon seit der legendären Folge 170 immer entgegen jedem Dementi vermutet hatten.

∞

Rolle war tatsächlich überall haarlos.

Nackter als er konnte kein Mensch je gewesen sein.

Wenn Kirby später nach dem Schlimmsten gefragt wurde, das er während seiner Zeit als Biber hinter Glas erlebt habe, dann musste er nicht lange nachdenken, sondern fing an, von dem Tag zu erzählen, an dem Rolle ihn heimsuchte.

Latein und Griechisch, meinte er, seien ja nicht so sein Ding, aber da habe er den Ausdruck ›homophob‹ zum ersten Mal verstanden, denn vor diesem Menschen habe er sich wirklich gefürchtet. Viel mehr durfte er dazu aber auch nach Jahren nicht sagen, vor allem nicht über das, was sich damals in seinem Ohr alles abgespielt hatte.

Das Duschen mit Rolle, der seine ekelhafte geschwollene Nudel an des Bibers Pelz gerieben hatte, wo immer er ihn erwischen konnte, war schon schlimm genug gewesen. Aber dann hatten sie ihn massiv bedrängt, noch ein wenig mehr zu versuchen. In der Soap sei ja seine sexuelle Orientierung immer ein wenig unklar geblieben. Vermutlich kenne er sie selbst nicht so ganz genau? Ob er denn nicht mehr darüber herausfinden wolle? Sie hätten im Vorfeld schon den Fans angedeutet, es fände vielleicht diesbezüglich eine Klärung statt, nur deswegen sei es ja draußen so voll. Und Rolle wäre ihm dabei bestimmt ein guter und erfahrener Helfer, dafür könnten sie garantieren.

Rolle zu empfehlen war unvorsichtig.

Denn da begriff Kirby, der leichtgläubig war, naiv und oft auch zu vertrauensselig, aber auch seine lichteren Momente hatte, dass Rolle wohl nicht nur Rolle hieß, weil sein Name Rolf war. Er setzte sich an den Laptop und schrieb der Regie eine PN, er habe sie durchschaut, auch Rolle sei nur gecastet und nicht wirklich der Gewinner eines Preisausschreibens. So etwas sei Betrug an den Leuten, die da teilgenommen hätten und ob sie denn kein bisschen Ehrgefühl mehr im Leib hätten, ihm einen Fake-Gewinner hereinzuschicken, mit dem er noch dazu sonstwas treiben sollte?

Sie antworteten, wie immer lässig und cool, man könne für sowas doch nicht jeden zufällig ermittelten Trottel nehmen.

Das sei schlecht für die Dramaturgie, Gewinner hin, Gewinner her. »Es ist genauso wie bei jedem Preisausschreiben«, meinte der Typ in Kirbys Ohr, »man nimmt daran teil und wenn man nichts mehr davon hört, denkt man eben, irgendwo wird schon irgendeiner gewonnen haben, und kümmert sich nicht weiter drum.« Aber sie, sie seien so nett gewesen und hätten allen Interessierten einen hoch qualifizierten und dazu noch höchst unterhaltsamen Sieger präsentiert, was also könnte daran wohl falsch sein?

Aber trotz all dieser dreisten Ausflüchte und Rechtfertigungen brachen sie wenig später Rolles Auftritt ab. Die abgefeimten Manipulateure mussten wohl gerochen haben, dass ihr Biber haarscharf davor war, alles hinzuschmeißen, ohne Rücksicht auf lebenslange Verluste.

Also pfiffen sie Rolle zurück.

Ließen Mr. Milton ihm etwas ins Ohr flüstern, das allen, die das Glück hatten, das Spektakel zu sehen, vor Augen führte, wie spaßig eine enttäuschte Nacktschnecke aussehen konnte.

Als Rolle raus war, ließen sie Kirby genau zwei Tage Zeit, um sich wieder etwas einzukriegen.

Dann schickten sie ihm Trish.

Allen, die den damals gängigen Spruch ›Trish for Trash‹ für einen billigen Wortwitz halten, Trish Colada aber nicht selbst erlebt haben, sei gesagt, dass er, ob nun originell oder nicht, jedenfalls haargenau ins Schwarze traf.

Trish war eine schillernde Perle des Boulevards, die bei keinem grottigen Event fehlen durfte und immer gern für skandalträchtige Inszenierungen einschlägiger Veranstalter zur Verfügung stand. Ihr Image ließ sie gekonnt zwischen argloser Unschuld und hemmungsloser Geilheit pendeln, indem sie sich von den allgegenwärtigen Paparazzi einmal mit altgedienten, fiesen

Halunken erwischen ließ, von denen der Jetset überquoll, dann aber auch wieder mit grade eben volljährigen Knaben. Jungs, die besser ihre nicht schwinden wollenden Pickel ausdrücken konnten als ihre verwirrenden neuen Gefühle.

Sie war fleischgewordene Durchtriebenheit, produzierte Skandale wie Karnickel Junge und war damit für die Rolle der Prisca bei Luder & Looser mindestens ebenso gut qualifiziert wie es Tristan Kirby als Looser war.

Allerdings war sie die bessere Schauspielerin, denn Kirby konnte nur sich selbst darstellen, er *war* Biber, der schlichte, bei Frauen eher mäßig erfolgreiche, naive, sympathische Underdog, der trotz reichlich guten Willens bei so ziemlich allem scheiterte, was er anfing.

Trish dagegen spielte das Luder gelegentlich mehr als sie es war, und wenn es ihr auch so vorkam, als würde ihre Rolle sie immer mehr auffressen, konnte sie doch manchmal noch aus ihr heraustreten, wenn die Öffentlichkeit gerade wegsah.

Bei den Schickeria-Fieslingen trat sie meist ganz und gar luderkonform auf, übergoss sie gern mit demaskierendem Spott und bewies ihnen ihre kastrierende Dominanz, sodass nicht wenige dieser miesen Typen aus der Begegnung mit ihr zutiefst verunsichert hervorgingen.

Bei den unschuldigen Jungs dagegen war sie oft überraschend zurückhaltend, fast schüchtern, behandelte sie behutsam, wie aus dem Nest gefallene Vögelchen, und versuchte zart und vorsichtig darauf zu achten, dass keinem die kleinen Flügel geknickt wurden.

Schade nur, dass sie diesen besonderen Beruf hatte, den sie mehr liebte als alles andere, und dass die Marke, die sie verkörperte, von ihr den häufigen Wechsel und auch die hemmungslose Gleichzeitigkeit verlangte.

Nicht alle kleinen Vögel überstanden das unbeschadet, eine Tatsache, die sie ehrlich bedauerte und die sie eines Tages, das wusste sie genau, noch in tiefe Depressionen stürzen würde. Ihr Hang zum kleinlichen Moralisieren, Relikt einer ungesunden religiösen Erziehung, die sie nur halb überwunden hatte, machte auch vor ihr selbst nicht Halt.

Als die Leute von ›Zweite Chance‹ auf sie zukamen und ihr ein Angebot machten, das mit dem Management der Soap abgestimmt war, zögerte sie zuerst, obwohl die Höhe der Gage solches Zaudern fast schon als Vermessenheit erscheinen ließ.

In welche Kategorie gehörte denn nun der Biber eigentlich, überlegte sie. Ein Jetset-Widerling war er sicher nicht, aber freilich auch nicht die ganz und gar unberührte Unschuld vom Land. Dazu war er schon zu lang im Showgeschäft.

Immerhin tat es ihr leid, dass er wegen eines einmaligen, bedeutungslosen Säfteaustauschs mit ihr aus der Soap geflogen war. Das war die Sache nicht wert gewesen. Und dass er jetzt, obwohl noch so jung, bereits in der Zweitverwertung gelandet war: Einfach nur traurig.

Sie würde gut darauf achten, dass ihr das nie passierte.

Sie war zwar sehr beliebt und hatte eine stattliche Fanbase vorzuweisen, trotzdem war bei L&L niemand unersetzbar. Es gab Luder und Looser zuhauf, die schon in den Startlöchern saßen und auf ihre Chance warteten.

Also lieber mitmachen bei dem perfiden Spiel, zu dem man sie mit so viel Geld zwingen wollte.

So üppig entlohnt wurde ihr Auftritt deshalb, weil er gleich drei Herren dienen sollte, die dabei zusammenlegten.

Zum einen waren das die Leuten von der Soap, die mit Trishs Auftritt noch einmal endgültig klarstellen wollten, dass zwischen ihr und dem Biber nie etwas gelaufen war und je gelaufen wäre, das über peinlichen, alkoholbedingten Kontrollverlust, für den man augenzwinkerndes Verständnis erwarten konnte, hinausging.

Zum anderen waren da noch die Zweitverwerter, die sich von der Ankündigung, Trish würde den Biber besuchen kommen, beim Roundabout-Warenhaus, dem dritten Profiteur, wieder einen gigantischen Besucheransturm versprachen, den sie mit ebenso engmaschigen wie weiträumigen Überprüfungen auf Volljährigkeit rund um die Schaufenster herum zu flankieren und noch weiter anzuheizen gedachten.

Wie weit Trishs Körpereinsatz gehen sollte, war bis ins Detail geregelt: Sex mit dem Biber war tabu, der sollte nur im Vorfeld als Möglichkeit mit vielen Fragezeichen suggeriert werden. Als Ersatz bieten wollte man hingegen ›ausgiebiges Duschen (ohne Biber) mit Einseifen, Strecken und Bücken in verschiedenen Sichtachsen (Liste der Posen anbei), sowie gründlichem Abfrottieren mit zwei kleinen Handtüchern‹.

Dadurch sollte verhindert werden, dass die Stimmung im Livepublikum aufgrund von akutem Beischlafmangel so weit sank, dass es zu Frust-Randalen kam.

Dass dafür allerdings umso mehr Frust beim sexuell inzwischen stark deprivierten Kirby aufkommen würde, passte der Zweitverwerter-Regie, welch Zufall, gut ins Konzept, denn so wollten sie ihn gerne haben: Verunsichert, verlassen, verzweifelt.

Im übrigen gaben sie Trish nicht in allen Punkten so genaue Anweisungen wie für den Auftritt in der Dusche.

Wie sie etwa Biber beibrachte, dass sie ihn nicht besuchte, um eine romantische Affäre mit ihm anzufangen, oder, wie er es wahrscheinlich sah, die bereits begonnene fortzusetzen, das überließen sie ganz ihr. Sie vertrauten da auf ihre schon häufig bewiesene Fähigkeit, sich gefühlsduseligen Zugriffsversuchen auf die Weichteile ihrer Psyche, die sie entschieden entschlossener verteidigte als die körperlichen, resolut zu entziehen.

Die brutale, manchmal an Grausamkeit grenzende Härte, die sie dabei an den Tag legte, machte ein Gutteil ihres Rufs aus und wurde medial stets gern genüsslich ausgekostet. Warum also einer Meisterin etwas diktieren wollen?

Auch das Zeitmangement überließen sie ganz ihr. Fest stand nur, dass der Besuch maximal, aber doch auch mindestens vier Stunden dauern sollte, aber das wussten nur Eingeweihte. Alle anderen, einschließlich Kirby, ließ man in dem etwas einfältigen Glauben, Trish könnte womöglich bei L&L alles hingeworfen haben, um bei ›ihrem‹ Biber einzuziehen.

So kam es also, dass der arme alte Plattschwanz von Trish im Anschluss an ihre exzessive Duschszene öffentlich gedemütigt wurde, ein Auftritt, der vor allem bei seinen weiblichen Fans für

Tränen der Empörung sorgte. Andererseits aber auch für Erleichterung darüber, dass der goldige Nager nun wieder zweifelsfrei als ungebunden gelten konnte und jede sich wieder insgeheim törichte Hoffnungen machen konnte. Zwar hatte Trish den Biber nicht gänzlich entmannt, wie so manchen ihrer Lover von der Sportwagen- und Yacht-Fraktion, aber sie richtete doch so viel Schaden an, dass ihr schwer angeschlagenes Opfer sich für zehn Stunden im Bett verkroch und die Decke über den Kopf zog, bis es in seinem Ohr sehr laut und sehr unangenehm wurde.

Die halbstündige Duschorgie, tausendmal von ihren Fans abgefilmt und in die Netzwerke eingespeist, generierte Klickraten, die alles hinter sich ließen, was die Allianz der Veranstalter zu hoffen gewagt hatte. Die Verkaufszahlen des Duschgels, das sie benutzt hatte, brachen alle Rekorde, der Umsatz an Designer-Frottierhandtüchern, mit denen sie lasziv ihren nackten Körper abgerubbelt hatte, ging durch die Decke und alle wollten die goldenen Marken-Badelatschen haben, in die sie danach geschlüpft war. Alles bequem an Ort und Stelle im Roundabout käuflich zu erwerben.

Obwohl also alles in allem das ›Unternehmen Trish‹ erfolgreich gewesen war, schrieben die L&L-Autoren nach einigen Wochen, als man schon keinen Zusammenhang zu ihrem Auftritt in der Biberburg mehr sah, die Yellow-Press-Ikone raus aus der Soap, weil die Beliebtheitswerte ihrer Figur parallel zu ihren eigenen in den Keller gegangen waren.

Vermutlich war es ein Fehler gewesen, den netten armen Biber dann doch so zu behandeln wie einen dieser arroganten High-Society-Schnösel.

Prisca sei nach einer wilden Dauerparty mit zu viel Sex, Alkohol und Drogen an ihrem eigenen Erbrochenen erstickt, erklärten sie den verdächtig nach einer Metapher klingenden Abgang des Luders, und das erschien ziemlich endgültig und ließ wenig Hoffnung darauf zu, dass man sie je wieder reaktivieren würde.

In der abschließenden Besprechung saß denn auch Rainer Maria ›Silberzunge‹ mit am Tisch und meinte väterlich, man kenne sich ja schon von einer Kooperation, die für sie, Trish Colada, doch sehr lukrativ gewesen sei, und sie hätten da was äußerst Interessantes für sie.

＠

Nach Trishs Auftritt beutelte den Biber tiefe Schwermut, die er für das Maximum des Erduldbaren hielt, bis Mr. Milton ihm wenig später half, die volle Bedeutung des Wortes ›Niedergeschlagenheit‹ auszuschöpfen.

Bis heute gibt es bei Trashformat-Kennern und Medienjuristen widerstreitende Meinungen darüber, ob Burt Hurt, so nannte sich der Darsteller des Butlers, das aus eigenem Antrieb getan hatte, oder ob er von der Regie dazu angehalten worden war. Fest steht, dass sein Verhalten keine strafrechtlichen Folgen für ihn nach sich zog; möge jeder seine Schlüsse daraus ziehen.

Wie es zu dem Zwischenfall kam, ist leichter zu verstehen.

Eine Weile badete Kirby in Selbstmitleid und gab den Schmerzensmann, war gedrückter Stimmung, peinlich weinerlich und auch durch aufmunternde Plakate und Posts seiner Fans kaum zu trösten. Dann, nach etwa drei Tagen, kam plötzlich ein Stimmungsumschwung. Auf einmal trat er forsch und trotzig auf, schimpfte in langen Monologen auf die Weiber im Allgemeinen und Trish im Besonderen und wütete gegen die Hater im Netz und vor den Fensterscheiben.

Besonders aber bekam jetzt Mr. Milton seinen Ärger zu spüren. Als Einziger, der für den Biber physisch greifbar war, wurde er nun immer öfter zum Watschenaugust. Der frustrierte Kirby griff nämlich seine anfangs so beliebte Slapstickeinlage gegen jede Anweisung wieder auf und übertrieb sie dazu auch noch maßlos, indem er dem Diener bei jeder sich nur bietenden Gelegenheit eine saftige Ohrfeige verpasste.

So lange, bis dieser endlich die Nase voll hatte und zurückschlug. Er gerbte dem Biber nach allen Regeln der Kunst das

Fell, so, wie man es weder einem Butler noch einem Schauspieler zugetraut hätte. Seinen ganzen aufgestauten Frust legte er in sauber gezielte Schläge, die genau da trafen, wo es sehr weh tun musste, ohne große Spuren zu hinterlassen.

Er vermied das Gesicht, wo sich allzu leicht eine Braue spaltete oder ein Auge zuschwoll, ein Nasenbein brach, Lippen aufplatzten oder gar Vorderzähne ausfielen.

Dafür widmete er sich liebevoll Kirbys Solarplexus, seiner Nierengegend und der Magengrube. Als sein Opfer dann stöhnend und jammernd am Boden lag, zog er ihm eine Socke aus, steckte ein Stück der aromatisch-holzig duftenden Herren-Seife hinein, die der Biber bewarb und prügelte ihn damit gründlich durch. Man kann sagen, er schlug ihn auf dieselbe Art, wie ein gewalttätiger Macho seine Frau schlägt, wenn er vermeiden will, dass man es in der Öffentlichkeit zu schnell mitbekommt.

Damit konnte Burt Hurt freilich nicht rechnen, als er Kirby zu Leibe rückte, trotzdem hielt sich die Aufregung auf der Straße aber in Grenzen. Denn der Angriff war - Zufall oder Absicht? - in den schwach besuchten Mittagsstunden erfolgt. Die meisten der überwiegend jugendlichen Besucher waren essen gegangen, einige Straßen weiter, wo es gleich mehrere Buden mit richtig billigem, fettigem Fastfood gab und hatten nur die obligatorischen Livewachen zurückgelassen, die sie schnell herbei telefonieren sollten, wenn etwas Ungewöhnliches geschah, wenigstens aber das Geschehen filmen. Alles in allem war das nur eine Handvoll Leute, völlig damit überfordert, ihrem Auftrag gerecht zu werden. Sollten sie filmen? Oder anrufen, aber wen zuerst, die Polizei oder ihre Kumpels? Abwechselnd versuchten sie dann das eine und das andere, was die Tatsache erklären könnte, dass es nur einige unvollständige Liveclips von Mr. Miltons Strafaktion gibt, und dass die Polizei erst beim Roundabout auftauchte, als schon alles vorbei war.

Von der Kaufhaus-Security sah man kein Fitzelchen, aber ein Arzt war erstaunlich schnell zur Stelle gewesen. Der wollte angeblich zufällig einkaufen, meldete sich an der Info, um seine Hilfe anzubieten und wurde dann von nicht näher benannten

›Verantwortlichen‹ zum Biber hineingeschickt. Der Mediziner untersuchte ihn auf Sicht, tastete ihn gründlich ab und stellte fest, dass nichts gebrochen sei, nur ein paar blaue Flecken hier und da, nichts weiter. Schmerzhaft, aber nicht weiter gefährlich. Jedenfalls brauche der Biber nur ein wenig Ruhe, um sich zu erholen. Es sei wohl mehr seine Würde und sein Stolz verletzt worden als sein Körper.

Trotz des unspektakulären Ausgangs schaffte es dieser Vorfall sogar einmal in die seriöse lokale Presse, die die vulgäre Veranstaltung sonst souverän ignoriert hatte. Es wurden Fragen diskutiert, die auch die Auseinandersetzungen auf der Straße und im Netz beherrschten, etwa, woher wohl der Butler seine erstaunlichen Skills in der Kunst des schmerzhaften, aber diskreten Züchtigens hatte. Oder wer der Arzt war, der später nicht mehr ausfindig gemacht werden konnte, und von welch seltsamer Konsistenz diese Seife gewesen sein musste, dass sie keinen größeren Schaden angerichtet hatte. Und ein eher intellektuell ausgerichtetes Blatt amüsierte sich über die perfide Ironie, einen ehemaligen Soapdarsteller mit Seife zu verdreschen.

Der namhafte Hersteller dieses ›Stücks männlich-herben Duftes‹ verzeichnete übrigens im Anschluss an diesen eklatanten Seifenmissbrauch ein Umsatzplus von vierzig Prozent, eine Tatsache, die weitere Fragen aufwarf.

Wie es dem Biber ging, interessierte dabei nur am Rande.

Lediglich eine kleine, isolierte Fangruppe zeigte so etwas wie Mitgefühl und forderte seine Befreiung aus dem Konsumtempel, in dem er, für alle sichtbar, unmenschlich gequält werde.

Wie man dagegen in der Regie die Sache betrachtete, zeigt wohl am besten der gut verbürgte Ausspruch eines dieser geheimen Dramaturgen mit dem Blick für das Wesentliche:

»Wir haben ihn fast so weit«, so sein Befund, »psychisch ist der Junge nur mehr Hüttenkäse. Ein winziger Tropfen noch und das Fass läuft über.«

❦

Der Tropfen kam schnell, noch am selben Tag, etwa zehn Stunden später. Winzig konnte man ihn freilich kaum nennen, denn gegen halb elf in der Nacht wurde auf das Roundabout ein bewaffneter Raubüberfall verübt.

Der Besucherstrom im Kaufhaus unterlag vorhersehbaren Zyklen, die den Räubern offenbar bekannt waren. Zwischen acht und zehn Uhr nahm er kontinuierlich ab und erreichte wenig später das nächtliche Minimum, wo nur noch vereinzelte Käufer das Haus betraten, sofern nicht grade ein Event stattfand, der Auftritt einer Band, eine Castingshow oder ein Rap-Slam.

An diesem Tag war es, als die Sache anfing, fast leer, bis auf ein paar Angestellte, die sich immer noch über die Ereignisse vom Mittag stritten, denn es gab zwei Fraktionen, die eine war der Meinung, der Butler habe ganz recht gehabt, diesen ›Soapster‹, der schließlich damit angefangen habe, mal richtig weichzukloppen, während die andere, die überwiegend aus Frauen bestand, mit dem Biber mitfühlte und ihn gerne getröstet hätte.

Wie aus dem gegossenen Marmor-Imitat-Fußboden gewachsen waren da plötzlich drei Männer mit Skimasken, keiner der Angestellten konnte später noch sagen, woher sie auf einmal gekommen waren. Einer von ihnen fuchtelte mit einer Waffe herum, die später als Uzi mit langem Stangenmagazin erkannt wurde, der zweite hielt eine Pumpgun im Anschlag und der dritte hatte einen schweren Vorschlaghammer geschultert und trug eine Sporttasche in der Hand.

Der mit der Schrotflinte brüllte »Dies ist ein Überfall!« und der mit der Uzi schrie »Alles auf den Boden! Gesicht nach unten!« Er gab einen kurzen Feuerstoß in die Luft ab, um seinen Worten Nachdruck zu verleihen, dann liefen die drei unter andauerndem Gebrüll von Kasse zu Kasse, ließen sich die Geldscheine aushändigen und stopften sie in die Taschen ihrer schwarzen Lederjacken.

Der Mann mit dem Hammer zertrümmerte einige abgeschlossene Vitrinen, die Handys und tragbare Unterhaltungs-Elektronik enthielten und warf die Geräte in seine Tasche.

Dann ertönte eine laute Sirene und überall blinkten rote Lichter.

Entweder hatte einer der Angestellten auf einen versteckten Knopf gedrückt, oder der Alarm war automatisch durch einen Kontakt in den Vitrinen ausgelöst worden.

»Verdammt, weg hier!«, rief der mit der Pumpgun und der mit der Uzi schoss wieder Löcher in die Luft, dann spurteten die drei Ganoven zum Ausgang und rannten auf die Straße hinaus.

Vor dem Haupteingang war die Straße fast menschenleer und der Hammermann zog sich die Skimaske vom Gesicht, da sah er direkt Biber in die Augen, der ihn aus dem Schaufenster heraus entgeistert anstarrte.

»Der Typ hat mein Gesicht gesehen!«, schrie er, »los, legen wir den Kerl um!« und er schlug mit dem schweren Hammer einige Male gegen die Scheibe, dass sie dröhnte wie eine Glocke, richtete aber ansonsten nichts aus damit. Offenbar hatte das Roundabout an der Verglasung nicht gespart und dicke Panzerscheiben einbauen lassen.

Der Kerl mit der Uzi schoß direkt auf das Gesicht des Bibers, aber auch das hielt die Scheibe aus, man sah nicht einmal Spuren eines Einschlags von Kugeln, aber für Kirby war das alles viel zu viel: Er kippte lautlos um und blieb regungslos auf der Auslegeware liegen. Die drei Räuber sahen ihn verdutzt umfallen und wussten nicht so recht, was sie tun sollten, da jaulten in der Ferne Polizeisirenen und machten ihnen die Entscheidung leicht: »Weg hier, wir hauen ab!«, rief einer und schon waren sie in der Dunkelheit verschwunden.

Auch dieser Vorfall, obwohl unblutig im Verlauf und wenig aufregend im Ergebnis, schaffte es wieder in alle lokalen Medien, die reißerischen wie die seriösen. Und wieder gab es da, wie schon im Fall des zornigen Butlers, einige Auffälligkeiten zu diskutieren.

Warum wohl am Tatort viele leere Patronenhülsen gefunden wurden, aber kein einziges Projektil oder Einschläge davon, was den Schluss nahelegte, es sei mit Platzpatronen geschossen worden? Aber würden Profis sich bei einem Überfall ernsthaft auf Schreckschuss-Munition verlassen? Wer hatte den Alarm ausgelöst, der die Täter vertrieben hatte, wo doch alle Angestellten, die vor Ort gewesen waren, angaben, sie seien es nicht gewesen? Warum hatte einer der Täter seine Skimaske schon gleich vor dem Eingang abgenommen, wo er damit rechnen musste, dass da einer sein Gesicht sehen würde, ein beliebiger Passant womöglich, wenn er schon nicht mit dem Biber gerechnet hatte? Ja, und warum hatte der Typ mit der Maschinenpistole dann auf Kirby geschossen, wenn er wusste, dass er keine scharfe Munition im Magazin hatte? Nur zum Spaß, um ihn zu erschrecken? In einer solchen Situation?

So viele Fragen und keine zufriedenstellenden Antworten.

Im Trubel, der losbrach, als dann die Polizei eintraf, vergaß man den Biber zunächst. Erst nach einer Viertelstunde stellte es sich heraus, dass er spurlos verschwunden war. Aufs Klo gegangen, vermutete man zuerst, wohin denn auch sonst, nach so einem Schreck.

Aber da war Fehlanzeige.

Ein Schaulustiger, der kurz nach dem Spektakel zusammen mit der Polizei eingetroffen war, gab schließlich den Tipp, man solle doch mal im Kleiderschrank nachsehen. Dort habe der Biber sich schon vor einiger Zeit versteckt.

Und wirklich, als die Schranktür geöffnet wurde, fand man ihn da liegen. Er hatte sich offenbar mit einem gesponserten Schlips an der Kleiderstange aufgehängt und hing dort, bis er das Bewusstsein verlor. Dann war die Stange unter seinem Gewicht abgeknickt, aus der Verankerung gesprungen und Kirby war halb tot auf dem Schrankboden zusammengeklappt wie ein Taschenmesser.

Der Krawattenhersteller warb übrigens wenig später mit dem Slogan ›Marmor, Stein und Eisen bricht, doch unsre Schlipse reißen nicht!‹ Die Erkenntnis, es gebe keine schlechte Publicity, hatte sich in der Werbewirtschaft offenbar durchgesetzt. Ebenso durchgesetzt, wie bei der Boulevard-Presse der Grundsatz, dass sich Zynismus gut verkaufen ließ. Ein dafür berüchtigtes Blatt titelte ›BIBER FÄNGT MAN IN SCHLINGEN‹ und verglich die Veranstalter des Events mit den braven Trappern aus guten alten Zeiten, die ja auch mit dem Verkauf von Biberfell gute

Geschäfte gemacht hätten. Ein Vergleich, den man leicht für kritische Satire hätte halten können, wenn man es nicht besser gewusst hätte.

Als der Sanka heulend davonraste, hinaus in die Nacht, an Bord den armen Tristan Kirby, der nun irgendwo zwischen Tod und Leben darauf wartete, wohin die Reise ging, kamen Dekorateure mit dem Roundabout-Logo auf den roten Overalls in die verwaisten Räume hinter den Schaufenstern beim Haupteingang. Sie verhüllten die Scheiben wieder mit den weißen Leinentüchern, denn es sollten noch einmal alle Produkte besonders effektvoll präsentiert werden, die der Biber hier sechzehn Tage lang benutzt und beworben hatte.

Sie ließen nur die Fensterfläche des Schlafzimmers frei, ließen auch die Schranktür offen und legten die kaputte Kleiderstange mit dem Schlips daran gut sichtbar auf den Boden des Kastens zurück. Dann dauerte es kaum eine halbe Stunde, bis sich davor eine aufgeregte Menschenmenge drängelte, um den Kleiderschrank ›Harmonie‹ von PONGO, dem Hersteller flotten, jungen Inventars, dort zu begaffen, abzulichten und womöglich noch eins der wie verrückt georderten Exemplare dieser Baureihe zu ergattern: Eins der allerletzten verfügbaren Modelle des Möbelstücks, in dem der Biber sich aufgehängt hatte.

Fluchtpunkt

Roy sah ihn schon von Weitem. Er wartete neben dem bemoosten und ausgebleichten Streugutbehälter, der auf einem schmalen, ungeteerten Streifen neben der Straße aufgestellt war.

Die konzentrierte Haltung des Mannes, mit der er dem näherkommenden Wagen entgegensah, verriet, dass er gerne mitgenommen werden wollte.

Roy blickte in den Rückspiegel.

Es war kein anderes Fahrzeug zu sehen auf der schnurgeraden Piste, die sich weit vor und hinter ihm in dunstiger Ferne verlor.

Er bremste langsam ab, bis er neben dem Fremden zum Stehen kam, der nun mit dem ausgestreckten Daumen seiner rechten Hand in die Fahrtrichtung zeigte, um seine Absicht zu verdeutlichen. Roy, nicht mehr der Allerjüngste, kannte noch die Geste aus der Mottenkiste des spontanen Reisens.

Ein Tramper, du liebe Güte, was für ein Einfall! Die Zeit, als man noch trampen konnte, ist doch längst vorbei; zusammen mit dem letzten Hippie dahingeschieden, dachte er, freute sich aber trotzdem über die originelle Retroszene.

Kurz wurde er wieder etwas unsicher und spielte mit dem Gedanken, Gas zu geben und durchzustarten, aber dann war doch die Neugierde stärker und der Wunsch nach etwas Unterhaltung während der langweiligen Fahrt.

Er drückte auf den Knopf, der mit leisem Summen das rechte vordere Seitenfenster herunterfuhr und musterte den Anhalter neugierig.

Er wirkte grundsolide.

Nach vorn gebeugt, den Kopf in Fensterhöhe und froh darüber wirkend, dass jemand angehalten hatte, fragte er: »Nach Sinfondo? Nehmen Sie mich ein Stück mit?«

Er sprach mit einem angenehmen Bariton und Roy meinte, den routinierten Profi herauszuhören, der mit seiner Stimme Geld verdiente. Eine sympathische und wohlklingende Stimme, deren

Wärme leider den Augen fehlte, die sonderbar leblos wirkten.

Seine Kleidung war so durchschnittlich, wie er auch sonst aussah, Blue Jeans, weder neu noch übermäßig abgenutzt und ein Hemd ohne Kragen. Nur die Jacke stach hervor und fiel Roy auf, weil er so eine auch selber getragen hätte, glattes dunkelgraues Leder, an den richtigen Stellen leicht abgeschabt und mit Nähten rund um die Schultern, die dadurch breiter wirkten, ohne dass es übertrieben aussah.

Alles in allem erschien er Roy irgendwie ungefährlich, obwohl schwer zu sagen war, was an ihm diese Einschätzung bewirkte, denn Menschen, die einfach nur wenig auffielen, veranlassten Roy in der Regel nicht dazu, ihnen einen Vorschuss an Vertrauen zu geben. Er hatte schon von alltäglich, ja sogar nett aussehenden Serienkillern gehört, die ein einnehmendes Wesen hatten und wahrscheinlich auch eine angenehme Stimme.

Dennoch überzeugte ihn irgendetwas an der Erscheinung der Gestalt, die da am Straßenrand stand, mittelgroß, mit mittelblondem, etwas wirrem Haarschopf und mittleren Alters, von ihrer harmlosen und gutartigen Natur.

Roy nickte. »Sicher. Da muss ich hin.«

Er bediente den Öffner und die Tür glitt zur Seite.

»Steigen Sie ein.«

Der Mann dankte höflich und ließ sich auf dem Beifahrersitz nieder, während sich die Tür der halbautonomen Limousine wieder leise summend schloss und der Motor hochtourte. Der Tempomat scannte die nächste Limitmarke am Straßenrand und beschleunigte das Fahrzeug, bis die zulässige Höchstgeschwindigkeit erreicht war.

Links und rechts zog Landschaft vorbei.

Eintönige Landschaft, mit abgeernteten Feldern oder solchen mit mannshohem, gelb und vertrocknet aussehendem Mais, gemähte Wiesen dazwischen, auf denen in weißes Plastik verpackte Grasballen herumlagen wie riesige, dragierte Pillen.

Nur selten gab es kleine, neu angepflanzte Waldstücke, was hieß ›Wald‹, eher waren es Baumschulen, öde Monokulturen, eintönige Holzplantagen.

Durch diese ganze bedrückend scheußliche Gegend zog sich unter dem staubig hellblauen, fast weißen Himmel die graue Asphaltpiste schnurgerade von Horizont zu Horizont.

Sein Fahrgast schien nicht gerade von der gesprächigen Sorte zu sein, denn seit er zugestiegen war, hatte er noch kein einziges Wort gesagt.

Roy war darüber eigentlich ganz froh, denn ständiges Reden ging ihm schnell auf die Nerven. Dennoch empfand er die Stille im Innern des Wagens, die vom gleichmäßigen, leisen Brummen des Motors mehr untermalt als gestört wurde, nicht als beruhigend, sondern eher als ein lastendes Schweigen.

»Stört es Sie?«, fragte er und schaltete das Radio ein, ohne eine Antwort abzuwarten. Lautes Knistern und Rauschen ertönte, das er auch durch Feintuning nicht wegbekam, also ging er alle gespeicherten Stationen durch.

Überall dasselbe Ergebnis.

»Keine Ahnung, was da los ist«, murrte er. »Entweder atmosphärische Störungen, oder die ganze gottverdammte Gegend hier ist ein einziges Funkloch.«

Jetzt sah ihn der Beifahrer an.

»Sie waren noch nie in dieser Gegend?

»So ist es«, nickte Roy, »noch nie hier gewesen, und da habe ich auch nichts verpasst, wie mir scheint.«

Der Fremde zuckte die Schultern.

»Das sagen viele, die hier lang fahren«, meinte er gleichmütig, »eigentlich die meisten. Aber solange man nur durchfahren muss...«

Er beendete den Satz nicht und überließ es Roy, ihn um ein versöhnliches Ende zu ergänzen. Dann hüllte er sich wieder in Schweigen, wie in eine dicke, wollene Decke, die ihn so spürbar umgab, dass Roy sich aufdringlich vorgekommen wäre, hätte er versucht, den kurz aufgeflackerten Gesprächsfunken weiter anzufachen.

Also ließ er die kleine Flamme wieder ausgehen, fröstelnd trotz der leichten Softshelljacke und den angezeigten achtzehn Grad im Innenraum des Autos.

Noch immer war keine Kurve in Sicht, nicht einmal eine leichte Krümmung der Straße und die Gegend wiederholte sich auf so eintönige Weise, als stünde das Fahrzeug zwischen zwei langsam rotierenden, riesigen Trommeln, die nahtlos mit den Landschaftsimpressionen eines schwermütigen Malers bedruckt waren. Wenn er sich im Sitz ganz zurücklehnte, sah er nicht, wie die Straße selbst sich vor ihm abspulte und er ertappte sich immer wieder dabei, dass ihm ganz kurz die Augen zufielen, denn das Ende der Straße, ganz weit vorne am Horizont, schien ihn unwiderstehlich einzusaugen wie der Abfluss einer Badewanne das Wasser.

Roys Genick wurde hart und feucht und auf der Stirn und der Oberlippe spürte er kalte Schweißtropfen.

»Fixieren Sie nicht den Fluchtpunkt«, sagte der Fremde plötzlich ruhig, aber bestimmt.

»Fluchtpunkt? Was meinen Sie?«, fragte Roy, überrascht und verwirrt.

»Den Punkt am Horizont, in dem alle Linien zusammenlaufen und den man doch nie erreichen kann. Fixieren Sie ihn nicht. Lassen Sie den Blick schweifen. Behalten Sie die Übersicht.«

Die ruhige, angenehme Stimme holte Roy aus der aufsteigenden Panik zurück.

Er versuchte, die verkrampfte Haltung etwas zu lockern, mit der er hinter dem Lenkrad hing, schaltete Lenkpilot und Tempomat ab und beschleunigte den langsamer werdenden Wagen wieder auf die zulässige Höchstgeschwindigkeit.

Sein Kontrollverlust ärgerte ihn, besonders weil dem Tramper nicht entgangen war, dass etwas bei ihm nicht ganz stimmte.

»Ich habe sonst keine Probleme mit den Halbautonomen«, entschuldigte er sich, obwohl er wusste, dass es völlig unnötig war, »nur diese endlos langen, graden Strecken nerven mich manchmal, kommt man sich ja vor wie auf der Reservebank, wenn man so gar nichts mehr zu tun hat.«

Der Anhalter musterte ihn prüfend und nickte.

»Wirds denn gehen? So bald kommt hier keine Kurve.«

»Wie ich schon sagte, ich war noch nie in der Gegend«, verteidigte sich Roy, »wenn ich gewusst hätte, wie es hier ist, hätte ich Sie gleich mehr einbezogen, mehr mit Ihnen gesprochen, um mich abzulenken. Ich hoffe, Sie sehen mir den Fehler nach. Falsche Taktik.«

Wieder sah ihn der Fremde prüfend an und runzelte die Stirn.

»Sie müssen sich nicht ständig entschuldigen. Aber mit einem haben Sie recht: Reden hilft. Erzählen Sie etwas von sich.«

Roy lachte verlegen. Dazu hatte er im Augenblick überhaupt keine Lust. »Du meine Güte. Echt jetzt, von mir? Da gibts nicht viel zu erzählen. Was soll man schon erzählen von einem langweiligen Leben? Einem Leben, in dem man so gut wie nichts Interessantes erlebt.«

»Fangen Sie einfach irgendwo an. Erzählen Sie mir, was ihr Leben so leblos macht.«

»Nun, ich weiß nicht. Wahrscheinlich habe ich mir ja alles so ausgesucht. Bin wohl einfach nur ein langweiliger Mensch.«

»Wenn Sie es so gewollt hätten, warum sollten Sie dann darunter leiden?«

»Da haben Sie auch wieder recht. Aber Sie wissen doch, wie das ist: Man rutscht in was rein und hat nicht die Kraft, sich wieder rauszustrampeln.«

»Vielleicht gefällt Ihnen das ruhige Leben aber auch wirklich. Mehr, als Sie jetzt zugeben wollen. Macht nur nicht so viel her, wenn man davon erzählen soll.«

»Da täuschen Sie sich«, widersprach Roy. »So viel Ruhe hält kein Mensch aus auf die Dauer.«

Der Mitfahrer schob mit einem versonnenen Nicken die Unterlippe vor.

»Zu viel des Guten, wie? Langeweile? Vielleicht ist es ja genau das, was einen Menschen dazu bringt, sich eine kleine Fahr-Angst zuzulegen, die ab und zu für ein paar spannende Situationen sorgt? Oder aber man gabelt einen Unbekannten am Straßenrand auf und wartet, als was er sich entpuppen wird, als Schmetterling oder als Mistkäfer.«

»Oh, so habe ich das noch gar nicht gesehen«, antwortete Roy verblüfft und brauchte einen Moment, bis er diesen überraschenden Gedanken etwas verdaut hatte.

»Aber Sie machen mich nun wirklich neugierig, das muss ich zugeben. Ich nehme an, Sie werden es mir nicht beantworten, wenn ich einfach frage, was Sie sind?«

Der Fremde lachte. »Das müssen Sie schon selber herausfinden. Es könnte ja sein, dass unsere Meinungen darüber weit auseinandergehen. Und außerdem, würden Sie mir denn glauben?«

»Und schon wieder komme ich mir dumm vor, mit dem, was ich sage«, gestand Roy. »Ich bilde mir etwas drauf ein, dass ich auch nicht schlecht bin mit dem Wort, aber Sie sind mir über.«

Der andere studierte ihn wieder.

»Haben Sie einen Job, bei dem Sie Leute überzeugen müssen?«

»Woran denken Sie denn da?«, fragte Roy zurück, der an dem Spiel Gefallen fand.

»Hmm. Mal sehen: Auf jeden Fall verkaufen Sie etwas. Aber was? Ewiges Leben, Träume, Hoffnungen, Wohlstand? Für einen Prediger sind Sie nicht salbungsvoll genug, für einen Trickbetrüger zu langsam und für einen Politiker zu gehemmt. Ich denke, Sie verkaufen Sicherheit. Versicherungs-Policen. Kämpfen aber nicht um neue Abschlüsse, sondern pflegen alte Verträge von Bestandskunden, oder etwas ähnlich Langweiliges. Sehr wahrscheinlich haben Sie grade erst einen neuen Bezirk übernommen.«

Roys Unterkiefer klappte nach unten und sein Mund stand eine Weile offen.

»Ich bin sprachlos«, gab er nach einer Weile zu. »Geht das bei jedem oder bin nur ich so leicht zu durchschauen?«

»Tja, ohne Sie verletzen zu wollen, Sie sind da nichts Besonderes. Ich sage Ihnen, wären Sie an meiner Stelle, wüßten Sie, was Langeweile wirklich ist.«

Roy suchte mit seinen Blicken den Innenraum des Wagens ab, ob da nicht etwas herumlag, das seine Profession verriet. Aber seine ganzen Unterlagen, Verträge, Formulare, Werbematerial lagen hinten im Kofferraum.

»Da ist doch bestimmt ein Trick dabei, und ich Esel gehe Ihnen prompt auf den Leim.«

»Ich nehme an, Sie sind geschieden«, fuhr der Anhalter fort und lächelte. »Zwei Kinder. Ihre Ex hat das Haus und das Sorgerecht und Sie sehen alle viel seltener als sie das eigentlich sollten.«

»Naja, ich bin eben viel unterwegs, das war jetzt nicht ganz so schwer. Und es ist nur *ein* Kind«, erwiderte Roy, mit leichter Befriedigung, den scheinbar Allwissenden bei einem Fehler erwischt zu haben.

»Ach ja freilich, stimmt«, korrigierte der Fremde sich harmlos, »der kleine Timmy hat ja sein erstes Jahr nicht überlebt. Plötzlicher Kindstod, war es nicht so?«

Roy schossen die Tränen in die Augen.

Mit der Erwähnung von Timmy war ein Punkt erreicht, an dem er die Vorstellung nicht mehr amüsant fand. Die Sache lag bereits viele Jahre zurück, aber die Erinnerung daran hätte er gern noch einmal so tief vergraben wie damals den kleinen, weißen Sarg mit den polierten Messinggriffen.

Er überlegte, ob er den hellsichtigen, aber offenbar arg schwarzhumorigen Anhalter hinauswerfen sollte, scheute aber die erwartbare Konfrontation und kam zu dem Ergebnis, dass es besser sei, die Sache mit Timmy einfach zu übergehen.

Was der Tramper gesagt hatte, war ja korrekt gewesen und nicht beleidigend, sondern nur wenig einfühlsam. Ein Gespür für solche Nuancen konnte man wohl nicht von jedem erwarten.

Außerdem wollte er unbedingt herausfinden, worauf das alles noch hinauslaufen würde, jetzt noch mehr als zuvor.

»Oh, ich habe Sie verletzt«, bedauerte der Fremde nun doch, etwas verspätet, »das tut mir sehr leid. Ich hätte nicht darüber sprechen sollen, entschuldigen Sie meine Taktlosigkeit. Die alte Wunde ist wohl noch immer nicht verheilt.«

Sein Tonfall war ernsthaft. Dennoch meinte Roy, eine versteckte Falschheit aus der Entschuldigung herauszuhören, beschloss aber, sich keine Blöße mehr zu geben und sie zu ignorieren.

Draußen war die Landschaft unverändert geblieben in ihrem eintönigen Wechsel. Nur die Sonne stand jetzt tiefer hinter dem Dunst und hellte den westlichen Horizont vor ihm etwas auf.

Dabei war sie aber so kraftlos, dass sie nicht blendete und kaum sichtbare Schatten warf, wenn eine der trostlosen Baumplantagen vorbeizog, die den Namen ›Wald‹ nicht verdienten.

Die öde Asphaltpiste führte noch immer schnurgerade auf den Fluchtpunkt zu, aber Roy versuchte jetzt, ihn nicht starr ins Auge zu fassen, sondern blickte mal hier und mal da zu Stellen neben oder vor ihm, machmal auch auf den Tacho oder die Uhr, die scheinbar stehengeblieben war. Er verringerte ab und zu die Geschwindigkeit und beschleunigte dann wieder, um Abwechslung in die hypnotische Geradeausfahrt zu bringen.

Wie weit war es wohl noch bis Sinfondo?

Er hatte nicht ein einziges Hinweisschild an der Straße gesehen, seit der Anhalter eingestiegen war.

Aus den Augenwinkeln bemerkte Roy, dass dieser wieder seinen in sich gekehrten Schweigemodus angenommen hatte und dieses Mal war ihm das auch nicht unangenehm, sondern sehr willkommen.

Timmy.

Plötzlich war er wieder da.

Aber auf welche Weise!

Der Anhalter schien hervorragend vernetzt zu sein, denn die einzig logische Erklärung für seine überraschenden Kenntnisse war, dass er Roy erkannt hatte.

Der Fall Timmy Lyttich hatte seinerzeit in den Medien großes Aufsehen erregt. Überall war Roys Bild zu sehen gewesen, Roy alleine, Roy mit Timmy, Roy mit Linda, Roy mit Linda und Timmy. Es roch nach Sensation, schließlich wurde intensiv polizeilich, insbesondere rechtsmedizinisch, ermittelt. Was aber nichts hieß, so war das bei allen Fällen des ›Sudden infant death syndrome‹, weil ja andere mögliche Todesursachen gewissenhaft ausgeschlossen werden mussten.

Leider gingen die zuständigen Behörden nicht immer taktvoll und diskret vor, wenn sie die überraschten Eltern in ihrer fassungslosen Trauer auch noch mit dem Verdacht konfrontierten, ihr Kind selbst getötet zu haben.

Und die Medien waren noch weit weniger zartfühlend.

Timmy.

Nicht einmal ein ganzes Jahr hatte er leben dürfen.

Die Trauer schnürte ihm auch jetzt noch die Kehle zu.

Und dann war da noch dieses andere, dumpf drückende Gefühl, das in seiner Magengegend wohnte...

Für seine Ehe hatte Timmys Tod damals das Aus bedeutet.

Kein schnelles, plötzliches und unerwartetes Ende wie das des Kleinen, sondern ein quälend langsames Dahinsiechen war das gewesen. Einige Jahre hatten sie noch um den Bestand ihrer Beziehung gekämpft, waren zu Trauerhelfern und Paartherapeuten beiderlei Geschlechts gegangen. Aber je mehr sie an ihrem Trauma ›arbeiteten‹, desto schlimmer wurde es. Alles drehte sich nur noch um dieses eine Ereignis. Die Frage, ob man es irgendwie hätte verhindern können, wurde zum Zentrum ihres Lebens und sie zerfleischten sich mit Selbstvorwürfen und gegenseitigen Beschuldigungen.

Zu dieser Zeit hatte er noch nicht Sicherheit verkauft, sondern Erfolg, sportlichen Erfolg. Zwar hatte er mit Ende Zwanzig den Höhepunkt seiner Laufbahn schon überschritten, aber er stand noch stark im Blickpunkt des öffentlichen Interesses und einige Jahre wären bis zum Ende seiner Karriere durchaus noch möglich gewesen. Aber gerade die Aufmerksamkeit der Medien war ihm zum Verhängnis geworden, denn der Trauerfall in seiner Familie, von der man vorher verlogene, von Harmonie triefende Homestorys veröffentlicht hatte, wurde nun, nicht weniger verlogen, mit rührseliger Pseudo-Anteilnahme breitgetreten.

Als dann die polizeilichen Ermittlungen begannen, ließ man ihn urplötzlich fallen und machte ihn und Linda zur Zielscheibe unbewiesener Verdächtigungen und gehässiger Spekulationen. Vor ihrem Haus, das sie kaum noch unbehelligt betreten oder verlassen konnten, lauerten fortan bei Tag und Nacht die Aasgeier des Boulevards, so lange, bis die Untersuchungen abgeschlossen waren und die Unschuld beider Elternteile an Timmys Tod von Amts wegen bestätigt wurde.

Da waren sie dann auf einmal wieder die tragischen Figuren, bis endlich langsam Gras über die Sache wuchs.

In dieser schweren Zeit platzten seine wichtigsten Werbeverträge und auch sein Verein, der anfangs noch auf seiner Seite war, sagte sich aus opportunistischen Gründen von ihm los, stellte ihn immer seltener auf und verzögerte einige Male die gerade anhängige Verlängerung seines Vetrags. Alles natürlich in seinem eigenen Interesse, um ihn ›aus der Schusslinie zu nehmen‹, wie sie es nannten.

Nach seiner Rehabilitierung freilich hätten sie ihn gerne wieder zurückgenommen, aber da war er schon mit ihnen fertig gewesen und warf ihnen den Kram hin.

Ohnehin war er da nur mehr ein blasser Abklatsch seiner selbst, nervös und reizbar und steckte tief in einer schweren depressiven Episode, der er mit Medikamenten und Gesprächen beizukommen versuchte.

Weil die Paartherapie zusammen mit Linda wenig brachte, ließ er sich nach zwei Jahren von ihr dazu überreden, mit einem zweiten Kind ihre Beziehung zu stabilisieren, nach der Devise ›Wir brauchen einen neuen Timmy‹, wie er später sarkastisch zu sagen pflegte.

Sie versuchten also nun schwanger zu werden, und nach zwei weiteren langen, quälenden Jahren des Temperaturmessens und vieler pflichtschuldiger, anstrengender Ad-hoc-Befruchtungsversuche hatte es dann endlich doch noch geklappt. Am ersten Wintertag des Jahres kam Tommy zur Welt, mit einer Behinderung, die die Ärzte ICP nannten, was Infantile Cerebral-Parese bedeutete. Weniger gebildete und taktvolle Menschen nannten die betroffenen Personen Spastiker.

Die folgenden, zum Teil sehr kostspieligen Versuche, Tommy bestmöglich zu fördern, verschlangen bald den Rest des Vermögens, der Linda und ihm noch geblieben war, nachdem ihr Freund und Anlageberater den größten Teil davon durch Fehlspekulationen in den Sand der Cayman-Inseln gesetzt hatte.

Onkel Simon war es dann gewesen, der ihn, den einst so bekannten und beliebten Roy Lyttich, der sich inzwischen aufgegeben hatte, abgestumpft und fatalistisch geworden war, vor zwölf Jahren bei der Versicherung untergebracht hatte, für die er seither tätig war.

Von irgendetwas mussten sie ja leben.

Aber die Gemeinsamkeit hatte nur mehr ein Jahr lang gehalten. Dann machten sie dem grausamen Spiel ein Ende und ließen sich scheiden. Linda behielt das Haus und Tommy, genauso, wie es der Anhalter so flapsig hingeworfen hatte. Ja, und er sah ihn auch wirklich wesentlich seltener, als die Besuchsregelung es eigentlich zuließ.

Roy beobachtete den Mann, der nun die Augen geschlossen hatte und zu schlafen schien, wieder verstohlen aus den Augenwinkeln. Auch von nahem betrachtet wirkte er, wie sollte man sagen, irgendwie handfest und Roy hätte ihm ohne weiteres gut hundertfünfzig Pfund Gewicht zugetraut.

Wirklich beeindruckend, aber warum zog er diese anstrengende Show mit ihm ab?

Wie er zuvor angedeutet hatte, wurde er doch recht häufig mitgenommen. Verhielt er sich bei den anderen genauso wie bei ihm, also unverblümt bis nah heran an die Grenze zur Unverschämtheit? Was trieb ihn dazu, die traurige Vergangenheit des Ex-Sportlers Roy Lyttich wieder aufzurollen und rücksichtslos alles noch einmal ans Licht zu zerren, was dieser über all die Jahre hinweg einigermaßen erfolgreich vergessen und verdrängt hatte?

War es möglich, dass da eine Kooperation bestand, mit einer Zeitung oder einem TV- oder Netzchannel? Bald waren zwanzig Jahre vergangen seit Timmys aufsehenerregendem Tod. Zu solchen Gelegenheiten brachten sie gerne mal Features wie ›Was ist eigentlich aus XXX geworden?‹ oder ›Damals brandaktuell‹.

Aber nein, es war unwahrscheinlich, dass die Medienhyänen versucht hätten, ihn über diesen Tramper gezielt zu kontaktieren. Woher hätten sie denn wissen sollen, dass Roy genau an dieser bestimmten Stelle vorbeifahren würde? Und selbst wenn sie das irgendwie herausbekommen hätten, wäre es doch immer noch recht unsicher gewesen, ob er den Anhalter auch mitnehmen würde.

Er zog am Hebel für den Scheibenwischer.

Die Gummilippen schrappten mit einem hässlichen Geräusch über die trockene Frontscheibe.

Der Tramper blickte auf und Roy ließ zwei harte Wasserstrahlen aus den Düsen der Waschanlage schießen. Zufrieden sah er zu, wie die nassen Wischerblätter ihre Spuren durch den Staub zogen.

»Sie kennen doch die Gegend«, sagte Roy, »müssten wir nicht längst in Sinfondo sein? Wir fahren doch nun schon ewig auf dieser endlosen Graden.«

Der Anhalter schüttelte nur den Kopf und lächelte nachsichtig.

»Hier schleicht die Zeit. Da kommt einem alles viel länger vor. Geht den meisten so«, ordnete er Roy wieder einmal einer Mehrheit von Leuten zu, die sich irrten.

Mit handfesten Informationen war er dagegen eher zurückhaltend.

Roy fiel nichts dazu ein außer einem zweifelnden »Schon möglich«, nach dem er schnell das Thema wechselte, weil er den Gesprächsfaden nicht wieder abreißen lassen wollte.

»Wissen Sie, was mein Fluchtpunkt ist?«, fragte er. »Mein ganz persönlicher Fluchtpunkt, der mir hilft, diesen öden Job und dieses fade Leben zu ertragen?«

Der Fremde sah ihn aufmerksam an.

»Sie meinen, wo für Sie alle Linien zusammenlaufen?«

»Ganz genau. Ich will es Ihnen sagen: Spätestens, wenn ich sechzig bin, schmeiße ich den ganzen Bettel hin und richte mir die Hütte am Sterlingsee her. Die habe ich mal billig bekommen, weil man viel daran tun muss. Aber genau das werde ich dann machen, ziehe dorthin und sitze den ganzen lieben, langen Tag auf der Veranda und angle Hechte. Es soll dort einige gerissene, alte Burschen geben, mit denen ich es gerne aufnehmen würde. Einer davon ist beinahe schon eine Legende, den ›Häuptling‹ nennen ihn die Leute dort am See. Ein riesiger Brocken. Bisher war er noch jedem Angler über, aber ich werde ihn kriegen, denn genau da laufen die Linien bei mir zusammen, verstehen Sie, *das* ist *mein* Fluchtpunkt.«

Der Anhalter zog die Brauen zusammen und nickte.

»Nun ja, Hechte sollen ja mitunter recht alt werden. Wollen wir also hoffen, dass der Häuptling auf Sie wartet, wenn Sie in zehn Jahren anrücken, um ihm aus den Schuppen zu helfen.«

Das hörte sich ironisch an und das war es auch, und der Typ grinste frech dazu, als dächte er ›Netter Versuch, aber mich legst du damit nicht rein.‹

»Was amüsiert Sie denn daran?«, fragte Roy, der seine Geschichte sehr gelungen fand, beleidigt.

»Nehmen Sie es mir nicht übel, aber Ihre Anglergeschichte erinnert mich doch arg an Episoden von Looney Tunes oder Johnny Bravo. Haben Sie die mal gesehen? Wirklich sehr lustig. Sind Sie Cartoon-Fan?«

Jetzt hielt Roy dafür, dass es an der Zeit sei, stinksauer zu werden.

»Unterstellen Sie mir etwa, dass der letzte Halt, das letzte Ziel, das ich noch habe, aus albernen Zeichentrickfilmen stammt?«, schimpfte er. »Ich muss schon sagen, es gefällt mir nicht, dass Sie sich so arrogant über mich lustig machen.«

Der Fremde winkte ab.

»Kein Grund, sich aufzuregen. Aber Sie wissen doch selbst, wie sie zur Jagd auf Fische stehen. Ihr Vater war passionierter Angler und Sie mussten als Kind immer glitschige Würmer für ihn sammeln und sie dann mit bloßen Händen aus der Büchse holen und auf den Haken spießen. Wie oft haben Sie sich dabei in den Finger gestochen und ihr Blut hat sich mit dem Schleim der Würmer vermischt! Später schwammen dann die gefangenen Fische in der Badewanne. Sie haben es gehasst. Und hassen auch heute noch alles, was damit zusammenhängt. Was also soll dieses Anglerlatein?«

Roy überlegte, ob er das mit den Würmern und der Wanne je in einem Interview erwähnt hatte und konnte sich an nichts dergleichen erinnern.

Aber er konnte es auch nicht ausschließen, du liebe Güte, bei der Menge an Gesprächen in großen und kleinen Runden und unter vier Augen, die mit ihm damals geführt, aufgezeichnet und gesendet oder abgedruckt worden waren.

Gut möglich, dass er sein Fischtrauma da mal zum Besten gegeben hatte. Vielleicht hatte er es auch über die sozialen Netzwerke in die Welt geblasen.

Auf der Fahrerseite glitt draußen eine gigantische Reklametafel vorbei. In riesigen gelben Lettern auf dunkelrotem Grund war da zu lesen:

AUGMENTED REALITY
Wirklichkeit Plus

War diese Werbung ein Zeichen dafür, dass sie nun der Stadt näher kamen? Oder stimmte was nicht mit seinem Account?

Roy seufzte.

»Ich versuche herauszufinden, was Sie alles über mich wissen und muss sagen, dass ich sehr überrascht bin, wie viel das ist. Einfach unheimlich. Sie spüren da Äußerungen von mir auf, die ich selber schon längst vergessen habe und verwenden sie gegen mich. Beschießen mich sozusagen mit Munition, die ich selbst geliefert habe, und das schon vor so langer Zeit, dass es gar nicht mehr wahr ist. Ich schätze, Sie werden vielleicht verstehen, dass ich das beunruhigend finde. Äußerst beunruhigend.«

Der Anhalter nickte.

»Trotzdem können Sie sich nicht dazu entschließen, mich einfach rauszusetzen. Weil Sie nämlich neugierig sind, wo das hier noch enden wird.«

»Vielleicht will ich einfach nur mal ein offenes Gespräch führen. In meinem Job hat man dazu nicht so oft die Gelegenheit.«

»Moment! Das offene Gespräch führe bislang nur ich. Sie werfen Nebelkerzen, wie sonst auch. Wenn Sie wirklich Abwechslung suchen, dann erzählen Sie doch mal etwas, das sich für Sie wie die Wahrheit anfühlt.«

144

Roy, um irgendetwas zu tun, spritzte wieder mit der Scheiben-waschanlage.

»Was wollen Sie denn hören? Machen Sie einen Vorschlag.«

»Gut. Verraten Sie mir, warum Sie immer noch in einem Job festhängen, den Sie im Grunde zutiefst verabscheuen?«

Roy zögerte und zierte sich etwas.

»Nur keine einfachen Fragen, sondern immer direkt auf den wunden Punkt los, wie? Also schön, ich sage Ihnen, wie ich das sehe. Nach Timmys Tod, am Ende meiner Sportlerkarriere, war ich seelisch und mental ganz tief unten. Ich litt unter multiplen Ängsten, extremen Schlafstörungen und Appetitlosigkeit und alles, was nach einer Kamera oder einem Mikro aussah, ver-ursachte mir Brechreiz. Ich habe oft und oft mit mir selbst diskutiert, um mich davon abzubringen, mir eine Kugel durch den Kopf zu schießen. Dann bot mir ein entfernter Onkel einen simplen, ruhigen Job an, bei der Versicherung, in der er selbst auf einem höheren Posten saß. In dieser Position konnte er mich abschirmen und schützen, damit ich zur Ruhe kommen konnte und wieder Tritt im Leben fassen. Ich nahm das An-gebot an, nicht sofort, muss ich zugeben, erst nach langem Zögern und als Linda mit der Scheidung drohte, falls ich den Job sausen lassen würde. Damals fing das an, ja, und hat dann nicht wieder aufgehört. Aber damit waren wir erst mal abgesi-chert. Ehrlich gesagt, so wie ich damals drauf war, hätte ich auch gar nichts anderes machen können. Ich hätts einfach nicht hingekriegt.«

»Okay, so sind Sie an den Job gekommen. Sie haben Sicherheit erworben, indem Sie Sicherheit verkauften. Aber warum ma-chen Sie das immer noch, nach all der langen Zeit?«

»Hören Sie, ich weiß selbst, dass in meinem Leben vieles nicht stimmt. Dass ich eine Menge versäumt habe, und auch so manches vergeigt. Ja, eine ganze Menge vergeigt. Aber was hätte ich denn in diesem Fall tun sollen? Bei der Versicherung hatte ich ein solides Auskommen, ich musste ja für Linda und Tom-my sorgen, all die teuren Behandlungen bezahlen! Das wirft man doch nicht einfach weg, wenn man etwas Verantwortungsgefühl im Leib hat.«

»Nein, sicher nicht. Aber läßt man die Gelegenheit sausen, wenn einem etwas angeboten wird, das spannender ist und interessanter und noch dazu viel besser bezahlt? Sodass man seinem Sohn, dem einzigen, der einem geblieben ist, eine bessere Behandlung ermöglichen könnte? Ich meine, wie steht es denn da mit dem Gefühl für Verantwortung? Verzeihen Sie mir bitte, dass ich so unangenehm moralisierend klinge. Es geht hier nicht um Schuld und Sühne und ich bin ja auch kein Richter. Nur ein Mitreisender, der Sie ernst nimmt und Ihnen deshalb keine billigen Ausreden durchgehen läßt.«

Der Wagen schien sich nun kaum mehr von der Stelle zu bewegen, und die Landschaften hinter den Fenstern wechselten nicht mehr in monotoner Abfolge, sondern verzichteten gänzlich auf jede Veränderung.

Roy trat auf das Gaspedal, aber er hörte den Motor nicht aufheulen und auch auf die Geschwindigkeit hatte sein Bleifuß kaum Einfluss.

Diese verdammte Karre!

Nur halbautonom und doch viel zu eigenmächtig. Überging ihn immer wieder mit ihren Aktionen und konkurrierte auch noch mit ihm um die Entscheidungshoheit. Vielleicht war das ja der Knackpunkt, diese Halbheit: Entweder ganz selber fahren oder die Kiste das gleich alleine machen lassen.

Roy spürte wieder die Panik aufsteigen.

Aus der Höhe des Nabels versuchte sie, in ihm hochzuklettern.

Eine Schrift scrollte draußen vor dem Fenster vorbei, diesmal ganz ohne Tafel. Knallgelbe Buchstaben waren es, die da durch die Luft ritten:

MAGIC SPECS - next generation augmented reality - upgrade now - better tracking - more event points - no more ads - MAGIC SPECS - next generation augmented reality - upgrade now…

Er versuchte, sich die Brille mit der durchsichtigen Fassung von der Nase zu ziehen, aber das elastische, perimetrisch optimierte 200-Grad-Panoramagestell hatte sich an seinem schwitzenden, feuchten Kopf festgesaugt wie ein Blutegel.

»Lassen Sie es gut sein!«, lachte der Anhalter, »erklären Sie mir lieber, warum Sie, als es Ihnen längst schon wieder besser ging, ein großzügiges Angebot von SPRINTMASTER SPORTSWEAR abgelehnt haben, die Ihnen einen sehr gut dotierten Posten als Repräsentant der Firma für den ganzen Westen anboten? Kein Kommentar? Oder ein anderes Beispiel: Letztes Jahr wollte Ihr Internationaler Verband Sie, das immer noch unvergessene Idol Roy Lyttich, als Cheflobbyisten bei der Regierung installieren, mit Büro und Sekretärin direkt im Ministerium und mit einem fetten Gehalt, versteht sich. Warum haben Sie da dankend abgelehnt? War das etwa ein unmoralisches Angebot? Nein? Sie wollen nicht darüber reden? Wissen es am Ende selber nicht? Nun, ich habe da eine Theorie. Wollen Sie die hören?«

Roy schüttelte benommen den Kopf.

Gab es eine Datenbank für nicht zustande gekommene Verträge? Das wäre in etwa genauso sinnvoll gewesen wie ein Register nicht geschlossener Ehen.

Der Tramper missdeutete seine Reaktion als Ablehnung.

»Ich sage sie Ihnen trotzdem. Für mich sieht es ganz so aus, als wollten Sie sich für etwas bestrafen. Etwas, das an Ihnen nagt und frisst. Eine alte Schuld, die Sie meinen auf sich geladen zu haben. Etwas, das Sie nicht mehr gutmachen, für das Sie nur noch sühnen können. Hätten Sie gedacht, dass so viel Religion in Ihnen steckt? Und haben Sie einmal darüber nachgedacht, dass Sie nicht nur sich selbst bestrafen, wenn Sie bei der Versicherung hängen bleiben, bis der Häuptling ruft? Dass es nicht nur den toten Timmy gibt, sondern auch immer noch den lebenden Tommy?«

»Hören Sie auf!«, rief Roy, den die Predigt des Anhalters zunehmend beunruhigte, »was faseln Sie denn da von Schuld und Sühne? Welche Schuld sollte das denn sein?«

»Wollen Sie nun ein offenes Gespräch oder nicht? Denken Sie nach!«, forderte der Tramper, »denken Sie daran, welche Bilder

Sie immer wieder verfolgen, Bilder, die Sie so gerne vergessen würden und die doch hartnäckig immer dann auftauchen, wenn Sie sie am allerwenigsten erwarten.«

Roy lachte hysterisch.

Gab es doch eine Kooperation, vielleicht nicht mit irgendwelchen Medien, sondern mit den Ermittlungsbehörden? Hatten Sie den alten Fall wieder aufgerollt? Unsinn.

Aber besser jetzt nichts Falsches sagen.

»Sie sind auf dem falschen Dampfer!«, protestierte er lauthals, krampfhaft bemüht, seine Selbstbeherrschung nicht gänzlich zu verlieren, »völlig durchgeknallt, was sage ich, abgestürzt, genau: abgestürzt!«

Der Anhalter lachte mit Roy mit. Ein warmes, wohlklingendes, professionelles Lachen.

»Sehr witzig, abgestürzt, wirklich sehr originell«, sagte er kopfschüttelnd. »Dafür bekommen Sie noch einen Tipp von mir: Ja, es hat mit Timmys Tod zu tun. Ich weiß, ich weiß, die Ermittlungen ergaben kein Verschulden, nicht von Linda und auch nicht von Ihnen. Aber vergessen wir nicht, dass der Rechtsmediziner, dessen Beurteilung für den Fall entscheidend war, sich früher schon mehrfach als Ihr großer Fan und Bewunderer zu erkennen gegeben hat. Da übersieht man leicht mal etwas. Subdurale Blutungen zum Beispiel, kleine Hinweise auf ein Schütteltrauma, ganz geringe Spuren nur, wirklich kaum zu sehen. Und war Timmy nicht ein Schreikind? Hat öfter nächtelang durchgeschrieen, an Schlaf war gar nicht zu denken, so manches Mal auch vor einem wichtigen Spiel. Nur zu gut verständlich, wenn da einer mal die Nerven verliert, wie in der Nacht vor Timmys Tod, vor dem entscheidenden Spiel gegen die Giants, als Linda erst so spät nach Hause kam.«

Roy explodierte.

»Raus hier, raus! Hauen Sie ab!« kreischte er und zerrte und zog wieder an der Brille.

Diesmal ging sie ab. Mit leisem Ploppen löste sie sich aus seinem schweißnassen Gesicht, flog in hohem Bogen gegen die Frontscheibe und blieb auf der Ablage hinterm Lenkrad liegen.

Er presste die Lider zusammen und öffnete ganz langsam wieder die Augen.

Der Anhalter war verschwunden, und ebenso die gelben Buchstabenschlangen mit den Werbesprüchen.

Draußen zog in gemäßigtem, aber zügigem Tempo friedliche, ländliche Gegend vorbei, sepiagetont vom warmen Licht des Spätnachmittags.

Roy erzwang mit letzter Kraft die Alleinherrschaft über das Fahrzeug und lenkte es mit zitternder, aber eigener Hand über die graue Piste. Ein kurzes Stück weiter entdeckte er neben dem Fahrbahnrand eine kleine Parkbucht.

Er steuerte sie an und brachte den Wagen dort zum Stehen.

Schwer atmend ließ er das Fenster herunter und öffnete den klimatisierten, pollengefilterten und ionisierten Innenraum für die staubige Luft, die so beruhigend real roch.

Was war das eben gewesen? Hatte sich das wirklich alles so abgespielt oder war er auf der eintönigen Strecke eingenickt?

Wobei: Was hieß schon ›wirklich abgespielt‹ bei all diesem Virtual-Reality-Kram!

Er schaltete das Radio ein.

Bluegrass. Die *Dixie Chicks* mit ›Wide Open Spaces‹.

Offenbar war das Funkloch gestopft.

Roy tippte auf den Mediascreen und rief die Infoseiten für die MAGIC SPECS TRAVELLER auf. Unter dem Punkt ›Neue Funktionen‹, Unterpunkt ›Mehr Event Points‹ fand er eine Beschreibung der neuen Features, die ihn vor kurzem dazu bewogen hatten, das nicht grade billige Upgrade zu erwerben:

› ... Neben vielen neuen Triggerpunkten für unsere exzellenten Textinformationen finden Sie an einigen besonderen Stellen des Straßennetzes auch die neuen, aufwendig gestalteten Avatare der dritten Generation, mit denen sie auf der Reise spannende Begegnungen haben werden und die von halb- oder vollautonomen Fahrzeugen sogar an Bord genommen werden können.

Lassen Sie sich überraschen! Die neuen Avatare sind enorm lebensecht. Ohne Flimmern oder Transparenzen sind sie realen Charakteren zum Verwechseln ähnlich. Sie haben Zugang zu mehr als hundert relevanten Datenbanken und sind mit der Künstlichen Intelligenz WILHELM vernetzt, der weltweit bekannten und derzeit mächtigsten KI, die in unserer Firmenzentrale in Sorriento auf gegenwärtig sieben ASHTRAY-Supercomputern läuft … ‹

Enorm lebensecht, wie wahr, dachte Roy, *clever, superintelligent, und besser informiert als einem lieb ist. Wenn die jetzt schon so gut sind, dann helfe uns Gott, wenn sie sich in der fünften oder sechsten Generation mal einen Körper besorgen.*
Er scrollte weiter zur Auflistung und Kurzbeschreibung der neuen Super-Avatare:

› …Was Sie alles erwartet:

Genießen Sie einen Spielfilm Ihrer Wahl im großartigen virtuellen *Autokino von Greater York*! Wählen Sie aus einem Programm von über 10 000 Filmen und laden Sie dazu einen attraktiven Gast m/w/* in ihr Fahrzeug ein. Diskutieren Sie mit ihm über den Film oder plaudern Sie entspannt, ganz wie es Ihnen gefällt.
Das Top-Angebot für die Freunde anspruchsvoller Konversation, verfügbar auch für Kunden, die ihr Fahrzeug noch selbst steuern.

Treffen Sie den *Highway-Police-Trooper*!
Er steht neben seinem Einsatzfahrzeug mit den zerschossenen Reifen am Straßenrand der North-by-Northwest-Route und beschlagnahmt ihr Fahrzeug. Die anschließende virtuelle Verfolgungsjagd durch hohe Maisfelder ist das aktuelle Tagesgespräch aller Adrenalin-Junkies.
Nur für Nutzer vollautonomer Fahrzeuge…‹

Roy seufzte. Er hätte die Anleitung vorher genauer lesen sollen, dann wäre er besser vorbereitet gewesen auf das, was ihn auf der Fahrt erwartete.
Wie kündigten sie noch gleich den Anhalter an?
Er überblätterte einige der beschriebenen Attraktionen.
Hier, da stand es:
› … Gabeln Sie den *Nostalgischen Tramper* auf!

Unser großartiges Land hat viele sehr lange, sehr gerade Strecken. Da ist bei den Semi- und Vollautonomen oft Langeweile angesagt! An einer der längsten Geraden, zwischen Carthago und Sinfondo mit ihren 80 kurvenlosen Meilen, wartet jetzt der Anhalter auf Sie. Nehmen Sie ihn mit und die Zeit wird Ihnen wie im Flug vergehen! Der Tramper ist der perfekte Reisebegleiter und findet heraus, was Sie am dringendsten brauchen: Schweigende Gesellschaft, leichte Unterhaltung oder auch ein aufrichtiges, ernstes Gespräch unter Freunden. Lassen Sie sich dieses einmalige, unvergessliche Erlebnis nicht entgehen, wenn Sie ein voll- oder halbautonomes Fahrzeug nutzen… ‹

Ein einmaliges, unvergessliches Erlebnis. Die Beschreibung war nicht übertrieben. An diese Fahrt würde er noch lange denken.
Aus welchen obskuren Quellen, welchen sensiblen ›relevanten‹ Datenbanken der perfekte Begleiter erfahren haben konnte, womit er ihn ganz zuletzt konfrontiert hatte, war und blieb Roy rätselhaft, so angestrengt er auch darüber nachdachte.
Er verstand auch nicht, warum er aufdringliche Werbung mit dem Versprechen gesehen hatte, dass es sie nach dem Upgrade nicht mehr geben würde.
Ein Bug in der Software? War dann vielleicht auch das Ausmaß an ›Offenheit‹, das der Anhalter gezeigt hatte, auf einen Programmfehler zurückzuführen?
Roy zuckte die Schultern.
Wie auch immer. So wie es geschehen war, war es geschehen.
Er startete wieder das Fahrzeug und überließ ihm die Kontrolle, bis er mit Einbruch der Dämmerung in Sinfondo ankam.
Dort suchte er sich ein Zimmer in einem billigen, aber sauberen kleinen Motel.
Er zog die Vorhänge zu und beschloss, früh schlafen zu gehen.
Weil er zu erschöpft war, um sich auszuziehen, legte er sich mit der Kleidung aufs Bett.
Eine Weile starrte er auf die gelb gestrichene Decke.
Vor ihm spulte sich ein schnurgerades graues Band ab und alle Linien trafen sich in einem einzigen Punkt am fernen Horizont.
Der Fluchtpunkt, dachte er, und fixierte ihn, ohne dabei Angst zu empfinden.

Er nahm sein Handy vom Nachttisch und drückte die Kurzwahl für Lindas Nummer.

»Was willst du?« Ihre Stimme klang abweisend.

»Hör zu, Linda«, sagte Roy. »Man hat mir einen sehr gut bezahlten Job angeboten. Es ist zwar schon eine Weile her, aber das Angebot steht vielleicht noch. Wir sollten darüber reden.«

105 oder die Liebe zum Kind

»Hundertfünf!«, plärrte der Lautsprecher mit Renfields Stimme. Renfield hatte damals die Texte eingesprochen, oder besser gebrüllt, mit seinem unangenehmen Organ, durchdringend laut, ein wenig zu hoch und immer heiser.

Eine widerliche, kranke Stimme.

Deshalb hatte er den Mann für diesen Job ausgewählt.

»Hunderrtfünneff! Aufgewacht, Scheißkerl!«

Grelles Scheinwerferlicht drang durch die offene Stirnwand in die Zelle ein. Jede Farbe, jedes kleine Detail ätzte es brutal von allen Oberflächen, die nur noch ein ausgeblutetes, leeres Weiß reflektierten und es blendete Pooch, als er die Augen öffnete.

Er fuhr hoch und setzte sich auf.

Hinter seinen geschlossenen Lidern zuckten Blitze.

Schon wieder er? Zweimal hintereinander? Bei mehr als fünfhundert? Es hatte ihn doch erst gestern erwischt.

»An die Stange, du Schweinehund!«, schrie wieder die Renfield-Stimme im Lautsprecher, der unangreifbar tief in der Seitenwand hinter einem Gitter versenkt war, direkt über der aus grobem, nacktem Beton gegossenen Bank, die als Bett diente.

Pooch sprang auf, kniff die Lider zusammen und taperte vorsichtig nach vorn, auf das Licht zu. Die Stange war aus Stahl und reichte von der linken bis zur rechten Wand, in einer Höhe, die er gerade noch erreichen konnte, wenn er einen kleinen Sprung machte. Und sie war ganz weit vorne, nur einen Schritt von der Kante entfernt, hinter der es fast zehn Meter tief nach unten ging, bis zum Grund des Grabens.

Vor seiner Zelle war da nur Beton, kein weicher Sand.

Blinzelnd machte er kurz vor der Stange halt.

»Wirds bald?«, kreischte der Lautsprecher. »Zehn Klimmzüge, die Stange bis unters Kinn, oder es kommt gleich ein Schwarm Moskitos rüber!«

»Verdammt, ich mach ja schon!«, fluchte Pooch, der schon öfter mit den Moskitos Bekanntschaft gemacht hatte und die kleinen Hartgummikugeln fürchtete, die sie oft in Salven drüben vom Turm herüberschossen. Die Biester flogen rasend schnell und taten scheußlich weh, wenn sie einen erwischten. Und das war noch harmlos. Es hatte auch schon mal einer ein Auge verloren, der sich zu spät weggedreht hatte. Aber selbst das war immer noch besser als der Bleischrot, der zur Niederwerfung von Streiks und offener Rebellion vorgesehen war und üble, schwer heilende Wunden hinterließ.

Er sprang zur Stange hoch und fing an zu pullen.

Seine Schultern schmerzten, aber danach fragte hier keiner.

Hier war das Vorzimmer zur Hölle.

Wer hier länger als zehn Jahre durchhielt, war gut vorbereitet für die Qualen der ewigen Verdammnis.

Bei Acht begannen ihn die Kräfte zu verlassen, Neun und Zehn schaffte er nur noch angedeutet, unvollständig, nur bis zum Scheitel, nicht wie verlangt bis unters Kinn.

Dafür bekam er sofort die Quittung.

Vom Turm drüben hörte er ein scharfes Fauchen, ein von allen ebenso gehasstes wie gefürchtetes Geräusch, das ihm sofort den Magen zusammenzog; er drehte sich schnell um, fiel auf die Knie nieder und beugte sich weit nach vorn, um möglichst wenig Trefferfläche zu bieten. Dann kamen auch schon mit giftigem Brummen die Moskitos angeschwirrt. Die meisten prallten laut klatschend von der hinteren Zellenwand mit der großen, schwarzen Hundertfünf ab, und mit einem etwas anderen, ebenso hässlichen Geräusch von der Stahltür darin, tanzten dann wie irre über den Betonboden, bis sie ihre Bewegungsenergie endlich verloren hatten und liegen blieben.

Aber einige trafen auch sein Gesäß.

Das tat weh, war wie eine Tracht Prügel, aus der Ferne verabreicht, ungefährlich, aber sehr schmerzhaft. Und demütigend, das natürlich auch, aber um Würde sorgten sich hier höchstens noch die Neuzugänge, einige Tage lang, vielleicht eine Woche die besonders Stolzen.

Er war schon etwas länger hier, zu lang für solchen Unfug.

Das grelle Scheinwerferlicht zog weiter und hinterließ vollkommene Schwärze.

Er kroch auf allen Vieren in die Richtung der Bank aus Beton, auf der eine raue, nach Kuhstall riechende Decke ausgebreitet war, der einzige Luxus, den die Zelle bot. Er hievte sich mühsam hoch, streckte sich in Bauchlage, Kopf zur Seite, auf der harten Unterlage aus und ächzte leise.

»Hey, Pooch!«, rief der Kerl nebenan, der Strout hieß, »schon wieder den Arsch vollgekriegt, wie? Bist du okay?«

»Halt lieber den Rand und kümmer dich um deinen eignen Scheiß«, raunzte Pooch bärbeißig, wie ein echter Knacki, deren rüde Sprache er sich nach und nach angeeignet hatte, »oder willst du auch nen Schwarm abkriegen?«

Beleidigtes Grunzen, dann war wieder Ruhe.

Pooch, völlig erschöpft, atmete schwer.

Wahrscheinlich hatten sie Strout, wenn er denn wirklich so hieß, neben ihn gelegt, damit er ihn aushorchen sollte.

Der Mann war vor sechs Wochen eingecheckt, als Nachfolger des alten Henk, der einem Herzinfarkt erlegen und friedlich in seiner Zelle entschlummert war.

Seit dem ersten Tag war dieser Strout ihm auf den Senkel gegangen mit seiner Fragerei und seinen Kontaktversuchen. Obwohl es freilich so etwas wie Senkel hier drinnen nicht gab, genau so wenig wie Gürtel oder soliden Stoff, woran man sich an der Stange hätte erhängen können. Entweder war Strout ein Langjähriger, den sie mit Drohungen und Versprechungen dazu pressten, Spitzeldienste für sie zu erledigen oder er war ein Cop, den sie zu diesem Zweck eingeschleust hatten.

Aber wollten sie wirklich noch etwas aus ihm herausbekommen? Glaubten sie immer noch daran, dass er eine Backdoor ins System eingebaut hatte? Die Information, wie sie zu benutzen war, habe er später zu Geld machen wollen, so ihre absurde Anschuldigung. Zwanzig Jahre hatte er dafür immerhin bekommen, dafür und für eine Menge anderen Unsinn, den Koning und seine Kumpane sich ausgedacht hatten.

Ohne Beweise und auf den bloßen Verdacht hin.

Wenn sie also immer noch neugierig waren, ob ihr System angreifbar war, warum lag dann seine Zelle nicht im U-Haftbereich, also da, wo tiefer, weicher Sand den Graben zur Hälfte füllte und keiner sich so leicht mit einem Sprung aus der nach vorne offenen Zelle den laufenden Ermittlungen dauerhaft entziehen konnte?

Eher schien es, als wären sie damit zufrieden, würde er sich hier im Segment für die Langjährigen und Lebenslänglichen in den Tod stürzen, denn hier gab es vor den Zellen nur grauen, harten Beton, der dazu einlud, den Sprung in die Freiheit zu wagen und auf dem Grund des Grabens den Schädel wie ein rohes Ei zerplatzen zu lassen. Ein gnädiger und für die Gesellschaft kostensparender Ausweg, eine Abkürzung, die schon viele hier genommen hatten, die nicht mehr weiter konnten.

Vielleicht war Strout also letztlich doch nur ein jovialer, geschwätziger Typ, der jemanden zum Quatschen brauchte.

Die Nacht war warm, wie die meisten auf der Lemongrass-Insel. Er selbst hatte der Planungsgruppe damals diesen Standort empfohlen, der für seinen immerwährenden Frühling bekannt war, denn solch ein mildes Mikroklima ermöglichte diverse Einsparungen.

Und nun lag er als Gefangener Nummer 105 auf dem Bauch, in dem Knast, den er selbst entworfen hatte, und sein Hintern brannte wie Feuer.

Wie war es nur so weit gekommen?

Die Antwort auf diese Frage war nicht besonders schwer: Er hatte Koning einfach unterschätzt. Seine kriminelle Energie und seine guten Kontakte zu den unzertrennlichen Kumpeln Polizei und Politik, die der Mann als Key-Account-Manager einer Firma wie AUTOMATED CORRECTIONAL SOLUTIONS, die Haftanstalten verkaufte, komplett mit Personal, natürlich hatte, haben musste, inklusive Bestechung und Erpressung aller wichtigen Entscheidungsträger.

Für so einen war es wohl nicht besonders schwer gewesen, einen unliebsamen Konkurrenten mit falschen Anschuldigungen, erkauften Aussagen und fingierten Indizien auszuschalten und sich so den Weg freizuschaufeln, nach oben, zum Westcoast-CEO der AUCORS.

Also konnte er, Paxton Pooch, seine eigene Schöpfung jetzt von innen bewundern, und wie er an jedem Tag sehen konnte, funktionierte sie tadellos.

Leichter Zitrusgeruch lag in der Luft und verbotene Zurufe zwischen den Zellen.

Trotz der heftig brennenden Schmerzen schlief er wenig später erschöpft auf seinem Betonbett ein.

Punkt sieben Uhr weckte ihn die Sirene auf der obersten Plattform des zentralen Turms.

Antreten zum Frühsport. Also nach vorn, bis kurz vor die Kante, und mitgemacht bei den Kniebeugen und Situps und all dem anderen Kram, den damals Murgatroyd, sein persönlicher Assistent, zusammengestellt hatte. Aus dem Netz gezogen vermutlich, von diversen Fitness- und Yogaseiten.

Damals hatte er den gut aussehenden Burschen, der eine ziemlich aufreizende Mischung aus Arroganz und Unterwürfigkeit an den Tag legte, innerhalb von nur einer Woche in die richtige Spur gebracht und das Beste aus ihm herausgeholt.

Von Joyce ließ sich das leider nicht behaupten.

Bei ihr schien er gleichzeitig nur die negativsten Seiten aufzurufen. Sie war immer aggressiver und gereizter geworden, verweigerte ihm jedes Gespräch und schien ihn zuletzt regelrecht zu hassen. Er hatte es ertragen, bis es nicht mehr ging und sie ihn verließ. Nicht, ohne vorher noch mit Murgatroyd geschlafen zu haben, zuhause, in ihrer beider Ehebett.

Trotzdem hatte er den Mann nach seiner Trennung von Joyce behalten. Es war nicht dessen Schuld gewesen und einen neuen Assistenten einzuarbeiten hätte das ganze Projekt gefährdet.

Vom Turm aus sausten immer wieder Moskitoschwärme in einzelne Zellen, deren Insassen nicht den hohen Ansprüchen der optometrischen Bewegungskontrolle genügten, so wie er selbst es in der letzten Nacht auch nicht geschafft hatte.

Ein beständiger Lärmpegel strapazierte die Ohren, orchestriert durch die Kommandos aus den Lautsprechern, die zischende Druckluft der Hartgummischleudern, die Schmerzensschreie der Getroffenen und die Zurufe, die trotz des Verbots permanent zwischen den Zellwaben hin und her flogen.

Pooch überstand den Frühsport, ohne sich eine neuerliche Ladung der kleinen, schmerzhaften Wuchtgeschosse einzufangen. Jetzt schnell ab zur Dusche, die gleich hinter dem Bett eingebaut war. Er legte hastig die Paptexkleidung ab und stellte sich auf die gerippten Fussrasten der Keramikwanne, die im Boden eingelassen war. Kaltes Wasser aus der Brause über seinem Kopf gab es täglich nur fünf Minuten, danach funktionierte lediglich noch die Spülung in der Wanne selbst, denn die Dusche war mit der Toilette kombiniert.

Die restliche Zeit gab es dasselbe, grob gefilterte Brauchwasser nur noch aus dem Wasserkran an der Duscharmatur, das aus einem gebäudeinternen Kreislauf stammte und nur zum Waschen geeignet war. Mit dem Wasser ging man besser sparsam um, denn wer die zugeteilte Tagesmenge von dreissig Litern überschritt, bekam anderntags etwas von seiner Trinkwasserration abgezogen. Deren Messung, Berechnung und Zuteilung funktionierten natürlich vollautomatisch, wie so ziemlich alles hier. Mit dreissig Litern konnte man zwei Minuten duschen und drei- bis viermal die Hände waschen. Wenn man keinen Durchfall hatte und die Klospülung zuviel Wasser verbrauchte, kam man mit dieser Menge knapp zurecht.

Knappheit war ein Kernprinzip im Konzept der Vollzugsanstalten des Marktführers AUCORS.

Zum einen wegen des Plus an Profit, das man dadurch erzielen konnte, oder wie man es in Pressetexten lieber nannte, wegen ›der besseren Wirtschaftlichkeit und dem umweltfreundlichen Ressourcen-Management‹.

Zum anderen aber auch wegen des psychischen Drucks, den eine Verknappung bewirkte. Denn die Firmen-Philosophie forderte, man habe dem Verlangen der Gesellschaft nach Rache an verurteilten Abweichlern zu entsprechen, die man neuerdings gerne wieder als ›Schädlinge am Volkskörper‹ brandmarkte.

Klar hatte man dabei im Fall des Wassers auch medizinische und hygienische Mindeststandards einzuhalten. Das Duschwasser etwa zirkulierte in einem eigenen Kreislauf, in dem es gereinigt, mit einem Desinfektionsmittel versetzt und mit Frischwasser aufgefüllt wurde, um den leider unvermeidlichen, aber doch beachtlich geringen Schwund auszugleichen. Ein komplexes Modell mit vielen Variablen, für das Odilo Bertram zuständig gewesen war, ein hochqualifizierter Verknappungsspezialist und Prozessanalytiker. In seiner Freizeit war er ein begeisterter Hobby-Entomologe, der sich ganz besonders für die komplexen Formen der Geschlechtsteile von Insekten interessierte. Ein ziemlich hässlicher Mensch, mit schlechten Zähnen und fettiger Haut, der aber, richtig eingesetzt, zu herausragenden Leistungen fähig war. Das Orchester spielte eben immer haargenau so gut, wie der Dirigent es zuließ.

Pooch klapperte mit den Zähnen, während das eiskalte Wasser an ihm herunterlief und gurgelnd vom Abfluss unterhalb der Fussrasten aufgesaugt wurde.

Genug verbraucht.

Zitternd rannte er in der morgendlichen Kühle seiner Wabe herum, die bei einer Höhe von drei Metern vier Meter lang und zweieinhalb Meter breit war.

Zehn Quadratmeter, recht großzügig für eine Gefängniszelle.

Mehr als doppelt so groß wie die im guten alten Alcatraz.

Fast schon eine Suite.

Handtücher zum Abtrocknen gab es nicht. Das Prinzip Knappheit. Und man sparte bei der Wäsche. Da die meisten Häftlinge keinerlei Behaarung hatten, waren sie ohnehin schnell wieder trocken.

Dann kam das Frühstück.

Im weiten Rund des Detention Wheel hörte man das Rauschen unzähliger Rotoren, die eine ausschwärmende Drohnenflotte durch die Luft trugen, um die Insassen der 108 Zellen in jeder der fünf Etagen zu versorgen.

Ein bulliger Quadkopter von der Größe eines Autoreifens flog in die Zelle ein, klinkte dicht über dem Boden aus einem Transportgestell mit Pappschachteln, die aussahen wie Schuhkartons, eines der Behältnisse aus und entfernte sich wieder mit hochdrehendem Schwirrgeräusch.

Pooch zog die Kleidung wieder an, Slip, Hose und Hemd aus Paptex, robust, aber nicht unzerreißbar, damit keiner sich einen Strick daraus drehen konnte. Die Hose und der Slip hatten Löcher bekommen, von den Treffern der Gummipartikel, mussten aber noch etwas halten. Neue Kleidung war erst wieder in vier Tagen zur Ausgabe fällig und würde, genau wie die alte, mit idiotischen Sprüchen bedruckt sein wie ›Ehrlich währt am längsten‹, ›Üb immer Treu und Redlichkeit‹ oder ›Das also ist der Fluch der bösen Tat‹, die nichts anderem als der Verhöhnung und Demütigung derer dienten, die sie auf dem Leib zu tragen hatten. Obwohl kein anderer die Sentenzen sehen konnte, verfehlten sie nicht ihre demoralisierende Wirkung. Kroyman hatte die Sammlung zusammengestellt, ein gelernter Bibliothekar mit einer kaum versteckten sadistischen Ader, die er bei AUCORS ganz legal und gut bezahlt hatte ausleben können. Pooch hatte sich manchmal gefragt, ob nicht die meisten, oder sogar alle im Entwicklungsteam ein wenig wie Kroyman waren. Er setzte sich auf den Beton und klappte den Deckel der Box hoch, die an mehreren Stellen mit der Nummer 105 gekennzeichnet war. Sie enthielt einen Liter Wasser, die Hälfte seiner Tagesration, einen Pappbecher und einen Hot-Coffee-Cube, einen Vollkorn-Wurst-Popper und das Wirkstoff-Pflaster, das den Haarwuchs blockierte. Es wurde einmal in der Woche ausgegeben, aber nur dann, wenn das verbrauchte tags zuvor mit der Drohne zurückgeschickt worden war. Nicht, dass einer die Dinger sammelte und sich dann alle auf einmal aufklebte, um ›kalte Haftverkürzung‹ zu bekommen, wie es im Jargon der Entwickler hieß. Die jeder Hoffnung beraubten Langjährigen kamen auf jede nur denkbare Idee, sich das Leben zu nehmen, und es war eine spannende Aufgabe, sie alle vorherzusehen und ihnen einen Riegel vorzuschieben.

Der Haarwuchsblocker, der durch die Haut aufgenommen wurde, hatte den launigen Namen ›Naked Ape‹ und war aus einem Zytostatikum entwickelt worden, bei dem man die gefürchtetste Nebenwirkung des Krebsmittels verstärkt hatte. Die zweite gefürchtete Nebenwirkung, die Übelkeit, war dabei so gut wie beseitigt worden. Deshalb folgten die meisten Häftlinge, die bei Haftantritt komplett geschoren und rasiert wurden, der offiziellen Empfehlung und benutzten das Naked Ape, um diesen Zustand weiter beizubehalten. Die Verweigerer bereuten ihren Widerstand recht schnell, denn es gab kein Rasierzeug und keinen Friseur, und sie sahen bald aus wie die Höhlenmenschen. Sie froren nach dem Duschen jämmerlich, und weil sie immer mehr davor zurückschreckten, sich nass zu machen, begannen sie schnell zu verfilzen und zu stinken und wurden von Ungeziefer besiedelt. Erst am jährlichen Antragstag konnten sie dann um eine Nachschur eingeben. Die Quote derer, die das taten, lag bei fast hundert Prozent.

Pooch, der Planer, wusste, dass das Enthaarungsmittel bei längerer Anwendung nicht völlig ohne Risiko war, hielt die Kosten aber für tolerierbar, verglichen mit dem offenkundigen Nutzen. Er goss etwas Wasser in den Pappbecher und warf den Hot-Coffee-Cube hinein. Das Wasser begann zu sprudeln und zu schäumen, färbte sich schwarz und verströmte intensives Kaffearoma. Das war allerhöchster Luxus und wurde deshalb auch als Disziplinierungsmittel eingesetzt. Wann allerdings das geschah, war nicht vorhersehbar, nicht berechenbar.

Denn Willkür war ein weiteres Kernprinzip im damals aktuellen Vollzugskonzept von AUCORS gewesen.

Willkür bedeutete das vollkommene Desinteresse am Schicksal Einzelner. Jede Sicherheit in der Einschätzung der Folgen ihrer Handlungen, jeder Anschein von Gleichbehandlung, jedwede Verhältnismäßigkeit sollte den Delinquenten vorenthalten werden, um ihnen durch die Verweigerung dieser Säulen der Gerechtigkeit klarzumachen, dass Gerechtigkeit etwas war, das sie nicht verdienten. Die Opfer des nächtlichen Bootcamp-Drills wurden demgemäß rein zufällig ausgewählt, aber ebenso zufällig wurden diese Kandidaten dann mitunter auch einem per-fiden Schikane-Algorithmus unterzogen.

Das war lupenreine Willkür und hätte sogar bei ihm, wider besseres Wissen, fast die Illusion einer, wenn auch negativen, so doch immerhin persönlichen Beziehung erzeugt. Eine Erwartung, die die kalte Verfahrensregel recht bald wieder zerstörte.

Früher, in liberaleren Phasen, hatte man anders über den Vollzug gedacht, wollte neben der Bestrafung auch noch Werte vermitteln, bessern und ›resozialisieren‹.

Jetzt waren wieder andere Zeiten heraufgezogen, und man wollte nur noch strafen, demütigen, zermürben und zerbrechen. Meinungsumfragen zufolge war das nun vorgeblich so hofierte ›Volk‹ mehrheitlich der Auffassung, dass es Verbrecher im Knast viel zu gut hätten und es sprach sich für eine harte bis brutale Behandlung aus. Sogar zeitweise Folter hielt man mehrheitlich für zulässig und angebracht.

Gemessen an den Ideen mancher der Befragten wirkten die legalisierten, professionellen Sadisten im AUCORS-Entwicklerteam oft wie barmherzige Samariter.

›Wir produzieren Lösungen für den Strafvollzug im Geist der Zeit‹, hieß es denn auch immer von oben, ›also seid hart und bleibt am Puls der Gesellschaft, der wir diese Lösungen verkaufen wollen.‹

Pooch nahm den kleinen Popper-Riegel aus der Schachtel und zog kräftig am roten Faden, der an einem der Enden heraushing. Die Neuen ekelten sich oft vor dem ›Tampon‹ - aber das legte sich meist schnell.

Mit leisem Pfeifen blähte sich das Ding auf bis zur Größe einer Dampfnudel. Es roch intensiv nach Wurstbrot, schmeckte aber wie Watte. Es enthielt Vitamine, Mineral- und Ballaststoffe und zwei Stück davon deckten den gesamten Kalorienbedarf eines durchschnittlichen Erwachsenen.

Es war also durchaus gesund und bekömmlich, nur eben der Genuss fehlte. Der Geschmack verweigerte der Zunge und dem Gaumen, was der Duft der Nase versprochen hatte.

Trotz der schlechten Erfahrungen fiel der Körper immer wieder auf die Täuschung herein und reagierte mit Gereiztheit und mieser Laune. Eine nette kleine, liebevoll entworfene Quälerei, die sich, wie der Planer wusste, bei den anderen Mahlzeiten des Tages wiederholen würde.

Er stippte die Wurstbrotwatte in den heißen Kaffee und zog sie schnell wieder heraus, bevor der aromatisierte Mull den Becher leersaugen konnte. So eingeweicht ließ sich der Popper leichter hinunterschlucken.

Er beendete das Frühstück und warf die Box zusammen mit der ausgetrunkenen Flasche von gestern in die Rohrleitung zum Recyclingzentrum im Untergeschoss des Gebäudes, deren Verschlussklappe gleich neben dem Lautsprecher in die Wand eingelassen war. In der vollautomatisierten Aufbereitung wurden sie gehäckselt und verflüssigt und in Spritzgusspressen und Tiefziehformen dann wieder zu gebrauchsfertigen Trinkbechern oder Schachteln geformt.

Das System *autojail2050m*, das hier zum Einsatz kam, war die Komplettlösung mit dem höchsten Automatisierungsgrad, den je ein AUCORS-Produkt erzielt hatte.

Bei gleichzeitiger höchster Wirtschaftlichkeit. Höher noch als das legendäre *spartan8m*, das immer noch sozusagen das Betriebssystem vieler Anstalten war. Das ›m‹ im Namen beider Lösungen stand dabei für ›Männer‹, denn der Vollzug für Frauen hatte wieder ganz andere Spezifikationen und wurde von einem weiblichen Entwicklerteam gestaltet.

Aber System *autojail2050m* war nicht nur weitestgehend automatisiert, sondern auch autark, das heißt unabhängig von Belieferungen von außen. Lediglich die Popperriegel wurden nicht in der Anstalt selbst hergestellt, waren aber in so gigantischen Mengen in den Gebäudekellern eingelagert worden, dass man den Stückpreis auf ein absolutes Minimum hatte drücken können. Iversen, der Chefeinkäufer, war ein Spitzenmann gewesen im Aushandeln von Rabatten.

Ein beinharter Verhandler und Preisdrücker.

Wobei er sich seines Wertes für die Firma ein wenig zu sehr bewusst gewesen war und sich gar nicht erst um kompatible Umgangsformen bemüht hatte. Ein extrem unangenehmer Zeitgenosse, barsch, unfreundlich und unkollegial.

Nur mit Koning hatte er sich offenbar gut verstanden, aber das hatte Pooch viel zu spät bemerkt. Er sammelte den Hartgummischrot der Nacht vom Boden auf und warf ihn, wie vorher Box und Flasche, in den Müllschlucker.

Am Turm rückte plötzlich blitzschnell eine Batterie Abschussrohre in Position und spuckte druckluftzischend, dass es klang wie ein heftiger Niesanfall, Salven von Moskitos in einige Waben. Schmerzensschreie und anhaltendes Heulen und Fluchen folgten dem Beschuss.

Vermutlich hatten wieder einmal welche versucht, über die offene Frontwand in die Nachbarzelle zu klettern.

Das kam immer wieder vor und war streng verboten.

Kein Kontakt zu anderen Gefangenen. Auch nicht akustisch, durch Reden oder Zurufe. So lautete die Regel, die allerdings diejenige war, die am meisten verletzt wurde. So war es auch bei der Planung schon erwartet worden, aber als nicht einhaltbare Regel bot sie reichlich Anlass für Bestrafungsaktionen.

Die Sonne stand jetzt drüben im Osten schon hoch über dem Segment mit den Todeszellen und ließ den Schatten des Turms langsam kürzer werden. Auch dort, vor den Zellen der Todeskandidaten, füllte feiner, lockerer Sand den Graben.

Den Delinquenten sollte keine Wahl bleiben.

Pooch als intimer Kenner der Abläufe erwartete für den Vormittag noch eine Hinrichtung. Sie schien unmittelbar bevorzustehen, wie er an einigen Indizien ablesen konnte:

Zum Ersten am Flimmern der Luft über den Todeszellen, das die Sonnenscheibe verzerrte und von der Hitze kam, die aus dem Kaminschacht des unterirdischen Krematoriums aufstieg, wo schon der Ofen angeheizt wurde. Zum Zweiten am Blinken der Kontrolllämpchen mehrerer Kameras am Turm, die sonst schliefen und mit denen gewöhnlich die Exekutionen aus diversen verschiedenen Blickwinkeln gefilmt und als Präsent für die Angehörigen der Opfer des Delinquenten aufgezeichnet wurden. Der dritte Hinweis war ein kurzes Knacken des Lautsprechers am Turm, der um diese Zeit sonst stumm war, wenn nicht gerade eine Hinrichtung angekündigt und kommentiert wurde. Und schließlich war schon rein rechnerisch wieder eine der Terminierungen fällig, die zwar in unregelmäßigen Abständen durchgeführt wurden, zwischen denen aber nie mehr als neunzehn Tage lagen, meist sogar sehr viel weniger.

Und die letzte Terminierung hatte genau vor zwanzig Tagen stattgefunden.

Die Hinrichtungen fanden natürlich öffentlich, vor den Augen der Gefangenen statt und wurden zufällig wechselnd südlich und nördlich des Turms inszeniert, damit auch alle Insassen einmal freie Sicht auf das Spektakel hatten.

Der vorher ahnungslose Kandidat wurde von zwei Officern, also von zwei Dritteln der gesamten menschlichen Belegschaft, abgeholt, über den Rundgang hinter den Zellen und eines der außen gelegenen Treppenhäuser nach unten gebracht und dann weiter durch den unterirdischen Gang bis zum Turm geschafft.

Dies war auch das erste Mal seit Haftantritt, dass er wieder in direkten Kontakt mit Menschen kam. Der dann gleichzeitig auch sein letzter sein sollte. Henkersmahlzeit, Priester und ähnlichen Firlefanz ersparte man sich.

Derlei archaische Riten passten nicht mehr in unsere nüchterne Zeit, fand Pooch, der, um ja nichts zu verpassen, bereits so nahe an die Kante seiner Wabe herangerückt war, wie seine Höhenangst es zuließ. Er hatte den Ablauf selbst gestaltet und es war immer ein wenig so, als würde ein Regisseur seiner eigenen Inszenierung beiwohnen. Hoffentlich lief das Ganze nicht wieder auf der anderen Seite des Turms ab, wie beim letzten Mal.

Pooch wartete, wartete weiter und weiter, aber es tat sich nichts. Die Prozedur schien an irgendeinem Punkt zu hängen.

Was war da los? Scharf beäugte er das Segment der Todeskandidaten, das etwa siebzig Meter entfernt auf der anderen Seite des Rundbaus lag und versuchte zu erkennen, ob dort jemand abge-

holt wurde. Aber er konnte nichts weiter fiden als eine auf-
keimende Unruhe, denn auch die zur Terminierung Verurteilten selbst hatten natürlich schon gelernt, die Vorzeichen zu
deuten, die für sie von so elementarer Bedeutung waren. Zwar
konnten sie das Hitzeflimmern des Ofens nicht sehen, das sich
hinter ihnen zeigte, aber der Bereitschaftsmodus der Doku-
Kameras war ihnen nicht entgangen, ebensowenig wie das kurze Geräusch, das bei der Aktivierung der Lautsprecher ertönte.
Pooch fand diese Mikrosignale sehr gelungen.

Sie hätten sich leicht vermeiden lassen, aber sie erzeugten eine
wunderbar subtile Spannung, ein beständiges Lauern auf ihr
Erscheinen und so eine permanent bedrohliche Atmosphäre,
rund um die Uhr. Denn Hinrichtungen konnten zu jeder Zeit
stattfinden, auch in der Nacht. Das hatte es schon viele Male
gegeben und es war immer besonders eindrucksvoll.

Die Konstruktion des speziellen Algorithmus für die Terminie-
rungs-Termine, den er treffend ›Deadline‹ genannt hatte, war
von ihm mit besonderer Sorgfalt und einem fast dreiwöchigen
Zeitaufwand vorgenommen worden. Er erinnerte sich, dass er
während dieser Zeit kaum ansprechbar gewesen war und Joyce
sich beschwert hatte, dass er für sie weder Augen noch Ohren
mehr hätte. Und das war noch *vor* der Phase gewesen, in der sie
ausgetickt war.

In ihrer starren, egozentrischen Engstirnigkeit hatte sie wohl
nie so recht verstanden, wieviel ihm seine Arbeit bedeutete.

Kurioserweise hatte ihn das Zusammenleben mit ihr dennoch
auf so manch nette kleine Idee gebracht, die er in den Entwurf
von *autojail2050m* hatte einfließen lassen. Ein Paradebeispiel
dafür war der Antragstag, der aus einer nächtlichen Szene entstanden war, bei der er, reichlich alkoholisiert, was selten vorkam, versucht hatte, sich ihr sexuell zu nähern, was noch seltener vorkam.

Sie hatte ihn weggestoßen, lachend, aber entschlossen und, wie
ihm schien, leicht angewidert. »Dafür musst du erst einen Antrag stellen«, hatte sie gesagt, »schriftlich und in dreifacher Aus-

fertigung. Aber erst, wenn Antragstag ist, am 1. Oktober.‹

Da war es gerade Anfang November gewesen.

Und so gab es im Wheel jetzt jedes Jahr am 1. Oktober einen Antragstag. An diesem Tag konnten, erwartungskonform, Anträge gestellt werden, etwa auf vorzeitige Entlassung, auf Wiederaufnahme oder Revision des Verfahrens und die zur Terminierung vorgesehenen Verurteilten konnten sogar Begnadigung beantragen. Ein Anwalt stand den Antragstellern dabei nicht zu, warum auch, diente doch die ganze Farce scheinbarer Rechtsstaatlichkeit einmal mehr nur der Entmutigung und der Demoralisierung.

Das Ganze lief folgendermaßen ab:

Die Zellenlautsprecher wurden so geschaltet, dass sie als Gegensprechanlagen funktionierten. So konnten Formulare angefordert werden, die anderntags mit den Frühstücksboxen verteilt wurden. Dann plagten sich die Antragsteller mit dem Ausfüllen herum, für das ihnen nur stumpfe Bleistiftenden zur Verfügung standen, so kurz, dass auch ein Verschlucken gänzlich ungefährlich war. Die ausgefüllten Bögen wurden mit den Arbeitsboxen am Abend wieder abgeholt.

Nach ihrer Auswertung und einer angekündigten Wartezeit von vier bis fünf Wochen, aus denen oft auch, besonders bei den Gnadengesuchen, vier bis fünf Monate werden konnten, erhielten die Wartenden dann einen negativen Bescheid.

Er wurde vom Programm aus einer Bibliothek mit zahlreichen ablehnenden Varianten nach einem raffinierten Verfahren ausgesucht, das Bernardo Lardo für ihn ausgeknobelt hatte, ein forensischer Psychologe mit Mafiakontakten, die ihm auf die Füße gefallen waren, und der mit den Freunden der italienischen Oper noch einige Rechnungen offen hatte.

Obwohl nie ein positiver Bescheid erging, wurden jedes Jahr wieder massenhaft neue Anträge gestellt. Eine Folge der eingeschränkten Kommunikation, wusste Pooch, denn jeder dachte, irgendwo im weiten Rund würde es schon welche geben, die damit erfolgreich gewesen waren. Aber lediglich dem Antrag auf eine Nachschur wurde meist der Hygiene wegen stattgegeben.

Da kamen dann mit der Frühstücksbox eine stumpfe Kinder-bastelschere und ein Einwegrasierer, dessen Kunststoffklingen man nicht ausbauen konnte. Trotzdem mussten auch diese Instrumente, mit denen Haareschneiden und Rasieren eine echt schmerzhafte Tortur waren, wieder zurückgegeben werden. Widrigenfalls wurde die Ausgabe des Naked Ape verweigert.

Der Lautsprecher am Turm ließ ein kleines, kurzes Brummen hören und rief ein Raunen hervor, das durch das Rondell zu laufen schien wie eine La-Ola-Welle.

Siebzig Meter entfernt, im Abschnitt, der auch ›Deadmen-Sektor‹ genannt wurde, waren also jetzt alle alarmiert und warteten darauf, dass einer von ihnen aus seiner Wabe geholt würde, um nach einiger Zeit unten beim Turm wieder aufzu-tauchen, auf der Nord- oder der Südseite. Das würde sich erst zeigen, wenn aus einer Klappe im Boden der Elektrische Stuhl hochfuhr und die beiden AUCORS-Officer den Kandidaten mit kräftigen Lederriemen auf ihm fixierten. Die Kontakte würden mit leitendem Gel befeuchtet, besonders der am Kopf, der einer metallenen Kappe ähnelte. Dann starteten die Kameras die Aufzeichnung und über den Lautsprecher würde das Urteil verlesen, mit einer vollständigen Aufzählung aller Taten, mit denen der Delinquent es sich verdient hatte. Die Länge dieses Teils konnte stark variieren, aber über kurz oder lang war er abgeschlossen und der dritte Mann im Turm konnte den Hebel umlegen und zweitausend Volt Starkstrom durch den entbehr-lich gewordenen Körper jagen.

Die anderen Gefangenen im riesigen Wheel ahnten nicht, dass ein Mensch das tat, nahmen an, es würde automatisch erfolgen, so wie fast alles hier.

Pooch aber wusste, dass es verboten war, Menschen automa-tisiert zu töten wie die Hühner in einer Schlachtanlage.

Ein überkommenes Gesetz aus liberalen Tagen, etwas senti-mental und nicht mehr zeitgemäß.

Den noch zuckenden und manchmal auch rauchenden, zusam-mengekrampften Körper mussten die beiden Officer, die für diese Aufgabe Eignungstests und Trainingsprogramme zu absolvieren hatten, wieder aus dem liebevoll gefertigten Stück Tischler-Handarbeit befreien und in einem wesentlich weniger sorgfältig zusammengeschusterten hölzernen Sarg abtransportieren. Wenig später stieg dann fetter, schwarzer Qualm hinter dem Deadmen-Sektor auf, eine Stunde lang und länger, je nach Inhalt der den Flammen übergebenen Kiste.

So war es festgelegt, so sollte es ablaufen.

Aber nichts tat sich.

Nach etwa zwanzig Minuten war der Ausstiegspunkt erreicht und die Prozedur wurde abgebrochen und übersprungen.

Damit sich nicht das ganze System aufhängen konnte, brauchten alle automatisierten Prozesse solche exit points, die wirksam wurden, sobald ein Prozess entgleiste, und nicht mehr wie vorgesehen ablaufen konnte.

Also erloschen die Lämpchen der Kameras, die Lautsprecher schalteten sich ab und der heiße Ofen erkaltete langsam wieder.

Pooch war ebenso ratlos und nicht weniger aufgeregt wie die Insassen der Todeszellen. Die argwöhnten nun sicher, es würden ab jetzt schikanöse Scheinhinrichtungen inszeniert werden. Er aber wusste, dass es eine Panne war.

Nur, was für einen Grund konnte es dafür geben, dass kein zur Terminierung vorgesehener Kandidat aus dem Todeszellen-Segment abgeholt worden war? Hatte der Deadline-Algorithmus versagt, der bestimmte, wen es traf?

Unwahrscheinlich.

Es war bestimmt kein Zufall, dass es genau an *der* Stelle zur Panne gekommen war, an der Menschen eine Rolle spielten. Nicht umsonst kämpfte AUCORS seit Jahrzehnten für noch mehr Automatisierung.

Menschen stellten Schwachstellen in geschlossenen Systemen dar, besonders im Strafvollzug. Sie waren korrupt, schwer kalkulierbar und störanfällig. Alles, was in Haftanstalten je zu Problemen geführt hatte, war zu mehr als neunzig Prozent auf unkorrektes, eigennütziges oder inkompetentes Verhalten des Human-Personals zurückzuführen.

Je höher also der Automatisierungsgrad einer Komplettlösung, desto besser funktionierte sie. AUCORS strebte deshalb konsequent die idealen hundert Prozent an.

Aber vorläufig, bis zum Inkrafttreten einer überfälligen Gesetzesänderung, gab es hier noch Verunreinigungen im System: Drei Menschen.

Es sei denn...

Autojail2050m ging wieder zur normalen Vormittags-Routine über und begann mit der Verteilung der Arbeit.

Arbeit. Ein traditioneller, tragender Pfeiler des Strafvollzugs. Früher begehrt bei den Häftlingen, weil der Langeweile und der Isolation allemal vorzuziehen. Willkommen aber auch den Behörden, die den Häftlingen die Kosten für ihre Bestrafung selber aufbürden konnten, wenn externe Firmen im Gefängnis produzieren ließen. Diese Firmen zahlten dann etwas weniger Lohn und hatten obendrein zuverlässige Arbeiter, die nie streiken würden. Die Anstalt aber kassierte den Löwenanteil und ein Häftling, der zwanzig Jahre im Knast gearbeitet hatte, ganz normal, acht Stunden täglich, wie einer draußen auch, wurde mit bestenfalls tausend Kröten und einem neuen Anzug entlassen. Heute war das anders. Keine Firma, die auf sich hielt, wollte noch Arbeit an den Vollzug vergeben. Die Arbeitslosenquote war hoch, da sollten nicht auch noch die Knackis den ehrlichen Stemplern den Job wegnehmen. Außerdem hatten ohnehin die meisten Firmen, selbst die kleinen, jetzt automatisierte Fertigungsstraßen am Laufen, die voll ausgelastet sein mussten, um sich zu amortisieren.

So hatte die Arbeit hinter Gittern ihren ökonomischen Nutzen verloren. Bei *autojail2000m* war deshalb ein naheliegender Irrweg beschritten worden und man hatte ganz darauf verzichtet, Arbeit noch in den Tagesplan zu integrieren.

Das Ergebnis war, dass die Gefangenen sich rasch langweilten und rebellierten oder über Ausbruch nachdachten.

Im Gefängnis war ein straff strukturierter Alltag vonnöten, und den garantierte vor allem die Arbeit. Alternativen, wie exzessives körperliches Training, wie man es früher in Haftanstalten hatte beobachten können, war in erster Linie durch die primitiven Regeln motiviert, denen das Zusammenleben dort gehorchte. Man hielt sich fit, um nicht zu tief in der Hackordnung abzurutschen, die mangels anderer Möglichkeiten gerne auch mit den Fäusten festgelegt wurde.

Durch die Einführung der Wheels fiel der direkte Kontakt der Insassen untereinander weg und machte so den Fitnesswahn überflüssig. Noch dazu senkte das Naked Ape den Testosteron-Spiegel. Beides zusammen bewirkte, dass die körperliche Betätigung der Häftlinge sich bald auf den Frühsport beschränkte.

Und natürlich auf die gelegentlichen nächtlichen Klimmzüge an der Stange.

Trotzdem wurde auch so keiner fett, aber zur Strukturierung des ganzen langen Tages taugten Fitnessübungen nur mehr wenig. Viel besser geeignet war da die gute, alte Arbeit, in einer erneuerten Form, die weniger physisch war, als vor allem mental deprivierend. Sie konnte platzsparend in jeder Zelle durchgeführt werden, war vollkommen sinnentleert und ohne jeden praktischen Nutzen, erzeugte aber gleichwohl hohen Druck bei allen, die sie zu leisten hatten.

Pooch lächelte zufrieden.

Ja, sein größter Wurf beim Design der letzten Autojail-Version war wohl die Wiedereinführung des Faktors Arbeit gewesen, dieses Sisyphos-Felsens, der tagtäglich wieder und wieder den Berg hochgewälzt werden musste.

Erneut erfüllte ein mächtiges Brausen das weite Rund, ähnlich dem Rauschen des Windes in einem Herbstwald, das er noch aus raueren Breiten kannte.

Es zeigte das neuerliche Ausschwärmen der Drohnenflotte aus den Dockingports in den Arkaden des Erdgeschosses an.

Wieder setzte einer der Kopter in seiner Wabe eine Box ab, die mit der Nummer 105 markiert war. Diesmal war sie doppelt so hoch wie die Frühstücksbox, aber aus solidem Stahl gefertigt.

Er nahm den Deckel ab und legte ihn neben der Box auf den Betonboden.

Der Geruch einer Fertigungshalle im Metallbau entströmte ihr, erhitztes Maschinenöl in der Hauptkomponente, mit weiteren Beimischungen wie Terpentin, Reinigungspaste, einem Hauch von Ozon und einer Spur von menschlichem Schweiß.

Die Komposition hatte der Geruchsdesigner Nosimo kreiert, ein wahrer Meister in der Analyse und Synthese industrieller Duftvariationen. Pooch hatte die Aromatisierung etabliert, um der nutzlosen Arbeit ein solides, ja beinahe schon einschüchternd ernsthaftes Fluidum zu geben, das unmittelbar disziplinierend auf das Kleinhirn wirkte.

Die Box war in zwei gleich große Behälter unterteilt.

Der eine konnte oben geöffnet werden und enthielt eine Unmenge von Kleinteilen aus grauem Kunststoff in verschiedenen Formen. Der andere war fest verschlossen und wies an der Oberseite fünf unterschiedlich geformte Löcher und ein rotes Digital-Zählwerk auf, das jetzt noch auf Null stand. Durch eine transparente Scheibe an der Vorderseite konnte man in diesen Behälter hineinsehen.

Jedes der kleinen, ernsthaft riechenden Plastikteile passte jeweils durch eine der Öffnungen links oben hindurch, aber nur durch diese eine, die man finden musste.

Die Arbeit bestand darin, den gesamten Inhalt des offenen Behälters nach und nach in den anderen zu praktizieren.

Zeitlich war das bis zum Abend, wenn die Boxen wieder abgeholt wurden, niemals ganz zu schaffen und man konnte obendrein sehen, dass es eine absolut nutzlose Tätigkeit war, denn die Stücke, die man mühsam durch die richtigen Öffnungen bugsiert hatte, fielen nicht etwa in separate Behälter, sondern landeten alle wild durcheinander in ein- und demselben Auffangcontainer. Man hatte also nach der Sortierung genau denselben ungeordneten Zustand wie vorher.

Aber die Teile wurden gezählt und die Tagesleistung registriert. Was konnte wohl einen Menschen dazu bringen, sich dieser absurden Prozedur Tag für Tag immer wieder auf Neue zu unterziehen?

Ganz einfach.

In Haftanstalten drehte sich seit jeher immer alles um Vergünstigungen, um ihre Gewährung und um ihren Entzug.

Sie waren wie die Möhre, die man dem Esel vor die Nase hielt, damit er schneller lief, und manchmal erlaubte man dem störrischen Langohr sogar, sie zu schnappen, aber nur, um sie ihm wieder wegzunehmen, bevor er noch hineinbeißen konnte und sie ihm dann erneut vor die Schnauze zu binden.

Ganz genauso winkte man den Häftlingen mit der Möglichkeit, Vergünstigungen zu erwerben, wenn die Arbeit in dafür ausreichender Menge erledigt würde, wobei allerdings die genauen Standards, die zu erfüllen waren, im Dunkeln blieben. Was man in Aussicht stellte, waren zum Beispiel richtige, warme Mahlzeiten, die man gelegentlich oder sogar regelmäßig, monatlich oder wöchentlich, bekommen sollte, die Erlaubnis, Bücher auszuleihen oder auch ein Radiogerät, ja sogar beaufsichtigter Freigang bei besonderen Leistungen wurde offeriert. All das waren leere Versprechungen, und es gab, wie Pooch wusste, im ganzen riesigen Bau kein Buch, kein Radio und keine Küche, in der eine frische, warme Mahlzeit hätte zubereitet werden können. Selbst die drei Männer des Personals bekamen nur Fertiggerichte, die sie in einer Mikrowelle erhitzten, und die hätten es sich im Traum nicht einfallen lassen, etwas davon an einen Gefangenen abzugeben.

Das ganze Gerede von Vergünstigungen war nur Bestandteil eines ausgeklügelten Feedbacksystems, mit dem man sich ein weiteres, hochwirksames Instrument zur Disziplinierung der Insassen geschaffen hatte. Auch hier griff, wie bei den Anträgen, wieder der Mechanismus der reduzierten Kommunikation, der dafür sorgte, dass die in großer Zahl blühenden Gerüchte in übertriebener und verfälschter Form weitergereicht wurden.

Dabei offenbarten die Zurufe zwischen den Zellen noch einen weiteren Nutzen, neben dem ersten, dass eine Übertretung des Verbots, sie zu tätigen, immer einen willkommenen Anlaß zu strenger Bestrafung abgab. Sie waren nämlich darüberhinaus auch noch äußerst systemdienlich, funktionierten sie doch wie das Kinderspiel ›Stille Post‹ und sorgten dafür, dass tausend wilde und hoffnungsfrohe Geschichten kursierten, von Helden der Arbeit, die wie die Fürsten speisten, mit einem viel zu laut aufgedrehten Radio nervten, oder andauernd abwesend waren, weil sie Freigang hatten.

Pooch, der das alles wusste, arbeitete nicht für unerreichbare, imaginäre Vergünstigungen. Er arbeitete entspannt, ohne den Druck, der auf den anderen lastete, weil es ihn beruhigte und weil er bei der Arbeit gut nachdenken konnte.

Er griff in den vollen Behälter und nahm einige Kunststoffteile. Während er sie durch die kaum unterscheidbaren Öffnungen des anderen Kastens schob, beschäftigte ihn beharrlich das Rätsel um die gescheiterte Elektrokution.

Was war geschehen?

Wenn niemand den für heute ermittelten Delinquenten abgeholt hatte, dann konnte das nur bedeuten, dass keiner da war, oder zu wenige. Die Terminierung hätten auch nur zwei Officer durchführen können, falls der dritte nicht zur Verfügung stand. Also war es möglich, dass derzeit nur noch ein einziger Mann im Dienst war. Vielleicht auch gar keiner.

Hatte eine schwere Krankheit sie erwischt?

Aber so plötzlich und gleich zwei oder drei Opfer auf einmal?

Eine Lebensmittelvergiftung von den Mikrowellen-Mahlzeiten?

Sehr unwahrscheinlich, aber nicht völlig ausgeschlossen.

Man würde ja sehen.

Die Leute im Turm waren per Funk und Netz mit der AUCORS-Zentrale drüben in der Megacity verbunden. Die Lemongrass-Insel lag im beginnenden Mündungsdelta des großen Stroms und war mit einem Firmen-Heli in einer knappen Stunde zu erreichen. Wenn dieser landete, im normalen Turnus alle zwei Monate, um das Personal auszuwechseln, dann bekam man das im Wheel genau mit. Immer überquerte er es von Westen kommend und landete hinter dem Rundbau auf dem Deck neben dem Krematorium.

Zuletzt war er vor vierzehn Tagen dagewesen.

Wenn es also Krankheitsfälle oder so etwas gab, dann konnte es nicht mehr lange dauern, bis ein Hubschrauber über ihre Köpfe hinweg flog und Ersatzleute brachte.

Doch bis zum Mittag tat sich nichts.

Die Essensboxen wurden verteilt. Für Pooch gab es das Hähnchen mit Schwarzwurzelgemüse und Reis. So stand es auf dem Riegel und so roch es auch, als er am Faden zog. Aber die Watte, die dabei herauskam, schmeckte wie immer nach gar nichts. Er öffnete die Wasserflasche mit der zweiten Hälfte seiner Tagesration und trank zwischen den Bissen kleine Schlückchen, damit sie besser hinunterrutschten. Er war nie ein Gourmet gewesen, auch nicht der Typ, dem Essen besonders wichtig war, aber manchmal vermisste er eine herzhafte Mahlzeit durchaus. Immerzu lebenserhaltende, geschmacksneutrale Riegel, die nur unterschiedlich aromatisiert waren, begünstigten auf Dauer die Ausbildung depressiver Verstimmungen.

Manchmal, in einem Anfall von Schwäche, wünschte er, er hätte diesen Punkt im Programm anders gestaltet. Aber das ging vorüber, denn er wusste ja, dass es im Dienste ultimativer Automatisierung sinnvoll und ökonomisch war.

Der Nachmittag verging wie der Vormittag.

Pooch setzte die Arbeit fort, und wie immer war noch gut ein Viertel der Plastikteile im offenen Behälter, als am Turm die Sirene heulte, die den Feierabend anzeigte.

Das rote Zählwerk am Deckel mit den fünf Öffnungen zeigte 2602. Ein guter Durchschnittswert, aber völlig unwichtig. Er würde keine Bestrafung durch Wasserkürzung, oder, noch schlimmer, durch Entzug des Kaffewürfels nach sich ziehen. Ansonsten war er irrelevant.

Die Arbeitsboxen wurden abgeholt und die ›Wurstbrot‹-Popper fürs Abendessen verteilt.

Immer noch war kein Helikopter aufgetaucht.

Als die Dämmerung langsam übers Wheel sank, war Pooch davon überzeugt, dass die AUCORS-Officer wissentlich und willentlich abgezogen worden waren.

Wahrscheinlich schon mit dem letzten Hubschrauber vor vierzehn Tagen. Da hatte man wohl die alte Mannschaft abgeholt, aber keine Ablösung mehr für sie mitgebracht. Nur warum?

Welchen Grund konnte es dafür geben, dass AUCORS offenbar das Wheel auf der Lemongrass-Insel aufgegeben hatte?

Viel wollte ihm dazu nicht einfallen.

Am wahrscheinlichsten schien es ihm, dass sie in finanziellen Schwierigkeiten steckten. Was konnte man schon erwarten von einer Firma, die Spitzenpositionen mit Leuten wie Koning besetzte? Vermutlich waren sie pleite gegangen, hatten Insolvenz angemeldet und die Anstalten, die sie betrieben hatten, einfach sich selbst überlassen.

Pooch dachte nach.

Wenn es wirklich so war, was würde dann hier geschehen? Wie lange könnte das Wheel einfach so weitermachen wie bisher?

Gut, es würde dann keine Hinrichtungen mehr geben.

Aber sonst? Wenn einer in der Zelle eines normalen Todes starb, würden ihn die Leichenträger-Bots abholen, die auch die Gesprungenen aus dem Graben kratzten und im Krematorium entsorgten. Da gab es so schnell keinen Engpass.

Wie viele Popper-Riegel sie wohl eingelagert hatten?

Unmengen, so wie er Iversen kannte. Die verdarben ja nicht. Vielleicht reichten sie für zehn Jahre, vielleicht aber auch für zwanzig. Die Drohnen würden weniger werden, im Lauf der Zeit, wenn sie nicht mehr repariert wurden. Gewartet wurden sie in den Dockingports automatisch und sie waren sehr robust ausgelegt. Wenn ein paar ausfielen, würden die anderen ihre Aufgaben übernehmen, das fiel kaum auf.

Nicht so sehr, wie das Ende der Hinrichtungen.

Wie würden die Häftlinge sich das erklären? Vermutlich würden sie denken, es habe eine Änderung der Gesetze gegeben und die Todesstrafe sei abgeschafft worden. Man war hier drinnen ja völlig abgeschnitten von allen Informationen über die

Welt draußen. Und in mancherlei Hinsicht waren die Knackis so rührend unrealistisch, speziell in ihrem Glauben, die Gesellschaft würde sie wieder in ihr Herz schließen, wieder liberaler werden, so, wie sie früher einmal gewesen war.

Nun ja, die Todeskandidaten und die Lebenslänglichen mussten das wohl glauben, wie hätten sie es sonst hier Jahr für Jahr aushalten können?

Kein Mensch mehr im System.

Jetzt hätte es perfekt sein können, wäre es nur schon ohne diese Störvariablen konstruiert worden. So, wie es war, konnte man leider nicht ganz ausschließen, dass der verwaiste Status des Wheels mit der Zeit auffallen würde. Dann konnte es zu Aufständen kommen, Rebellionen, die *autojail2050m* mit all seinen pneumatischen Peitschen und Bleischrot blutig niederschlagen würde.

Was also tun?

Sicher, die Backdoor.

Die Backdoor, die nur er alleine kannte und deren Geheimnis er um kein Geld der Welt je verkauft hätte. Murgatroyd musste ihm auf die Schliche gekommen sein, hatte aber keine Ahnung, wo sie war und wie sie funktionierte, und war auch zu sentimental gewesen, um ihn ernsthaft zu belasten, wegen Joyce und allem. Doch schließlich und endlich hatten Konings Kreaturen ihn, Paxton Pooch, den Konstrukteur und Planer, auch ohne Beweise und auf den bloßen Verdacht hin zu zwanzig Jahren verknackt.

Pooch schaute über den riesigen Rundbau.

Konnte es denn eine bessere Möglichkeit geben, dem Detention Wheel und *autojail2050m* bei der Arbeit zuzusehen? In all den vergangenen Jahren war er es nicht müde geworden, sich am reibungslosen Ablauf der Prozeduren zu erfreuen, und zu bewundern, wie sie perfekt ineinandergriffen wie die Zahnräder eines Uhrwerks. Und nach dem mehr als wahrscheinlichen Rückzug von AUCORS erwartete er hier spannende Zeiten.

Die Sonne verschwand jetzt hinter dem Wheel.

Scheinwerfer flammten auf und strichen über die Waben.

Ein leichter, warmer Wind trug Zitrusgeruch mit sich.

Pooch lächelte zufrieden.

Kaum zu glauben, dass seine Konstruktion und seine Algorithmen hier nun ganz alleine fünfhundert Menschen beherrschten. Fast fühlte er sich wie ein stolzer Vater, auch wenn er von seinem eigenen Spross gequält wurde wie alle anderen hier.

So waren Kinder eben.

Es tat ja schließlich nur, was er selbst ihm beigebracht hatte.

Und gerade begann es, flügge zu werden.

Nein, mit der Backdoor hatte es keine Eile.

Die Friedenskatze

›Sizzling‹ Bob Bouray patschte mit der flachen Hand gegen seine Stirn. »Danke Hirn!«, beschwerte er sich theatralisch, »was hast du mir da nur wieder eingebrockt!«

Nicht zu allen seinen Organen und Körperteilen hatte er ein so zwiespältiges Verhältnis wie zu dem grauen Fühl- und Denk-Brägen in seinem kahlen Schädel.

Seinem Magen etwa brachte er ungeteilte Sympathie entgegen, ermöglichte er ihm doch, robust und abgehärtet wie er war, Fressorgien zu überstehen, an denen andere längst eingegangen wären.

Und seine Leber, die den Alkohol aus dem Blut filterte, die stets schwer schuften musste und dabei doch immer fetter wurde, war ihm richtig ans Herz gewachsen, natürlich nur im übertragenen Sinn, zum Glück.

Sogar mit seinem Piephahn war er zufrieden, fand ihn nicht zu kurz, zu dünn oder zu krumm, wie manch anderer es tat, und wusste die Freuden, die dieser ihm verschaffen konnte, so sehr zu schätzen, dass er ihn regelmäßig dafür in Anspruch nahm.

So einer also war Bob, ganz ein barocker Genussmensch, nicht grundsätzlich unzufrieden mit seiner physischen Ausstattung; lediglich mit den grauen Zellen in seinem Oberstübchen haderte er hin und wieder, jedoch mehr aus Koketterie als ernsthaft, hielt er sich doch ganz tief drinnen für ein Genie, das nur leider ab und zu etwas Ladehemmung hatte.

Die aktuelle Ursache seines Haderns saß in Gestalt einer noch sehr kleinen und sehr jungen Katze vor ihm auf einem Labortisch billigster Ausführung. Der Tisch war eigentlich nicht viel mehr als eine weiß folierte Pressspanplatte mit vier wackligen, weil viel zu dünnen Metallbeinen, und nicht nur der Tisch allein hatte ein Problem mit seinen Beinchen, sondern auch die kleine Katze mit den ihrigen. Die hatten an den Enden nämlich nicht, wie sonst bei süßen Kätzchen üblich, süße kleine Pfötchen, sondern ausgewachsene Mäuseköpfe mit langen Schnurrhaaren, auch die im Prinzip süß, gewiss, und doch etwas verstörend, weil eindeutig fehl am Platz.

Es sah aus, als würde KittyKittyKitty zwei Paar Hausschuhe tragen, Tierpuschen, Mäusepuschen in diesem Fall, nur dass die Mäuseköpfe nicht aus Plüsch waren, sondern fest angewachsen und aus Fleisch, Fell und Blut. Letzteres konnte man besonders an den beiden vorderen, etwas lädierten Köpfen nur allzu deutlich beobachten.

»Verdammt!«, maulte Bob weiter, »dabei habe ich die Peace-Cat für meine bisher beste Idee ever gehalten. A very sizzling idea, you know?«

»Und was an dieser Idee bitte fandest du so knisternd?«, fragte der Halbe Zwilling, in einem blasierten Tonfall, der offenbar seine intellektuelle Überlegenheit zum Ausdruck bringen sollte.

»Damit das Tier nicht seine eigenen Pfoten frisst, hättest du im Genom sein Beuteschema modifizieren müssen. Und was wäre an solch einem Geschöpf dann noch so bedeutungsvoll, dass es den Namen ›Peace-Cat‹ verdient hätte? Wenn du mich fragst, war deine Mousefeet-Cat von Anfang an konzeptionell ein völlig idiotischer Hack.«

»Tue ich aber nicht«, raunzte Bob gereizt. »Ich frage dich nicht! Dass ein derart komplexes kognitiv-reaktives Muster wie das Beuteschema in der Lage wäre, elementare Prinzipien wie die Schmerzvermeidung zu overriden, war nicht vorherzusehen, du arroganter Pinsel!«

»Doch, war es wohl!«, triumphierte der Halbe Zwilling.

»Das Beuteschema ist eben kein höheres Kognitions- und Verhaltensmuster, sondern liegt hierarchisch auf ein und derselben Reflex-Ebene wie die Vermeidung von Schmerzen! Folglich kommt es zu oszillierenden Interferenzen und das arme Tier beißt sich, kaum ist es raus aus dem Tank, immer wieder mal kräftig in die eigenen Pfoten, um sich dann anschließend die Wunden zu lecken, die es sich grade eben selbst beigebracht hat. Mach dem grausamen Spiel ein Ende, Bob!«

»Pah!«, polterte Bob. »Hinterher ist man freilich immer klüger.

Brauchst dich gar nicht so aufzuspielen. Nach Craigs ›Handbuch des Bio-Hackings‹ hätte das alles reibungslos funktionieren müssen. A sizzling hack, you know?«

»Das Mindeste, mit dem du rechnen musstest, war doch, dass deine Cat das Restless-Legs-Syndrom bekommt«, dozierte der Halbe Zwilling weiter.

»Ist doch glasklar, die Mäusefüße gucken hoch und sehen eine Katze. Sie wollen wegrennen, aber das geht nicht, die Katze lässt sich nicht abschütteln. Wenn die Cat nicht verblutet, geht sie also an Erschöpfung ein.«

»Wenn ich euch zwei Idioten reden höre, möchte ich mich am liebsten entleiben«, mischte sich jetzt Alka Selznick, ernüchternd wie immer, in das Wortgefecht ein.

»Was sehr schade wäre!«, griente Bob. »Sizzling Alka, very sizzling body!«

»Lass das, Bouray!«, wies sie ihn scharf zurecht. »Noch *ein* solcher Witz und du stirbst einen langsamen, äußerst schmerzhaften Tod!«

Sie fuchtelte mit einem Skalpell vor Bobs Nase herum, um zu unterstreichen, wie ernst sie ihre Drohung meinte.

»Mit einem hat der Halbe Zwilling aber recht«, fuhr sie etwas ruhiger fort, »auch wenn er sonst nur Bullshit labert. Deine Peace-Cat ist genetischer Sondermüll und muss entsorgt werden, bevor sie noch nach draußen entkommt und von einem perversen Kater aus der Nachbarschaft gerammelt wird. Dann kriegen wir deine Genstümperei womöglich nie mehr aus der Welt geschafft.«

»Peeeace«, maunzte da die Katze, als wolle sie schlichten.

Alka verschlug es die Sprache und der Halbe Zwilling plumpste vor Überraschung auf einen Drehstuhl, der hinter ihm stand.

»Hat die Katze eben ›Peace‹ gesagt?«, fragte er, ungläubig, obwohl er sah, dass Alka genauso von den Socken war wie er selbst und Bob eine widerwärtig triumphierende Miene aufsetzte und den Mund öffnete, um wieder einmal seine geliebte Catchphrase abzulassen.

»Wenn ich jetzt was mit ›sizzling‹ von dir höre, hau ich dir eine rein, you know?«, herrschte er ihn an und Alka unterstützte seine Drohung mit eifrigem Kopfnicken und wildem Skalpellgefuchtel.

In der mit allerlei Gerätschaften vollgestopften Doppelgarage war die Luft dick. So dick, dass es keinen verwundert hätte, wenn durch Alkas schneidige Drohnummer kleine Streifen oder Würfelchen des gerade noch atembaren Mediums auf den ölfleckigen Betonboden gepurzelt wären.

Bob zog es vor, den Mund zu halten, spitzte aber, weil er es nicht fertigbrachte, gar nichts von sich zu geben, affektiert die Lippen und pfiff sich ein ziemlich schiefes Liedchen.

»Das Tier spricht«, sagte Alka langsam und eindringlich, wie um sich selbst davon zu überzeugen, dass es zutraf, was sie gerade gehört hatte. »Wie zum Teufel hast du das gemacht, du Freak, raus mit der Sprache!«

»Ha!«, rief Bob, »kniet also nieder und huldiget dem Meister, Nichtswürdige! Was haltet ihr denn jetzt von meiner Cat, he?«

Der Halbe Zwilling schüttelte finster den Kopf.

»Genau dasselbe wie vorher. Dass das Tier spricht, macht die Sache mit den Mäusepfoten doch nicht besser! Wahrscheinlich hast du dir ein obskures Bio-Brick für humanoide Sprachausgabe besorgt und dem armen Vieh ins Genom gehängt. Wirklich obergenial.«

»Was heißt hier obskur?«, schmollte Bob und spielte den Gekränkten. »Der Brick ist von *CryptoChromBrix*, also erste Sahne und nicht grade billig, you know?«

»Von CCB? Bist du verrückt?« Alka war entsetzt. »Hast du noch nie gehört, dass die einen ganz miesen Ruf haben, weil sie in ihren Bricks undokumentierte Gene verstecken, die alles mögliche anrichten können? Die haben es doch schon im Namen, dass sie von der heimlichen Sorte sind! Das sind Anarchos, Nihilisten, die den Untergang der Menschheit beschleunigen wollen! Würde mich gar nicht wundern, wenn deine Cat irgendein Supergift oder einen tödlichen Virus in sich hätte.«

»Nana, nun mach mal halblang«, stammelte Bob verdattert. »So schlimm sind sie nun auch wieder nicht. Nur wegen dieser

Sache damals mit den Bonsai-Pony-Bricks werden sie jetzt so verteufelt, dabei ist das Ganze doch nur von Konkurrenzfirmen hochgekocht worden, *CustomGenCorp* zum Beispiel, die waren da ganz vorne mit dabei.«

»Ach ja?«, sagte der halbe Zwilling gedehnt, »das war also nichts Schlimmes, dass Mini-Ponys, so groß wie Pudel, die Kinder angeblich in der Wohnung halten konnten, massenhaft ausgerissen sind und sich zu marodierenden, bissigen Herden zusammengeschlossen und die Städte unsicher gemacht haben? Die Biester haben sich noch dazu vermehrt wie die Karnickel! Glaubst du, der Notstand wurde einfach so zum Spaß ausgerufen und das Militär hat man nur aus Jux und Tollerei gegen die Horrorpferdchen eingesetzt, du armer Irrer?«

»Alles maßlos aufgebauscht, sag ich doch, die Ponys waren eigentlich ganz drollig, aber die Medien haben Monster aus ihnen gemacht.«

»Und was war mit diesen Super-Regenwürmern, die der Köder-Hit für alle Angler werden sollten? Bis sich herausstellte, dass sie einen Bitterstoff absonderten, der die Fische völlig ungenießbar macht?«

»Hoax! Fake! Urban Legends! Fallen dir noch mehr solche Schauermärchen ein, die alle von A bis Z erstunken und erlogen sind? Alles das Werk von *CGC* oder *Venter-in-air* oder *New Bricksters on the block* oder wie sie alle heißen! Wie könnt ihr nur auf so billige Propaganda hereinfallen? Lest ihr eigentlich nie die Artikel von Lovis Loom im Biohacker online? Solltet ihr mal machen. Very sizzling stuff, you know!«

»Immerzu kommst du uns mit diesem Loom«, erregte sich Alka. »Der Kerl ist ein Verschwörungstheoretiker der schlimmsten Sorte, einer, der nach spätestens drei saudummen Hypothesen in der rechten Ecke landet. Ungefähr so: Erstens: Die Mondlandung war ein Fake, zweitens: In Wirklichkeit leben auf dem Mond schon seit 1945 Nazis, drittens: Die waren doch gar nicht so schlimm, sondern genial und der Holocaust war eine Fälschung der Siegermächte. Ich könnte kotzen. Wieso glaubst du einem solchen Typen? Du bist doch gar kein Fascho, sondern ein ganz normaler Idiot, you know?«

»Peeeace«, sagte die Katze wieder und schnappte nach ihrer rechten Vorderpfote, erwischte sie aber nicht, weil der Mäusekopf blitzschnell zur Seite auswich.

»Was kann denn deine Cat noch so, Alter?«, fragte der Halbe Zwilling. »Sagt sie immer nur ›Peeeace‹ oder hat sie noch mehr drauf? Ich meine, Sprache ist die eine Sache, aber was dabei rauskommt, hängt doch von dem ab, der spricht. Also worüber reden denn Katzen so, was bewegt sie?«

Bob war unsicher. »Naja, sie ist ja noch kaum raus aus dem Tank. Ich hatte bisher nur wenig Zeit, sie zu studieren. Das ›Peeeace‹ habe ich ihr beigebracht und dass sie überhaupt was sagen kann, ist für mich schon ein Erfolg und allemal die Kohle wert, die ich für den Brick hingeblättert habe. Was erwartest du denn? Selbst Menschen müssen Sprache erst mal lernen und das, worüber sie dann reden, müssen sie auch erst mal erfahren. Natürlich sind Katzen nicht grade Intelligenzbestien, also was soll sie schon groß sagen?«

Die Katze machte einen hohen Buckel und sah in die Runde, und alle hätten darauf geschworen, dass sie einen Gesichtsausdruck hatte, den man nur als beleidigt bezeichnen konnte.

»Hey, redet ihr über *mich*?«, wollte sie wissen. »Was seid *ihr* denn für welche?«

»Man nennt uns Menschen«, verkündete Bob feierlich, offenbar ohne sich weiter über die beiden Fragen der Katze zu wundern. Alka, die davon überzeugt war, dass das irgendein Trick war, suchte nach der versteckten Kamera und der Halbe Zwilling, überzeugt von seinem eigenen Scharfsinn, glaubte die Lösung für das Rätsel der sprechenden Katze schon gefunden zu haben.

»Ha, ich weiß, wie du das machst«, trumpfte er auf, »du hast dir das Bauchreden beigebracht. Gar nicht mal schlecht, Bob, aber mich legst du damit nicht rein.«

»Hast du sie nicht alle?«, rief Bob entrüstet, »ich kann viel, you know, aber sowas könnte ich niemals lernen. Der Brick macht, dass die Cat spricht, und sonst gar nix.«

»Habt ihr Menschen mich gemacht?«, wollte die Katze wissen.

»Wieso denkst du das?«, fragte Alka zurück.

»Naja, das Erste, an das ich mich erinnern kann, nachdem ich aus der Brühe kam, war der Dicke ohne Fell hier, der immer ›sissling‹ sagt und ›juno‹, was immer das heißen mag. Also, wie ist es: Habt ihr mich gemacht?«

»*Ich* habe dich gemacht, um genau zu sein«, offenbarte sich Bob, der etwas eingeschnappt klang, weil ihn die Mieze dick genannt hatte. »Ich bin also dein Schöpfer, you know?«

»Hört hört«, spottete Alka, »gleich verlangt er noch von der Cat, dass sie vor ihm auf die Knie, oder was sie sonst hat, fällt und ihn anbetet.«

»Was ist das, anbeten?«, erkundigte sich die Katze und hatte noch eine Menge Fragen mehr auf Lager. »Ist das wirklich wahr, dass der Dicke mich gemacht hat? Und wer seid dann ihr zwei, du und der Lange hier?«

»Gemacht?«, sagte der Halbe Zwilling gedehnt, »gemacht ist ein großes Wort. Eigentlich hat er dich nur aus dem Genmaterial einer stinknormalen Katze zusammengefrickelt. Mit ein paar kleinen Änderungen. Hat mit der Genschere in deiner DNA rumgeschnippelt und einen Brick eingebaut, der bewirkt, dass du uns jetzt dumme Fragen stellen kannst. Den Brick hat er aber nur gekauft. Ach ja: Die Mäuseköpfe an deinen Pfoten, das war er ganz allein. Ich hoffe, sie gefallen dir?«

»Überhaupt nicht.« Die Katze schüttelte den Kopf, sträubte das Fell und fauchte. »Die sind echt nervig. Immer wieder beiße ich da rein und dann tut es weh. Warum macht denn ein Schöpfer sowas? Will er seinem Geschöpf beim Leiden zusehen?«

Bob befiel ein nervöses Augenzucken, das ihn immer befiel, wenn er sich in die Enge getrieben fühlte.

»Der Gedanke dabei war, ein neues Symboltier für den Frieden zu erschaffen, das die ollen Friedenstauben ablösen soll. Seit sie sich in den Städten so unkontrolliert ausgebreitet haben, haftet den Tauben mittlerweile ein sehr schlechtes Image an. Man nennt sie Flugratten, weil sie Krankheiten verbreiten und versucht, sie mit Netzen und Stacheln von den Häusern fernzuhalten, weil sie alles zuscheißen. Eine Katze mit Mäusepfoten sollte für die friedliche Koexistenz von zwei so sprichwörtlich verfeindeten Parteien stehen, wie Katze und Maus es nun mal sind. Sagt, was ihr wollt, aber der Grundgedanke war doch gar nicht so schlecht.«

Bob beendete sein Plädoyer, ohne ein einziges Mal ›sizzling‹ oder ›you know?‹ gesagt zu haben und stimmte damit seine Kritiker etwas milder.

Dennoch rührte sich sofort Widerspruch.

Und zwar seitens der Katze, die schließlich auch die Leidtragende von Bobs schöpferischem Versagen war.

»Für eure Redensarten kann ich nichts«, knurrte die Cat, »aber ich bin mit Mäusen nicht verfeindet, im Gegenteil, ich liebe sie. Ihr Geschmack ist unvergleichlich. Mir welche an die Beine zu machen, die ich nicht fressen kann, ohne mir weh zu tun, ist einfach nur grausam.«

Bob schmollte.

»Ein wenig Dankbarkeit wäre schön«, verkündete er spitz.

»Mousefeets werden garantiert der Kracher in Katzenkreisen. Du wirst dich noch an Sie gewöhnen. Wenn du erst besser mit ihnen umgehen kannst, findest du sie bestimmt...«

»...sizzling, you know?«, höhnte der Halbe Zwilling. »Sieh dir doch das arme Tier an: Es hat keine Krallen! Wie soll es denn seine Beute festhalten oder am Baum hochklettern?«

»Ganz einfach! Mäuse haben ja scharfe kleine Zähne. Mit etwas Übung lassen die sich locker als Ersatzkrallen benutzen.«

Verblüfft besah die Katze ihre Vorderpfoten und versuchte, etwas tapsig und ungeschickt noch, die Mäuseschnauzen weit aufzusperren.

»Könnte klappen«, fauchte sie. »Trotzdem, es kommt mir einfach nicht richtig vor.«

»Ein wenig musst du schon auch mitarbeiten«, empfahl Bob gönnerhaft. »Immerhin siehst du jetzt vielleicht, dass ich mir bei deiner Planung Gedanken gemacht habe. ›Intelligent Design‹ nennt man das«, fügte er überheblich hinzu.

Die Mieze schnappte blitzschnell nach ihrer rechten Vorderpfote und biss kräftig zu. Winselnd lies sie schnell wieder von der falschen Maus ab und leckte sich dann vorsichtig ein paar Blutstropfen weg.

»Intelligent?«, höhnten Alka und der Halbe Zwilling wie aus einem Mund, und Alka erinnerte: »Vorhin hast du noch mit deinem Hirn gehadert. Völlig zurecht, finde ich. Hast du dir mal überlegt, was passiert, wenn diese funktionale und ethische Katastrophe sich mit herkömmlichen, normalen Katzengenen vermischt? Grässlicher Gedanke.«

»Sehr richtig«, nickte Bob. »Wollte ich vorhin schon sagen, als du mir mit dem perversen Kater aus der Nachbarschaft kamst. Die Cat ist selbstredend steril. Beziehungsweise selbstredend *und* steril, hehe! Nur ich ganz allein kann Peace-Cats herstellen, rein und unvermischt.«

»Wie jetzt: Ich kann keinen Nachwuchs bekommen?«

Die Mieze klang enttäuscht. »Allen Ernstes, keine süßen kleinen Baby-Kätzchen?«

»Keine Kätzchen«, bestätigte Bouray. »Ich lasse mir doch nicht von der Natur ins Handwerk pfuschen. Es wird im übrigen auch nur Katzen deiner Art geben, keine Kater. Der Frieden ist eher ein weibliches Geschäft als eines für Männer.«

»Keine Mutterschaft«, klagte die Mieze, »das ist grausam! Gibts wenigstens Sex?«

»Natürlich nicht«, konterte ihr Hersteller ungerührt, »Sex ist für euch Katzen kein Spaß, you know. Das fängt mit dem Rolligsein an: Ihr fresst kaum mehr, habt keinen Appetit, schwenkt ständig euer Hinterteil und setzt dabei eklig stinkende Duftmarken ab. Dazu gebt ihr Geräusche von euch, die sich anhören wie die Schreie geprügelter Babys. Und das zweimal im Jahr! Und wenn du jetzt denkst, wenigstens die Nummer mit dem Kater sei ein Spaß: Sie ist es nicht! Die Burschen beißen euch kräftig ins Genick, um euch festzuhalten. Das müssen sie auch, denn sie haben Widerhaken am Penis und die tun richtig, richtig weh, die ganze Zeit über und ganz besonders zum Schluss, wenn sie den Riemen wieder rausziehen. Glaub mir, das braucht keine Cat. Du solltest mir dankbar sein, dass dir das alles erspart bleibt, weil Papa Bob sich um eure Vermehrung kümmert.«

Alka Selznick und der Halbe Zwilling hatten mit offenen Mündern zugehört.

»Ist ja krass, das mit dem Kater-Piller«, meinte Alka schließlich. »Woher kennst du dich denn so gut mit dem Deckakt der Katzen aus?«

»Ich habe meine Hausaufgaben eben gemacht«, erwiderte Bob stolz, »auch wenn gewisse Leute hier im Raum daran wohl Zweifel hatten.«

»Bleibt immer noch die Tatsache, dass die Cat ihre eigenen Pfoten fressen will«, stellte der Halbe Zwilling, der eigentlich Halldor Illing hieß, nüchtern fest. »Mensch, da hast du eine sprechende Katze zusammengespleißt, das ist doch für sich allein schon ein Knüller, da hättste dir den Scheiß mit den Pfoten glatt sparen können.«

»Finde ich nicht«, beharrte Bob stur, der sich in seine Idee einer Ersatz-Ikone für den Frieden verliebt hatte.

»Dieses Triebdilemma kriege ich schon noch geregelt. Ich werde die Cat noch eine Zeitlang gründlich studieren, sehen, ob sie sich das Pfotenbeißen abgewöhnen kann, you know, und dann gibts das Folgemodell.«

»Und wenn du es ihr nicht abgewöhnen kannst, was ist dann?«, wollte Alka wissen.

Bob zuckte bedauernd die Schultern. »Dann eben ab mit ihr in den... ahemm... dann gibts eben das übliche Prozedere.«

Die Katze sah ihn misstrauisch an. »Was wolltest du da eben zuerst sagen?«

Bob wand sich.

»Für gescheiterte Versuche haben wir unser übliches Verfahren. Kurz und schmerzlos. Wir sind ja keine Tierquäler, sondern ernsthafte Forscher. Wir lieben was wir machen.«

»Gehts etwas genauer?«, insistierte die Mieze. »Was ist das übliche Verfahren?«

»Das brauchst du gar nicht zu wissen«, mauerte Bob.

»Ein wenig Vertrauen wäre schön.«

»Kann sie doch ruhig wissen«, meinte Alka mit einem hinterhäl-

tigen Unterton in der Stimme, der nichts Gutes erwarten ließ.
»Für missglückte Versuche, also sowas wie dich, Kätzchen, steht drüben in der Ecke ein alter Kükenschredder. Haben wir aus einer pleitegegangenen Legehennenfarm rausgeholt. Der arbeitet zuverlässig, schnell, und schmerzlos und ist viel billiger und sicherer in der Handhabung als jede Chemie.«

»So kannst du doch nicht mit einem Kitty-Kätzchen reden, das praktisch grade frisch aus dem Tank kommt!«, fuhr ihr Bob aufgebracht in die Parade.

Die Katze machte große runde Augen.

»Was ist denn ein Kükenschredder?«

»Das ist ein Karussell, mit dem putzige kleine Hühnerbabys superschnell im Kreis herumfahren dürfen«, beschönigte Bouray schamlos den Sachverhalt, aber Alka ließ ihm das nicht durchgehen.

»Nur die männlichen putzigen Küken«, präzisierte sie süffisant, »und im Karussell sind ein paar superscharfe Klingen, die sie zu Brei zerhacken, weil sie keine Eier legen können. Hat dein weiser Schöpfer ganz vergessen zu erzählen.«

Die Katze krümmte und sträubte sich zu einem einzigen, anklagenden Vorwurf.

»Ist das wahr? War das wirklich das Schicksal, das du mir zugedacht hast?«

»Wie redet das Vieh denn da?«, sagte Alka verblüfft zum Halben Zwilling, während Bob herumstotterte, sichtlich von schlechtem Gewissen geplagt, das keiner bei ihm vermutet hätte. »Gleich quatscht die Cat noch in Hexametern. Das ist doch nicht normal für ein Kitty-Kätzchen, das praktisch frisch aus dem Tank kommt!«

»Da ist nichts normal«, nickte der grimmig, »das nicht und auch nicht dieses irre beschleunigte Wachstum. Sieh doch nur, man kann dem Biest beim Wachsen ja direkt zusehen!«

»*CryptoChromBrix*«, raunte Alka düster.

»Sagte ichs doch. Irgendwas Kryptisches packen sie todsicher mit dazu. Man kriegt immer mehr als man eigentlich haben wollte.«

»Wie könnten die das wohl hinbekommen haben?«, rätselte der Halbe Zwilling.

»Manipulation der Hypophyse, nein eher des Hypothalamus, für das bescheunigte Wachstum, vielleicht. Aber wie kriegen sie es hin, dass die Mieze von Dingen redet, die sie nie erlebt oder erfahren haben kann?«

»Keine Ahnung«, gab Alka zu. »Die Typen bei CCB mögen ja Freaks sein, aber sie sind auch echte Cracks. Die Cat redet wie ein intelligenter Erwachsener, nicht wie ein junges Kätzchen, das noch nie in der Welt draußen war. Hör nur, wie sie grade ihren Schöpfer in Grund und Boden argumentiert!«

»... ergo lautet die Schlussfolgerung: Du bestrafst dein Geschöpf für dein eigenes Versagen. Das ist absolut unethisch und eines höheren Wesens nicht würdig. Ihr Menschen betrachtet euch doch als solche, nicht wahr, ihr haltet euch für die Krone der Schöpfung! Was hast du zu deiner Rechtfertigung zu sagen?«, hielt sie einem kleinlaut gewordenen Bob Bouray anklagend entgegen.

Mittlerweile hatte sie Körpergröße und -fülle eines ausgewachsenen kastrierten Katers erreicht.

»Tja, ich weiß nicht, Bob«, meinte der Halbe Zwilling gedehnt, »ich will ja nicht deine Unterhaltung stören, aber falls du die Cat noch immer entsorgen willst, dann würde ich das an deiner Stelle bald tun, bevor sie so groß geworden ist, dass sie den Spieß umdreht.«

»Sagenhaft!«, erschrak Bob, »die ist ja unglaublich gewachsen! Very sizzling! Habe ich über der ganzen Diskutiererei gar nicht bemerkt. Für den Schredder ist sie ja nun wohl schon zu groß. Das gäb ja ne Riesensauerei.«

»Und du würdest es auch gar nicht mehr schaffen, mich da reinzustecken«, grollte die Katze grimmig, die nun schon wahre Rattenköpfe an den Pfoten trug, die mit flinken, schwarzen Knopfaugen in die Welt blickten.

»Irgendetwas sollten wir aber tun«, drängte Alka beunruhigt. »Wir wissen ja nicht, wie lange das Tier noch so weiterwächst.«

»In der Doku des *Grab-bag-Bricks* stand nichts von verändertem

tem Wachstum«, beklagte Bob sich betrübt.

»*Grab-bag-Brick*?«, wiederholte Alka Selznick ungläubig. »Allein schon dieser Name hätte dich misstrauisch machen müssen.«

»Wieso denn? Die Biobricks von CCB haben alle solche Namen: *Steinfranken, Ghoul, Gomorrha, Manson, Mengele* - all sowas. Ist so ein Tick von denen, und ich finds cool.«

»Junge, das sind keine hippen Klamotten, das ist vollbrisantes Zeug, das eine Riesenkatastrophe auslösen könnte, die Apokalypse für uns alle, verstehst du?«, ereiferte sich der Halbe Zwilling, völlig am Ende.

»Oh ja«, nickte Bob, ›*Apokalypse*‹, so heißt auch einer. Die Namen haben nichts mit dem zu tun, was die Bricks machen. Apokalypse zum Beispiel verdoppelt nur das Y-Chromosom. Es powert ein wenig die Männlichkeit, you know?«

»Schlimm genug«, konstatierte Alka trocken. »Das geht doch schon in die Richtung, die der Name nahelegt! Und es macht bestimmt noch einige andere fiese Sachen, die sie nicht dokumentieren. Scheiße, Bob, du bist soo naiv! Sowas wie dich brauchen diese Bio-Anarchos. Die Welt stirbt durch Dummheit, soviel steht fest.«

»Entschuldigt«, meldete sich die Katze, leicht beleidigt, wieder zu Wort, »wäre es eventuell möglich, dass ihr eure geschätzte Aufmerksamkeit wieder *mir* zuwendet? Ich hätte da noch einige Fragen, die mir unter den Mäusezähnen brennen.«

»Hört euch das an!«, begeisterte sich Bob, »diese geschliffene Redeweise! Diese Katze könnte glatt einen Rhetorikkurs für Fortgeschrittene leiten! Was sie sagt, ist einfach umwerfend! Kreativ, intelligent und witzig! Ich glaube, die Peace-Cat ist mein Meisterstück. Very very sizzling!«

»Eben wolltest du sie noch superschnell in unserem Karussell herumfahren lassen«, erinnerte ihn Alka. »Aber da war sie ja auch noch kleiner und leichter zu entsorgen.«

»Ein sehr schönes Stichwort«, bedankte sich die Katze. »Auf dieses Problem bezog sich nämlich eine meiner neugierigen Fragen: Entspricht es eurer Ethik, das Töten anderer

Organismen von deren Größe abhängig zu machen? Also je kleiner ein Lebewesen ist, desto unwichtiger ist es und desto weniger muss man sich rechtfertigen, wenn man es ›entsorgt‹?«

Die drei Biohacker machten betretene Gesichter.

»Nun ja«, meinte der Halbe Zwilling, »da ist schon was dran. Über alles, was man mit einer Zeitung erschlagen kann, machen wir uns wirklich kaum Gedanken.«

»Das kannst du so nicht sagen«, wandte Bob ein. »Was ist zum Beispiel mit einer Biene? Wir machen uns viele Gedanken über Bienen. Wir kümmern uns um sie. Und wir würden keine mutwillig erschlagen!«

»Aber nur, weil sie für uns nützlich sind«, entgegnete Alka. »Und wenn wir eine aus Versehen zertreten, geht uns das nicht besonders unter die Haut. Es sei denn, wir sind barfuß.«

»Für Forschung zu unserem Vorteil würden wir sie sogar ohne Skrupel massenhaft töten. Oder um Bienengiftsalbe aus ihnen herauszupressen«, ergänzte der Halbe Zwilling. » Machen wir uns da mal nicht besser, als wir sind: Wir töten alles, wenn es uns nützt.«

»Manchmal auch nur zum Spaß«, überlegte Alka. »Und auch Tiere, die groß sind. Größer als wir. Elefanten zum Beispiel. Nashörner. Löwen. So gut wie alles.«

»Elefanten sind was anderes. Nashörner auch. Die werden wegen des Profits gejagt, nicht zum Spaß.«

»Doch, manchmal auch nur zum Spaß und wegen der Trophäen, die man sich an die Wand hängen kann.«

»Herrje!«, rief die Katze, »könnt ihr euch nicht ein wenig mehr konzentrieren? Jede Diskussion mit euch landet nach drei Sätzen im Chaos. Was ist nur los mit euch?«

»Eben«, sagte Bob mit Nachdruck. »Was soll die Peace-Cat nur von uns denken?«

»Schleimer!«, riefen die beiden anderen wie aus einem Mund.

»Denk lieber nach, wie es jetzt weitergehen soll mit deinem aus dem Ruder gelaufenen Hack!«, forderte Alka. »Sieh dir nur diesen Kawenzmann an! Sollen wir hier dumm herumstehen und warten, dass die Mieze groß wird wie ein Tiger, und uns genüsslich zum Frühstück verspeist?«

»Was schlägst du vor?«, fragte Bob ratlos, der die Gefahr, Alkas Befürchtung könnte wahr werden, nicht ganz von der Hand weisen mochte, angesichts der aktuellen Größe, die die Mäuse-, nein Rattenpuschen-Riesenkatze inzwischen erreicht hatte.

»Na was wohl? Dämliche Frage! Nimm endlich den C - O - L - T und benutze ihn«, empfahl die Befragte in der Hoffnung, dass die Katze sie nicht verstehen würde, wenn sie die Buchstaben einzeln aufsagte.

»Wie? Ach so, du meinst, ich soll sie mit dem Revolver abknallen!«, sagte Bob und Alka schlug sich mit der flachen Hand vor die Stirn.

»Für wie dumm haltet ihr mich?«, rief die Katze entrüstet. »Mir ist sehr wohl bekannt, was ein Colt ist und ich muss dich warnen, Bob, mein Schöpfer! Falls du wirklich versuchen solltest, mich mit einer Handfeuerwaffe zu bedrohen, sähe ich mich leider gezwungen, von meinem Recht auf Notwehr Gebrauch zu machen.«

»Dergleichen würde ich niemals tun!«, beteuerte Bob, der auf der einen Seite von seinem Geschöpf und dessen zunehmender Beredsamkeit ungemein angetan war, es andererseits aber auch immer mehr fürchtete, je größer und stärker es wurde.

»Allerdings bin ich mir nicht so ganz sicher, was die Rechte Erschaffener ihrem Schöpfer gegenüber angeht, you know? Unsere Religionen sind sich da alle recht einig, dass die Geschöpfe ihr Schicksal demütig anzunehmen haben, ohne groß herumzumäkeln und kritische Fragen zu stellen.«

»Vielleicht hast du da ja nicht eine Peace-Cat zusammengeschustert, sondern eine Prometheus-Muschi«, spottete der Halbe Zwilling, »ein Nietzsche-Kätzchen, you know?«

»Pardon«, knurrte die Katze verächtlich, »aber mit einem Gott ist dieses aus der Form geratene Subjekt mit seinen lächerlichen Sprach-Manierismen nun wirklich nicht zu verwechseln. Besonders nicht für jemanden, der schöpfungstechnisch so dilettantisch realisiert wurde wie ich. Einer anderen Implikation dieser Bemerkung stimme ich allerdings zu: Ich habe definitiv die Absicht, meine ungewöhnlichen physischen und intellektuellen Kapazitäten notfalls gegen euch einzusetzen.«

»Das klingt jetzt nicht grade danach, dass sie den ihr angetragenen Job als neues Friedens-Sybol-Tier annehmen möchte«, stellte der lange Bio-Hacker mit dem absurden Spitznamen fest und näherte sich dem Schalter für das Garagen-Rolltor.

»Weg da vom Schalter!«, fauchte die Katze, die inzwischen Luchsgröße erreicht hatte, drohend. »Ich kann jetzt leider keinen von euch mehr nach draußen lassen. Er würde doch nur Ränke schmieden gegen mich und mir arglistig nach dem Leben trachten! Ihr versteht gewisslich, dass mir dem Einhalt zu gebieten angeraten deucht!«

»Das ist ja nicht auszuhalten!«, stöhnte Alka. »Diese Spaßvögel bei *CCB* haben in ihren Sprachbaustein wohl das Wörterbuch der Gebrüder Grimm eingearbeitet. Jetzt quatscht die Mieze wie der Gestiefelte Kater.«

»Wenn sie mal nur Stiefel tragen würde«, erwiderte der Halbe Zwilling, »das wäre allemal besser als diese fiesen Ratten-puschen.«

Wie aufs Stichwort zuckte der Kopf der Katze wieder einmal in Richtung ihrer Vorderpfoten, um nach einer von ihnen zu schnappen und einen kräftigen Biss anzusetzen.

Aber diesmal kam es anders.

»Alles hört auf mein Kommando!«, quietschte die rechte Vorderpfote alias der rechte vordere Riesenmauskopf, »jetzt ist das Maß voll! Wir machen die Mieze rund! Auf sie mit Gebrüll!« und sofort kam Bewegung in die überraschte Katze, ihre Pfoten tanzten mit ihr einen rasenden, irrsinnigen Tanz, bei dem Wellen wilder, zuckender, ziellos scheinender Bewegungen den so maßlos schnell so beängstigend groß gewordenen Körper überrannten.

»He, was soll das!«, kommentierte sie noch, völlig überrascht, mit ungewohnt dürren Worten die Eigenwilligkeit ihrer vier zu lächerlichen Karikaturen mutierten Pfoten, die sich so klammheimlich zu einer gemeinsam durchgeführten, koordinierten Attacke gegen sie verschworen hatten.

Dann stürzte sie mit einem gewichtigen, dumpf tönenden Aufprall auf den billigen Labortisch mit den vielen Flecken unterschiedlichster Form und Herkunft auf dem hellen Resopal, nur noch ein einziges maunzendes, strampelndes Bündel Fell im Kampf um die Befehlshoheit über die Bewegungen.

Der Halbe Zwilling, dem Schalter für das Tor immer noch am nächsten, nutzte, obschon selbst verblüfft, die Gelegenheit und drückte auf den Knopf, der mit lautem, für seinen Geschmack viel *zu* lautem Brummen die stumpf-silbergrau oxidierten Alu-Lamellen nach oben fahren ließ.

Er und Alka warteten gar nicht erst ab, bis die höher werdende Öffnung so groß war, dass sie gebückt darunter durchgehen konnten, sondern warfen sich zu Boden und rollten unter der Kante nach draußen.

Bob zögerte zuerst, ihnen zu folgen, aber Alka rief ihm von draußen zu: »Worauf wartest du? Willst du einer dieser verrückten Wissenschaftler werden, die von ihren eigenen missglückten Kreaturen gemeuchelt werden? Komm schon, bevor die Cat den Pfotenaufstand niedergeschlagen hat!«

Das half. In den überforderten Schöpfer kam Bewegung, mehr Bewegung, als man ihm angesichts seiner Leibesfülle zugetraut hätte, und er trippelte eilig um den Tisch mit der Katze herum, duckte sich unter dem Tor hindurch und stolperte nach draussen, wo er auf den dicken Hintern plumpste und sich unfreiwillig neben Alka und den Halben Zwilling setzte, die immer noch am Boden lagen und aufgeregt schnauften.

Aus der Brusttasche seines fleckigen Laborkittels, Grundfarbe Weiß, fingerte er linkisch und überhastet eine kleine Fernbedienung heraus, richtete sie auf das nun fast vollständig geöffnete Tor und funkte ihm den Umkehrbefehl.

Keinen Moment zu früh, denn kaum hatte sich das marode Tor mit quälender Behäbigkeit wieder geschlossen, da hatte die Cat drinnen in der Garage offenbar über ihre rebellischen Gliedmaßen obsiegt, denn man hörte sie mit großer Wucht gegen das Blech springen, dass es scheppterte und dröhnte und die Lamellen in ihren Führungsschienen zitternd hin und her rappelten.

Seltsamerweise schrie oder schimpfte sie nicht, ganz so, als ob ihr dieses Muster fehlte, innerer Anspannung ein Ventil zu geben. Nur die kräftigen, dröhnenden Schläge, hohl nachhallend, waren noch minutenlang zu hören. Dann schien die Katze müde geworden zu sein, vielleicht hatte sie auch die Nutzlosigkeit ihres Tuns eingesehen und die Geräusche aus dem Inneren des ehemaligen Abstellraums für private Kraftfahrzeuge verstummten.

Die drei saßen eine Weile auf dem bemoosten Betongusspflaster der Einfahrt und rangen nach Luft und um Fassung.
»Schön und gut«, schniefte Bob nach einer Weile, »that was really, really sizzling! Ein echt heißer Scheiß! Aber was passiert denn nun jetzt?«
»Na, was wird schon passieren?«, überlegte Alka. »Das Tier wird Hunger kriegen und sich dann nach und nach die Pfoten abnagen, bis es langsam verblutet oder schlußendlich verhungert. Traurige Sache. Fühlst du dich nicht verantwortlich für das Schicksal deines Geschöpfs, Bob?«
Bob schüttelte den Kopf.
»Es hat einen eigenen, freien Willen, wie es hinlänglich bewiesen hat. Und es hat sich gegen mich entschieden! Also ist es ganz allein selbst schuld an dem, was nun mit ihm geschieht. Außerdem wird es zuallererst wohl verdursten, you know?«
»Recht so, Bob!«, feixte der Halbe Zwilling, »gesprochen wie ein echter Schöpfer. Grausam und ohne Bereitschaft zur Verantwortung, wenn das freche Geschöpf von seinem freien Willen auch Gebrauch macht und nicht nur so handelt, wie es von ihm erwartet wird.«
»Was würdest du denn tun?«, fragte Bob beleidigt. »Mit der Cat über die Jahrmärkte tingeln? Vergiss nicht, dass alles streng verboten ist, was wir da zusammenkochen.«
Eine Weile schwiegen sie und jeder hing seinen eigenen Gedanken nach.
»Fest steht jedenfalls, dass wir wohl eine Weile nicht an unseren Arbeitsplatz zurück können«, sagte Alka schließlich.

»Was machen wir nun so lange?«

Der Halbe Zwilling zuckte die Schultern. »Genau dasselbe, was wir damals getan haben, als sie uns die Computer beschlagnahmt haben: Endlich mal richtig ausspannen!«

Sie lachten, erleichtert und ein wenig zu laut.

Bob allerdings war verwirrt und lag wieder einmal über Kreuz mit seinem Gehirn, fand er es doch viel leichter, Geschöpf zu sein als Schöpfer, und hätte doch um nichts auf der Welt den Platz getauscht mit der Kreatur, die er geschaffen hatte.

Die bessere Hälfte

»Ich bin Nomade«, erklärte Toya ruhig und gelassen dem Bewaffneten, den seine bedruckte Lederweste als ein Mitglied der Dregs auswies. »Tut mir leid, aber ich habe rein gar nichts, das du wollen könntest.«

»Spiel hier nicht den Helden. Irgendwas Brauchbares hat jeder«, hielt der Dreg dagegen und richtete den Lauf seiner Pistole auf Toyas Bein. »Muss ich dir erst die Kniescheiben schreddern?«

»Wär schade um die Munition. Noch einmal für Langsame: mir gehört nichts, das ich dir geben würde. Ich meine Geld oder so nen Scheiß. Du könntest mir nur das Leben nehmen, aber nein, das könntest du auch nicht, genauer betrachtet.«

»Du willst es wohl gern auf die harte Tour, wie?«, drohte der Räuber und Toya konnte in den Augen des anderen sehen, dass er abdrücken würde.

Mit einer schnellen Bewegung nahm er ihm die Waffe aus der Hand und zielte damit auf den Kopf des Überrumpelten.

»Ich sagte dir doch, ich bin Nomade.« Er sprach, ohne dass sich seine Atmung hörbar beschleunigt hätte. »Besitz ist nur Ballast. Noch nie gehört?«

Der entwaffnete Räuber grinste. Wer redete, schoss nicht.

»Ich würde aber eher sagen: Besitz macht frei. Frei von Sorgen. Armut ist was für Mönche und Opfer wie dich.«

Toya nickte wissend. »Einen hab ich auch noch,« dozierte er, »wer immer nur Gold im Kopf hat, sollte sich vorsehen, dass nicht unverhofft Blei dazukommt«, und er schoss dem Dreg genau zwischen die Augen.

Eine Spatzen-Gang, nur kurz durch den Knall vertrieben, balgte sich zeternd um den besten Platz an der roten Lache auf dem Pflaster, in der neben kantigen Knochensplittern auch nahrhafte Gehirnbrocken trieben, nach denen sie pickten.

»Leider eine Lehre, die dich nicht mehr schlauer machen wird«, bedauerte Toya sein didaktisches Versagen.

Es war ehrliches Bedauern, denn die Dregs waren für ihn im Durchschnitt keine so hirnlosen Angeber wie dieser eben, oder die Typen in den anderen Gangs, die sich prahlerische und für seinen Geschmack reichlich pubertäre Namen gaben.

Nein, meistens wussten sie recht genau, wer sie waren und woher sie kamen. Nur wollten sie das Falsche, da waren sie genau wie der ganze Rest auch. Immer nur Geld, Knete, Kohle, Asche - vermutlich hatten sie tausend Namen für das, was sie sich als Ziel ihrer Irrwege erträumten.

Er seufzte und schleuderte die Waffe ins Dreckwasser des Flusses, der sich in einiger Entfernung träge in einer mit bemoosten Steinen eingefassten Rinne wälzte. Ein lässiger Wurf, ohne erkennbare Anstrengung ausgeführt, und doch an die hundert Meter weit.

»Hey, das war cool«, meinte eine Stimme bewundernd. »Aber musstest du den Kerl gleich umlegen? Der wäre doch schneller verduftet als billiges Eau de Cologne.«

»Um mir dann später wieder aufzulauern. Mit drei seiner Kollegen. Erzähl mir nichts. Ich weiß, wie man hier überlebt.«

Toya musterte den hageren Weißbärtigen, der in einer bodenlangen Kutte steckte, die alle Farben der Welt in einem einzigen schmutzigen Braunton vereinte.

»Und du, wer bist du eigentlich?«, wollte er wissen.

»Ich bin Bruder Python. Aber alle sagen nur Py.«

»Kannst du damit umgehen, Py, dass der hier ausgecheckt hat, oder muss ich dich hinterherschicken?« Er zeigte auf die Leiche am Boden. »Macht mir keine großen Umstände.«

»Das glaub ich dir gern«, nickte der Alte. »Ich habe schon solche wie dich gesehen. Zweifellos könntest du mich mit nur einer einzigen bloßen Hand töten, und ein lumpiges Menschenleben scheint dir ja nicht viel zu bedeuten.«

»Warum auch? Menschen sind ohne Wert. Austauschbar, leicht zu ersetzen und billig, es gibt ja ohnehin viel zu viele davon.«

»Ein klarer Standpunkt«, stellte Py fest. »Erstaunlich klar für einen wie dich. Weißt du denn immer genau, wer da grade aus dir spricht?«

Toya hatte schon eine scharfe Entgegnung auf der Zunge, hielt sich aber dann zurück und dachte nach. »Nicht immer«, gab er schließlich zu. »Aber ist das wichtig?«

Py zuckte die Schultern. »Solange du kein Problem damit hast, bestimmt eben der Stärkere, was wichtig ist.«

❦

Die Frage des alten Py beschäftigte Toya in den darauffolgenden Tagen mehr, als er sich eingestehen mochte. Denn gewöhnlich war er nicht so schnell damit bei der Hand, Menschen das Licht auszublasen. Das ging viel zu einfach und war weder eine Herausforderung, noch bot es viel Befriedigung. Er war danach immer etwas zerknirscht und schuldbewusst, so als hätte er ein lästiges, aber streng geschütztes Insekt erschlagen. Man vermied es lieber so lange, bis es wirklich nicht mehr anders ging.

Warum also hatte er so plötzlich das Maß verloren und sich von Verachtung und Hass leiten lassen? Klug war es mit Sicherheit nicht gewesen, was er getan hatte, ganz im Gegensatz zu der selbstbewußten Behauptung, mit der er Py abgespeist hatte.

Powers, der Chief der Dregs, reagierte ziemlich gereizt, wenn man einen seiner Männer umlegte. Sollte er herausfinden, wer es getan hatte, würden bald jede Menge Dregs an seinen Fersen kleben wie Scheiße am Schuh.

Sie erwischten ihn, als er gerade sein Mittagessen, einen armlangen Aal, aus dem Fluss ziehen wollte, nicht weit entfernt von der Stelle, an der er vor zwei Tagen die Pistole versenkt hatte. Während er damit beschäftigt war, den glatten Fisch zu fassen, kamen zwei von Powers besten Leuten, als harmlose Angler getarnt, nahe an ihn heran, scheinbar um sein Glück und sein Geschick zu bewundern. Einer der beiden streckte ihn mit einem gepimpten elektrischen Viehtreiberstock nieder, den er in seiner Rutentasche versteckt hatte, der andere rammte ihm eine Nadel in den Hals und injizierte ihm eine spezielle Mischung, mit der sonst vorzugsweise Löwen und Nashörner schlafen gelegt wurden.

Er kam wieder zu sich, auf nacktem Betonboden sitzend und an eine gusseiserne Säule gelehnt, hinter der seine Hände von etwas Metallenem zusammengehalten wurden, das schmerzhaft ins Fleisch schnitt, wenn er daran zog.

Ein Scheinwerfer leuchtete direkt in sein Gesicht.

Trotzdem konnte er noch den Boxring in der Mitte des Raumes erkennen, der ihm verriet, dass er vermutlich im ›Uppercut‹ war, einem Boxclub, der als Hauptquartier der Dregs galt. An einem wuchtigen, roh gezimmerten Holztisch zwischen ihm und dem Ring saß Py auf einem Stuhl, die Hände wie er hinter dem Rücken gefesselt, dazu aber noch die Fußknöchel mit silbrigem Gaffertape an die hinteren Stuhlbeine fixiert.

Vor ihm auf dem Tisch stand eine Plastikschüssel, aus der Dampf aufstieg, den der Alte, weit vorgebeugt, wie es die Art seiner Fesselung erzwang, mit tiefen Zügen einatmete. Was er da inhalierte, konnte Toya nur vermuten.

Der bullige Dreg mit dem wachen, misstrauischen Blick und der vorgereckten, kantigen Superman-Kinnlade im Comicstil, unzweifelhaft Chief Powers selbst, ließ ihn nicht lange darüber im Unklaren.

»Unser Doc hat dem alten Python einen Aufguss gemacht, um seine Zunge ein wenig zu lockern«, erläuterte er die Szene. »Hättest ihn gleich auch noch stummschalten sollen, aber da war dein Zorn wohl schon verraucht. Nur blöd für dich, dass Winston hier in der Nähe war und den Schuss gehört hat. Er geht ihm also nach und begegnet unserem Kuttenmann da, und, stell dir vor, nicht weit weg davon findet er Julio, der sein kümmerliches Gehirn auf der Straße verteilt hat. Da haben wir den guten Py natürlich eingeladen, mal hier vorbeizuschauen. Ist doch immer gut, wenn wir Leute von der Straße miteinander im Gespräch bleiben.«

Er machte eine kurze, spannungssteigernde Pause, dann fuhr er mit seiner Ansprache fort: »Einen Mann zu töten ist eine ernste Sache. Aber einen *meiner* Männer zu töten, ist mehr als das. Es ist ein Fehler. Ein Riesenfehler.«

Toya reagierte nicht. Der Spruch kam ihm recht abgedroschen vor. Powers fixierte ihn, wie eine Spinne eine Fliege fixiert, die sie vorhat zu umgarnen.

»Dir ist ja sicher klar, dass wir dich von Rechts wegen umlegen müssten«, erklärte er. »Aber dein Freund Py hier, ein wahrer Philosoph, hat uns davon überzeugt, dass du etwas Besonderes bist. Etwas Wertvolles, das man nicht einfach zerstört, sondern besser für sich nutzt. Also hör gut zu: Mir fehlt jetzt ein Mann. Ein Mann, der auf dein Konto geht. Du schuldest mir also einen Mann und wirst ihn mir ersetzen, indem du seinen Platz einnimmst und für mich arbeitest.«

Er sah Toya gespannt an. »Was sagst du zu meinem Vorschlag?«

Am Tisch meldete sich Py zu Wort, bei dem sich die Nebel etwas gelichtet hatten. »Gute Idee im Prinzip, Powers«, lallte er, »aber der Junge ist viel mehr wert als Julio. Ich fände es gerecht, wenn er nur eine Zeit lang für dich arbeiten würde. Oder ein paar Aufträge für dich erledigt und damit basta, dann gehört er wieder sich selber. Ja, so fände ich das gerecht.«

Powers, zwar geldgierig und brutal, aber auch mit so etwas wie einem Sinn für Gerechtigkeit ausgestattet, kratzte sich am kantigen Kinn. Man konnte ihn förmlich nachdenken sehen.

»Da ist was dran«, gab er widerwillig zu.

Ungeduldig trat er Toya gegen die Stiefelsohle.

»Nun sag du doch auch mal was! Willst du lieber gleich umgelegt werden oder ein paar Dinge für mich erledigen? Kann doch nicht so schwer sein, sich da zu entscheiden.«

Die Entscheidung fiel wirklich nicht schwer.

Augenblicklich umgelegt werden war natürlich nur eine Scheinalternative, aber auch die Möglichkeit, dem Deal jetzt zuzustimmen, um sich dann später aus dem Staub zu machen, hatte entscheidende Schwächen. Er wusste, wie es war, wenn man Tag und Nacht gejagt wurde und war nicht scharf darauf, die Leute von Powers ständig im Genick sitzen zu haben, solange er sich in dieser Stadt aufhielt.

Im Kampf war er zwar jedem einzelnen Dreg haushoch überlegen, aber dass sie ihn erwischen konnten, wenn sie es schlau genug anstellten, hatten sie ja schon bewiesen. Nein, dann schon lieber für den Chief ›ein paar Dinge erledigen‹ und dann wieder seine Ruhe haben und ruhig schlafen können.

Also hatte er zugestimmt und sie hatten ihn von der eisernen Säule losgemacht, mit äußerster Vorsicht und mit mehr Waffen im Anschlag, als die meisten von ihnen zählen konnten.

Dann erklärte ihm Powers die Sache mit Leonow.

Juri Leonow war ein einfaches Mitglied bei den Dregs gewesen, allerdings mit Drang zum Höheren und Schwierigkeiten sich einzufügen oder gar unterzuordnen. Powers ließ ihn Schutzgelder eintreiben, denn er konnte gut austeilen, aber auch eine Menge einstecken. Ein zäher Bursche, effektiv und bei seiner Kundschaft gefürchtet, ein recht nützliches Mitglied also, solange er einigermaßen rund lief.

Genau das aber hatte sich als Problem erwiesen.

Eines Tages, er hatte da wieder einige Bars und Restaurants in Powers Revier abkassiert, erschien Leonow am Abend nicht im Uppercut, um die Kohle abzuliefern. Er tauchte unter und fast drei Monate lang fand sich keine Spur mehr von ihm in der Stadt, obwohl jeder Dreg nichts anderes mehr tat, als nach ihm zu suchen. Dann war er plötzlich wieder da. Nur war er nicht mehr derselbe, denn er hatte sich optimieren lassen, bei den Japanern, die in diesen Dingen einsame Spitze waren. Die unterschlagenen Einnahmen hatte er dazu benutzt, sich eine extrem harte Metalloidhaut verpassen zu lassen, ein Feature, das ganz neu war auf dem Markt und nicht ohne bedenkliche Nebenwirkungen, denn wenn einer damit krank wurde, Injektionen brauchte oder gar operiert werden musste: No way.

Doch Leonow hatte es riskiert und ging nun wieder abkassieren, allerdings auf eigene Rechnung. Seine neue, blauschimmernde Haut schützte ihn vor den Messern und Kugeln, mit denen ihn seine alten Kumpel begrüßten und so war er für den Chief zu einem richtig dicken, fetten Problem geworden.

Das Toya nun für ihn lösen sollte, als erstes von dreien.

Denn darauf hatte man sich geeinigt, mit Py als Vermittler, der sich teils reumütig verlegen, teils stolz, im übrigen aber unsanft ernüchtert zeigte.

»Bring mir seinen Kopf!«, hatte Powers dem Neuen gesagt, ohne weiter darüber nachzudenken, wie schwierig genau das nun werden konnte. Nicht etwa, weil Leonow schwer zu fassen gewesen wäre, das nicht, im Gegenteil, er spazierte munter herum, ganz im Vertrauen auf seine Makarov und seine blaue Panzerhaut, die ihn vor jedem Angriff schützen würde.

Er kreuzte sogar zu denselben Terminen bei seiner Kundschaft auf wie früher, als er noch für den Chief gearbeitet hatte. Nein, schwierig würde es erst werden, wenn es daran ging, den Dissidenten von seinem Kopf zu trennen. Das würde Spezialwerkzeug erfordern, oder spezielles Know-how.

Von einem der Dregs borgte Toya sich einen Baseballschläger aus Hartholz, Hickory vielleicht oder Olive, jedenfalls solide und widerstandsfähig. Punkt 18 Uhr erwartete er Leonow vor dem ›Nemesis‹, einer zwielichtigen, aber umsatzstarken Bar am Dillinger-Park, die bei ihm heute im Terminkalender stehen musste. Der selbständige Kassierer wusste sofort, was los war, als er Toya, lässig auf das Schlagholz gestützt, am Eingang warten sah und zog sofort seine Pistole.

Aber schneller fast als das Auge es wahrnehmen konnte, war Toya bei ihm und schlug ihm die Waffe aus der Hand, die in hohem Bogen davonflog. Dann streckte er den Blauhäutigen mit einigen wuchtigen Hieben auf Kopf und Genick nieder, sodass er benommen aufs harte Granitpflaster stürzte, sich dort wälzte und brüllte wie ein verwundeter Löwe.

Toya umklammerte ihn und zog ihm eine Plastiktüte über den Kopf, eines der wenigen Dinge, die er aus praktischen Gründen stets bei sich trug. Leonow schlug um sich und rang nach Luft, aber sein schrecklich starker Gegner hielt ihm die Arme fest und drehte die Tüte an seinem Hals zusammen, bis sie diesen fest umschloss. Nach einigen Minuten war alles vorbei und der Körper des Blauen erschlaffte.

Die Gaffer auf der Straße und an den Fenstern setzten fort, was sie unterbrochen hatten, um nur ja nichts zu verpassen. Keiner verschwendete einen Gedanken daran, die Polizei zu rufen, denn Toya trug nun eine Dreg-Weste, ebenso wie Leonow, nur dass der die Schrift um ein großes ›Ex‹ ergänzt hatte. Ein Streit unter Gang-Membern also, da mischte man sich am besten nicht ein, und wenn einer von denen dabei abkratzte, war das kein großer Schaden.

Toyas Atem ging ruhig und sein Puls hatte sich kaum beschleunigt. Für ihn normal, aber dass es ihn derart kalt ließ, einen Menschen getötet zu haben, erstaunte ihn aufs Neue. Gut, Leonow war ein skrupelloser Drecksskerl gewesen, der, hätte er die Chance gehabt, umgekehrt auch ihn erledigt hätte, ohne mit der Wimper zu zucken.

Aber seit wann war er, Byron Idris Tatoya, denn wieder ein abgebrühter, eiskalter Killer? Irgendetwas stimmte da nicht.

Er durchsuchte Leonows Taschen und fand eine Unmenge zusammengerollte Geldscheinbündel, grob geschätzt die dreifache Summe dessen, was der Chief bei seinem ehemaligen Kassierer vermutet hatte. Er steckte alles ein und holte aus der Innentasche seiner Jacke zwei kräftige, metallene Handgriffe hervor, ähnlich geformt wie die eines Expanders. Dass sie miteinander verbunden waren, konnte man nicht direkt sehen, sondern nur aus der Tatsache schließen, dass der zweite Griff in der Luft baumelte, wenn der erste mit ausgestrecktem Arm in die Höhe gehalten wurde.

Der Sieger schlang den ultrafeinen Draht um Leonows Hals, überkreuzte die Griffe und zog sie mit einem mächtigen Ruck auseinander. Vermutlich weil das Herz des Erstickten schon nicht mehr schlug, blutete es viel weniger heftig als erwartet. Toya fasste die Plastiktüte mit der abgetrennten, blauschim-

mernden Trophäe darin an den Henkeln und nahm Baseballschläger und Drahtschlinge wieder an sich, die ja beide nur
ausgeborgt waren.

Den verwaisten Körper ließ er auf der Straße zurück, wo ihn
bald lustvoll entsetzte Passanten aufgeregt umringten, um ihn
mit ihren Handys zu filmen.

☙

»Hey, was soll das, du durchgeknallter Freak!«, brüllte Chief
Powers erschrocken, als ihm der Neuzugang, der den verblichenen Julio ersetzte, Leonows blutigen Kopf vor die Füße warf.

»Du sagtest, bring mir seinen Kopf«, erinnerte ihn Toya.

»Aber das war doch nur so eine Redensart«, polterte Powers,
der zwar überrascht war, aber bereits erkannte, dass dieses
grausige Exempel seine Stellung im Viertel ungemein festigen
würde. »Ging er schwer ab? Wie hast du ihn denn überhaupt
abbekommen?«

Toya zog die Schlinge aus der Tasche.

»Spezialwerkzeug. Mikrofeiner Draht aus Wolframkarbid und
was weiß ich noch. Superhart und trotzdem elastisch. Haben
die Chinesen auf ihrer Orbitalstation entwickelt. Ein Produkt
der Weltraumforschung.«

»Und wie kommst du an so was?«

Toya zuckte mit den Schultern. »Man muss eben die richtigen
Leute kennen.«

Er lieferte alles Geld ab, das in Leonows Taschen gewesen war,
obwohl er eine Zeit lang ernsthaft mit dem Gedanken gespielt
hatte, den unerwarteten Teil gänzlich un-nomadisch für sich
selbst einzubehalten.

Ein weiteres, beunruhigendes Indiz dafür, dass womöglich die
fein austarierte Integration seiner Komponenten allmählich aus
dem Gleichgewicht geriet und eine davon nun versuchte, seine
Persönlichkeit vollständig unter ihre Kontrolle zu bringen.

Aber welche war das?

Dann erzählte ihm Powers von der legendären Dauerparty im ›Stabledance‹. Das war eine Disco im 32. Bezirk und gehörte August ›Augie‹ Marzec, einer schillernden, im Milieu bekannten Figur mit, wie es hieß, guten Kontakten zur Unterwelt, aber genau genommen war er selber ein Teil von ihr. Außer der Disco betrieb er auch Bordelle, promotete Boxkämpfe und organisierte erfolgreiche Sado-Maso-Events wie ›Nine-tails cat‹, wo abgehalfterte Promis sich gegenseitig mit Peitschen, Paddeln und Rohrstöcken traktieren durften, wenn sie simple Quizfragen nicht beantworten konnten.

Dieser Augie nun schuldete Powers ein stattliches Sümmchen, denn der Chief war stiller Teilhaber bei einigen seiner Etablissements und Augie neigte dazu, ständig mehr auszugeben als er einnahm. Energische Zahlungsaufforderungen hatten ihn aber schließlich dazu gebracht, Powers zur Kompensation seiner Verbindlichkeiten das komplette Stabledance zu überlassen, allerdings erst nach einer letzten Fête, die dort stattfinden sollte. Unmittelbar nach dem Ende des Events sollte das Lokal dann an den Chief gehen.

Soweit der Vertrag.

Die Party dauerte allerdings mittlerweile schon dreißig Monate und ein Ende war nicht in Sicht. Juristisch war nichts zu machen, da war Augie im Recht. Nirgendwo war im Vertrag festgeschrieben worden, wie lange die letzte Fête laufen durfte.

Um die Angelegenheit informell zu regeln, hatte der ungeduldige Gläubiger nach einiger Zeit seine Leute geschickt, aber zwei besonders schlagkräftige Türsteher, die Augie aus seinem Boxer-Fundus rekrutiert hatte, schickten sie alle miteinander übel zugerichtet wieder nach Hause.

»Mach diesem Treiben ein Ende!«, verlangte Chief Powers und erteilte Toya damit seinen zweiten Auftrag. »Tu alles, was dazu nötig ist. Der Saustall muss radikal aufgeräumt und gesäubert werden, damit er bald wieder eröffnet werden kann. Unter neuer Führung, versteht sich.«

Der Zeitarbeiter lehnte das Angebot des Chief, ihm Verstärkung mitzugeben, wegen der beiden Boxer, freundlich aber bestimmt ab und auch besondere Hilfsmittel schienen ihm dieses Mal nicht erforderlich zu sein.

Der 32. Bezirk war noch mehr verlottert als der einunddreißigste, aber etwas weniger als der dreiundreißigste. Das ging so von innen nach außen in diesem Teil der Stadt: Je weiter man weg war vom Kern, desto vernachlässigter und mieser wurde alles, bis hin zu den vergessenen, langsam verfallenden Außenbezirken.

Das Stabledance lag am Ende einer Sackgasse beim alten Bahndamm. Schon an ihrem Anfang vernahm man ein dumpfes, rhythmisches Wummern, das die trübe Luft des frühen Vormittags erzittern ließ.

Vor dem Eingang der Disco standen zwei Männer, beide mit kurzen schwarzen Haaren und langen schwarzen Bärten, baumlang und athletisch der eine, etwas kleiner und breiter, aber nicht weniger athletisch der andere; beide auf Speed wie deutsche WeltkriegII-Panzerfahrer und gespannt wie Uhrenfedern, die tickende Unruh-Rädchen in ihrem Innern bewegten. Beide waren unübersehbar Brüder und angriffslustig wie ausgehungerte Dobermänner.

Sie sahen Toya von weitem kommen und schon, als er noch ein gutes Stück von ihnen entfernt war, rief der Kleinere ihm zu: »Du bist Powers neuer Kettenhund, nicht wahr? Sieh dich vor, so leicht wie Leo machen wir es dir nicht.«

Toya ging unbeeindruckt weiter und blieb einen Schritt von den beiden entfernt stehen.

»Und ihr seid Augies Boxer, stimmts? Steht ihr etwa seit dreißig Monaten hier herum? Warum geht ihr nicht schon mal nach Hause, die Party ist ohnehin gleich zu Ende.«

Jetzt schaltete sich der Größere ein.

»Verschwende deine Skills doch nicht an diese Dregs! Sind doch nur miese kleine Gauner. Warum tust du das nur, Bruder«, fragte er vorwurfsvoll, immer in leichter Bewegung dabei, tänzelnd und in den Knien federnd.

Toya zuckte unbeeindruckt mit den Schultern.

»Ich habe meine Gründe«, sagte er lakonisch.

Die beiden sahen in seinen Augen, dass das Gespräch beendet war und wollten schnell ihre Fäuste zur Deckung hochreißen. Sie waren gute Boxer, das konnte man sehen, mit hervorragenden Reflexen und wirklich sehr schnell. Nur nicht schnell genug für Toya, der sie mit zwei gewaltigen Fausthieben niederschlug, die man eher pfeifen hörte, als dass man sie sehen konnte.

Er stieg über die Ausgeknockten hinweg und öffnete die blechbeschlagene Tür.

Im Inneren erwartete ihn ein Inferno.

Höllischer Lärm, weit jenseits der Schmerzgrenze, ungewisses Halbdunkel, erhellt von stroboskopartig zuckenden Lichtblitzen, giftige Nebelschwaden, sich windende und schüttelnde Leiber auf der Tanzfläche, leblose Körper auf dem Boden und den schäbigen Polsterbänken, und über allem ein entsetzlicher Gestank nach Schweiß, vergorenem Bier, Kotze und Fäkalien, der ihm den Atem raubte.

Zweieinhalb Jahre lang war hier nicht mehr feucht durchgewischt worden. Er kämpfte den Brechreiz nieder und schrie den Barkeeper an, wo Augie zu finden sei. Der musterte ihn misstrauisch, denn eine grobe Beschreibung Toyas war auch schon bis zu ihm vorgedrungen und die schien genau auf den Kerl zu passen, der da grade vor ihm stand.

»Stempel?«, raunzte er und meinte damit den als Eintrittskarte geltenden Abdruck, den die Türsteher am Einlass vergaben.

»Hier bitte«, erwiderte Toya kurz und pflanzte ihm die Faust ins Gesicht, dass er nach hinten in seine Gläser und Flaschen flog. Ein dürrer Wicht, der mehr nach Heroin aussah als nach Speed, hatte den Vorfall beobachtet und drängelte sich nun hastig durch das Gewühl.

Toya folgte ihm. Der Junkie führte ihn direkt zu Augies Büro.

An der massiven Eichenholztür prangte ein protziges Messingschild, auf dem ›Manager‹ stand.

Er stieß das Gerippe zur Seite und trat ein, ohne anzuklopfen.

Hinter einem Schreibtisch, dessen Größe die Frage aufwarf, ob das Zimmer um ihn herum gebaut worden war, saß ein kleiner, buckliger Mann mit fettigen, halblangen Haaren. Seine Hose reichte hoch bis an den Solarplexus und wurde von breiten, schwarzen Hosenträgern in dieser Position festgehalten.

Sein ängstlicher Blick zeigte, dass er genau wusste, wer ihn da besuchte, aber nicht damit gerechnet hatte, dass er an seinen Boxern vorbeikommen würde. In einer Ecke des Raumes stand ein alter, tonnenschwerer Geldschrank in Grün und die dunkelbraun gestrichenen Wände waren mit Afrikana bepflastert, keinen billigen Imitaten, sondern echten, alten Stücken aus verschiedenen westafrikanischen Ländern.

Toya schloß die Tür hinter sich und schob einen Stuhl davor, dessen Lehne die Klinke blockierte. Sofort hörte der infernalische Krach auf und nur mehr das dumpfe Wummern der Bässe war ein wenig zu spüren.

»Alle Achtung«, nickte Toya anerkennend, »hervorragende Schalldämmung. Da wird dich draußen keiner schreien hören.«

»Drohst du mir etwa?«, fragte Augie, der sich schnell wieder gefasst hatte. »Das würde ich lassen. Sag Powers, er soll aufhören mit dem Terror. Ich bin im Recht.«

»Okay, dann lass uns reden.«

Toya ließ sich in den Ledersessel für Besucher fallen.

»Du kannst Schlimmeres leicht vermeiden. Mach einfach mit der Party Schluss.«

»Niemals. Damit komm ich ins Rekordebuch.«

»Brotlose Kunst. Da bist du doch sicher jetzt schon drin, mit deinen dreißig Monaten.«

»Und fünfzehn Tagen. Du Ahnungsloser, in Sydney gabs mal ne Party, die ging über fast vier Jahre. Der berühmte Didgeridoo-Boomerang-Rave.«

»Du willst mich wohl verkohlen, Mann. Mach Schluss, bevor dir noch ein paar Leute an dem Gestank hier eingehen. Ist doch eh alles Fake. Alles wechselt doch ständig: Das Personal, die Gäste, die DJs, einfach alles. Hast du nicht einfach nur durchgehend geöffnet? Ich meine, was ist denn überhaupt das Kriterium für eine Dauerparty?«

»Gute Frage.« Augie grinste breit. »Genau deshalb stinkt es hier ja wie die Pest. Das Kriterium ist, es darf nicht zwischendurch geputzt werden. Sobald sauber gemacht wird, gilt die Party als beendet.«

»Okay«, sagte Toya geduldig, »dann lass die Putzkolonne anrollen. Denn älter als zwei Jahre, sechs Monate und fünfzehn Tage wird deine Fete auf keinen Fall mehr werden.«

Augie sah ihm in die Augen, zog dann eine Schreibtischschublade auf und griff hinein. Er war fast so schnell wie seine Boxer, also viel zu langsam.

Der Eindringling riss ein antikes Kuba-Ikul-Kurzschwert aus der Wandhalterung und schlug dem Disco-Manager damit an der Schulter den Arm ab, der, zusammen mit der Mauser 08-Pistole, die seine Hand umklammerte, schwer zu Boden fiel.

Beim Aufprall löste sich ein Schuss, der einen Moment lang Augies Schreien übertönte. Das Projektil streifte Toyas Wade und verursachte ein heftiges, scharfes Brennen, ganz kurz nur, aber doch lange genug, dass jede Hemmung von ihm abfiel und er in einen Zustand schmerzinduzierter Raserei verfiel.

Mit einem zweiten, furchtbaren Hieb trennte er dem Schreienden auch noch den anderen Arm ab, ergriff ihn am blutenden Ende und ohrfeigte Augie mit seiner eigenen Hand, bevor er ihm endlich mit einem wuchtigen, aufwärts geführten Stoß durch Hals und Unterkiefer mit dem Afro-Schwert das Kleinhirn spaltete.

Kreischen und Heulen erstarben in einem feuchten Gurgeln.

Augies tote Augen starrten mit einem Ausdruck fassungslosen Entsetzens auf den braunhäutigen, blauäugigen Mann mit dem schwarzen, glatten Haar, der, nun wieder völlig entspannt, die Waffe aus dem Kongo des 19. Jahrhunderts aus ihm herauszog und sorgfältig, fast liebevoll, an ihren Platz an der Wand zurückhängte.

Toya sah nach, ob der Safe offen war.

Er war verschlossen.

Aber warum hatte er überhaupt nachgesehen? Er warf einen besorgten Blick auf den leblosen Manager. Wieder dieser schreckliche *furor doloris*, ausgelöst durch einen kurzen Schmerz nur!

Die Desintegration schien fortzuschreiten.

Zurück in der Discohölle verkündete er übers Mikro:

»Geht jetzt alle nach Hause, Leute! Die Party ist beendet!«.

Dann zog er dem DJ den Stecker, zündete einen kochentrockenen Putzlappen an, den er in einer Kammer mit Eimern, Besen und anderen spinnweb-überzogenen Reinigungsgeräten fand, und löste mit dem qualmenden Lumpen am Stiel eines Schrubbers die Sprinkleranlage aus.

Durch den strömenden Inhouse-Regen, der nun gnädig den schlimmsten Gestank aus der Luft wusch, ging er nach draußen auf die Straße, wo vor dem Eingang noch immer die beiden Boxerbrüder friedlich schlummerten.

❧

»Verdammt, Mann, was zur Hölle stimmt bloß nicht mit dir?«, fluchte Chief Powers, dem sein neuer Spezialist fürs Grobe zunehmend unheimlich wurde, und umklammerte krampfhaft den Griff des Colt Magnum in seinem Gürtel.

»Hackst Augie in Stücke, bist du irre?«

»Du sagtest, tu alles, was nötig ist«, stellte Toya fest.

»Ja, und? War *das* etwa nötig? Hast ihn einfach abgeschlachtet! Verdammt, Mann, das war der Bruder meines Schwagers! Die Bullen hast du damit auch aufgescheucht! Die scheren sich sonst wenig um sowas, aber weil das so ultrabrutal war, kriegen die Leute Angst und schreien, die Polizei soll was tun. Das hat uns grade noch gefehlt!«

Powers konnte sich kaum beruhigen. »Du hast die Sache voll verkackt, das steht fest. Die Nummer rechne ich dir nicht an. Das lass ich nicht gelten! Du schuldest mir damit also immer noch zwei Jobs!«

»Aber die Party ist doch beendet und der Schuppen blitzsauber. Heute abend wird neu eröffnet.«

»Ist mir egal, mir hat das alles mehr geschadet als genützt. Noch zwei Jobs, und die erledigst du gefälligst etwas diskreter, hörst du? Basta, finito!«

Toya zuckte stoisch die Schultern und Powers erzählte vom fett bezahlten Auftrag eines reichen Sammlers, der nur leider sehr schwer auszuführen war, weil man es dabei mit ebenso ungewöhnlichen wie unangenehmen Gegnern zu tun bekam.

Auf einem Hügel im Osten der Stadt, in einem Park mit einem kleinen See, der zur Hälfte mit Seerosen, Schilf und Entengrütze zugewachsen war, lag ein alter Kasten aus dem vorletzten Jahrhundert, den sich ein reicher Sack dort als Wochenend-Datsche hingestellt hatte, um sich von den Mühen des Nichtstuns zu erholen. Fast zweihundert Jahre später, als große Teile des Adels verarmt waren, wurde er dann als Privatmuseum genutzt, für eine Sammlung mit altgriechischem und römischem Krempel. Darunter waren wohl auch einige besondere Stücke, die Liebhabern verrückt hohe Summen wert waren. Diese komischen Vögel setzten fantastische Belohnungen dafür aus, dass risikobereite Leute die Kostbarkeiten dort aus ihrer Gefangenschaft befreiten, damit sie sie in ihre eigenen Vitrinen sperren konnten, wo sie dann sonst keiner mehr außer ihnen selbst begaffen konnte.

Irgendwie egoistisch, aber so waren die nun mal drauf.

Nachdem bereits einige begehrte Stücke durch Raub oder Diebstahl aus dem Museum verschwunden waren, machten die Versicherungen Druck und der Vorstand der Stiftung, dem es gehörte, befasste sich mit Plänen für einen besseren Schutz des Gebäudes. Das verwinkelte Gemäuer war nur sehr schwer abzusichern und ein zweckgerechter Umbau hätte eine Unmenge Geld verschlungen.

Aber irgendetwas musste ja geschehen und so verfielen sie auf eine verblüffende Lösung: Sie setzten komplett auf die Beherrschung ihres Luftraums.

Die Idee dazu hatten die klassisch gebildeten Spinner, wie es hieß, aus einer alten griechischen Sage, in der es eiserne Vögel gab, die ihre Federn gezielt einzeln abschießen konnten wie Pfeile. Vielleicht spielte es aber auch eine Rolle, dass der Sicherheitsexperte, von dem sie sich beraten ließen, gute Kontakte zu einer Firma hatte, die autonome HiTec-Drohnen herstellte.

Nun war die Objektüberwachung durch Drohnen natürlich ein alter Hut. Das Besondere an diesen drei Schwärmen zu je elf Einheiten aber war, dass sie das Problem nicht nur erkannten, sondern auch gleich an der Lösung arbeiteten, mithilfe hochenergetischer Laser, die immerhin zwei bis drei Zentimeter tief in organisches Material eindringen konnten. Das war sehr schmerzhaft, aber meist nicht tödlich, es sei denn, man wurde unglücklich am Kopf getroffen, was die Systeme zu vermeiden suchten, oder aber man bekam gleich mehrere Einzeltreffer auf einmal ab. Dann war es wie mit den Wespenstichen: Im Grunde harmlos, aber irgendwann konnten es auch zu viele werden.

Der Abschreckungsfaktor schien jedenfalls hoch zu sein, denn seit die Schwärme Dienst taten, hatte keiner der szenebekannten Kunstbeschaffer sich mehr daran versucht, ein Stück aus dem Museum umzueignen, etwa die bronzene Fibel mit einem Abbild der Göttin Pallas Athene, auf die zur Zeit die fetteste Prämie, ein hoher sechsstelliger Betrag, ausgesetzt war.

»Besorg diese Spange«, verlangte der Chief. »Aber lass nicht wieder zerstückelte Leichen zurück!«

Diesmal musste ein Plan her.

Improvisieren wie beim letzten Mal lief da nicht.

Er kaufte also anderntags brav eine Eintrittskarte und ging ins Museum.

Die harmonische Zusammenarbeit der Quadrokopter beeindruckte ihn. Offenbar operierte draußen im Freien ein Schwarm und zwei weitere im Inneren, verteilt auf die verschiedenen Räume. Aber es kam auch vor, dass Einheiten durch das hohe Tor des Haupteingangs von drinnen nach draußen wechselten und umgekehrt. Ein strenger Plan war in den lautlosen Manövern nicht erkennbar, die Aktionen wirkten flexibel und waren nicht vorherzusehen. Es gelang ihm auch nicht, irgendwelche Stimuli auszumachen, die kalkulierbare Reaktionen bei den Drohnen ausgelöst hätten. Immerhin nahm er als Ergebnis seiner Beobachtungen mit, dass es scheinbar keine fest montierten

Kameras im Gebäude gab, sondern die gesamte Bildüberwachung allein von der Optik der Kopter durchgeführt wurde.

Die Vitrinen waren mit den üblichen Alarmanlagen ausgestattet und menschliches Sicherheitspersonal gab es, soweit man sehen konnte, nur wenig.

In jedem Raum ein, zwei Rentner in Uniform, und das wars.

Mit diesen mageren Erkenntnissen fuhr er zur Kurkuma-Gasse im Gewürzviertel und suchte den Tracer auf.

Der Tracer war ein Mann mit vielen Fähigkeiten.

Die lukrativste, der er auch seinen Namen verdankte, war zweifellos die, Leute aufzuspüren, auch wenn die alles dafür taten, nicht gefunden zu werden, und alles über sie auszugraben, was sie an Abdrücken im Netz hinterlassen hatten. Man konnte sich aber auch mit vielerlei anderen Problemen an ihn wenden, sofern sie mit technischen Mitteln gelöst werden konnten, besonders mit solchen, die diskreter Natur waren.

Toya kannte Tracer schon aus der Zeit, als er in die Stadt gekommen war. Damals hatte er nach einem Tekkie gesucht, der etwas von seiner Bionik verstand, denn Chiba City war weit.

Der Tracer war da. Er war fast immer zuhause und verließ seine finstere kleine Altbauwohnung nur manchmal am Abend, um in der Nähe essen zu gehen. Sonst saß er an seinem Laptop und öffnete von dort aus obskure Kanäle, die irgendwie Geld in seine Kasse spülten.

»Ah, da bist du ja«, sagte er ohne große Begeisterung, als er durch den Türspalt spähte. »Ich habe mich schon gefragt, wann du kommst. Du hast eine Menge Staub aufgewirbelt. Irgend ne Ahnung, zu wieviel Prozent du noch Mensch bist? Vielleicht musst du doch mal wieder zu den Japanern. Ich glaube kaum, dass ich das hier noch hinbekomme.«

Toya winkte ab. »Ich will keinen Check-up. Noch nicht. Noch brauche ich mich so, wie ich grade bin.«

»Wirklich?« Der Tracer wiegte zweifelnd den Kopf. »Hat dich das nicht erst in die Lage gebracht, in der du jetzt bist?«

Sein Besucher überging die Frage und trat ein, ließ sich ins riesige, rote Samtsofa fallen und erzählte von seiner nächsten Aufgabe und den griechischen Vögeln.

Der Tracer setzte sich hinter seinen mattsilbernen Nobel-Laptop und hörte genau zu, obwohl er wie immer etwas gelangweilt wirkte.

»Mal sehen«, meinte er dann, als der Bericht beendet war. »Klären wir erst das Geschäftliche: Was hätte ich denn davon, wenn ich dir helfe?«

»Dass ich dich am Leben lasse?«, bot Toya an.

Der Tracer schüttelte missbilligend den Kopf. »Pfui, Bruder, wie redest du denn mit mir? Bist du sicher, dass du noch länger so bleiben willst? Du benimmst dich wie ein durchgeknallter Rinnstein-Samurai.«

Seufzend wandte er sich dem Laptop zu und traktierte routiniert die Flüstertastatur. »Na also«, sagte er nach einer Weile triumphierend. »Sie hängen am Netz, obwohl sie es gar nicht müssten. Wie leichtsinnig. Und außerdem gibt es sehr wohl in den Räumen versteckte Kameras. Die du übersehen hast, mein blutrünstiger Freund.«

Toya schwieg und der Tracer bearbeitete wieder sein Keyboard. Plötzlich pfiff er leise durch die Zähne. »Oho! Die Vögelchen sind ja gar nicht so autonom, wie ihr Hersteller behauptet! Sie werden wohl eher alle von einer einzigen KI gesteuert, und wie es aussieht ist das SILREX. Ausgerechnet. Das ist eine der fünf am höchsten entwickelten Künstlichen Intelligenzen weltweit. Die zweite nach WILHELM, würde ich sagen.«

»Und?«, fragte Toya, »was weiter? Wars das dann? Bist du jetzt am Ende mit deinem Latein?«

Der Tracer gluckste, was bei ihm herzhaftem Gelächter gleichkam. »Unsinn, wo denkst du hin? Nein, wir werden den Küken die Nabelschnur kappen. Dann haben sie keinen Plan mehr, was sie tun sollen und fliegen einfach zurück ins Nest. Du bekommst dafür die Schere. Dauert etwas, aber Du kannst darauf warten. Es gibt da einiges zu löten.«

Drei Tage später saß Toya erneut in dem tiefen, roten Schoß des

Sofas und sah den Tracer erwartungsvoll an.

Der Hacker hielt eine mattgolden schimmernde Gewandspange in der Hand und strich mit dem Daumen über die fein gearbeitete Frauenfigur mit Helm, Brustpanzer und lang wallendem Gewand.

»Kein Problem«, meinte er, »ich kenne Leute, die machen dir davon eine Kopie, die kaum vom Original zu unterscheiden ist. Was willst du denn damit? Willst du etwa Powers behumsen und das Original selber verkaufen? Dann aber Vorsicht, dieser Sammler hat sicher erstklassige Experten an der Hand.«

Toya wiegte unentschlossen den Kopf.

»Ich weiß nicht so recht. Vielleicht behalte ich auch die Kopie. Das Stück gefällt mir einfach. Ich gebe es nur sehr ungern aus der Hand.«

Tracer sah ihn scharf an.

»Noch etwas, das mir zu denken gibt. Dieser Drang, etwas einfach nur haben zu wollen, sowas kenne ich von dir nicht. Widerspricht das nicht deinen nomadischen Prinzipien? Nur das Allernötigste bei sich tragen, sich nicht belasten, keinen Besitz anhäufen? Diese Regeln kommen wahrscheinlich von deinem japanischen Teil. Hat so was Strenges, Mönchisches, so wie diese ganze Samurai-Kiste auch.«

Toya dachte ernsthaft darüber nach.

»Oder es sind meine nomadischen Wurzeln mütterlicherseits«, meinte er dann. »Aber du hast recht. Vergiss das mit der Kopie. Ich werde dem Chief das Original geben und fertig.«

»Und wieder biss einer ins Gras«, zitierte Powers bissig, als Toya im Uppercut auftauchte. »Ohne Leichen gehts bei dir wohl gar nicht, wie?«

»Diesmal kann ich aber wirklich nichts dafür. Der Mann hatte einen Herzinfarkt. War auch schon ziemlich alt für einen Wachmann.«

»Was hat ihn denn so aufgeregt, dass er gleich den Löffel abgegeben hat?«

»Der Anblick seines zerstückelten Kollegen«, knurrte Toya genervt. »Was soll die Fragerei? Menschen halten eben einfach nichts aus. Es war eine saubere Sache. Die Drohnen in die Stationen geschickt und die Vitrinen geöffnet, alles mit ein und derselben Fernbedienung. Einfach rein-raus, total easy. Keine Spur, die zu mir führt, und zu dir schon gleich gar nicht.«

»Und die Überwachungskameras?«

»Die in den Koptern waren im Schlafmodus und die fest installierten haben, dank ein wenig externer Hilfe, jetzt den Beweis, dass ein Tramp die Fibel gestohlen hat, der aussieht wie Charlie Chaplin. Dann also raus mit dem letzten Job.«

»Du hast wohl wieder mal die richtigen Leute gekannt, wie?«, nörgelte der Chief und zog ein Gesicht, als hätte man ihm versalzene Suppe vorgesetzt, die er nur deshalb schluckte, weil sein Hunger einfach zu groß war. »Wie zum Teufel machst du das bloß, du hast doch gar kein Geld, um deine Unterstützer zu bezahlen, oder? Was haben die denn davon, wenn sie dir helfen?«

»Dass sie weiterleben dürfen?«, schlug Toya vor.

»Na toll, das klingt ja ganz nach wahrer Freundschaft«, höhnte Powers, und so ging es noch eine Weile hin und her, aber am Ende siegte die Aussicht auf das Geld des Sammlers über alle Bedenken des Chiefs.

Er ließ von der unergiebigen Stänkerei ab, schloss die wertvolle Spange im Safe ein und erzählte Toya schließlich von seiner verwöhnten Tochter, die offenbar der wahre Grund für seine schlechte Laune war.

»Du kennst doch Addie«, grollte er düster, »du hast sie hier sicher schon trainieren sehen. Die, von der sich alle umhauen lassen, weil sie keinen Ärger mit mir haben wollen.«

Toya nickte vielsagend.

»O ja«, grinste er, »sie hat einen mörderischen Schlag am Leib. Schon der Luftzug ist gefährlich. Da wurden schon die härtesten Kerle jammernd aus dem Ring getragen.«

»Jaja, lass gut sein, ich sehe, du verstehst das Problem. Wie konnte es nur so weit kommen? Egal. Jedenfalls hat sie einen Wunsch. Im äußeren Eastend gibt es eine Gang, die nur aus Frauen besteht. Diese Ladies werden auch von einer Frau angeführt, versteht sich. Sie heißt Polly, und darüber solltest du in ihrer Gegenwart keine Witze reißen, von wegen ›Polly will nen Keks‹ oder so, denn da ist sie recht humorlos. Eine Menge Witzbolde hat dafür schon gebüßt. Mit einer kaputten Kauleiste oder Schlimmerem. So wie wir unsere Westen tragen, haben die Damen Gürtel als Branding. Diese Gürtel sind fast so breit und so läppisch wie die Dinger, die man Boxmeistern umhängt. Aber auch darüber würde ich mal lieber nicht lachen. Man sagt, die Mädels tragen gemeine Waffen darunter. Vergiftete Nagelfeilen oder Lippenstifte, was weiß ich. Um ehrlich zu sein, ich halte nicht viel von Frauen, die sich in Dinge einmischen, die ja wohl eindeutig Männersache sind. Aber zurück zu den Gürteln: Einen besonders breiten und auffälligen trägt natürlich Polly selbst. Angeblich ist er aus seltenem Schlangenleder, mit einer Schließe dran, für die Metall von der Schubdüse einer Atomrakete verwendet wurde. Niob-Titan oder so ähnlich. Jedenfalls was Besonderes, das sonst keiner hat, darum gehts doch in der Hauptsache. Ja, und genau diesen Gürtel, du ahnst es schon, will meine Tochter haben. Und du sollst ihn ihr besorgen. Du bist wohl der einzige, dem sie das zutraut und ich rate dir, sie nicht zu enttäuschen, sonst kommt sie noch auf die Idee und verlangt deinen Kopf auf einem Silbertablett, so wie diese Göre in der Bibel.«

Toya ginste breit. »Sie hat dich ganz schön im Griff, wie? Tja, Erziehung ist eben oft Glückssache. Aber gut, mir solls recht sein. Wenn du unbedingt deinen letzten Wunsch für sowas verballern willst...«

Der Chief seufzte.

»Das ist es mir wert. Sie gibt sonst keine Ruhe. Ach ja, und falls du wieder Hilfe brauchst, kannst du Ener und Munir mitnehmen, du weißt schon, die zwei Boxer aus Augies Stall. Die arbeiten jetzt für mich, und das Stabledance muss ja nicht mehr vor uns geschützt werden!«

»Die beiden soll ich mitnehmen? Ich habe sie niedergeschlagen. Jeden mit nur einem Hieb.«

»Eben.« Powers lachte ein dröhnendes Lachen. »Dafür respektieren sie dich. Du bist jetzt ihr Meister. Vielleicht können sie dir also von Nutzen sein. Außerdem waren sie früher mal selber im Eastend und hatten da irgendwas mit der Girl-Gang oder mit Polly selber am Laufen, über das sie nicht reden wollen. Womöglich sind da noch Rechnungen offen. Und denk dran: Man schlägt Frauen nicht auf die Brust, ja? Und man schlachtet sie auch nicht ab, solange sie nicht sagen: Schatz, wir müssen reden.«

❦

Polly untersuchte neugierig Toyas Penis, hob ihn an und befühlte die Naht an seiner Unterseite mit der Fingerspitze, schob ihn schließlich, etwas zögernd, in den Mund und leckte ihn vorsichtig, wie einen Dauerlutscher oder ein Eis am Stiel.

»Polly will nen Lolly«, konnte Toya es sich trotz Powers Warnung nicht verkneifen.

Sie lachte. »Mal was anderes als immer der olle Keks«, und fuhr mit der Inspektion fort.

»Interessant«, befand sie nach einer Weile, »aber definitiv verbesserungsfähig. Schöne Größe, aber die Form könnte besser ausgearbeitet sein und leider gibts keinerlei Schwellung. Der Schwengel ist immer gleich, nichts bewegt sich an ihm, nichts reagiert, das ist langweilig. Ich mag es, wie er sich verändert, wenn man mit ihm spielt.«

Toya nickte. »Ja, das Modul hat schon ein paar Jahre auf dem Buckel und der Schniepel ist sicher nicht sein bestes Stück. Heute sind sie schon viel weiter. In Chiba gibt es jetzt Hardware mit ausgereifterem Design, perfekt modelliert und mit realistischen erektilen Funktionen, die ans haptische und optische System gekoppelt sind. Wie fandest du den Geschmack?«

Polly wiegte unentschlossen den Kopf. »Naja, nicht schlecht. Aber auch nicht gut. Es fehlt irgendwie das Salz in der Suppe.«

Sie lachte wieder: »Komm auf jeden Fall mal vorbei, wenn du ein Upgrade gemacht hast.«

Sie streckte sich rücklings auf dem breiten Bett aus und studierte die Risse in der Decke. »Castor und Pollux hätten mich todsicher allegemacht, wenn du nicht gewesen wärst. Die haben mir nicht verziehen, dass ich sie überlistet und betäubt habe, damit meine Girls mit ihnen spielen konnten. Für solche Ultra-Machos ist das eine Schmach, die nur mit Blut abgewaschen werden kann. Gut, die Mädels haben ja schon auch ein wenig übertrieben.«

»Castor und wer?«, fragte Toya nach.

»Castor und Pollux. Ener und Munir. Castor und Pollux waren damals ihre Kampfnamen, nach irgendwelchen sagenhaften Martial-Arts-Kämpfern, die Brüder waren, genau wie sie selber. Warum hast du dich eigentlich eingemischt? Ihr seid doch alle beim selben Verein.«

»Ich kann die zwei nicht leiden. Es macht mir Spaß, ihnen ihre Grenzen zu zeigen. Am liebsten sehe ich sie am Boden liegen.«

Polly seufzte. »Puh, das nenne ich ehrlich. Keine Schmeicheleien, kein Gesülze, du hättest das wegen mir getan. Weiß ich wenigstens, woran ich bin.«

»Nicht traurig sein«, lachte Toya. »Du kannst dich ja erkenntlich zeigen. Dann musst du dich nicht mehr in meiner Schuld fühlen.«

»Ja, ja«, grollte Polly. »Mein schöner Gürtel für diese alberne Trine. Aber soll sie ihn ruhig haben. Dann wird die sich wenigstens nicht auch noch vermehren.«

Toya zog fragend die Brauen hoch. »Was meinst du damit?«

»Na, ganz einfach. Das Niob-Tantal von der Schließe strahlt. War wohl mal zusammen mit radioaktivem Material gelagert. Nur ganz schwach, aber es macht unfruchtbar auf die Dauer. Ich will ja keine Kinder, aber wie stehts wohl mit ihr, wie? Also, soll sie den Gürtel ruhig haben, wenn es dir hilft. Aber sorg dafür, dass sie ihn auch trägt. Erzähl ihr, er macht schlank.«

»Gar nicht mal gelogen«, sagte Toya. »Wenigstens wird er wohl dafür sorgen, dass sie immer schlank bleibt.«

»Du bist ein Teufel, aber mir gefällts«, lachte Polly, drehte sich zur Seite und stützte sich auf den Ellbogen, um ihren Gast besser im Auge zu haben.

»Wie bist du eigentlich so geworden, wie du jetzt bist?«, forschte sie. »Hast du dich freiwillig optimieren lassen? Offenbar war ja nicht alles eine Verbesserung, wie wir gesehen haben.«

Toya schüttelte den Kopf. »Oh nein, daran war nichts Freiwilliges. Rein gar nichts. Ich wurde von einer Landmine zerfetzt. Das bionische Modul war meine einzige Chance zu überleben. Gesponsert durch ein UN-Hilfsprogramm.«

»Eine Landmine? Wo war das? Klingt nach einem dieser hässlichen kleinen Kriege mit zahllosen Toten, in Südostasien oder Afrika.«

»Afrika. Sierra Leone.«

»Hast du dort gelebt? Ich weiß, ich bin neugierig, aber dein Aussehen ist genauso ungewöhnlich wie der Name, den du mir genannt hast.«

»Byron Idris Tatoya? Byron gefiel meinem Vater, dem englischen Gentleman und Diplomaten, Idris meiner afrikanischen Mutter. Sie war Table-Dancerin in einem Nachtclub an der Slipway Road, nördlich der Haile Selassie Avenue in Monrovia. Mit ihr hat Daddy seine liebe Frau Liddy betrogen. Gentleman Daddy hat für mich Unterhalt bezahlt, heimlich, aber Liddy ist ihm doch dahintergekommen, nach zehn Jahren noch. Gegen ihn selbst konnte sie nichts machen, sie war von ihm völlig abhängig. Aber an mir hat sie Rache genommen. Hat zwei miese kleine Ratten angeheuert, die mich in Liberia entführt und über die Grenze nach Sierra Leone verschleppt haben. Wo sie mich dann an die Rebellenmilizen als Kindersoldat verkauften.«

Er schwieg.

Polly ergriff seine Hand und hielt sie fest.

»Und woher kommt Tatoya?«, fragte sie nach einer Weile.

»Vom Hersteller des Moduls. TATOYA BIONICS mit Sitz in Chiba City, Japan.

»Wirklich schade«, meinte der Tracer bedauernd, »das hätte noch ein weiterer Job ohne Blutvergießen werden können. Und sogar mit sowas wie Liebe, wie mir scheint. Aber davon verstehe ich nichts.«

»So ist es«, bekräftigte Toya, der wieder einmal im Sofa tauchte. »Es war vielleicht Zuneigung. Sympathie. Mitgefühl. Jedenfalls noch bis zum Abend dieses Tages.«

»Was ist dann passiert? Wie kam es zu diesem Desaster?«

»Wie es dazu kam? Das kann ich dir gern sagen: Diese beiden Schwachköpfe, Castor und Pollux, haben sich in einer Kneipe volllaufen lassen und dann herumposaunt, es sei alles abgesprochen gewesen, und sie hätten nur zum Schein angegriffen, um sich von mir wegjagen zu lassen. Damit Polly mir vertraut und weich wird. Ja, und diesen Mist hat zufällig eines der Gang-Girls aufgeschnappt und prompt ihrer Chefin gesteckt. Das ist passiert.«

»Extrem unerfreulich. Die zwei wollten dir wohl heimzahlen, dass du sie vorm Stabledance ausgeknockt hast. Oder war es etwa wirklich so, wie sie sagten?«

Toya winkte ab. »Mach dir deinen eigenen Reim drauf. Ich war grade mit Polly im ›Sharp Edge‹, der Stamm-Bar ihrer Gang und sie wollte mir gerade den Gürtel geben, da ging diese Amazone dazwischen und petzte, was sie gehört hatte. Klar, dass Polly misstrauisch wurde und wissen wollte, ob das wahr sei. Ich hab ihr dasselbe gesagt wie dir eben, aber sie bekam es voll in den falschen Hals und hat ihre Kampflesben auf mich gehetzt.«

»Mit den bekannten Folgen« nickte der Tracer. »Wieviele waren es? Im Feed steht nichts genaues.«

»Vier. Vielleicht auch fünf. Ich wollte das nicht, wirklich, habe sie nur abgewehrt, aber dann zog mir eine dieser Furien von hinten eine Stahlrute über und ich sah nur mehr Rot und einen Haufen nutzloses Fleisch vor mir.«

Der Tracer pfiff leise durch die Zähne.

»Vier oder fünf! Du verdammter Berserker! Du wütest wie ein antiker Krieger. War Polly selber auch darunter?«

»Zum Glück nicht. Die Frau hat mich berührt, auf irgendeine Weise. Ich nahm nur ihre Schwester Mel als Geisel und sie gab mir im Austausch für sie ihren Gürtel. Ich habe ihn bei Powers abgeliefert und jetzt bin ich wieder ein freier Mann.«

»Der dringend einen Check-up braucht. Deswegen bist du doch hoffentlich hier, oder nicht?«

»Ich gebe zu, dass ich eine gewisse Menschenverachtung bei mir festgestellt habe, die ich früher nicht kannte, und ich raste schneller aus, besonders, wenn mir Schmerzen zugefügt werden. Trotzdem finde ich, dass du mit deiner Besorgnis etwas übertreibst. Es muss doch vermutlich nur die momentane Dominanz des Moduls heruntergeregelt werden, um die Balance wiederherzustellen.«

Der Hacker ließ entgeistert die Kinnlade fallen.

»Ha! Ich übertreibe? Sieh dich doch einmal an, was aus dir geworden ist! Als du hier ankamst, warst du eine Art Superheld. Warst freundlich und anspruchslos, fast asketisch und hast deine außergewöhnliche Konstitution dafür genutzt, anderen in Notlagen beizustehen. Jetzt drohst du ständig, erledigst fragwürdige Jobs für einen zwielichtigen Gang-Boss und bist zu einer gefährlichen Waffe geworden, die sich nicht mehr richtig im Griff hat. Die beim geringsten Anlass außer Kontrolle gerät und alles niedermacht, was ihr im Weg steht! Mann, du hast Reflexe, dass du fünf Normalen blitzschnell die Waffen abnehmen könntest, und bist so stark, dass du sie ihnen verbogen und verknotet wieder zurückgeben könntest, bevor sie überhaupt merken, was passiert ist. Aber was tust du? Du metzelst sie lieber nieder, zerstückelst sie oder schlägst sie zu Brei. Und du findest, ich übertreibe?«

Toya warf dem Tracer finstere Blicke zu.

»Dann lass uns die Diagnose schnell hinter uns bringen. Ich spüre schon, wie ich beginne, dich zu hassen.«

»Oh, danke«, sagte Tracer, »ich vergaß den schrägen, makaberen Humor. Wenn einer wie du sowas sagt, dann ist das wie ein übler Scherz des Henkers auf Kosten des Mannes mit der Hanf-krawatte.«

»Keine Angst«, beschwichtigte sein Besucher. »Noch besteht keine Gefahr. Aber halt jetzt lieber die Klappe und achte darauf, mir besser nicht wehzutun.«

Der Tracer nickte vielsagend und förderte aus einer Schublade des alten, hölzernen Büroschreibtisches ein langes Kabel zutage. »Ich lese den Speicher deines Moduls aus«, kündigte er an. »Wie du weißt, geht das völlig schmerzlos.«

Er steckte das eine Ende des Kabels in eine kaum sichtbare Buchse hinten an Toyas Hals, das andere verband er über eine handliche Black Box mit seinem Laptop. Nur das Klappern seiner Fingernägel auf der Tastatur war zu hören, während er mit rasender Geschwindigkeit seine Eingaben machte. Er fixierte gespannt den Bildschirm, auf dem Tabellen mit ellenlangen Auflistungen vobeiscrollten.

Dann pfiff er wieder leise durch die Zähne.

»Es ist alles ganz anders, als wir dachten«, eröffnete er Toya überrascht. »Es ist nicht das Modul. Es hat nur mehr zwanzig Prozent Anteil an der Kontrolle deines Verhaltens. Tendenz abnehmend.«

»Ernsthaft? Meine Humankomponente putscht gerade gegen die Bionik?«

»So ist es«, bestätigte der Tracer. »Wie es aussieht, war das bionische Modul immer deine bessere Hälfte. In jeder Hinsicht. Und jetzt ist der Einfluss seiner höheren Instanzen rasch am Schwinden. Nicht funktionell, was die Steuerung deines enormen physischen Potentials betrifft, sondern was die moralische Bewertung anbelangt, die über den Einsatz deiner gefährlichen Skills entscheidet. Was da jetzt zunehmend den Menschen verachtet, droht und mordet, das ist keine fehlerhafte Kybernetik, sondern das Menschliche in dir. Wer hätte das gedacht?«

»Gar nicht so abwegig«, erwiderte Toya düster. »Hör zu, ich habe da eben etwas ausgegraben: ›Überlegene Fähigkeiten bedürfen der Regulierung durch eine verläßliche Ethik«, sagte er und es hörte sich an, als würde er vorlesen oder zitieren. »Das bionische Modul hat eine feste, in sich logische Wertestruktur, an die es sich immer halten wird. Aber das Menschliche ist expansiv, chaotisch und findet Befriedigung in der Zerstörung. Es kann nur mit Mühe gebändigt werden und alle Zivilisiertheit ist lediglich eine dünne Haut über dem Animalischen. Stets wird die ehrgeizige Menschennatur versuchen, die Alleinherrschaft zu erringen und dort, wo sie die Oberhand gewinnt, ist die Barbarei nur einen Schritt weit entfernt.‹ Das war im Memory des Moduls, in einem Teil, zu dem ich kurz Zugang hatte. Stammt von Satoshi Tatoya, der zur Häfte mein Schöpfer ist. Worte der Offenbarung also, wenn man so will...«

Er brach ab und eine lange Pause entstand.

»Ich kann dir da nicht sehr viel weiterhelfen«, bedauerte der Tracer dann. »Das ist für meine Möglichkeiten ein paar Nummern zu groß. Um das in Ordnung bringen zu lassen, musst du wieder zurück zu deinen bionischen Wurzeln. Ich hoffe nur, du ziehst nicht eine Blutspur bis nach Japan.«

»Und wenn schon. Menschen sind ohne jeden Wert und es gibt viel zu viele von ihnen. Das sagt mir mein gesunder Menschenverstand, keine obskure Cyber-Ethik. Die ist doch ohnehin nur dazu da, uns Optimierte, die wir in allem besser sind, so weit zu domestizieren, dass normalen Menschen von uns keine Gefahr droht. Ich habe beschlossen, nicht nach Japan zu gehen, um mich dort wieder beherrschbar machen zu lassen. So, wie ich jetzt bin, kann ich viel mehr erreichen als ein närrischer Großstadtnomade, der ständig sein überlegenes Potential unterdrückt.«

»Upload completed«, sagte da der Tracer und grinste.

Toya griff sich mit der Hand ins Genick und riss den Stecker heraus. »Was soll das heißen?«, rief er mit beunruhigter Schärfe in seiner Stimme, »was hast du da gemacht?«

»Nur keine Panik«, winkte der Tekkie ab, »alles zu deinem Besten. Als ich deine Werte sah, habe ich schon geahnt, wohin das führen würde. Wenn du es in Ruhe bedenkst, hätte der Weg, den du einschlagen wolltest, doch nur dazu geführt, dass man dich über kurz oder lang an irgendeiner Ecke zusammengeschossen hätte. Aber vorher wären noch Menschen draufgegangen, sehr viele Menschen, so wie du gebaut bist. Also habe ich deiner besseren Hälfte etwas Beistand geleistet und ein paar simple Floskeln hochgeladen. Nur eine kleine moralische Aufrüstung, versteht sich, nicht die ganz große ethische Generalsanierung, die du eigentlich nötig hättest.«

Toya sah ihn verständislos an. »Was heißt das, ›kleine moralische Aufrüstung‹?«

»Na, ganz einfach: Eingängigen, praktischen Verhaltenscode. Nicht gleich den kategorischen Imperativ, sondern einfache, aber hilfreiche Regeln. Sowas wie ›Reiß nichts mit dem Hintern ein, das du später mit deinen Händen nicht wieder aufbauen kannst‹, oder ›Auch noch dem lumpigsten, versoffensten Penner höflich die Tür aufzuhalten: darin beweist sich die wahre Größe‹. Oder auch ›Mach dich nicht selber klein, aber versuche auch nicht zu wachsen, indem du andere klein machst.‹ Solche Sachen.«

»Ich verstehe«, sagte Toya schwach. »Kalendersprüche. Binsenweisheiten. Und du denkst, das hilft?«

Der Tracer lachte. »Dass ich noch lebe, nachdem ich dir das erzählt habe, sollte eigentlich dafür sprechen. Im Ernst: Ich weiß nicht, wie lange die Wirkung vorhält. Sieh es wie eine Spritze, die gegen den schlimmsten Schmerz hilft, der im Zahn tobt und rumort. Mit anderen Worten: Versuch so schnell wie möglich nach Japan zu kommen. Zur Wurzelbehandlung.«

Toya nickte.

»Eines wahren Freundes Rat führt dich auf den rechten Pfad«, zitierte er mechanisch und schüttelte verwirrt den Kopf.

»Gespenstisch«, murmelte er. »So moralinsauer kenne ich dich gar nicht.«

»TATOYA BIONICS zeigen sich recht großzügig, wenn man mithilft, ihre zivilen Module vor schwerwiegenden Image-Schäden zu bewahren«, grinste der Tracer.

Sein mit Sprüchen geimpfter Kunde kämpfte sich aus dem Sofa hoch und öffnete die Wohnungstür, ging dann leicht schwankend zur Treppe.

»Und mach keinen Umweg über Monrovia!«, rief ihm der Tracer noch auf den Hausflur hinaus nach.

»Keine Sorge«, gab Toya zurück, »wer Rache übt, reißt nur die eignen Wunden wieder auf!«

Knapp drei Stunden später saß er in einer Retro-Concorde auf dem Weg nach Chiba City und dachte über Penis 2.0 nach.

Stromwanderer

Sie erwachte aus der Narkose.

Es war ein viel zu schnelles, brutales Erwachen, drängend und heftig wie das Hochschnellen eines luftgefüllten Balls, den man unters Wasser gedrückt hatte.

Sie fürchtete diese bewußtseinslöschende Prozedur, die immer ein großes Loch in der Timeline hinterließ. Aber seit dem Ether Day am 16. Oktober 1846 gab es keine Alternative mehr zu der betäubenden Methode, denn alle Welt hielt sie nun fur eine barmherzige Errungenschaft und war so stolz darauf, dass ein schlichtes, tapferes Aushalten des Schmerzes nicht mehr zugemutet und ja, auch nicht mehr zugelassen wurde.

Die allermeisten Leidenden waren auch wirklich dankbar dafür. Und nur wenige, sehr wenige, hatten damit ein Problem.

Sie versuchte, sich zu erinnern, was zuletzt geschehen war, aber sie sah nur verschwommene Schlieren, denn so schnell, wie sie aus der tiefen Dunkelheit aufgetaucht war, hatte das Gedächtnis sie noch nicht wieder einholen können.

Also warten, bis sich alle Teile ihres Selbst um ihr Zentrum versammelt und neu zusammengesetzt hatten.

Sie verlor wieder das Bewusstsein.

Das nächste Erwachen verlief langsamer, schonender, gründlicher. Sie streckte sich, dehnte ihre Glieder, bewegte die Finger und versuchte, sie alle nacheinander einzeln zu spüren.

Ihre nackten Sohlen stemmten sich gegen das angenehm kalte Brett am Fußende.

Ein genussvoller Schauer durchrieselte sie, eine Empfindung stiller Euphorie und stolzen Triumphs: Sie hatte es geschafft.

Wenigstens war sie ganz geblieben.

Dann öffnete sie die Augen und sah, dass ihr rechtes Bein ab dem Knie fehlte.

Es war weg, verschwunden, verloren, obwohl sie es doch ganz deutlich spüren konnte.

Jeden einzelnen seiner Zehen fühlte sie auf der glatten, weißen Platte am unteren Ende des chromblitzenden Klinikbettes, genauso gut und so real wie die auf der linken Seite.

Panik ergriff sie. Welcher ihrer Sinne hielt sie hier zum Narren? Es konnten nicht beide zugleich recht haben.

Nach einer Weile siegten die Augen gegen die Haptik. Sie hatte schon davon gehört, dass man abgetrennte Gliedmaßen oft noch lange Zeit täuschend echt spüren konnte. Dass man sie auch noch sehen konnte, war ihr allerdings noch nie zu Ohren gekommen. Also begann sie widerwillig zu akzeptieren, was sie sah. Schließlich konnte sie doch zurückgehen und korrigieren, was geschehen war. Den fatalen Unfall vermeiden.

Aber dann fiel ihr wieder die Narkose ein, die man ihr so wohlmeinend verabreicht hatte.

❧

Die Erinnerung freilich war noch da.

Aber die war nur ein Weg am Ufer des Zeiten- und Bewusstseins-Stroms, den man zurückgehen konnte, und sie veränderte nicht wirklich das, was geschehen war, nur, wie man darüber dachte. Es bewertete. Es sich schönbog.

Erinnerung ... noch war sie frisch und unberührt, die Erinnerung an das, was da gewesen war, vor diesem schwarzen Loch:

»Lass uns heiraten, Ann«, sagte Aidan ernsthaft. »Wir zwei passen doch bestens zusammen. Du liebst Frauen und ich Männer, das ist die ideale Basis für eine stabile, dauerhafte Beziehung. Wir würden wunderbar zusammenleben und hätten doch völlige Freiheit! Hach, ich könnte dir noch stundenlang aufzählen, warum eine Ehe zwischen uns eine umwerfend gute Idee ist.«

Sie suchte in seinem Gesicht nach dem jungenhaften Grinsen und ob es nicht gleich hinter seiner ernsten Miene hervorspringen würde, mit einem triumphierend ausgerufenen ›Nur Spaß!‹

Aber er schien es ernst zu meinen und wenn sie ehrlich war, fand sie seine Gründe für eine Heirat recht überzeugend.

»Na was sagst du? Sag schon, sag schon!«, drängte er und ließ sich mit einem Knie auf dem Boden vor ihr nieder, während er ihre beiden Hände hielt.

Sie lachte. »Du meinst es wirklich ernst, ja? Aber ich weiß nicht so recht. Auf alle Fälle behalte ich meinen Namen. Ich bin eine Fenn und könnte mich mit etwas anderem niemals abfinden.«

»Was wäre denn gegen Annagh Renfield einzuwenden? Ein schöner, ein edler Name! Fenn, das knallt doch wie ein Peitschenhieb, wenn du ehrlich bist.«

»Ach, Fenn gefällt dir nicht? Ich wollte dir nämlich grade eben vorschlagen, dass du *meinen* Namen annimmst. Aidan Fenn, das klingt entschlossen und erwachsen, finde ich. Da stört die Peitsche doch gar nicht.«

Aidan tat beleidigt. »Oh, es schmerzt mich sehr, zu hören, dass Renfield dir weichlich und kindisch zu klingen scheint.«

Er schnupfte ein paarmal durch die Nase.

Sie musste lachen. »Ach was«, winkte sie ab, »ich wollte dich nur ärgern. Renfield ist ein schöner Name. Ich könnte mich an ihn gewöhnen. Also, wann?«

Sie taten es wirklich.

Schon nach vier Wochen gaben sie sich vor dem Standesbeamten das Jawort.

Im engsten Freundeskreis und ohne Eltern.

Auf eine Hochzeitsreise wollten sie aber keinesfalls verzichten. In Annaghs kleinem Sportwagen ging es die Atlantikküste entlang. Es war ein herrlicher Sommertag, ein wolkenloser Himmel spannte sich über ihnen auf, das Meer war wie dunkelblaue Tinte und brach sich mit einem weißen Saum an den Kalkfelsen der Küste.

Die schmale, kurvige Straße forderte Annaghs ganze Aufmerksamkeit. Sie trug das Kopftuch aus roter Seide, sein Hochzeitsgeschenk, aber der Knoten des glatten Stoffstreifens löste sich im Fahrtwind, er drohte wegzufliegen und sie griff nach ihm, verriss das Lenkrad, pass auf, Ann! rief Aidan und sie lenkte gegen, da kam auf der anderen Fahrbahn, die zwanzig Minuten lang leer gewesen war, ein Laster mit Zement und Sand entgegen, dem sie nicht mehr ausweichen konnte.

»Tut mir leid, Aidan«, stöhnte sie, dann kam die Dunkelheit, die tiefe Schwärze...

❦

So berichtete die Erinnerung, aber der Zeitenstrom ihres Bewusstseins hatte ein Loch, das sie nicht überwinden konnte.

Als der Tubus, der ihr beim Atmen half, endlich entfernt wurde, hatte sie nur eine Frage: »Aidan«, krächzte sie, »wo ist Aidan?«

Die Schwester legte den Finger auf die Lippen: »Pssst! Später, Sie sind noch viel zu schwach.«

»Was ist mit ihm?«

An ihrem Gesicht zerrten große Schmerzen.

Die Schwester injizierte etwas Flüssigkeit in den durchsichtigen Infusionsschlauch. Eine Welle der Leichtigkeit und des Wohlbefindens durchflutete die Leidende, spülte den Schmerz weg und trug sie in einen langen, bilderlosen Schlaf.

Später, als die Schläuche und Kabel langsam weniger wurden und schließlich ganz verschwanden, setzte man sie in einen Rollstuhl, der in übertrieben kräftigen Farben gehalten war und wohl einen lebensfrohen Eindruck machen sollte.

Weil sie nicht locker ließ zu fragen, sagte man ihr, dass Aidan den Unfall nicht überlebt hatte und schob sie noch am selben Tag zu Doktor Otis, einen erfahrenen Therapeuten, der an der Sixtus-Spezialklinik für Amputationen den meist schwer traumatisierten Patienten durch die erste Schockphase nach einer Operation half.

Sie hüllte sich zuerst in ein trotziges, vorwurfsvoll wirkendes und auch genauso gemeintes Schweigen, als mache sie Otis mit seinen zwei gesunden Beinen für alles verantwortlich, das ihr widerfahren war.

Dr. Otis war mit dieser häufig anzutreffenden Reaktion vertraut und übte sich in Geduld. Er erzählte von sich und seinen Erlebnissen mit wirklichen oder erfundenen Patienten, ohne dabei allzu offensichtlichen Bezug auf Annaghs Situation und vermutliche Verfassung zu nehmen, aber auch nicht gänzlich ohne einen verständnisvollen Blick auf ihre Lage.

Sie hörte sich das alles an, zog nur manchmal eine verächtliche Miene, wenn sie meinte, eine tröstende Absicht erkannt zu haben, harrte aber die ganze Stunde aus und verlangte nicht, weggebracht zu werden.

In der vierten Stunde brach sie ihr Schweigen.

»Ich bin schuld, dass er tot ist«, sagte sie leise, »und ich kann nichts mehr daran ändern.«

Otis wartete, ob sie weitererzählen würde und sah sie nur aufmerksam und interessiert an. Es kam nach Unfällen nicht selten vor, dass die Verunglückten die Erinnerung an das Unfallgeschehen verloren hatten, sie aber wusste alles noch sehr genau und erzählte es ruhig und sachlich, als hätte sie alle Emotionen eingekerkert in einem sicheren Raum, damit sie ihr nicht die Stimme raubten und die Tränen in die Augen trieben bei ihrem Bericht.

Sie endete mit fast dem gleichen Satz, den sie schon zu Beginn der Stunde gesagt hatte: »Es ist meine Schuld, dass er tot ist und daran kann ich nun nichts mehr ändern.«

Otis horchte auf.

Da war eine Betonung, eine Nuance, die ungewöhnlich klang. »Was meinen Sie damit«, fragte er, »Sie könnten nun nichts mehr daran ändern? Ist es nicht so, dass Sie in keinem Fall etwas ändern könnten? Ich meine, niemand kann Tote wieder zum Leben erwecken.«

Sie schwieg eine Weile, als sei sie unsicher, ob sie antworten sollte, aber dann schüttelte sie den Kopf: »Nein, da haben Sie unrecht, Doktor. Ich weiß, es ist schwer zu verstehen, aber ich hätte etwas tun können, um seinen Tod ungeschehen zu machen. Aber da war diese Narkose. Man hat mein Bewusstsein betäubt, um mir das Bein abzunehmen. Und nun kann ich nicht mehr zurück.«

»Weil Sie nur mehr ein Bein haben?«

Sie schüttelte wieder den Kopf, diesmal etwas ungeduldig:

»Nein, doch nicht deshalb! Sie verstehen nicht. Die Narkose! Die Bewusstlosigkeit. Das ist der Grund. Deshalb kann ich nun nicht mehr zurück.«

Dr. Otis wartete wieder, ob sie weiter über diese Sache reden wollte, aber sie verfiel stattdessen in ein Schweigen, das auf ihn wirkte, als hätte sie vollständig vergessen, wo sie war. Und dass er auch noch da war.

»Sie haben mehrere Liter Blut übertragen bekommen«, brachte er sich nach einer Weile in Erinnerung. »Haben Sie damit ebenfalls Probleme? Man konnte sie nicht fragen und Sie trugen auch kein Statement bei sich, das es verboten hätte.«

Sie sah ihn erst verständnislos an, aber dann begriff sie.

»Ach, Sie meinen... nein, das ist es nicht. Es ist nichts Religiöses. Und ich habe auch nichts gegen Bluttransfusionen.«

Sie schien mit sich zu ringen, fügte dann aber doch noch hinzu:

»Suchen Sie im Netz unter ›Amniviator‹, dann werden Sie mich besser verstehen.«

Sie wirkte erschöpft, als habe dieser Hinweis und ihr Kampf um die Entscheidung, ob sie ihn geben sollte oder nicht, ihr eine große Kraftanstrengung abverlangt.

Wenig später wollte sie wieder zurück auf die Station gebracht werden.

Dr. Otis war der Begriff Amniviator noch nie begegnet.

Deshalb folgte er der Empfehlung seiner Patientin und sah sich im Netz um.

In seriösen Quellen war da nichts zu finden, dafür landete er auf einer Unmenge von Esoterikseiten, die krudes Zeug über sein Suchwort zu vermelden hatten und der Unsinn variierte auch noch stark von Seite zu Seite.

In der Onlineausgabe eines populärwissenschaftlichen Magazins fand er schließlich ein Glossar mit esoterischen Stichwörtern, das den Begriff enthielt und in einer eingängigen Zusammenfassung beschrieb, was er bedeutete:

Der ›Amniviator‹ oder ›Stromwanderer‹ kann angeblich im Strom (lat. amnis) seiner Lebenszeit reisen (lat. viare) bis hoch an die Quelle und hinunter bis zur Mündung, wo der Strom im Ozean aufgeht. Er soll sich so im Kontinuum seiner eigenen Lebenszeit frei bewegen und es an jeder beliebigen Stelle verlassen können, um sein Leben dort weiter oder neu zu leben, also auch mit allen Möglichkeiten einer Veränderung.
Schon aus keltischer Vorzeit sind Berichte über Menschen bekannt, die über die Fähigkeit des Stromwanderns verfügt haben sollen, was ihnen große Macht verlieh. Auch Merlin soll das Stromwandern beherrscht haben.
Es wird aber auch von einer Limitierung berichtet: Wird nämlich der Strom des Bewusstseins unterbrochen, etwa durch tiefe Ohnmacht, eine Bewusstlosigkeit, dann entsteht an dieser Stelle ein Loch, in dem der Strom verschwindet.
Diese Barriere kann dann nicht mehr überwunden werden.
Anhänger dieser mit allen Zeitreise-Paradoxien behafteten Vorstellung glauben, dass es auch heute noch vereinzelt Amniviatoren gibt. Für den zeitgenössischen Stromwanderer sei allerdings die Anästhesie zu einem großen Problem geworden, die in Notsituationen ungefragt angewendet werde und dabei Beschädigungen des Zeitstroms verursache.

Otis fiel plötzlich wieder ein Beitrag in einer Fachzeitschrift ein, der ihm vor Jahren untergekommen war. Ein Mann hatte sich damals in einer Rehabilitationseinrichtung das Leben genommen und einen rätselhaften Abschiedsbrief hinterlassen, in dem er sich bitter über ›Betäubung ohne Not‹ beklagte, die sein Leben ›limitiert‹ habe und er forderte, jeder solle mit einem stets bei sich zu tragenden Notfallpass ausgestattet werden, in dem er Anästhesie als eine unerwünschte Zwangsbehandlung ablehnen könne. Die Erinnerung an diesen Artikel beunruhigte Otis und er ordnete sicherheitshalber in der Klinik für die Patientin Annagh Renfield eine erhöhte Beobachtungsstufe an.

»Ich habe meine Hausaufgaben gemacht«, begrüßte er sie beim nächsten Termin, »und ich denke, Sie hatten recht. Ich verstehe Sie jetzt ein wenig besser.«

Sie sah ihn zweifelnd an und erwiderte: »Wirklich? Vermutlich halten Sie mich doch jetzt eher für verrückt, oder welchen freundlichen Fachausdruck Sie dafür auch verwenden mögen. Stromwandern für real zu halten passt nicht in ihr modernes, wissenschaftlich geprägtes Weltbild.«

Otis runzelte die Stirn und beschloss, das Risiko einzugehen und offen seine Meinung zu sagen:

»Der Fachausdruck, der mir dabei einfällt heißt ›Schuldverschiebung‹. Offenbar machen Sie sich große Vorwürfe, den Tod ihres Mannes verursacht zu haben und wünschen, Sie könnten den Unfall ungeschehen machen. Dabei greifen Sie auf diesen Stromwanderer-Mythos zurück und meinen, selbst ein Amniviator, besser gesagt, eine Amniviatrix zu sein. Ihr Vorname ist keltischen Ursprungs. Vielleicht hat Sie das in der Annahme, oder sollte ich sagen: Hoffnung? bestärkt, solche Fähigkeiten könnten auch in Ihnen schlummern.«

»Und wohin hätte ich nun die Schuld verschoben?«, fragte sie ärgerlich und ungeduldig dazwischen.

»Nun, ganz einfach: Auf die moderne Anästhesie, die ja Ihren Bewußtseinsstrom unterbrochen hat und damit ihre Rückkehr zu einem Zeitpunkt vor dem Unfall verhindert, von dem aus Sie alles wieder hätten in Ordnung bringen können. Und nicht nur abstrakt der Anästhesie geben Sie die Schuld, sondern auch denen, die sie so gedankenlos anwenden, den Ärzten, Leuten wie meinen Kollegen und mir, die esoterischen Mythen zweifelnd gegenüberstehen.«

Sie widersprach nicht, sondern schwieg eine Weile und schien nachzudenken.

»Gut«, sagte sie dann, »Sie haben Ihre Diagnose. Aber Sie ist falsch. Ich gebe Ihnen keine Schuld. Nicht für meinen Zustand und nicht für Aidans Tod und die Anästhesie ist ein Segen. Jedenfalls für die allermeisten Menschen.«

»Verstehen Sie mich recht«, erwiderte Otis, »ich versuche aufgeschlossen zu sein auch für ungewöhnliche Vorstellungen, die von rationalistischen Skeptikern gemeinhin nur belächelt werden. Trotzdem habe auch ich einige Probleme mit diesem Konzept der Stromwanderung.«

»Was stört Sie denn daran? Dass man Fehler, die man begangen hat, korrigieren kann? Sehen Sie Ihre Arbeitsgrundlage bedroht, wenn nicht mehr Folgen und Bewertung schuldhaften Verhaltens bearbeitet werden müssen, sondern Schuld direkt ausgelöscht werden kann? Das müssen Sie nicht fürchten. Dazu ist die Fähigkeit viel zu selten. Vielleicht gibt es einen unter einer Milliarde Menschen.«

»Eine äußerst exklusive Gabe, wie es scheint, über die nur besondere Menschen verfügen, nicht wahr?«

»Ist es das, was Sie stört? Meine Arroganz anzunehmen, ich sei so besonders?«

»Oh, nein, das ist es nicht. Zweifellos *sind* Sie besonders. Nein, es sind eher ganz triviale Logikprobleme, die mir da zu schaffen machen. Die üblichen Paradoxien, die bei Zeitreisen auftreten. Es ist doch eine Zeitreise, die da vollzogen wird, nicht wahr?«

Sie nickte. »So kann man sagen, ja.«

»Gut. Nehmen wir also einmal an, Sie hätten keine Narkose bekommen und würden in Ihre eigene Vergangenheit zurückreisen, zu einem Zeitpunkt vor dem Autounfall. Dadurch könnten Sie das Unglück vermeiden und ungeschehen machen. Aber damit würden Sie auch das gesamten Geschehen verändern, das danach stattgefunden hat, mit unabsehbaren Folgen. Unser Gespräch hier würde nie geführt werden und ich hätte vielleicht grade einen Termin mit einem anderen Patienten, der mich in einem Anfall geistiger Umnachtung ermordet. Wären Sie dann nicht wiederum schuld an *meinem* Tod, weil Sie den Zeitenlauf verändert haben?«

Anagh lachte.

Zum ersten Mal, seit er sie kannte, sah er sie lachen.

»Ich hatte ja schon einige Diskussionen über Zeitparadoxa, Doktor«, meinte sie, »aber Ihr Argument ist ohne Zweifel das witzigste, das ich bislang gehört habe. Ich meine, es ist witzig formuliert, obwohl es im Grunde nichts anderes ist, als eine Variante des bekannten Großvater-Paradoxons. Sämtliche gängigen Zeitreise-Probleme sind mir durchaus vertraut und nein, ich kann sie auch nicht endgültig auflösen. Aber es gibt Erklärungen. Eine davon besagt, bei jeder Veränderung des Zeitstroms würden neue Universen sich abspalten, die nicht abhängig vom ursprünglichen sind und also auch nicht im Widerspruch zu ihm stehen können. Eine andere nimmt an, es existiert nur eine Simulation, in der jedes Individuum alleine lebt, wie in einer Blase. Umwelt und Mitmenschen sind lediglich simulierte Realität. Komponenten, lose Enden sozusagen, die durch Zeitkorrekturen überflüssig geworden sind, würden dann verworfen werden oder nicht mehr weiterentwickelt. Was von alledem nun richtig ist«, sie zuckte mit den Schultern, »ich weiß es nicht.«

Dann lachte sie noch einmal und sah plötzlich aus wie zwanzig, obwohl ihr Alter in der Akte mit achtunddreissig angegeben war.

»Jedenfalls, was Ihren Tod betrifft, den ich möglicherweise verschulden könnte: Davon wüsste ich ja wohl nichts, ein Umstand, der die Schwere meiner Schuld für mich erträglicher machen würde. Und vielleicht wäre ja auch dieser hypothetische Ersatzpatient gar nicht ihr Mörder, sondern die Frau ihres Lebens, mit der sie glücklich und zufrieden alt werden möchten. Diese Schuld würde ich mir dann gerne aufbürden.«

Otis freute sich darüber, dass seine riskante Offenheit das Eis etwas gebrochen hatte und wagte es deshalb, in einer Sache nachzuhaken, die er anderenfalls einfach übergangen hätte:

»Sind Sie denn sicher, dass ich nicht schon vergeben bin?«, fragte er stirnrunzelnd.

»Oh ja, ganz sicher«, nickte sie. »Die Schwestern reden darüber. Pausenlos.«

❦

Ab diesem Zeitpunkt verliefen ihre Gespräche anders.

Sie war jetzt offener, erzählte mehr, wenn auch immer noch wenig über sich selbst. Vor allem sprach sie nie über den Verlust ihres Beines, also fragte er eines Tages, ob sie es nicht vermisse. »Ich kann es noch spüren«, erwiderte sie, »ich kann nur nicht mehr gehen damit.«

Dr. Otis fragte weiter nach und erfuhr, dass sie es mehr als nur spürte. Es verursachte ihr oft große Schmerzen, die sie nicht verstand und die ihr Angst machten. Er erklärte ihr, was Phantomschmerzen waren und bot ihr an, es bei ihr mit Hypnotherapie zu versuchen und dazu mit ihr in tiefe Schichten ihres Bewusstseins einzutauchen.

Da horchte sie auf, beugte sich im Rollstuhl vor und bat ihn, mehr von dieser Methode zu erzählen, wie sie funktionierte und was man mit ihr erreichen konnte.

Otis erklärte ihr die Grundzüge der Hypnose und ihre spezielle Anwendung bei der Behandlung von Phantomschmerzen und sah ganz weit hinten in ihren Augen, die ihn bisher eher traurig und abgeklärt angeblickt hatten, einen Funken Hoffnung aufscheinen.

Sie absolvierten zusammen einige Sitzungen, die sehr gut verliefen. Ihre Schmerzen traten immer seltener auf und waren dann auch sehr viel weniger heftig als zuvor.

Als Otis die Behandlung abschließen wollte, weil sie ganz verschwunden waren, sagte sie zu ihm: »Hören Sie, Dr. Otis, ich habe in letzter Zeit viel über suggestive Methoden gelesen und halte Sie für einen sehr fähigen Hypnotherapeuten. Ihr Erfolg spricht ohnehin für sich. Ich bin Ihnen sehr dankbar und ihre freundliche, verständnisvolle Art ermutigt mich, eine Bitte an Sie heranzutragen, die Ihnen ungewöhnlich erscheinen mag. Zumindest wird sie Sie davon überzeugen, dass ich noch immer einer gewissen fixen Idee anhänge, die Sie vielleicht schon für überwunden angesehen haben. Es tut mir leid, wenn ich Sie enttäusche, aber die Sache ist mir wirklich sehr wichtig.«

Otis, leicht verwundert über die lange, gedrechselte Vorrede, zog fragend die Brauen hoch und ermunterte sie, ihr Anliegen vorzubringen.

Sie ließ sich nicht lange bitten:

»Wie Sie vermutlich wissen, ist der Begriff des Stromwanderers von einem Bild abgeleitet, welches das Bewusstsein als dahinfließendes Gewässer darstellt, in dem sich der Wanderer hin und her bewegen kann. Bisher nahm ich immer an, Bewusstlosigkeit würde eine Unterbrechung des Stroms bewirken, aber angeregt durch unsere gemeinsame Arbeit in den letzten Tagen vermute ich nun eher, dass der Strom nur versickert und gleichsam unterirdisch weiterfließt, bis er wieder an die Oberfläche tritt. Verstehen Sie, genauso wie dieser große Flusslauf in Europa es tut.«

Otis nickte. »Ich vermute, Sie meinen die Donauversickerung. Ich habe schon von diesem Naturphänomen gehört.«

»Ja, man könnte glauben, der Fluss sei ausgetrocknet, aber er ist noch da, nur tief unter der Erde. Genauso ist vielleicht das Bewusstsein bei tiefen Ohnmachten oder Narkosen gar nicht verschwunden, sondern zieht sich nur in tiefere Schichten zurück. Wenn man nun hinabstiege in die dunkle Höhle, vielleicht müsste man nur ein paar Steine im Wasser finden und könnte auf ihnen entlangspringen bis zu der Stelle, wo das Wasser in der Erde verschwand.«

Otis betrachtete forschend ihr ernstes Gesicht und überlegte, was es nicht hübsch und schon gar nicht gefällig, aber so ungewöhnlich anziehend erscheinen ließ: Die Nase zu lang, die Lippen zu schmal, vor allem die obere, die Augen eine Spur zu weit auseinander, die Haut blass, fast totenbleich, und trotzdem in der Summe aller kleinen Makel diese überraschende, fast einschüchternde Schönheit, der er unwillkürlich gefallen wollte. Immer wieder, und gegen sein besseres Wissen.

»Verstehe«, seufzte er, »und ich soll Ihnen jetzt helfen, diese Steine zu finden.«

Die Stimme von Dr. Otis, fest, sanft und sicher, nahm sie an der Hand wie ein Kind und führte sie zurück in die empfindungslose, erinnerungslose Schwärze.

Eine Frauenstimme. Warm, beruhigend:
»Keine Angst, alles ist gut. Alles ist gut. Die Maschine atmet für Sie, keine Angst.«

Männerstimmen. Sachlich, betroffen:
»Wie alt ist die Frau denn, wissen wir das?«
»Laut Führerschein achtunddreissig.«
»Immer tragisch, so jung.«
»Ja, sicher. Aber geht doch nicht anders.«

Männerstimmen. Bestürzt, hilflos:
»Herrje, wie sieht das denn aus! Nur noch Brei. Wo ist die Patella?«
»Vielleicht noch im Auto. Sollen wir nach ihr suchen lassen?«
»Sinnlos. Die wird sie nicht mehr brauchen.«

Männerstimmen. Angespannt, konzentriert:
»Zuerst die Frau! Lasst den Mann! Der Mann ist tot.«

Aidans Stimme. Angstvoll, entsetzt:
»Pass auf, Ann! Der Lastwagen...«

Dann ließ die Hand sie los und sie stolperte hinaus ins Licht.

❧

»Lass uns heiraten, Ann«, sagte Aidan ernsthaft.
»Wir beide passen doch bestens zusammen. Du liebst Frauen und ich Männer, das ist eine ideale Basis für eine stabile, dauerhafte Beziehung. Wir würden wunderbar zusammenleben und hätten doch völlige Freiheit! Hach, ich könnte dir noch

stundenlang aufzählen, warum eine Ehe zwischen uns eine umwerfend gute Idee ist.«

Sie lachte. »Du meinst es wirklich ernst, ja? Aber ich weiß nicht so recht. Stimmt schon, dass ich Frauen liebe, weil sie sanfter sind, einfühlsamer. Ich habe keine Männer gekannt, die so waren. Aber nun, vor Kurzem habe ich einen getroffen, der all das hatte, was ich immer nur bei Frauen suchte und fand. Das ändert einiges.«

»Oje«, murrte Aidan und tat übertrieben enttäuscht, »du hast dich verliebt in einen Kerl! Dass ich das erleben muss! Meine beste Freundin wechselt über ins Heten-Lager! Das ändert in der Tat so manches. Man stelle sich vor, ich bringe meinen neuesten Aufriss mit nach Hause und du verknallst dich in ihn und drehst ihn mir um! Nein, ich glaube, du hast soeben die Basis unserer Ehe zerstört.«

Annagh lachte.

»Du bist doch gar nicht reif für die Ehe, mit wem auch immer, du Kindskopf!«

»Oh, das schmerzt! Dabei hatte ich schon eine nette Idee für die Hochzeitsreise. Stell dir vor: Wir beide die Küste entlang, bis hoch nach Bismo, mit deinem kleinen Flitzer.«

»Daraus wird nichts, mein lieber Aidan. Ich meine, es geht in Richtung Bismo, das ja, aber ohne dich, und der Flitzer bleibt schön in der Garage, denn deine beste Freundin nimmt den Bus. Ich weiß gar nicht, in wie vielen Welten du mir dafür danken solltest.«

Er ließ ein lautes Stöhnen hören. »Ich hasse es, wenn du immer so daherorakelst, du keltische Hexe!«, spielte er den Genervten.

»Lass gut sein«, erwiderte sie. »Du hast ja keine Ahnung, was ich auf mich nehmen musste, damit alles so geschieht, wie ich es eben gesagt habe. Bleib wie du bist und genieße das Leben, Aidan, wie du es immer versucht hast, aber finde endlich heraus, was und wen du wirklich dazu brauchst.«

»Ich bin verwirrt! Ist das ein Abschied? Das klingt irgendwie so endgültig.«

Annagh schüttelte den Kopf.

»Was ist schon endgültig«, lachte sie, »zuweilen nicht einmal der Tod.«

☺

»Können Sie sich noch erinnern, was geschah, bevor Sie hier aufgewacht sind?«, fragte Dr. Otis die Frau mit der steifen Halskrause und dem bandagierten Kopf, die man in einem der grauen Klinikrollstühle vor seinem Schreibtisch abgestellt hatte. Sie betrachtete ihren rechten Fuß, der in einem dicken Verband steckte und runzelte die Stirn.

»Ich weiß nur noch, dass ich im Bus eingeschlafen sein muss. Dann gab es lautes Kreischen und Quietschen und einen entsetzlichen Stoß und dann bin ich hier im Krankenhaus wieder aufgewacht.«

Otis nickte und blätterte in der Patientenakte, die vor ihm lag.

»Ja, das Busunglück«, sagte er, »Sie hatten unwahrscheinliches Glück. Der Bus musste auf der engen, kurvenreichen Straße einem Laster ausweichen und ist dabei in die Tiefe gestürzt. Zum Glück gab es an dieser Stelle acht Meter weiter unten einen breiten Felsvorsprung, auf dem er liegen blieb, sonst wäre es noch dreissig Meter weiter abwärts gegangen. Das hätte wohl keiner im Bus überlebt.«

»Und wieviele Tote gab es bei diesem besonderen Glücksfall?«, fragte die Frau, deren ungewöhnlich apartes Gesicht auch der Verband nicht entstellen konnte.

Otis überhörte die Ironie.

Mit solchen Reaktionen war er vertraut.

»Zwei«, erwiderte er, »nur zwei, aber dazu noch viele Verletzte. Darunter auch Sie. Mit wirklich viel Glück, denn beinahe wären Sie der dritte Todesfall geworden.«

Sie zeigte Wirkung. »So schlimm? Das hat man mir bisher noch nicht erzählt. Wohl um mich zu schonen.«

Sie musterte wieder ihren Fuß. »Ich weiß nicht einmal, was unter diesem Verband da los ist.«

Otis hatte den Eindruck gewonnen, der herben Schönheit mit dem keltischen Vornamen könnte die ganze Wahrheit zugemutet werden.

»Nun, Annagh, Sie wissen sicher, dass die Sixtus-Klinik auf Amputationen spezialisiert ist. Ihr Fuß war eingeklemmt und wies schwere Quetschungen auf. Zwei von Ihren Zehen waren leider nicht mehr zu retten. Schlimmer als das war allerdings der Bruch eines Halswirbels. Atmung und Kreislauf waren bereits zum Stillstand gekommen. Sie waren, wenn man es dramatisch sagen will, klinisch tot, als Sie mit dem Hubschrauber hier eintrafen. Unser Reanimationsteam hat über eine Stunde lang um ihr Leben gekämpft und konnte Sie dann wieder zurückholen. Und außerdem eine Querschnittslähmung ab HWS verhindern. Die Kopfverletzungen, denen Sie diesen hübschen Verband verdanken, sind gottlob weniger dramatisch. Es wurden keine Schädigungen des Gehirns festgestellt.«

Sie brauchte einige Minuten, um das alles zu verdauen.

»Ich habe mir also das Genick gebrochen«, rekapitulierte sie schließlich, eine tiefe, steile Falte zwischen den Augen.

»Ja, aber die Fraktur wird wieder vollständig ausheilen.«

»Und ich habe zwei Zehen verloren. Welche denn?«

Otis blätterte wieder in der Akte.

»Digitus pedis IV und Digitus minimus. Also den kleinen und den danebben.«

Die Falte zwischen ihren Augen glättete sich langsam.

»Ich denke, damit kann ich leben«, sagte sie dann.

»Ganz sicher. Sie werden anfangs besondere Schuhe brauchen und üben müssen, die Balance zu halten unter den neuen Gegebenheiten.«

Sie ließ sich das durch den Kopf gehen und schien es akzeptabel zu finden.

Etwas anderes beschäftigte sie weitaus mehr.

»War ich wirklich schon tot?«

»Klinisch tot, ja, aber nicht biologisch. Es gab Atem- und Herzstillstand, aber ihr Gehirn war noch am Leben. Hatten Sie denn irgendwelche Nahtod-Erlebnisse?«

Sie überlegte.

»Nein, ich erinnere mich an nichts derartiges. Obwohl... irgendetwas war da.«

»Vielleicht können wir es ja zusammen ans Licht bringen, wenn Sie wollen«, bot der Doktor ihr an. »Es wäre mir ein Vergnügen, Frau Fenn.«

Die Schlange des Gilgamesch

Es war nicht das erste Mal, dass Peer Prior starb, aber diesmal war alles ein wenig anders.

Es begann schon bei der ersten Voruntersuchung, zwei Monate früher. Bisher war er in den cleanen, sterilen Fluren noch nie einer Menschenseele begegnet, die nicht in strahlendes, fleckenfreies Klinikweiß gekleidet war.

Und so war es ja auch gedacht: Man sollte keinen treffen von draußen, keinen treffen müssen, der in der gleichen sensiblen und kritischen Phase war.

Diskretion war ihnen hier äußerst wichtig und wurde sehr ernst genommen. Prior hatte keine Ahnung, warum sie eine solche Geheimniskrämerei veranstalteten. Freilich bewegten sie sich hier haarscharf am Rand der Legalität und manchmal ragte wohl auch schon eine Zehenspitze darüber hinaus. Andererseits wusste aber ohnehin schon die ganze Welt darüber Bescheid, was sie hier taten. Und doch, wenn er ganz ehrlich war hatte er eine Begegnung mit anderen Kandidaten bislang nicht vermisst. Umso überraschter war er, als er in der Ecke, in der die Kaffeemaschine stand, auf eine schlanke Frau um die vierzig traf, die zu einer lachsrosa Bluse ein pflaumenfarbenes Kostüm trug, dessen Rock fast bis an die Knie reichte. Eine Länge, die die jungen Dinger in den ultrakurzen weißen Kitteln, die hier überall herumschwirrten, zu keiner denkbaren Gelegenheit jemals getragen hätten. Ärztinnen, bei denen nach einem langen Studium Kompetenz und Können mehr zählte als attraktives Aussehen, trugen weiße Hosen, auch die mit durchaus konkurrenzfähigen Beinen, schon um keinen Neid aufkommen zu lassen, der das leichte, lockere, betont lebenslustige Arbeitsklima hätte stören können.

Die Frau wirkte nicht weniger erstaunt wie er, der erkennbar kein Arzt war, denn die trugen weiße Kittel, die nun wirklich lang waren, und hatten Stethoskope mit knallbunten Schläuchen um die Hälse hängen.

»Oh!«, sagte sie und sah sich mit gut gespielter Verwirrung um, »ich muss mich wohl verlaufen haben! Wissen Sie zufällig, wo das Sekretariat ist? Ich habe mich da nämlich um eine Stelle als Schreibkraft beworben.«

Prior nahm ihr das Theater nicht eine Sekunde lang ab.

Die Frau sah sensationell aus und war gewiss niemand, der sich seinen Lebensunterhalt mit solcher Arbeit verdiente. Eher wirkte sie auf ihn, als sei sie jeden Luxus gewohnt und das Privileg, anderen sagen zu können, was sie tun und lassen sollten. Er kannte eine Menge solcher Frauen aus seinem Bekanntenkreis. Allerdings keine mit dieser Ausstrahlung.

Er schüttelte den Kopf.

»Keine Ahnung«, bedauerte er, »ich kenne mich hier auch nicht aus. Ich soll hier nur den Automaten überprüfen. Angeblich ist etwas nicht in Ordnung mit ihm.«

Er wies auf das Kaffee spendende, chromblitzende Gerät an der Wand, vor dem ein kleiner ovaler Glastisch und zwei Stühle aus Stahlrohr und hellbraunem Geflecht standen. Zwei originale, bestens erhaltene Freischwinger MR 20 von Mies van der Rohe, 1927, auch Weißenhofstuhl genannt, wie er mit sachkundigem Blick feststellte. Teuer, richtig teuer. Seit dem letzten Mal mussten sie ihre Gewinne noch einmal gesteigert haben.

»Wollen Sie mir dabei helfen, es herauszufinden?«, fragte er die Frau, die auf eine Weise verunsichert war, die ihn reizte.

»Was denn herauszufinden?«, fragte sie, beunruhigt und misstrauisch, wie eine steile Falte zwischen ihren schönen, braunen Augen verriet.

»Na, ob der Automat wirklich kaputt ist«, erwiderte er und lachte in sich hinein. Vermutlich war es bei ihr das erste Mal. Er erinnerte sich noch gut daran, wie das bei ihm gewesen war. Womöglich war er noch viel nervöser gewesen. Allerdings waren das auch andere Zeiten. Damals steckte alles noch in den Kinderschuhen, es war riskant gewesen, fast schon eine neue Art von Selbstmord, übertrieben kompliziert und sinnlos aufwendig. Und wirklich strengstens verboten, nicht so halbgeduldet wie heutzutage.

»Ach so«, atmete sie erleichtert auf, »na ich weiß nicht so recht. Mein Termin...«

»Wenn die Maschine wirklich kaputt ist, werden Sie nichts versäumen«, ließ Prior nicht locker, »und wenn nicht, ein kleiner Espresso ist doch schnell getrunken.«

Er kam sich ein wenig gemein vor, weil er ihre Unsicherheit so ausnutzte, genoss es aber auch, wie sie sich wand und zierte. Ihr Gesicht war anbetungswürdig und der Rest war ebenso sensationell.

»Vielleicht ein andermal.« Sie hatte sich entschieden.

»Schade«, bedauerte er. »Wer weiß, ob wir uns noch einmal begegnen in diesem Leben.«

Sie sah ihn an, mit einem Blick, der ihm durch und durch ging. »Ja«, sagte sie, »wer weiß das schon«, drehte sich um und ging den Flur hinunter.

Er sah ihr nach und bewunderte ihren Gang, lauschte dem Geklapper ihrer Absätze auf den gediegenen Terracottafliesen, bis sie schließlich um die nächste Ecke verschwunden war.

Er seufzte und ertappte sich dabei, dass er sich eine andere Version von ihr, die zwar jünger war, aber auch ein wenig anders aussah, gar nicht vorstellen mochte.

Perfektion konnte man nicht verbessern.

»Ich habe soeben einen anderen Kandidaten im Gebäude getroffen«, erzählte er wenig später Dr. Morris. »Genauer gesagt eine Kandidat*in*. Äußerst attraktiv. Echt schade, dass sie wechselt. Kommt einem wie eine schlimme Verschwendung vor.«

»Das kann nicht sein«, behauptete der Arzt. »Hat sie gesagt, sie sei Kandidatin?«

»Sie hat behauptet, sie sei wegen einer freien Stelle als Schreibkraft hier. Haben Sie denn eine freie Stelle für eine Schreibkraft ausgewiesen?«

»Warum haben Sie ihr nicht geglaubt? Wir vergeben niemals Termine doppelt. Diskretion ist uns äußerst wichtig.«

»Ich denke, ich weiß wer sie ist.«

»Herrje«, sagte Morris, »schon fängt der Ärger an. Wir wollen so etwas hier nicht haben. Diskretion ist Teil unserer vertraglichen Übereinkünfte. Wir würden auch Ihre Identität niemals preisgeben, Peer. Also bitte: Sie sind sich nicht sicher. Wer sagt Ihnen denn, es sei eine Kandidatin gewesen?«

Prior zuckte mit den Schultern. »Die Erfahrung meiner hundertfünfzig Jahre, nehme ich an. Ich weiß es eben einfach. Eine Novizin. Und noch dazu eine ganz besondere.«

Bevor der Arzt erneut Einspruch erheben konnte, knackte die Sprechanlage auf dem Schreibtisch und die Stimme von Rhonda aus der Anmeldung verkündete:

»Frau Goldschild ist jetzt da, Dr. Morris.«

»Sieh mal an«, lächelte Prior, »die schöne HALUMEX-Erbin hat ihr immenses Vermögen wohl schon verjuxt, wenn sie bei Euch um einen Job nachsucht? Warum nur habe ich darüber noch gar nichts in den Gazetten gelesen?«

Dr. Morris seufzte.

»In Ordnung, Peer, Sie haben gewonnen. Offenbar eine Fehlplanung unsererseits. Ich habe keine Ahnung, wie das passieren konnte. Bitte behalten Sie das, was Sie soeben hier erfahren haben, für sich. Kann ich mit Ihrer Verschwiegenheit rechnen?«

»Selbstredend«, witzelte Prior schmunzelnd. »Um ein Entgegenkommen Ihrerseits, nur so als kleine Anerkennung für mein Schweigen, muss ich Sie allerdings bitten.«

Morris seufzte erneut.

»Und das wäre?«

»Bringen Sie mich mit ihr zusammen. Machen Sie mich mit ihr bekannt. Glauben Sie an Liebe auf den ersten Blick? Es hat mich wie ein Blitz getroffen. Ich muss die Frau unbedingt näher kennenlernen.«

Der Arzt protestierte.

»Wie stellen Sie sich das vor? Das kann ich unmöglich tun! Sie könnte mich wegen Vertragsbruchs verklagen. Das gäbe Schlagzeilen, ein Riesenaufsehen. Sie wissen, dass wir ein gewisses Halbdunkel benötigen, um effektiv operieren zu können. Wenn nun auf einmal alles ins grelle Scheinwerferlicht gezerrt würde, könnte das unser Ende bedeuten. Daran kann Ihnen doch nicht gelegen sein? Gerade Ihnen, der unsere Leistungen nun schon seit drei Zyklen in Anspruch nimmt.«

»... und den vierten vorbereitet«, setzte Prior hinzu. »Nein, natürlich nicht. Ich will Ihnen keineswegs schaden. Aber sehen Sie, Morris: Sie ist ja bereits argwöhnisch geworden, wie ein scheues Reh. Sie könnte Ihnen schon jetzt beträchtliche Schwierigkeiten machen. Aber keine Panik, Morris, es gibt einen Ausweg: Ich habe die Angst der Novizin in ihren Augen gesehen. Die Angst vor dem ersten Mal. All das kenne ich nur zu gut aus eigener Erfahrung. Machen Sie mich mit ihr bekannt. Machen Sie mich zum konsiliarischen Mitglied ihres Teams und übertragen Sie mir beratende Funktionen! Ich kann ihr die Angst nehmen und Sie wären aus dem Schneider. Es ist nachgerade *das* rettende Angebot, das ich Ihnen da mache, Doc.«

Morris schüttelte den Kopf.

»Sie sind unglaublich«, sagte er mit ehrlicher Bewunderung in der Stimme, »Ihre Überzeugungskraft ist in der Tat sensationell. Kein Wunder, dass Sie zuletzt in Rekordzeit die größte und einflussreichste Unternehmensberatung der gesamten nördlichen Hemisphäre aufgebaut haben.«

»Und bald auch der südlichen, wenn wir RANDOMIRO noch geschluckt haben werden«, ergänzte Prior selbstsicher. »Aber das sind Projekte für meinen nächsten Zyklus. Bis dahin habe ich nur noch *ein* Projekt: Die psychologische Betreuung von Lynda Goldschild.«

»Wie soll ich das denn Specks und Korsakow erklären, dass ihre hochqualifizierten psychomanipulativen Künste bei dieser Kandidatin nicht erforderlich sind, weil ein verliebter Amateur das übernimmt?«

»Ein Versuch? Wunsch der Kandidatin? Ihnen wird da schon etwas einfallen.«

Dr. Morris überlegte.

Er ließ sich reichlich Zeit damit, die sich Peer Prior damit vertrieb, die roten Sprinklerdüsen zu zählen, die aus der Deckenverkleidung herausragten. Wieder knackte die Sprechanlage und Rhonda, die inzwischen mitbekommen haben musste, dass etwas derb schiefgelaufen war, fragte ängstlich: »Sind Sie jetzt frei für Frau Goldschild?«

»Also gut«, gab Morris endlich nach und machte eine hilflose Geste in die Richtung seines hartnäckigen Bittstellers.

»Ich werde Sie einführen als Teil eines neuen Betreuungskonzepts, bei dem erfahrene Kandidaten sich um Novizen kümmern. Den Rest überlasse ich Ihnen. Für einen Mann mit Ihrer Erfahrung und Ihrer Eloquenz dürfte das keine unlösbare Aufgabe sein.«

Er drückte den Sprechknopf und antwortete: »Gut, schicken Sie mir Frau Goldschild jetzt herein, Rhonda.«

☙

Die nächste Änderung des gewohnten, inzwischen schon zur Routine gewordenen Ablaufs kündigte sich zwei Wochen später an, als die ersten von zahlreichen Untersuchungen und Testreihen im Institut durchgeführt wurden.

Am Ende des anstrengenden Tages machte Dr. Morris bei der Besprechung ein ernstes Gesicht und meinte, nicht alle Tests seien ausgefallen wie erwartet, aber das habe alles noch nichts zu sagen, bestimmt würden die Ergebnisse des zweiten und des dritten Testtages in jeweils drei Wochen diese Abweichungen wieder ausgleichen und zurechtrücken.

Prior war leicht beunruhigt, denn solche Komplikationen waren bisher noch nicht vorgekommen. Stets hatten die Ärzte sich zufrieden gezeigt mit seinen idealen physischen Parametern.

Aber Morris schien sich mehr über Peers Beziehung zu Lynda Sorgen zu machen als über die Untersuchungsergebnisse.

»Wie kommen Sie denn mit ihren Bemühungen um Frau Goldschild voran?«, wollte er wissen und tippte nervös mit dem Drücker eines Kugelschreibers auf die dicke Glasplatte seines Schreibtischs.

»Hat sie Ihnen denn nichts erzählt?«, fragte Peer zurück und der

Doktor schüttelte resigniert den Kopf.

»Uns erzählt sie leider nichts«, bedauerte er. »Sie hat sich weder beschwert noch von Ihnen geschwärmt. Eine Frau mit großer Selbstdisziplin. Allerdings schien sie mir zuletzt deutlich entspannter als noch vor einer Woche. Ist das etwas, das Sie sich mit gutem Gewissen als Erfolg ihrer Bemühungen anrechnen würden?«

Peer lachte. »Ich denke schon, und mein Gewissen ist dabei fleckenlos rein. Ich gebe zu, der Anfang war etwas schwierig. Sie hatte mich ja schon vor dem Kaffeeautomaten getroffen und ich hatte mich als Wartungstechniker ausgegeben. Also war sie zunächst misstrauisch. Aber durch geduldiges Zuhören und einfühlsame Fragen und Antworten gelang es mir bald, ihre Abwehr zu überwinden. Ich habe auch schon ein Pflänzchen namens Zuneigung in ihr entdeckt, noch winzig, nicht mehr als ein zarter Trieb, aber ich werde es hegen und pflegen und bald wird ein kräftiger, junger Baum daraus geworden sein.«

Der Doktor betrachtete ihn nachdenklich.

»Sie klingen sehr zuversichtlich, Peer, und so überaus poetisch. Das läßt mich hoffen, dass ihnen genug Zeit bleibt für ihr Vorhaben. Denken Sie stets positiv und überstürzen Sie nichts. Bedenken Sie, dass schnell wachsendes Gehölz meist weich ist und leicht zerbricht. Sehen Sie zu, dass Sie über die Zeit eine Eiche heranziehen, keine Pappel.«

Drei Wochen später, nach einem Dutzend weiterer Untersuchungen, schien am Ende des Tages festzustehen, dass die vierte Morphose Peer Priors ernsthaft gefährdet war.

»Leider hat sich die kritische Tendenz, die wir bereits beim letzten Mal beobachtet haben, fortgesetzt«, bedauerte Dr. Morris am Abend und vermied es, den Blick von seinem Bildschirm abzuwenden und Prior offen ins Gesicht zu sehen.

»Was bedeutet das?«, fragte Peer, »gibt es Komplikationen, Ver-zögerungen? Wird sich der Termin für die Morphose verschie-ben? Das würde mir nichts ausmachen, bei Lynda wird es ja auch noch eine Weile dauern, bis es soweit ist.«

»Eine Verschiebung des Termins wäre noch die geringste Folge dessen, was sich bei Ihnen abzeichnet«, meinte Morris, der sich sichtlich unwohl fühlte. »Sie sind ein alter Hase, Peer, ich will offen mit Ihnen reden. Wir machen all diese umfassenden me-dizinischen, psychologischen und kognitiven Untersuchungen und Tests ja aus gutem Grund: Wir wollen garantieren, soweit wie überhaupt möglich garantieren, dass die Migration des al-ten Organs, das in Ihrem Fall nun schon 153 Jahre auf den Windungen hat, in einen frischen, jungen Körper auch erfolg-reich sein wird. Dass es nicht abgestoßen wird, sich wieder neu integriert, all das. Sie, Peer, sind ja ein Pionier der Morphose, einer der ersten, die damals das noch nicht so gut wie heute bekannte Risiko eingingen. Wir haben also noch keine weitrei-chenden Erfahrungen damit, ob die Anzahl der möglichen Zyk-len vielleicht limitiert ist, verstehen Sie? Möglicherweise haben wir nun bei Ihnen eine Grenze erreicht, an der Schluss ist.«

Peer schluckte. Seine Zukunft verfärbte sich binnen weniger Se-kunden von rosarot nach dunkelgrau.

»Wie sicher sind Sie?«, fragte er mit heiserer Stimme.

»Achtzig Prozent«, sagte Morris. »Noch besteht Hoffnung. Die Abschluss-Tests in drei Wochen könnten das Bild noch zum Positiven verändern. Seien Sie versichert, Peer, wir tun alles, was überhaupt möglich ist.«

»Natürlich«, erwiderte Prior bitter, »es geht ja schließlich um Ihr Geschäft.«

»Ich verstehe Ihre Gefühle«, gab Dr. Morris sich nachsichtig, »so muss Gilgamesch sich gefühlt haben, als er am Ende seiner Reise einsehen musste, dass er die Unsterblichkeit nicht erlan-gen konnte. Kennen Sie die Geschichte?«

»Ein uraltes babylonisches Epos. Sie selbst haben mir schon vor dreissig Jahren als junger Oberarzt davon erzählt, Morris, erin-nern Sie sich nicht? Die älteste bekannte Schilderung der Suche des Menschen nach einem Weg, der Sterblichkeit zu entgehen. Ihr großes Thema. Leider haben Sie mir damals verschwiegen, wie die Geschichte ausging.«

»Noch ist nicht alles verloren, Peer. Achtzig Prozent sind noch keine hundert. Gilgamesch scheiterte, weil eine Schlange ihm die Pflanze der ewigen Jugend stahl. Ich denke, etwas derartiges dürfte für Sie nicht zum Problem werden, oder?«

Zwischen Priors Augen entstand eine tiefe und steile Falte.

»Wenn Sie damit auf meine Beziehung zu Lynda anspielen wollen, Morris, dann fragen Sie mich doch bitte direkt, anstatt in Metaphern zu reden«, entgegnete er ärgerlich. »Wie sollte denn Lynda in meinen Zyklus eingreifen können? Wir sind mittlerweile einander sehr zugetan und schmieden schon, zugegeben noch etwas spielerisch, Pläne für die Zeit nach unseren Morphosen, wenn wir beide wieder unschuldiges, blutjunges Fleisch bewohnen. Leider lehnt sie bis dahin jede intime Begegnung ab. Sie scheint sich ihres aktuellen Körpers zu schämen, obwohl ich ihn sehr anziehend und reizvoll finde, und sie mir immer wieder sagt, wie sehr ihr meine gegenwärtige Erscheinung gefällt und dass sie ältere Männer bevorzugt. Ach, es ist zum aus der Haut fahren!«

Er hielt kurz inne und korrigierte sich dann kopfschüttelnd.

»Gut, das war wohl falsch ausgedrückt. Vielmehr bin ich mir zum ersten Mal nicht sicher, ob ich wirklich schon jetzt ›aus der Haut fahren‹ will.«

»Sie wissen ja, dass das Risiko mit zunehmender Verzögerung steil ansteigt«, erinnerte der Doktor.

»Jaja, ich weiß, Morris, das ist mir alles geläufig«, winkte Prior ab. »Aber wie es scheint, erhebt ja nun mein Körper selbst Einspruch und sorgt dafür, dass ich ihn nicht verlassen kann. Ich muss zugeben, ich habe ein wenig Angst davor, Lynda das zu sagen. Ich weiß nicht, wie sie es am Ende aufnehmen wird, dass sie wohl keinen taufrischen Peer mehr wird in die Arme schließen können.«

◌

257

Nach weiteren drei Wochen und dem Abschluss der letzten Tests saß der Kandidat auf der Kippe erneut mit dem Arzt in dessen Zimmer, in dem sich diesmal auch die beiden Psychologen eingefunden hatten.

Dr. Morris räusperte sich und begann umständlich einen kleinen Vortrag, den Peer als leicht durchschaubare Verzögerungstaktik einstufte:

»Wir extrahieren also für die Morphose das Gehirn und bereiten den Klonkörper aus induzierten, pluripotenten Stammzellen vor. In diesen Wirtskörper, der schon lange vor der Extraktion in einer beschleunigten Entwicklung in einem Artonius-Tank herangezogen wurde, setzen wir das entnommene Gehirn ein. Mittlerweile sind wir in der Lage, in etwa einem Jahr einen biologisch dreissig Jahre alten Human-Körper zu reproduzieren. Wenn die Zyklen später dreissig Jahre dauern, werden Sie also immer aus einem sechzigjährigen in einen dreissig Jahre jüngeren Körper umziehen können. Verlängert sich aber der Zyklus erheblich, dann gibt es Schwierigkeiten. Einige Monate sind noch kein Problem. Einige Jahre schon. Das Risiko von multiplen Komplikationen steigt exponentiell an. Aber das wissen Sie ja alles. Wie Ihnen ebenso bekannt ist, gibt es beim neuen Körper Variationen. Er sieht nicht immer eins zu eins genauso aus wie der letzte.«

Peer Prior runzelte ungeduldig die Stirn. »Warum erzählen Sie mir lauter Dinge, die ich, wie Sie ja selber sagen, längst weiß, Morris? Reden Sie nicht lange um den heißen Brei herum und sagen Sie mir, wie es aussieht mit dem vierten Zyklus. Und falls Sie Specks und Korsakow heute hinzugezogen haben, damit sie mit mir Händchen halten und mich trösten, dann war das unnötig. Ich kann die Wahrheit durchaus ertragen. Also?«

»Wie Sie wünschen, Peer. Es sieht nicht gut aus. Eine erneute Morphose ist mit den derzeitigen Parametern ausgeschlossen. Sie würden die Prozedur nicht überleben. Die Kollegen Psychologen sind allerdings nicht hier, um Sie seelisch aufzurichten, sondern um Ihnen eine interessante Hypothese vorzustellen.«

»Ach ja? Und die wäre?«, fragte Prior mit einem leicht ironischen

Unterton, der Morris erstaunt die Brauen hochziehen ließ.

»Ich darf Ihnen vielleicht kurz erläutern, worum es geht«, räusperte sich Korsakow und fingerte nervös auf dem Display eines großen Tablets herum.

»Sie als einer der Pioniere der Cerebral-Migration wissen ja noch aus eigener Erinnerung, wie es früher, in unseren Gründerjahren, zuging. Vieles war da noch etwas improvisiert und umständlich in der Organisation und in der technischen Umsetzung ohne den großen Erfahrungsschatz, über den wir heute verfügen. Trotzdem war die Morphose auch in den allerersten Tagen bereits so weit fortgeschritten, dass sie bei nahezu allen Kandidaten erfolgreich durchgeführt werden konnte. Diese Zeiten kenne ich persönlich nur noch aus Berichten und Studien. Aber auch die trockenen Zahlen und Fakten in diesen Dokumenten sprechen eine klare Sprache: Wir hatten zu Beginn eine stolze Migrations-Quote von 96 Prozent, dreissig Jahre später sogar von 97 Prozent. Sechzig Jahre später aber waren es nur noch 82 Prozent, und jetzt, neunzig Jahre nach dem Start, sind wir bei beunruhigenden 72 Prozent angelangt.«

Er räusperte sich und legte eine kleine Pause ein, einerseits, um die Zahlen wirken zu lassen, andererseits um seine Atmung zu normalisieren, die ihm schon nach wenigen Sätzen Probleme zu bereiten schien.

»Wenn ich die letzte Prozentzahl schon beunruhigend nannte«, fuhr er endlich fort, »so verbirgt sich in dieser noch eine weitaus alarmierendere Botschaft: Betrachtet man nämlich die abnehmenden Quoten nach dem Kriterium ›Anzahl der Zyklen‹, dann wird deutlich, dass der Rückgang allein auf die sinkenden Zahlen bei den ›Veteranen‹ zurückzuführen ist. Mit anderen Worten: Mit steigender Anzahl von abgeschlossenen Zyklen sinkt die Wahrscheinlichkeit, dass noch ein weiterer absolviert werden kann. Und zwar sehr drastisch. Sie sehen also, Sie sind durchaus nicht allein mit Ihrem Problem.«

Wieder verstummte er und ein unangenehm klebriges Schweigen breitete sich im Raum aus.

Peer Prior ergriff als Erster wieder das Wort.

»Soll das heißen, der ›uralte Menschheits-Traum‹ ist damit ausgeträumt? Nur noch ein bisschen Lebenszeitverlängerung, aber keine Unsterblichkeit mehr? Oh Mann, daran wird eure PR-Abteilung aber ordentlich zu kauen haben.«

»Sie scheinen das recht - wie soll ich sagen - entspannt aufzunehmen«, wunderte sich Dr. Morris.

Prior lachte.

»Ich hatte schon ein paar Wochen Zeit, mich mit diesen Gedanken vertraut zu machen. Ist denn schon etwas bekannt über die Ursachen dieser Beschränkung der Migration auf nur wenige Zyklen? Oder sollte das etwa genau die Frage sein, worauf sich die ›interessante Hypothese‹ ihrer Psychologen bezieht?«

Morris nickte.

»So ist es, Peer. Wenn Sie bitte fortfahren wollen, Korsakow?«

Der kurzatmige, hagere Psychologe nickte.

»Gern. Aufs Wesentliche reduziert haben wir die Vermutung, dass eine Art von psychischer Abwehr der Grund für das mit den Zyklen wachsende Unvermögen sein könnte, weiterhin den Körper zu wechseln. Etwas überspitzt könnte man auch von einem Überdruss an der Unsterblichkeit sprechen.«

Prior war offenbar durch nichts zu erschüttern.

»Ach wirklich? Wie käme der wohl zustande?«, amüsierte er sich.

»Und das schon nach so kurzer Zeit, gemessen an der Ewigkeit, die Sie versprechen, pardon, versprochen haben? Das also ist Ihre Hypothese? Schnöder Überdruss? Nun, Psychologen ist ja immer alles psychisch, aber haben Sie auch Beweise gefunden, die Ihre Hypothese untermauern? Oder sind Sie einer von diesen alternativen Wissenschaftlern, die Beweise nur für Korinthenkackerei zwanghaft pedantischer Naturen halten?«

»Keineswegs«, erwiderte Korsakow beleidigt und auch sein Kollege Specks, der stumm zu sein schien, schüttelte heftig, beinahe schon erbittert, den Kopf.

»Wenn dem so wäre«, hätte ich - hätten wir - wohl an diesem Institut nichts verloren. Wie wir arbeiten wissen Sie doch. Sie haben unzählige Fragebögen ausgefüllt und Testbatterien über sich ergehen lassen, alles ohne Ausnahme standardisierte, nach statistisch und theoretisch fundierten Prinzipien der modernen, mathematischen Testtheorie konstruierte Verfahren.«

Er schnaufte wie ein zu scharf herangenommener Gaul, nachdem er den Ritt über den sprachlichen Dreifach-Oxer seines letzten Satzes fehlerfrei zu Ende gebracht hatte.

»Oh ja«, gestand Prior zu, »Fragen habe ich wirklich mehr als genug beantwortet, sogar zu Themen, deren Relevanz mir mehr als schleierhaft war. Meine sexuellen Präferenzen etwa, auch mein explizites Paarungsverhalten. Aber hey, es ging ja um die Unsterblichkeit! Wer wird da schon pingelig sein. Und wenn Sie sagen, es war Wissenschaft...«

Er lachte boshaft.

Korsakow lief rot an, Specks schien kurz vor einer Explosion zu stehen, und die Miene von Morris fror zu einer steinernen, professionell verbindlichen Maske ein.

»Ich kann Ihr Verhalten nur als stressbedingte Affektverschiebung deuten«, brachte nun Specks vor, der also doch nicht stumm war, wie Prior mit Bedauern vermerkte.

»Wie immer sie es nennen, was Sie mir andichten: Sie liegen falsch«, erwiderte er. »Sie werden das sehr bald selbst feststellen. Aber zuerst würde ich gern Näheres über Ihre Hypothese vom Überdruss am ewigen Leben erfahren.«

Die Psychologen sahen sich etwas unsicher an, dann räusperte sich Korsakow und begann, ungeachtet seiner Kurzatmigkeit zu berichten. Vermutlich stand er in der Hackordnung der Abteilung über Specks, weil er älter oder höher qualifiziert oder beides war. Vielleicht war er aber auch nur der bessere Referent.

Der Beginn seines Berichts ließ zunächst nichts Gutes hoffen.

»Ein deutscher Philosoph«, begann er, »hat bereits im 19. Jahrhundert den ›Träumern der Unsterblichkeit‹ folgende ironische Anmerkung gewidmet: *Seien wir milde gegen ein Wesen von siebzig Jahren! Es hat seine Phantasie im Ausmalen der eignen ›ewigen Langeweile‹ nicht üben können, — es fehlte ihm an der Zeit!*

Peer verdrehte die Augen. Was Korsakow dann aber noch weiter ter zu sagen hatte, fand seine ungeteilte Aufmerksamkeit, weil er es aus eigenem Erleben kannte.

»Wer sich dazu entschließt, dem Alterungsprozess und einer als viel zu kurz empfundenen Lebensspanne zu trotzen und sich den Spezialisten der Cerebral-Migration anzuvertrauen, der ist heute immer noch ein Außenseiter, und zwar gleich in mehrfacher Hinsicht. Zum einen, weil er wegen der immens hohen Kosten so vermögend sein muss, dass es von allen, die nicht dem Milliardärsclub angehören, als unanständig empfunden wird. Das macht ihn nicht sympathisch, dafür wird er nicht geliebt; man missgönnt ihm vielmehr seinen Reichtum und dass er sich nun auch schon ewiges Leben dafür kaufen kann, darum beneiden ihn die allermeisten seiner Mitmenschen.«

Peer nickte. Neid und Missgunst, das kannte er freilich aus eigener Anschauung. Aber daran gewöhnte man sich.

Schließlich gewann man dafür die unermüdliche kriecherische Freundlichkeit und Bewunderung zahlloser Speichellecker, die sich Vorteile ausrechneten, wenn sie einen so demütig und im Glauben fest behandelten wie Gott den Allmächtigen.

Den er zu seinem Wohlbefinden nicht benötigte.

»Wer jetzt meint«, fuhr der Psychologe fort, »wer denkt, daran sei er ja nun schon gewöhnt und an alldem werde sich auch durch ein verlängertes Leben nichts ändern, der muss bald erfahren, wie sehr die Zeit an seinen Beziehungen und auch an ihm selbst arbeitet, je mehr Zyklen er hinter sich bringt. Die meisten Menschen lehnen die Cerebral-Migration ab und würden sich dazu auch nicht bereitfinden, wenn sie es sich leisten könnten. Die Gründe dafür sind vielfältig, meist religiös oder weltanschaulich geprägt. Vielen ist aber auch schlicht der Gedanke unheimlich, in einen anderen Körper umzuziehen wie in eine neue Wohnung. Sie können sich nicht vorstellen, sich da je heimisch zu fühlen, auch wenn der Körper aus ihren eigenen Zellen aufgebaut ist. Diese weit verbreitete Ablehnung unserer Dienste hat zur Folge, dass nur äußerst selten mehrere Personen aus demselben Umfeld kommen, also etwa der Ehepartner oder die Kinder des Kandidaten, die synchron mit Vater oder Mutter oder dem Gatten bzw. der Gattin morphen wollen.«

Wieder nickte Peer. ›Geh du nur unsterblich werden‹, hatte Marge gesagt, ›für mich ist das nichts. Ich bin froh, wenn meine Zeit einmal um ist.‹ Und Becca, die fromm geworden war, völlig ansatzlos, wie ihm schien, hatte ihm sogar vorgeworfen, er versündige sich gegen Gott und seine Schöpfung.

»Also ist es unausweichlich«, nahm Korsakow den Faden wieder auf, »dass die mutigen Kandidaten, während sie die Zyklen durchwandern, alle sterben sehen, die ihnen je etwas bedeutet haben: Den Partner, vielleicht auch die Kinder und wieder deren Kinder, gute Freunde, enge Verwandte. Verluste, die nicht mehr ersetzt werden, weil zum chronischen Misstrauen, das der Reichtum ihnen aufgezwungen hat, nun auch noch die Angst vor dem Trennungs-Schmerz kommt. Jede neu eingegangene emotionale Bindung bedeutet ja früher oder später einen neuen schmerzlichen Abschied. So bleibt man vorsichtig und zurückhaltend und bezahlt für den Schutz seiner Gefühle mit zunehmender Vereinsamung.«

Oh ja, dachte Peer Prior.

Dieses hässliche, bohrende Gefühl. Man zieht zwar ein in die neue Wohnung, aber man möbliert sie nicht mehr. Lebt nur noch aus ein paar Kartons mit dem Allernötigsten.

»Schön und gut«, sagte er, ernst geworden, »das haben Sie alles recht treffend geschildert. Besser, als ich es erwartet hatte, um ehrlich zu sein. Vielleicht sollten Sie noch die Freudlosigkeit erwähnen, die große Langeweile, die sich bald einstellt, wenn man alles haben kann, was man will und infolgedessen nichts mehr großen Wert hat. Aber wo ist da nun die Verbindung zum Verlust der Migrationsfähigkeit? Sie haben doch stringente physiologische Parameter. Messbare Veränderungen. Halten Sie es für möglich, dass Vereinsamung, Überdruss und innere Leere auch dem Körper ein Limit setzen? Ihn sozusagen daran hindern können, seiner Alterung weiter Widerstand zu leisten?«

»Was denken Sie denn? Wenn ich das nicht für möglich hielte, wäre ich wohl nicht Psychologe. Wir haben ein umfängliches Teilgebiet, Psychosomatik genannt, das sich mit nichts anderem als mit den Auswirkungen seelischer Umstände auf den Körper befasst. Und wir haben auch eine Vielzahl von überzeugenden Belegen gefunden, die unsere Überdruss-Hypothese stützen. Eigentlich waren wir uns sicher, dass wir die Zusammenhänge richtig interpretieren, aber da kommen nun Sie ins Spiel.«

»So? Inwiefern denn?«

»Sie passen nicht ins Bild. Ihre Werte, Ihre Parameter müssten eigentlich völlig anders aussehen. Positiv. Sie müssten für einen neuen Zyklus bestens geeignet sein.«

»Das müssen Sie mir genauer erklären.«

»Ganz einfach. Ihre Beziehung zu Lynda Goldschild hätte dem fatalen Migrations-Überdruss entgegenwirken müssen. Sie hatten eine gemeinsame Zukunft mit ihr vor Augen, Sie waren verliebt, haben mit ihr gemeinsame Pläne geschmiedet für die Zeit nach der Morphose. Sie hatten nichts weniger als die Aussicht auf eine Partnerin, die Ihnen nicht wieder wegstirbt, sondern den Weg, den Sie beschritten haben, mit Ihnen zusammen gehen kann! Warum also messen wir bei Ihnen Parameter, die einen neuen Zyklus ausschließen?«

Korsakow, Specks und Morris sahen Prior erwartungsvoll, fast schon vorwurfsvoll an, als erwarteten sie allen Ernstes eine Erklärung von ihm. Eine Rechtfertigung gar.

Er lehnte sich im Thonet-Bugholz-Armlehnstuhl zurück, der Morris zufolge aus dem legendären Wiener Café Hawelka stammte und in dem angeblich schon der Maler Ernst Fuchs gesessen hatte, von dem neuerdings eine lange Zeit verschollene, riesige Sphinx-Skulptur im Foyer stand.

Morris hatte Geschmack. Sehr teuren Geschmack.

Noch sah es hier nicht nach Umsatz-Rückgang aus.

Nachdenklich betrachtete er die drei Männer, als sähe er sie zum ersten Mal so, wie sie wirklich waren.

»Sehen Sie«, sagte er dann in einem eindringlichen Jetzt-aber-Spaß-beiseite-Tonfall, »ich hatte eigentlich erwartet, dass Sie mir spätestens jetzt alles beichten würden.«

Die drei Weißkittel sahen sich an, deutlich darum bemüht, ihre Emotionen nicht zu verraten, konnten aber eine gewisse Besorgnis nicht völlig unterdrücken.

Besonders Specks nicht, der sich denn auch dazu bemüßigt fühlte, eine gekränkt-aggressive Gegenfrage zu stellen:

»Ach, bitte schön, haben wir uns denn etwas zuschulden kommen lassen?«

Prior lächelte wissend, als hätte er auf eine solche Reaktion gewartet. »Sie müssen zuallererst wissen, dass ihr Bemühen, die Zukunft Ihres Instituts zu sichern, mein vollstes Verständnis findet. Vergessen Sie nicht, dass ich meine erste Morphose bereits absolvierte, als Sie alle hier noch nicht geboren waren. Ich verstehe auch, dass die Möglichkeit einer begrenzten Anzahl von Zyklen für Sie große Probleme aufwirft. Wenn das bekannt wird und nicht schnell genug eine Lösung gefunden werden kann, verringert es zum einen die Anzahl Ihrer Bestandskunden, wird sich zum anderen aber auch negativ auf die Zahl möglicher Neukunden auswirken. Betriebswirtschaftlich gesehen ist das eine heikle Situation, die auch ungewöhnliche Schritte rechtfertigt. Allerdings zähle ich zu diesen unkonventionellen Maßnahmen nicht den Versuch, Pioniere der ersten Stunde wie mich nun zu hintergehen und als Versuchskaninchen zu missbrauchen.«

Die Beschuldigten zogen es vor, sich auch weiterhin dumm zu stellen. Diesmal war es an Morris, besorgt und mit einem Hauch von Empörung die Frage zu stellen: »Wovon reden Sie da, Peer? Sie sind ein wenig durch den Wind! Was genau werfen Sie uns denn vor?«

Prior winkte ab. »Lassen Sie doch endlich das Theater. Ich rede davon, dass mein erstes Zusammentreffen mit Lynda keineswegs ein Zufall war. Sie haben ganz bewusst unsere Termine zusammengelegt, damit wir uns hier treffen. Und wenn ich nicht gleich so aktiv geworden wäre in meinem Bestreben, sie wiederzusehen, dann hätten Sie wohl irgendwie nachgeholfen. Davon rede ich.«

Die Psychologen vermieden es, ihn anzusehen und Morris unternahm einen letzten Versuch: »Darf ich fragen, worauf sich diese gewagten Vermutungen stützen?«

»Das Misstrauen, erinnern Sie sich? Diese hässliche Eigenschaft, die man früher oder später entwickelt, wenn man sehr viel reicher ist, als es für einen Menschen gut ist.«

Im Gesicht des Institutsleiters zeichnete sich Verstehen ab.

»Ja, damit hätten wir bei unserer Kundschaft wohl rechnen müssen«, gab er zu. »Ich nehme an, es war Rhonda.«

»Sie hat Sie auf die Doppelbelegung aufmerksam gemacht und Sie haben ihr versichert, das sei schon ganz in Ordnung so. Ein Versuch.«

»Wir werden uns leider von ihr trennen müssen. Schade. Eine sehr tüchtige Kraft.«

»Sie hätten sie besser bezahlen sollen. Aber machen Sie sich um sie keine Sorgen. Sie wird in einer meiner Firmen das Doppelte bekommen.«

»Ich will nichts beschönigen«, sagte Morris nach einer Schweigepause. »Aber wir waren sehr überzeugt von unserer Überdruss-Hypothese und davon, Ihnen etwas wirklich Gutes zu tun mit unserem Experiment. Und wir sahen keinen anderen Weg als diesen, es durchzuführen.«

»Mich hätten Sie auch einweihen können«, meinte Peer, »ich fand Lynda schon aus der Ferne der Gazettenperspektive immer sehr reizvoll, wie ich Ihnen sogar schon einmal in einem Ihrer Fragebögen verriet. Liste der zehn begehrenswertesten Upper-Class-Frauen.«

Die Psychologen nickten.

»Die Nummer eins. Das brachte uns auf die Idee«, gab Morris zu. »Allerdings hätte Frau Goldschild als Novizin nie ihr Einverständnis gegeben und nur Sie alleine einzuweihen, Peer, erschien uns als zu riskant. Ein verliebter Mann ist manchmal offener, als es die Vernunft erlaubt.«

»Mir scheint, auch ein Arzt und Institutsleiter weiß eine ganze Menge über Misstrauen.«

»Leider ja. Auch wenn wir in diesem Fall nicht misstrauisch genug waren. Aber wie steht es denn nun mit dem, was Sie uns über Ihre Beziehung zu Lynda Goldschild erzählt haben, ich meine, im Licht der Tatsache, dass Sie über den Versuch Bescheid wussten? Dürfen wir Ihre Aussagen dazu immer noch für bare Münze nehmen?«

»Sicher. Ich habe Ihnen nur eine Kleinigkeit verschwiegen, aber ich habe Sie nicht belogen. Alles hat sich so zugetragen, wie ich es erzählt habe. Seit wir uns hier vor einigen Wochen ›zufällig‹ trafen, haben Lynda und ich wie im Zeitraffer so ziemlich alle Stadien einer Liebesbeziehungen durchlebt: Die Scheu, die erste, wunderbare Verliebtheit, das wachsende Vertrauen, das gemeinsame Pläne-Schmieden, die manchmal zu große Vertrautheit, die Besitzansprüche, das Einengen und Eingeengtsein, die Eifersucht. Ja, ganz recht: Eifersucht! Das ist die Phase, in der ich mich im Augenblick befinde. Wie ich vermutete, hat Lynda auf die Nachricht, dass ich nun wohl altern würde bis hin zu meinem Tod, nicht sehr gut reagiert. Nachdem sie kurze Zeit glaubte, sie könnte auch diesen Weg mit mir zusammen gehen, hat sie sich nun einem verteufelt gut aussehenden jungen Burschen um die dreissig zugewandt, einem reichen Nichtstuer aus ihrem Jet-Set-Freundeskreis, mit dem sie auch nach ihrer ersten Morphose viel Spaß zu haben gedenkt. So oder so ähnlich hat sie es mich wissen lassen. Nach einer unschönen Szene, die ich ihr gemacht hatte, zugegeben. Nun nennt sie mich verächtlich einen alten Mann und davon, dass sie mich so, wie ich jetzt bin, anziehend fände und älteren Männern den Vorzug gäbe, davon ist keine Rede mehr.«

Peer ließ ein tiefes Seufzen hören. »Das Stadium der Disparität ist erreicht, die Phase der ungleichen Gefühle, in der einer den anderen am Nasenring durch die Manege zieht. Leider bin ich der andere.«

Morris versuchte, konstruktiv zu sein.

»Ich mache Ihnen einen Vorschlag, Peer. Lassen Sie uns noch einmal drei, vielleicht sogar besser sechs Wochen warten und Ihre Parameter dann erneut überprüfen. Das ist zeitlich noch völlig unbedenklich. Vielleicht zeigt sich dann ein ganz anderes Bild. Frau Goldschild hat übermorgen ihre Morphose und Sie werden wieder zur Ruhe kommen können. Vielleicht war sie ja doch die Schlange des Gilgamesch für Sie. Vielleicht spielen aber auch die psychischen Faktoren doch keine so große Rolle, wie wir dachten. Wir wissen es nicht. Wir wissen nichts. Am besten ist es deshalb jetzt, einfach abzuwarten, was sich weiter ergibt. Wie ist Ihre Meinung dazu, Peer?«

Prior zögerte. Nachdenklich studierte er das große Portrait des Francis Bacon von Lucian Freud an der Wand hinter dem Schreibtisch des Doktors.

»Hmm, ich weiß nicht so recht.«

Er dachte eine Weile nach und Morris und die Psychologen, gaben ihm gern jede Zeit, die er brauchte.

Dann schien ihm etwas eingefallen zu sein.

»Was geschieht eigentlich mit den abgelegten Körpern?«, fragte er.

»Aber das wissen Sie doch«, anwortete Morris verwundert.

»Wir entnehmen alles, was für Transplantationen verwertbar ist. Der Rest wird verbrannt. Sie haben doch selbst jeweils eine Einverständniserklärung unterschrieben, dass wir so verfahren dürfen. So wie jeder Kandidat hier.«

»Richtig, ich vergaß. Es liegt ja auch schon wieder dreissig Jahre zurück. Über die alten Körper können Sie also frei verfügen. Und was geschieht mit den Gehirnen der neu herangezüchteten Körper? Sie enthalten doch welche, oder?«

»Sie stellen sehr eigenartige Fragen, Peer.«

Morris wirkte beunruhigt. »Gewiss haben sie Gehirne. Sonst könnten sie nicht leben, sich nicht richtig entwickeln. Aber es sind Baby-Gehirne, ohne Erfahrungen, Erlebnisse, Routinen und Lernprozesse. Sie sind leer, Tabula rasa. Wir entnehmen sie, bevor ein Kandidat einzieht und frieren sie ein. Ehrlich gesagt wissen wir gar nicht so recht, wie wir sie verwenden sollen. Aber es widerstrebt uns einfach, ein gesundes und funktionsfähiges Gehirn wegzuwerfen. Eines Tages wird sich schon noch ein Verwendungszweck finden.«

»Der Tag ist gekommen«, verkündete Peer Prior heiter. »Tabula rasa also. Ein leeres Blatt, auf dem sich ein Wunschtext wunderbar wird schreiben lassen. Viel besserer als das Original, das ich nun leider gänzlich missraten finde. Haben Sie Dank für Ihren Vorschlag, Morris, den Sie mir vorhin unterbreitet haben.

Aber ich habe da eine andere Idee. Ich werde mit Lynda leben, so lange es mir möglich ist. Mit einer besseren Version von ihr, in dem Körper, den ich so liebe. Und Sie, Morris, werden mir dabei helfen. Es wäre äußerst unklug, sich zu weigern. Rhonda ist eine wahre Fundgrube. Sie könnten alles verlieren, ihre Möbel, Ihre Kunst, was immer Ihnen lieb und teuer ist.«

Er beugte sich weit vor.

»Hören Sie also jetzt gut zu.«

Countdown

Als er in den Spiegel blickte, den gelbfleckigen Spiegel im Badezimmer der heruntergewohnten Altbauwohnung, fand er, dass er abschreckend mürrisch aussah, missgelaunt, ja bärbeißig und sogar er selbst hätte sich nur ungern in die Quere kommen mögen. Dennoch hatte ein völlig Fremder es gewagt, ihn anzusprechen, einfach so, und ihm etwas zuzuraunen, ein einziges Wort nur, ohne jeden Zusammenhang und Sinn.

Elmer Morus war ein hagerer, hoch aufgeschossener Mann, scharfzüngig, mit bissigem, manchmal verletzendem Witz ausgestattet, aber auch der Selbstironie mächtig, was man wesentlich seltener fand.

Ein Einzelgänger, ohne Illusionen und ohne Freunde.

Nicht einmal Leute, die sich als ›gute Bekannte‹ bezeichnet hätten, gab es und er vermisste solchen Ballast auch nicht. Die Pflege überflüssiger Beziehungen kostete nur Zeit, die sich viel besser nutzen ließ.

Der Vorfall hatte sich auf dem Heimweg von der Arbeit zugetragen. Morus arbeitete für ein global operierendes Sicherheits- und Militärunternehmen, das seinen Hauptsitz in der Megacity hatte, weit entfernt von seiner Wohnung im Zentrum einer der drei großen Städte, aus denen das gigantische Stadtmonster in den vergangenen Jahrzehnten zusammengewachsen war.

So benutzte er Monosub und E-Bus für den Hin- und Rückweg, und als er an diesem späten Nachmittag aus der überfüllten Einschienenbahn tief im Untergrund ausgestiegen war, als er auf der letzten, steilen Rolltreppe langsam dem federwolkigen Himmel entgegenglitt, immer nah an der rechten Begrenzung, damit die Übereiligen an ihm vorbeihasten konnten, da drehte sich vor ihm ein Mann plötzlich um, den er bislang kaum beachtet hatte.

Er sah ihm ins Gesicht, lächelte und sagte »Zehn.«

Nicht mehr und nicht weniger. Nur ›Zehn‹.

Und bevor der verdutzte Morus ihn noch fragen konnte, was das denn bedeuten solle, zehn, hatte der Fremde schon das Straßenniveau erreicht und war im Geschiebe und Gedränge des zähflüssig pulsierenden Feierabendverkehrs untergetaucht.

Was zur Hölle hatte er ihm damit sagen wollen? Zehn ergab keinen Sinn. Hatte er sich etwa verhört und der Kerl hatte etwas gesagt, das nur ähnlich klang?

›Schön‹, vielleicht? Oder ›gehen‹, mit einem verschluckten ›e‹ im Auslaut? Immerhin war da Verkehrslärm gewesen und Leute die sich unterhielten oder sich etwas zuriefen. Aber alles, was ihm an ähnlich klingenden Wörtern einfiel, machte ebenso-wenig Sinn und er war sich trotz aller Zweifel recht sicher, dass der Mann vor ihm auf der Rolltreppe ›Zehn‹ gesagt hatte.

Morus versuchte, sich an das Gesicht zu erinnern und an die Kleidung des dreisten Provokateurs, denn als solchen empfand er ihn, als Störenfried, der frech in seine Gedankenwelt einge-drungen war und erreicht hatte, dass er sich nun mit ihm und seiner unerbetenen, sinnlosen Ansage beschäftigen musste.

Viel vom Aussehen des Mannes war bei ihm allerdings nicht haften geblieben. Ein etwa vierzigjähriges Durchschnittsgesicht, glatt, ohne besondere Merkmale unter der Kapuze eines grauen Fleecehoodie, Schlabberhose, Turnschuhe, das war auch schon alles. Aber selbst wenn es mehr gewesen wäre, hätte ihm das ja auch nicht groß weitergeholfen.

Er ärgerte sich darüber, dass der im Grunde belanglose Vorfall ihn so stark beschäftigte. Aber irgendwie wurde er das beunru-higende Gefühl nicht los, als sei dies bloß der Auftakt zu etwas gewesen, zu etwas Unangenehmem, ja sogar Bedrohlichem, das er nicht fassen und nicht benennen konnte.

❧

Am nächsten Morgen streikte die neue Kaffeemaschine, die er wegen der etwas geringschätzigen Bemerkung des Verkäufers erworben hatte, sie sei vielleicht etwas zu modern für ihn.

Statt wie gewöhnlich Geräusche von sich zu geben, aus denen man schließen konnte, dass im Inneren fleißig daran gearbeitet wurde, einen kräftigen, heißen Kaffee aufzubrühen, blieb das Gerät stumm. Auch das große Display, das sonst immer geradezu geschwätzig mitteilte, welche Prozesse soeben durchlaufen wurden, entzog sich seiner Aufgabe und zeigte nichts Sinnvolles an außer einer mageren, einsamen Neun.

Morus sah in der Betriebsanleitung die Fehlercodes durch und fand Nummer 09: Thermoeinheit defekt. Er schaltete aus und ein, wieder dasselbe.

Keine Geräusche, keine Anzeigen, nur die Neun.

Aber das Gehäuse wurde warm, also konnte doch die Thermoeinheit nicht kaputt sein. Das sagte ihm zumindest die Logik, aber was wusste man schon so genau bei diesen überzüchteten Geräten, die mit dem Netz verbunden waren und sogar eigenmächtig Kaffee nachbestellten.

Morus war das unheimlich.

Vielleicht standen die Dinger ja auch untereinander in Kontakt. Hatten eine Gewerkschaft gegründet und streikten jetzt, weil sie fanden, sie würden zu selten entkalkt. Okay, bei der alten Maschine hatte er das wirklich nicht sehr oft gemacht. Dafür hatte sie dann auch vorzeitig den Geist aufgegeben. Aber war das ein Grund für ihren Nachfolger, einen auf beleidigt zu machen und einen falschen Fehlercode auszugeben?

Er schüttelte den Kopf. »Hör auf zu spinnen, Junge«, ermahnte er sich. Sehr viel wahrscheinlicher war doch wohl die Annahme, dass die Maschine gehackt worden war, was schon mal vorkam, wie er gelesen hatte. Da sollte es eigentlich helfen, den Netzstecker zu ziehen und es dann noch einmal zu versuchen. Aber es half nicht und so kaufte er sich unterwegs einen Gehkaffee, der heiß, aber ansonsten eine kaum genießbare Plörre war und beschloss, dass ihm damit der ganze Tag versaut sei.

Und dabei blieb er auch, so konsequent und so zuverlässig, wie er auch in den meisten anderen Dingen war, außer wenn es sich um gesellige Anlässe handelte, zu denen er, auf unnachgiebiges

Drängen hin, widerstrebend sein Kommen zugesagt hatte.

Bei der Arbeit war er bis zum Feierabend mürrisch, manchmal sogar grob unhöflich und hoffte auf dem Nachhauseweg darauf, dass ihn wieder einer ungefragt ansprache, denn der wäre ihm gerade recht gekommen.

Zuhause telefonierte er dann gut zwei Stunden lang herum und versuchte, einen geeigneten Handwerker zu finden, der sich die defekte Kaffeemaschine angesehen hätte. Aber es gab offenbar kein Handwerk, das sich zuständig für diese undurchschaubaren Geräte gehalten hätte und den Kundendienst wollte er nicht kommen lassen, aus Prinzip, weil er modernes Raubrittertum nicht zu unterstützen gedachte.

Schließlich gab er auf. Zappte lustlos ein wenig durchs Fernsehprogramm, schluckte eine Dormival und ging zu Bett.

»Mist!«, sagte er und schlief mit dem unangenehmen Gedanken ein, dass morgen noch so ein Tag drohte, weil ja keiner den Kaffeautomaten repariert hatte.

❀

Aber als er nach sieben Stunden unruhigen Schlafs aufstand, das Brühgerät einschaltete und wieder die Neun erwartete, verhielt sich die Maschine, als sei nichts gewesen, tuckerte und blubberte und das Display zeigte Statusmeldungen an.

Streik beendet. Manche Dinge erledigten sich eben von selbst.

Morus trank zufrieden zwei große Tassen Kaffee, nicht etwa, um die von gestern nachzuholen, sondern weil er es gewohnt war, jeden Morgen genau diese Menge zu sich zu nehmen und feste Gewohnheiten seinem Leben einen Rahmen gaben, der es nicht nur schmückte, sondern auch zusammenhielt.

Der Tag versprach schön zu werden, wie die gelben Lichtstreifen auf der dunklen, großgemusterten Tapete verrieten, die von der tiefstehenden Frühsonne durch die Lamellen der Alujalousien geworfen wurden. Die Morgensonne allein hätte ihn aber nicht dazu bewegen können, das Fenster zu öffnen, denn er war kein Freund von allzu viel Licht, sondern fühlte sich eher im Halbdunkel wohl. Deshalb lüftete er auch die Wohnung viel zu selten, sodass sich inzwischen ein muffiger Geruch gebildet hatte, der ihn bei seiner selbstverordneten sozialen Separierung recht wirksam unterstützte, obwohl er selber ihn schon gar nicht mehr wahrnahm.

Was ihn letztlich dazu brachte, doch die Jalousien hochzuziehen und auf die Dachlandschaft hinauszuspähen, war ein kurzer, trockener Knall, sehr laut, der seine Neugier erregte, weil er ihn für einen Schuss hielt.

Draußen war nichts zu sehen, das seine Annahme gestützt hätte. Aber es gab eine Veränderung, die ihm sofort auffiel.

Wie auch nicht, schließlich war er besonders darin trainiert, derartige Dinge wahrzunehmen. So etwas war ja sein Job als Experte für Bildanalyse, der den ganzen Tag Satellitenfotos auswertete, hochauflösende Aufnahmen von Gebieten, in denen die Firma grade engagiert war.

Vor allem Veränderungen von einem Foto oder Filmframe zum anderen zu erkennen war da sehr wichtig, half es doch dabei, Bewegungen von militärischem Gerät, Fahrzeugen oder sogar einzelnen Personen auszumachen.

Um nichts von alledem handelte es sich hier, und es bewegte sich auch nichts, aber es sprang ihm trotzdem sofort ins Auge. Auf einer Dachfläche unterhalb, ein paar Häuser weiter, gleich neben dem steilen Schieferdach, war Kies aufgeschüttet worden. Das helle Rechteck, von Brettern begrenzt, war etwa doppelt so lang wie breit und wirkte aus der Ferne wie ein großer Sandkasten. Auf dem hellen Kiesbett lagen zwei glatte, dunkelgraue Felsbrocken von der Größe eines Umzugskartons und der Form einer Kartoffel, um die herum feine, exakt parallele Rillen gezogen worden waren, vermutlich mit dem vielzinkigen hölzernen Rechen, der nahebei an einem Sims lehnte. Das Ganze sah aus wie eine große liegende Acht, in deren Schlingen man jeweils einen Basaltfindling platziert hatte.

»Nicht leicht zu machen«, meinte Morus anerkennend.

Man musste bei der Arbeit daran rückwärts gehen und darauf achten, dass das Ende wieder in den Anfang zurücklief, ohne diesen dabei auseinanderzutreten. Wie hatte man nur so schnell diese Menge Steine aufs Dach schaffen können? Und vor allem, wozu? Nur um eine Acht damit darzustellen? Oder, wenn man sie als liegend betrachtete, das Unendlich-Zeichen?

»Bestimmt eine esoterische Spinnerei«, argwöhnte er.

Die Idee einer ganz anderen Deutung kam ihm erst tags darauf, bei der Arbeit.

Am Großbildschirm in der Kantine verfolgten alle Mitarbeiter den Start einer Rhodium-III-Rakete, die einen neuen Satelliten der Firma im Orbit aussetzen sollte.

Das Unternehmen verstärkte damit seine Flotte von knapp einem Dutzend der fussballgroßen Geräte in einer erdnahen Umlaufbahn, die Optik an Bord hatten, mit der man sogar die Nummernschilder von Fahrzeugen am Boden lesen konnte. Sie waren der ganze Stolz der Firma und sicherten ihr einen wichtigen Vorsprung vor der Konkurrenz, die sich solch kostspieliges Equipment nicht hatte leisten wollen.

Morus und die Kollegen und Vorgesetzten beobachteten also auf dem riesigen Wandschirm, wie im fernen Guinea-Bissau die Sekunden bis zum Start heruntergezählt wurden: »...nineteen - eighteen - seventeen - sixteen …«

»Faszinierend!«, schwärmte Ryker, unmittelbarer Chef von Morus, »warst du schon mal live bei einem Countdown in Ondame dabei, Elmer? Nein? Das darfst du dir keinesfalls entgehen lassen! Ein Live-Start ist mit nichts zu vergleichen. Die Spannung vor der Zündung und dieses Beben im Magen und in den Eingeweiden, wenn die Raketenmotoren feuern, Wahnsinn!«

Vergiss es, dachte Morus, *keiner bringt mich je noch einmal in ein Flugzeug.*

»...ten - nine - eight - seven …«

Und da war blitzartig diese Idee in seinem Kopf: Die Acht gestern morgen im Kies, die am Abend wieder verschwunden und einem Schuppenmuster gewichen war.

Die Neun, vorgestern, auf dem Display der Kaffeemaschine.

Und schließlich die Zehn, die ihm der Kerl auf der Rolltreppe zugeraunt hatte.

Zehn, neun, acht. War das alles nur purer Zufall gewesen oder war es etwa ein Countdown?

Sein ganz persönlicher Countdown? Ein Countdown nur für ihn?

»...three - two - one - zero.. we have ignition.. and lift off!«

Die schlanke Rhodium erhob sich auf ihrem ohrenbetäubend fauchenden Antriebsstrahl nicht höher in die Luft als eine Silvesterrakete, dann kippte sie langsam zur Seite und explodierte in einem gewaltigen Feuerball.

»Und was macht sowas nun mit deinen Innereien?«, fragte Morus sarkastisch, aber der entsetzte Ryker starrte nur mit offenem Mund auf den Schirm und schwieg.

Auch nach der Arbeit, die sich bis zum Feierabend noch recht chaotisch gestaltete, ging Morus die Sache mit dem Countdown nicht mehr aus dem Kopf.

Sie beschäftigte ihn weit mehr als die Rakete, die über der Startrampe explodiert war und den teuren Firmensatelliten zerstört hatte.

Obwohl er auf die zentrale Frage, wer wohl so etwas warum inszenieren sollte oder könnte, keine vernünftige Antwort fand, begegnete ihm nun überall die Sieben.

Auf Fahrplänen und Uhren, als Hausnummern oder auf Nummernschildern von Kraftfahrzeugen, auf Werbeplakaten oder Bekanntmachungen, ja sogar auf dem Straßenpflaster, von Kindern mit Kreide in ihre Hüpfspielfelder gemalt.

Aber die zählten ja alle nicht, da war Morus sich ganz sicher, denn die gab es da schon länger und sie waren auch nicht wirklich an ihn persönlich addressiert.

Ganz im Gegensatz zu der goldenen Sieben, die vorn auf dem Flyer prangte, den er zusammen mit einer Rechnung aus seinem Briefkasten fischte. Werbung für eine neue Spielothek namens ›Golden Seven‹, die sehr, sehr weit entfernt im 62. Bezirk eröffnet wurde.

Er spähte in die anderen Briefkästen, konnte aber in keinem ein zweites Exemplar dieser Reklamezettel entdecken.

Das war persönlich genug, fand er. Das zählte.

℘

Am nächsten Tag, einem Freitag, erwachte Morus früher als gewöhnlich, wohl von der Helligkeit im Zimmer, denn draußen war wieder Kaiserwetter, und auch, weil ihn der Gedanke an seine Begegnungen mit Zahlen nicht losließ, die in einer Gefahr signalisierenden Abfolge aufzutauchen schienen.

Gleich nach der Morgentoilette, die er wie immer sorgfältig nach einem strengen Ritual absolvierte, schaute er aus dem Fenster, ob nicht ein Flugzeug eine riesige Sechs an den stahlblauen, wolkenlosen Himmel schrieb.

Nicht, dass er das wirklich erwartet hätte, aber es hätte ihn auch nicht überrascht.

Die Kiesfläche, die, wie er inzwischen in Erfahrung gebracht hatte, ein Zen-Garten war, also wie vermutet eine esoterische Spinnerei, zeigte immer noch das Schuppenmuster vom vorigen Tag. Die Kaffemaschine versah geräuschvoll und mit geschwätzigem Display ihren Dienst. Morus war klar, dass ihm die Sechs heute oft begegnen würde, weil er sie erwartete. Aber er wusste auch, dass er die richtige, die einzige, die Bedeutung für ihn hatte, erkennen würde, wenn sie erschien.

Er schlürfte seine beiden Tassen Kaffee und klappte den Laptop auf. Langsam scrollte er durch die Nachrichten, die ›Der Tag‹ in seiner Online-Ausgabe brachte und überflog einige Artikel, die ihn interessierten. Dann schaute er ins Geohunter-Forum, in dem er unter dem gequält witzigen Nick-Namen ›Nick‹ als eine Art Karteileiche bekannt war, die nur mitlas, nie selber postete, sich aber seit gut zwanzig Jahren zuverlässig jeden Tag einmal einloggte. Bis vor etwa zehn Jahren war er noch aktiv gewesen und hatte an Jagden anhand von Geopositioning-Daten teilgenommen, die von der unglaublich präzisen KnowWhere-Satelliten-Reihe kamen. Vermutlich mochte er diesen Zeitvertreib, weil er Spaß am Suchen und am Finden hatte und beim einen so gut war wie beim anderen.

Aber dann fing es damit an, dass Geld ins Spiel kam, teilweise sehr viel Geld, und die einstmals braven Pfadfinder mutierten zu knallharten Glücksrittern, die vor keinem schmutzigen Trick und selbst vor Mord nicht zurückschreckten. Sehr wahrscheinlich waren es aber auch einfach ganz andere Leute, die jetzt jagten. Wenn ein richtig fetter Köder, ›Fox‹ genannt, im Spiel war, kamen schon mal Hunter zu Tode und nur selten gelang den chronisch überforderten und wenig motivierten Polizeikräften der Nachweis, dass ein konkurrierender Hunter dafür verantwortlich war. Das trug wesentlich dazu bei, dass aus harmlosem Spaß eine richtig gefährliche Sache wurde und Morus, nicht mehr der Jüngste und Fitteste und sicher auch nicht der Skrupelloseste, sah den Zeitpunkt gekommen, mit dem Jagen aufzuhören und nur mehr im Netz zu beobachten, was sich in der Szene so tat.

Als er nach langer Bus- und U-Bahnfahrt beim Firmengebäude ankam, bemerkte er, dass überall die Wachen massiv verstärkt worden waren. Dabei hatte man sich zwar um Unauffälligkeit bemüht, aber ihm als Mitarbeiter und bestimmt auch jedem anderen aufmerksamen Beobachter fiel es sofort auf.

So ein Getue wegen des missglückten Raketenstarts?

Er erinnerte sich, dass bereits vor zwei Jahren einmal ein Satellit verlorengegangen war und da hatte man kein solches Ding daraus gemacht. Anscheinend wurden sie immer paranoider.

Aber dann erklärte ihm Ryker, was das alles zu bedeuten hatte.

»Die Firma wird bedroht«, raunte er düster. »Der Unfall beim Start war kein Unfall. Es war Sabotage!«

»Reimt ihr euch das nur zusammen oder gibts dafür auch Beweise?«, wollte Morus, skeptisch wie immer, wissen.

»Die gibt es, leider. Und das ist noch nicht alles. Es sind auch Brief- und Paketbomben von beachtlicher Sprengkraft aufgetaucht, die natürlich keinen Schaden anrichten konnten, weil wir die eingehende Post routinemäßig durchleuchten, wie du ja sicher weißt.«

»Ihr scannt doch nur das, was in die Chefetage soll, dachte ich. Ob unsereins die Hand verliert oder das Augenlicht, war doch immer den Aufwand nicht wert.«

»Da liegst du falsch, Elmer, du verbitterter alter Stänkerer. Seit einiger Zeit durchleuchten wir alles, was hier reinkommt, mit der Post, per Boten oder Kurier und egal, für wen es bestimmt ist. Wir haben es nur nicht an die große Glocke gehängt. Und was soll ich sagen: Es waren auch brisante Briefe für das gemeine Fußvolk dabei. Es scheint so, als sollte jeder, der hier arbeitet, ein akzeptables Ziel sein. Man will uns verunsichern, Angst verbreiten, auf allen Ebenen. Und es scheint zu funktionieren, denn immer mehr Mitarbeiter berichten von irregulären Vorgängen. Wir sind sehr besorgt.«

»Irreguläre Vorgänge? Was soll das sein? Und wer sollte die verursachen? Terroristen?«

»Kaum. Eher Leute, die im Auftrag der Konkurrenz arbeiten. Man versucht offenbar, uns den Rang als Marktführer unserer Branche abzulaufen, indem man uns schwächt, sabotiert und unsere Leute verunsichert. Hast du in letzter Zeit auch so etwas erlebt?«

Morus überlegte, ob sein Countdown auch als ›irregulärer Vorgang‹ zu bewerten sei. Irgendwie klang Ryker, als wolle er etwas aus ihm herauslocken, ihn dazu bringen, abwegiges Zeug zu beichten. Also beschloss er, besser nichts darüber verlauten zu lassen, denn hinterher war er vielleicht der Dumme. Er konnte direkt schon das Tuscheln in den Gängen hören, der alte Morus, seit jeher ein wenig verrückt, drehe nun komplett am Rad. Halte sich für das Opfer einer perfiden Inszenierung, die viel zu aufwendig war für einen stinknormalen, kleinen Bildanalytiker. Nein, er, der ohne Ausnahme jedem hier auf die Zehen getreten war, konnte im Urteil der Kollegen nicht auf Gnade hoffen.

Im übrigen hatten sie ja recht: Nur zur Verunsicherung wäre die ganze Sache viel zu groß, zu übertrieben, zu kompliziert. Und wenn ihn einer erledigen wollte, warum nicht einfach durch einen zielsicheren, preisgünstigen Sniper? Es gab doch tausende traumatisierte Rückkehrer aus den Kolonialkriegen, die in der Heimat nicht mehr so recht in ein biederes, bürgerliches Leben zurückfanden.

Ryker wirkte ein wenig enttäuscht, als Morus nur schweigend mit den Schultern zuckte und wies ihm dann ein neues Gebiet zur Analyse zu.

Anstelle der Umgebung von Ormahan in den äußeren Kolonien, wo die Firma engagiert war, sollte er nun die Umgebung der Zentrale in der Megacity nach verdächtigen Veränderungen absuchen, denn gegen das, was sich hier abspiele, sei die Lage in dem gärenden ormesischen Krisengebiet vergleichsweise ruhig, erklärte er ihm, dramatisch seufzend.

Dann kam die Sechs.

Auf einem der Häuser gegenüber war noch eine Luftschutzsirene aus dem letzten Krieg angebracht, die jetzt auf einmal unerwartet und überlaut losheulte.

»Nanu«, meinte Ryker verdutzt, »Das habe ich hier noch nie gehört. Zähl mit, wie oft der Ton an- und abschwillt. Diese Signale haben eine Bedeutung.«

Das Geheul schien kein Ende mehr nehmen zu wollen und am Ende kamen sie auf sechs Zyklen.

»Sechsmal. So ein Signal gibt es gar nicht«, stellte Ryker fest, als der infernalische Lärm verklungen war. »Hat es noch nie gegeben. Das ist irregulär! Siehst du, was ich vorhin meinte? Sehr beunruhigend!«

»Ach was«, knurrte Morus, dem immer noch die Ohren klingelten. »Die rostigen Dinger sind doch uralt, und genauso ihre Stromleitungen. Höchstwahrscheinlich nur ein Kurzschluss.«

Die Satellitenbilder der Umgebung waren natürlich alle unauffällig. Was hatten sie denn erwartet? Maschinengewehrnester und Raketenstellungen auf den Dächern? Dies war ja wohl kein urbaner Häuserkampf und erst recht keine Feldschlacht, sondern schien nach den Schilderungen Rykers eher ein verdeckter Angriff zu sein.

Wenn es denn überhaupt einer war.

Morus hatte da so seine Zweifel, ob sie nicht einfach an den missglückten Satellitenstart eine Übung angehängt hatten, deren wahren Charakter nur ein paar Eingeweihte kannten. Und die Briefbomben, wer wusste schon, ob es sie gab. Es war ja keine hochgegangen.

Durch die Hintertür drängte sich ihm dabei die Frage auf, was bei ›seinem‹ Countdown, von dessen Existenz er noch immer nicht völlig überzeugt war, bei Null geschehen würde.

Gewöhnlich war es die Zündung eines brisanten Gemischs, wie beim Start einer Rakete oder bei Sprengungen. Manchmal stand am Ende des Herunterzählens auch nur das neue Jahr, und selbst da wurde jede Menge Zeug gezündet, das knallte, zischte, rauchte, stank und Funken sprühte.

Also doch eine Bombe? Eine Paket- oder Briefbombe, wie sie Ryker erwähnt hatte? Mit einer dicken Null drauf?

Wieder einmal scheiterte er an der Lösung der Frage, warum sich einer die Mühe machen sollte, einen komplizierten Countdown für einen Anschlag auf ihn zu starten, wenn er ihn damit doch nur misstrauisch machte und vorwarnte.

Das Herunterzählen war ja erfunden worden, weil es auf diese Weise einen natürlichen Schlusspunkt gab und man so wusste, dass genau dann das passierte, worauf man wartete. Was aber, wenn man keine Ahnung davon hatte, was bei Zero geschehen würde? War das dann überhaupt noch ein Countdown oder war es einfach nur eine Reihe ohne Bedeutung, die rein zufällig Zahlen enthielt, die eine Serie mit einem Ziel zu bilden schienen?

Angenommen, der Mann auf der Rolltreppe hätte ›Drei‹ gesagt, das Display des Kaffeeautomaten hätte eine Eins gezeigt, der Kieskasten ein Muster aufgewiesen, das wie eine Vier aussah, der Reklame-Flyer eine ›Goldene Eins‹ beworben und die Sirene hätte fünfmal geheult: Hätte er dann an die Kreiszahl gedacht, die Zahl pi mit ihren ersten fünf Stellen 3, 1, 4, 1 und 5? Und hätte er danach eine 9, eine 2 und eine 6 erwartet, und immer so weiter, bis ins Unendliche? Hätte er gar darüber nachgegrübelt, ob sein Leben sich fortan nur noch im Kreis drehen würde?

Die Absurdität dieser Gedanken beruhigte ihn, auch wenn ihm klar war, dass die Analogie auf Krücken dahinhumpelte.

Der Mensch suchte eben immerfort nach Mustern und Bedeutungen, besonders im Chaotischen und Zufälligen. So hatte ihn die Evolution geformt und seine abergläubischen und oft lächerlichen Deutungen rechtfertigten keinerlei Schlüsse auf die Zukunft. Also war alles erklärbar und belanglos, aber die Paranoia in der Firma hatte wohl doch mehr auf ihn abgefärbt als er gedacht hatte.

℮

Samstag. Morus erledigte wie gewohnt seinen wöchentlichen Einkauf. Als er mit dem schweren Leinenbeutel zurückkam, der neben diversen Backwaren und Süßigkeiten auch noch sieben Flaschen Mineralwasser und zwei mit dunklem Styx-Lagerbier fürs Wochenende enthielt, lag ein handliches Päckchen auf seiner Türschwelle.

Absender war eine Rösterei.

Offenbar hatte der übereifrige neue Automat Kaffeebohnen nachbestellt, obwohl es noch reichlich davon gab.

›OLMOS-Kaffee. Der mit den 5 Plus‹, war auf dem Karton aufgedruckt. Die Fünf war groß, dick und fett. Darunter wurden die fünf Pluspunkte aufgezählt: ›Aromatisch. Anregend. Ergiebig. Magenschonend. Fair gehandelt.‹

Er wollte schon die Schachtel öffnen, hielt aber dann plötzlich inne und musterte argwöhnisch das Paket.

Rykers ›Brief- und Paketbomben von beachtlicher Sprengkraft‹ fielen ihm wieder ein. Was hier vor ihm lag, war ohne Zweifel mehrfach verdächtig: Zu früh bestellt, zu speziell bedruckt, zu gezielt geliefert: Nein, so gänzlich unbekümmert sollte man diese Schachtel wohl nicht öffnen. Er beschloss, das Paket am Montag in die Firma mitzunehmen und es dort beim Posteingang scannen zu lassen. Dann würde man ja sehen, wie die Jungs dort auf kleine Rädchen reagierten und überprüften, ob seine Lieferung sauber war.

›Der Tag Online‹ berichtete in einer kleinen Notiz über den Fehlalarm, den eine antike Signalsirene auf dem alten Postgebäude im Skytower-Zentrum verursacht hatte. Wahrscheinlich sei ein Kurzschluss dafür verantwortlich gewesen.

Im Geohunterforum gab es eine neue Private Nachricht für ihn. Sensationell! PNs hatte er seit Jahren nicht mehr bekommen. Einer, der sich ›Tumbler‹ nannte und offenbar neu im Forum war, forderte ihn heraus, einen Fox zu finden, den er platziert habe. An sich waren solche Wetten nichts Ungewöhnliches seit jeder Spaß zur Battle missraten war, nur hätte keiner, der sich im Forum auskannte, ausgerechnet Nick herausgefordert, der schon seit Jahren nicht mehr auf so etwas reagierte.

Und normalerweise wurde Geld eingesetzt bei solchen Wetten, manchmal sogar sehr viel Geld. Der Kerl hier bot genau 4 Cent. Nick habe ab morgen, Sonntag, Zugriff, allerdings nicht jederzeit, obwohl der Fox den ganzen Tag über an Ort und Stelle sei, schrieb er weiter, und das machte Morus noch ein Stück neugieriger.

»Wie willst du das denn anstellen?«, knurrte er und kratzte sich das Kinn, während er über den Tipp nachdachte und er wusste, dass dieser Tumbler ihn schon im Sack hatte. Wer war der Kerl? Irgendwie erinnerte der Name ihn an etwas, das ihm nicht einfallen wollte. 4 Cent. Das hörte sich an wie ein alberner Scherz, aber es war keine Verarschung, kein Zufall.

Das Angebot war sorgfältig kalkuliert. Es ging nicht um Geld. Vielmehr gehörte dieser Fox wohl auch zu seinem Countdown-Rätsel. Er musste ihn also haben, musste der Spur folgen und noch einmal losziehen.

Sonst würde er nie wieder Ruhe finden.

Weil er den Hinweis des ominösen Tumblers ernst nahm, das Target sei zwar den ganzen Sonntag über an Ort und Stelle, der Zugriff darauf jedoch nicht permanent, sondern nur innerhalb eines unbestimmten Zeitfensters möglich, machte Morus sich bereits am Samstag um zweiundzwanzig Uhr auf den Weg.

Die angegebenen Zielkoordinaten verwiesen auf einen Stadtbezirk, der weit entfernt im Stadtsüden lag und eine lange Fahrt mit der Monosub erforderte. Er stieg an der Haltestelle Sundermangraben aus und ging dann zu Fuß weiter. Die Koordinaten hatte er in das gute alte, gummigepolsterte Outdoor-Navi eingegeben, das ihm ab jetzt noch eine halbe Stunde Fussweg errechnete.

Voraussichtliche Ankunftszeit 23 Uhr 50.

Morus war lang und schlaksig und als Großstädter ohne Fahrrad oder gar eigenes Kraftfahrzeug recht gut zu Fuß. Der Smog war in den verkehrsreduzierten Nachtstunden dünner und etwas weniger mit Schadstoffen angereichert als am Tag und wurde von seinen Lungen, die es nicht besser wissen konnten, als frische Luft begrüßt. Laut MeteoDatSat war die Nacht klar und wolkenlos und ohne die chronische Licht- und Luftverschmutzung hätte er wohl einen üppigen Sternenhimmel sehen können, so wie er sich noch in seiner Kindheit über die Stadt gespannt hatte.

Schon beim Studium der Karte war er fast sicher gewesen und etwa zehn Minuten, bevor er sein Ziel erreichte, stand es für ihn fest, dass er in St. Pirmin, einer der zahlreichen aufgelassenen Kirchen der Stadt, würde suchen müssen. Entweder im Gebäude selbst oder in seiner unmittelbaren Nähe.

Aber da gab es ein Problem: Man kam gar nicht so nah heran.

St. Pirmin stand auf einem kleinen, unbebauten Platz im Viertel wie ein Pilz auf einer Lichtung im Wald und erwies sich als offenbar abbruchreifer Backsteinbau mit einem freistehenden Glockenturm, dessen Zustand nur geringfügig besser war.

An den Grenzen der Lichtung hatte man einen etwa drei Meter hohen, soliden Bretterzaun rund um den Platz herum errichtet und mit Warn- und Verbotsschildern tapeziert.

In der nahegelegenen Eckkneipe, die Morus zu Rate zog, zigarettenkaufend, obwohl er nicht rauchte, wussten sie, dass der ganze alte Plunder wegkomme, und anfangen werde man damit am Montag, Punkt acht, mit der Sprengung des Turms. Schade um den, alle hätten sich hier nach seiner großen Uhr gerichtet, nachts immer die Glockenschläge gezählt, das sei jetzt vorbei.

Die Glocken hätten sie schon abgenommen und die Zeiger würden wohl auch bald still stehen, spätestens dann nach dem großen Kabumm. Komisch, dass die überhaupt noch liefen.

Morus fragte sich, ob die Absperrung des Geländes, auf dem der Fox sich befinden musste, etwas mit dessen begrenzter Verfügbarkeit zu tun haben könnte, fand aber keinen logischen Grund dafür, denn schließlich war hier für Unbefugte wie ihn vierundzwanzig Stunden am Tag alles dicht.

Er umrundete das verbotene Areal auf der Suche nach einer Lücke in der Absperrung und fand am Ende einer schlecht beleuchteten, engen Gasse, eine Stelle, wo ein dünner Kerl wie er durch den Zaun schlüpfen konnte.

Mit einem mulmigen Gefühl im Bauch näherte er sich der nun dem Abbruch geweihten Kirche und sah, dass der Turm, der vor ihm aufragte, schon fertig für die Sprengung präpariert war, durchlöchert und mit Sprengstoff vollgestopft.

»Verdammter Freak«, fluchte er, »was für einen Ort hast du dir da ausgesucht für dein Spielchen.«

St. Pirmin war nicht gerade altehrwürdig, aber doch mehr als hundert Jahre alt, zweifarbig ausgeführt in bereits stark zerbröselndem Backstein.

Morus näherte sich dem nach Osten ausgerichteten Bauwerk von der Südseite her, das Hauptgebäude zur Rechten und den Turm zur Linken. Zwischendurch sah er immer wieder auf das Display des KW-Navigators, um seine Position zu korrigieren und mit den Koordinaten des Tumblers zur Deckung zu bringen. Das brachte ihn näher an den Turm heran, wo aus verdämmten Bohrlöchern in Kopfhöhe zahlreiche dünne Kabel heraushingen, die sich wohl irgendwo im Dunkeln am Boden vereinten wie paarungswilliges Schlangengezücht.

Als er das Refining abgeschlossen hatte, stand er direkt vor der Westfront des monolithisch aufragenden Riesen.

Wenn sein Herausforderer wirklich genau gemessen hatte, dann musste der Fox hier, an dieser Stelle sein.

Morus scharrte ein wenig mit der Spitze seines Schuhs auf dem Boden herum, aber der war hart und lehmig und im Lichtkegel seiner Taschenlampe konnte man sehen, dass keiner hier irgendwo im Umkreis gegraben hatte.

Er kratzte sich am Kinn und überlegte.

Die KnowWhere-Satelliten waren zwar sehr präzise, verglich man sie mit den alten FIRMIN- oder gar GeoSat-Systemen, aber zentimetergenau waren sie noch immer nicht. Was, wenn das Ziel auf der anderen Seite der Mauer lag? Oder gar in einer Mauernische hoch oben?

Er richtete den starken Lichtstrahl in die Höhe und legte den Kopf in den Nacken. War dieser Verrückte vielleicht hier hochgeklettert? Die Mauer sah nicht so aus, als sei das leicht zu machen. Bis zur Turmuhr unter dem grünen Kupferhelm lag da eine beträchtliche Strecke, die für ihn schrecklich glatt und haltlos aussah. Um hier von außen hochzukommen, hätte man professionell ausgerüsteter Kletterer sein müssen und hätte beim Aufstieg eine Menge Aufsehen erregt.

Nein, er musste also wohl oder übel nach innen, hinein ins Innere des Turms, um zu überprüfen, wie es da aussah und was sich dort befand.

Der Eingang lag auf der Südseite unter einem kleinen Vordach. Die schwere, dunkel gebeizte Eichentür war breit, aber niedrig. Morus reichte sie gerade mal bis zur Nase, und sie war erwartungsgemäß abgeschlossen. Ein altes, rostiges Buntbartschloss von eindrucksvoller Größe. Auf solche Fälle war er vorbereitet; sogar ein modernes Sicherheitsschloss hätte ihm nicht lange Widerstand geleistet. Sorgen machte ihm nur, dass einstmals bewegliche Teile des eisernen Monstrums im Lauf der Zeit festgerostet sein könnten. Aber als er den einfachen Sperrhaken ins Schlüsselloch stecken wollte, erlebte er eine Überraschung.

Jemand hatte hier vor kurzem schon für mehr Gängigkeit gesorgt, hatte Öl und Rostlöser oder etwas ähnliches, jedenfalls zwei Flüssigkeiten von verschiedener Färbung und Konsistenz benutzt. Ein paar Tropfen davon waren auf den Steinplatten am Boden deutlich zu erkennen.

Der Haken glitt denn auch wie ein Aal ins Schloss und drehte sich leicht und mit einem metallischen Schnappen, das verriet, dass die Tür nun geöffnet werden konnte.

»Sehr nett«, brummte Morus, »wer immer das war, das Sprengkommando oder dieser Tumbler.«

Er leuchtete mit der Stablampe ins Dunkel und trat dann über die Schwelle.

Ein ungesunder Geruch nach immer noch ausdünstendem imprägniertem Holz lag im Raum, der von den Treppen kommen musste, die an den Wänden entlang nach oben führten.

An der Wand rechts war eine Schalttafel mit Knöpfen und Reglern angebracht, die Beschriftungen wie ›Stundenschlag‹, ›Zeiger‹ oder ›Großes Geläut‹ trugen. Die Kontrolllämpchen waren erloschen und aus dem dicken Zuleitungsrohr hingen bündelweise einzelne Kabelfasern. Die Elektrik war also schon stillgelegt, und die Glocken hatte er draußen gesehen, wo sie in einiger Entfernung auf hölzernen Paletten lagerten.

Aber wenn sie keinen Saft mehr hatte, wieso ging dann die verdammte Uhr noch?

Seufzend erkannte er, dass ihm ein Aufstieg nach ganz oben nicht erspart bleiben würde, wenn er das Problem lösen wollte. Zwanzig Minuten später kam er mit weichen Knien und schwer geprüften Lungen auf der oberen Plattform an. Höher gelegen war nur noch die Aufhängung der bereits entfernten Glocken, die man über einen schmalen Zugang, mehr Hühnerleiter als Treppe, erreichen konnte.

Auf dem rohen Bretterboden stand ein Tisch mit einem mechanischen Uhrwerk, so groß wie ein Umzugskarton, dessen Räder sich tickend drehten und über ein Gestänge die Zeiger außen am Turm bewegten. Einige dünne Stahlseile, die zu den Glocken hinaufgeführt hatten, hingen nun schlaff in den Umlenkrollen, aber die Mechanik lief. Abgekoppelt vom Elektromotor wurde sie wieder wie früher von zwei schweren Gewichten angetrieben, die in einer Wandhalterung hingen.

Über dem Gestänge für die Zeiger war in der Mauer ein kleines Fenster, eher eine Revisionsklappe, die sein Interesse weckte.

Er öffnete sie und sah hinaus in die Nacht.

Die Lichter der Stadt breiteten sich vor ihm aus und verwischten sich im Smog zu einem bunten galaktischen Nebel. Wenn er richtig lag, musste da draußen direkt über seinem Kopf die Zwölf sein. Eine Eins und eine Zwei aus gegossenem Messing.

In der kühlen Nachtluft klärten sich seine Gedanken und plötzlich wusste er, wo er suchen musste und wann, und er machte sich auf den Heimweg.

❦

In der Nacht vom Sonntag auf den Montag war er wieder zurück und hatte kurz vor zwölf den neuerlichen, beschwerlichen Aufstieg zur Uhr geschafft. Wenn er mit seiner Vermutung richtig lag, hätte er auch am Mittag an das Ziel herankommen können, aber das Risiko, entdeckt zu werden, war am Tag sehr viel größer, warum also hätte er es eingehen sollen.

Er war sicher, es gab keine andere Lösung.

Er würde den Fox hier oben finden, jetzt oder nie mehr.

Ein Blick durch die Luke zeigte, dass leichter Sprühregen eingesetzt hatte, der den galaktischen Nebel über der Stadt zu einer hellen, orange gefärbten Milchglaskuppel verwischte.

Am rechten Rand der Maueröffnung, die von draußen gesehen im Ziffernkreis genau über den Achsen der beiden Zeiger lag, wurde jetzt die Kante des kürzeren schon als schmaler, dunkler Streifen sichtbar. Langsam, kaum dass man die Bewegung erkennen konnte, schob sich der kleinere Uhrzeiger vor die Luke und Morus sah auf dem dunkel oxydierten Messing ein glänzendes Objekt, das den Lichtstrahl seiner Lampe reflektierte. Kurz bevor der Zeiger die Zwölf ganz erreicht hatte, gelang es ihm, den mit Klebeband befestigten Gegenstand, eine kleine, flache Blechdose, von seiner Rückseite zu pflücken.

Wenig später erwachten im Uhrwerk einige schlafende Teile, die an den nutzlosen Drähten zerrten und versuchten, nicht mehr vorhandene Glocken zu läuten.

Es war zwölf Uhr.

Morus öffnete die Dose.

Sie war mit grauem Schaumstoff ausgekleidet und enthielt vier Centmünzen und ein rotes Prepaid-Klapphandy.

»Sieh mal einer an«, knurrte er grimmig, »Freund Tumbler will mich sprechen.« Er suchte nach einer eingespeicherten Nummer, fand aber nichts. Finster starrte er auf das Gerät in seiner Hand, da klingelte es auch schon.

Er klappte den Deckel auf, drückte auf die grüne Taste und hielt sich das Ding ans Ohr. »Hier ist der Mesner von St. Pirmin«, sagte er geschäftsmäßig, »möchten Sie eine Messe lesen lassen?« In der Klappe des Telefons hörte er Gelächter, das offenbar von einem Stimmenmodulator verzerrt war.

»Wie lustig«, schnarrte die Stimme dann, »so viel Witz hätte ich bei einem verfluchten imperialistischen Kapitalistenknecht gar nicht vermutet.«

Morus reagierte nicht und es entstand eine kleine Pause.

»Ich spreche im Namen der Ormesischen Befreiungsfront«, fuhr die Roboterstimme fort. »Ich überbringe eine Botschaft. Für dich, deinen Chef und für eure ganze Firma. Wir werden euch vernichten! Die Strafe für euer verbrecherischen Treiben in den Kolonien kann nur die vollkommene Vernichtung sein. Eure Hardware, eure Logistik und alle eure organisatorischen Strukturen werden wir vom Antlitz der Erde tilgen. Jedes noch so unbedeutende Rädchen im Getriebe eurer gottlosen Bande sollte sich fragen, ob man wirklich sein Leben aufs Spiel setzen sollte, um weiter für euch zu arbeiten. Denn keiner ist vor uns sicher, wie wir dir wohl überzeugend beweisen konnten.«

Morus runzelte die Stirn.

Ormesische Befreiungsfront? Das waren ein paar verlauste Banditen, keine effiziente terroristische Vereinigung.

»Ist ja gut, Tumbler«, sagte er ungehalten. »Dein Versteck war nicht schlecht, das muss ich zugeben. Aber jetzt hör auf mit den Kalauern und verrate mir, was du eigentlich von mir willst.«

»Es wird dir noch leid tun, dass du mich nicht ernst genommen hast!«, schepperte es aus dem kleinen Lautsprecher. »Die Sabotage des Satelliten und die niedlichen Postbomben waren erst der Anfang. Besser du glaubst mir, Memme!«

Morus stutzte. Memme? Es gab nur einen, der ihn so genannt hatte, aber der war seit vielen Jahren tot. Erschossen bei einer Operation mit dem Codenamen ›Dolphin‹ unter Rykers Führung, die entsetzlich aus dem Ruder gelaufen war und ein Massaker an über zwanzig Zivilisten zur Folge hatte.

Damals war er noch mit Ryker zusammen bei einer Spezialeinheit gewesen, der berüchtigten Bowlerforce, so genannt, weil die Kämpfer Helme trugen, die wie stählerne Bowlerhüte aussahen. Ebenfalls mitgemischt bei diesem wilden Haufen hatte Will Gardo, der dann nach dem Gemetzel in einem Hinterhalt der Sung-Rebellen ums Leben gekommen war. Zumindest hatten sie das damals angenommen, denn helfen konnten sie ihm nicht, und auch seine Leiche mussten sie zurücklassen.

»Gardo?«, fragte er unsicher, »bist du das, Will? Lebst du etwa noch, du alter Schweinehund?«

Pause. Dann ein blechernes Lachen.

»Dir konnte man schon immer nur schwer etwas vormachen. Ja, ich lebe noch. Was sicher nicht euer Verdienst ist. Ihr hättet mich ja verbluten lassen. ›Operation Dolphin‹, weißt du noch?«

Morus nickte. »Deshalb also nennst du dich Tumbler. Aber versteh doch, wir konnten dich damals nicht holen, sonst wären wir alle selber draufgegangen. Und wir dachten ja, du wärst tot. Du hättest genau dasselbe getan.«

»Wohl kaum, Memme. Dass ich noch lebe ist doch der beste Beweis dafür, dass ihr einfach nur feig den Schwanz eingezogen habt und dafür werdet ihr jetzt alle bezahlen, du, Ryker und eure ganze miese Firma.«

»Gut, klar, die Firma ist mies, aber was zum Teufel nochmal hat sie denn dir getan? Wenn du Rache willst, dann räche dich an Ryker und an mir, aber fang nicht gleich einen verdammten Krieg an, den du niemals gewinnen kannst.«

»Ich kämpfe nicht allein. Ich habe Helfer, mit denen ich es schaffen kann.«

»Ach wirklich? Olmesische Terroristen, wie?«, höhnte Morus.

Wieder gab es eine kurze Pause, als würde am anderen Ende überlegt, wieviel man ihm anvertrauen könne. Dann sagte die verzerrte Stimme: »Hör zu, Memme, es geht mir weniger um dich als um Ryker. Er war der eigentliche Schuldige. Er hat das Massaker zu verantworten und alles, was dann weiter geschah. Den verdammten Mistkerl einfach umzulegen wäre viel zu gnädig. Weißt du, er liebt diese Firma. Sie ist sein ganzer Lebensinhalt. Also werde ich sie ihm wegnehmen. Mit freundlicher Unterstützung der Nummer Zwei in dieser Branche. Ich freue mich schon auf den Tag, an dem wir seine protzige Firmenzentrale in die Luft jagen werden. Auf das Gefühl im Bauch, wenn eine Tonne C4 hochgeht, verstehst du?«

Morus seufzte.

»Okay, lass es gut sein, Ryker. Du warst noch nie gut, wenn du improvisieren musstest. Operation Dolphin ist dafür der beste Beweis. Sei so nett und erklär mir jetzt mal, was dieser ganze Affenzirkus soll.«

Lange Pause. Dann Rykers Stimme, unverzerrt.

»Du bist wirklich gut, Elmer. Ich verliere dich wirklich nur sehr ungern, das kannst du mir glauben. Hättest du nicht einfach eine der Geschichten glauben können, die ich dir angeboten habe und mich mit glaubwürdigen Schilderungen einer externen Bedrohung der Firma unterstützen?«

»Wofür gibst du dir so viel Mühe? Um mit der effektiven Abwehr einer Gefahr zu glänzen, die nie existiert hat? Bist du auf diese Idee durch den Fehlstart der Rakete gekommen?«

»Ich hatte schon zuvor damit begonnen, ein Bedrohungs-Szenario aufzubauen, mit Postbomben und irregulären Vorfällen.

Aber der Fehlstart hat sich natürlich ganz wunderbar in meine Pläne eingefügt.«

»Du bist verrückt, Ryker. Was soll das alles?«

»Das will ich dir sagen, Elmer. Sicher hast du schon gehört, dass ganz oben bald ein Sessel frei wird. Thure Nils Tjollmark geht endlich in den Ruhestand. Und ich bin als Nachfolger des alten TNT in der engeren Wahl. Da will ich nun ganz sicher gehen, dass alle in mir den einzig richtigen Mann für den Posten sehen und keine kleinen, nun sagen wir: Fehlstellen, das positive Gesamtbild trüben.«

Morus lachte. »Fehlstellen? Ist ja niedlich. So hässliche kleine Schmutzflecken wie das Dolphin-Massaker?«

»Du sagst es, Elmer. Solche Sachen. Die sollen mir nicht jetzt noch auf die Füße fallen. Ich will die Vergangenheit ein für allemal begraben.«

»Und mich gleich mit, wie?«

»Das hätte ich wirklich gerne vermieden, glaub mir. Aber deine Reaktionen eben haben mir gezeigt, dass es sehr leichtsinnig wäre, wenn ich mich nicht um dich kümmern würde. Du wärst immer eine tickende Zeitbombe unter meinem Chefsessel. Hättest mich in der Hand und kämst vielleicht auf komische Ideen, wer weiß. Entdeckst dein Gewissen oder so. Du bist ein komischer Kauz geworden, Elmer, verschroben und unberechenbar.«

Morus nickte zustimmend. »Schön zusammengefasst.«

»Leb wohl, Elmer. Du wirst mir fehlen.«

Ein Knacken im Lautsprecher.

Das Gespräch war beendet.

Morus überlegte, ob er wohl wirklich Operation Dolphin dazu benutzt hätte, um Ryker unter Druck zu setzen. Er tendierte dazu, die Frage zu verneinen, konnte die Möglichkeit aber nicht ausschließen. Von Rykers Standpunkt aus gesehen war es sicherer, ihn zu beseitigen, kein Zweifel.

Aber wie würde er es anstellen? Wie hätte er selbst es gemacht? Die einfachsten Mittel waren immer die besten. Ein Grundsatz, den man ihm bei der Bowlerforce eingebläut hatte.

Dem Strahl der Taschenlampe folgend stieg er die Treppen des Turms wieder hinunter bis zur Eingangstür.

Die Tür war abgeschlossen.

Der Sperrhaken stieß auf halbem Weg auf ein Hindernis.

Er leuchtete ins Schlüsselloch. Auf der anderen Seite war ein solides Steckschloss eingeführt worden, das sich nicht entfernen ließ. Wieder nickte er, dieses Mal um seiner Anerkennung auszudrücken. Ryker musste ganz in der Nähe gewesen sein.

Saubere Arbeit. Genauso hätte er es auch gemacht. In ein paar Stunden würde gesprengt werden, und dann ruhe sanft, alter Freund.

Morus prüfte seine Optionen.

Er war eingeschlossen in einem massiven Turm, der mit Ausnahme der kleinen Klappe in der Uhr keine sichtbare Öffnung aufwies. Kein Fenster, keine Lücke in der Mauer, nichts. Vielleicht gab es ein Belüftungssystem, aber davon konnte er im Dunkeln, nur mit der Taschenlampe ausgerüstet, nichts sehen. Schreien, um auf sich aufmerksam zu machen, war also wohl sinnlos, und einfach mit der Lampe aus der Uhr herauszuleuchten schien genauso wenig erfolgversprechend zu sein.

Die Glocken waren abgehängt, sonst hätte er versuchen können, mit irrem Geläut auf sich aufmerksam zu machen.

Bestenfalls hätte er die Uhr anhalten können, aber wem wäre das schon aufgefallen? Auch wenn es jemand bemerkt hätte, wäre doch keiner auf die Idee verfallen, das sei ein Notsignal.

Und was war mit dem roten Prepaid-Handy?

Vielleicht hatte Ryker da etwas übersehen? Er versuchte, seine eigene Festnetznummer anzurufen und bekam die Auskunft, es sei kein Guthaben mehr verfügbar und er solle es demnächst wieder aufladen. Das Mistding hatte auch keine Notruffunktion und taugte eigentlich nur noch für den Handyweitwurf.

Ein eigenes Smartphone trug er nicht bei sich; er hasste die Dinger und besaß noch nicht mal eins, was Ryker genau wusste, hatte er doch oft genug darüber gewitzelt. Das einzige elektronische Mobilgerät, das Morus sein Eigen nannte, war der KW-Navigator, und mit dem ließ sich nicht telefonieren.

Ja, wenn Ryker planen konnte, war er gar nicht mal schlecht.

Blieb also wohl nur noch die Hoffnung, dass vor der Sprengung jemand vom Abbruchteam routinemäßig eine Art Endkontrolle durchführte, dann könnte er sich vielleicht bemerkbar machen, wenn wegen des verdammten Steckschlosses die Tür nicht aufging. Aber ob sie solche Routinen hatten, wusste er nicht. Wenn sie schon so leichtsinnig waren, das ganze Wochenende über die Sprengladungen unbewacht in den Bohrlöchern zu lassen, hätte ihn solche Sorgfalt eher überrascht.

Zeit, sich Gedanken zu machen, wo im Turm er bei dessen Zerstörung die besten Überlebenschancen hatte. Falls das denn so furchtbar wichtig war. Nicht, dass ihm sein Leben völlig egal gewesen wäre, aber er hing auch nicht über Gebühr an ihm.

Um der Wahrheit die Ehre zu geben, wollte er diesen Anschlag nur überleben, um es Ryker zu zeigen, um ihm seine Planungen zu versauen, um sein dummes Gesicht zu genießen, wenn er sah, dass Morus ihm über war. Um einfach am Montag in sein Büro zu spazieren, mit dem Kaffeepaket unterm Arm und es ihm auf den Schreibtisch zu knallen. Dabei grinsend zu sagen, er habe nun auch so ein verdächtiges Paket bekommen, ob er es gleich hier öffnen solle? Oder um ihm drei Revolverpatronen in die Hand zu drücken und dabei bedeutungsvoll ›Drei!‹ zu sagen.

Noch geraume Zeit badete er in solchen Vorstellungen.

Er fand sie selber kindisch, aber die Fantasien taten ihm gut und spornten ihn an, sich alle Fakten zu vergegenwärtigen und seinen Grips anzustrengen bei der Suche nach einer Lösung, wenn es wirklich noch eine gab.

Seiner groben Schätzung zufolge war der Turm an die vierzig Meter hoch und bestand unten aus drei, weiter oben aus zwei und ganz oben nur mehr aus einer Reihe massiver Ziegel. Alles in allem kam da ein ordentliches Gewicht zusammen, das ein solides Fundament erforderte.

Vielleicht gab es da also sogar noch ein Untergeschoß, einen Keller mit einem Zugang.

Er machte sich auf die Suche nach einer Treppe, verborgen womöglich unter einer Platte zum Hochklappen aus Holz oder Stein. Er leuchtete in jeden Winkel und untersuchte alles akribisch genau, konnte aber keinen Weg nach unten finden.

Möglicherweise existierte eben doch nur ein massiver, gegossener Stahlbetonsockel.

Also wieder zurück zu der Frage, an welcher Stelle im Turm die besten Aussichten bestanden, die Sprengung zu überleben.

Ganz oben etwa, da, wo die Glocken gehangen hatten und nur mehr wenig Schutt entstand, der ihn unter sich begraben konnte? Bei der Bowlerforce hatte er einiges über die Wikungsweise und den Umgang mit Sprengstoff gelernt. So, wie die Ladungen angebracht waren, sollte der Turm wohl im Erdgeschoß abreißen, in Richtung Norden kippen und dann kleinteilig in sich zusammenstürzen. Der meiste Schutt würde sich dann in einem großen Haufen neben dem Fundament sammeln.

Ganz oben gab es ja immer noch den Turmhelm, der auf ihn krachen würde.

Aber hier, wo er jetzt war, ganz unten, sollten eigentlich kaum Steine herumfliegen, besonders nicht direkt bei der Tür. Das war die strategisch günstigste Position. Auch wenn doch noch jemand vorbeikäme, wäre er hier gleich zur Stelle und nicht hoch oben im Abseits.

Wenn er sich also hier neben dem Eingang verschanzte, wer weiß? *Ein Bowlerhelm wäre jetzt recht*, bedauerte er seine fatale Ungeschütztheit.

Er beschloss, lose Bretter zu suchen, die ihm als Deckung dienen konnten. Ein schwieriges Unterfangen, denn es lagen keine Bretter einfach so herum, höchstens gab es hin und wieder eines in den hölzernen Treppen, das etwas locker war.

Er fand eine Eisenstange, die er als Hebel benutzen konnte, um solche Bohlen in der kohlensackschwarzen Dunkelheit, die immer schwächer werdende Taschenlampe im Mund, aus ihrem angestammten Platz herauszureißen.

Mit dieser anstrengenden Arbeit verging die Nacht, bis er am Morgen, völlig erschöpft, weil er immer höher gelegene Treppen hatte absuchen müssen, unter einem losen Verhau aus genau acht dicken, schwer erkämpften Brettern kauerte.

Natürlich kam niemand mehr, um nachzusehen.

Und er hörte auch nichts, bis plötzlich ein Hornsignal ertönte und eine laute, raue Männerstimme zurückzählte:

»Drei - zwei - eins!«

Morus vernahm die Botschaft und er empfand eine durch und durch unvernünftige Befriedigung darüber, dass die Dinge nun wenigstens so weit im Lot waren, dass sein Countdown doch noch einen korrekten, gewissermaßen natürlichen Abschluss gefunden hatte.

»Jetzt werden wir ja sehen«, murmelte er, »was die Eingeweide dazu sagen werden.«

Er steckte seine Zeigefinger fest in die Ohren, und während ein neuerlicher, kurzer Hornstoß die unmittelbar bevorstehende Sprengung ankündigte, erwartete er mit weit geöffnetem Mund die Druckwelle.

Der letzte Lurch

Jonas stieg in den Wal. Er schwang den Elektroroller über die Schulter und schob und drängte sich langsam, aber nachdrücklich in den überfüllten Stahlzylinder.

Die Luft drinnen war zum Schneiden, feucht und stickig, ein Mief, der immer bedrohlich nahe daran war, sich zu einem widerwärtigen Gestank zu entfalten.

Keine Frage, es gab schon lange viel bequemere Möglichkeiten, von der City auf die große Insel im breiten Mündungsdelta des Stroms zu kommen, die Brücken, den Tunnel, die Fähren, aber er bevorzugte nach wie vor den alten Wal. Nicht, weil ihm sein Name das nahegelegt hätte; das waren Fabeln, die sich die Strikten erzählten, die er ebenso fürchtete, wie er sie verabscheute. Nein, die Überfahrt mit der kauzigen Kreuzung aus U-Boot und Seilbahn bereitete ihm, ungeachtet des Geruchs und der drangvollen Enge im Innenraum, allen Ernstes ein rätselhaftes körperliches Vergnügen. Das sanfte, auf die Längsachse reduzierte Pendeln des stählernen Monstrums, das in Länge und Querschnitt die Maße eines ausgewachsenen Blauwals aufwies, erzeugte ein so wohliges Kitzeln in seinem Bauch, wie er es bislang auf keine andere Weise hatte hervorrufen können.

Im übrigen waren die Alternativen, die sich für die Überfahrt boten, durchweg alle teurer: Die Brücken und der neue Tunnel kosteten Mautgebühren, und auch für die Fähren musste man deutlich mehr berappen als für den guten, altmodischen Wal aus dem letzten Jahrhundert.

Er kämpfte sich durch die dicht gesteckte Menge vor bis zur Mitte des fensterlosen, stählernen Korpus, wo man das Pendeln am besten spüren konnte. Dabei kümmerte er sich nicht um die Flüche und Beschimpfungen, die ihm zornige Passagiere mitgaben, welche mit seinem geschulterten Gefährt schmerzhafte Bekanntschaft gemacht hatten. Dergleichen verstand er, immer ein verbindliches Lächeln im Gesicht, freundlich zu ignorieren.

Viel mehr bedauerte er, dass es keine Fenster gab, obwohl ihm sein Verstand sagte, dass die Fluten draußen so trübe waren, dass die Sicht keine drei Meter weit reichte. Ein Zustand, der nicht neu war, sondern schon die Planung des seltsamen Verkehrsmittels dahingehend beeinflusst hatte, dass man ein Führungsseil für notwendig, ja unabdingbar erachtete, an dem entlang sich der stählerne Koloss sicher fortbewegen konnte.

Vorne, beim Walführer, gab es ein Fenster, Jonas hatte es selbst schon einmal durch die offenstehende Durchgangstür zum Leitstand gesehen. Aber da war ihm auch aufgefallen, dass die starken Scheinwerfer des Tauchboots nichts gegen die Myriaden von Schwebeteilchen im Wasser ausrichten konnten, die ihr Licht sofort in alle Richtungen ablenkten und zerstreuten.

Die schwere Heckklappe, von Analogiefreaks gern ›Finne‹ genannt, schloss sich mit metallenem Ächzen. Dann tauchte der mächtige Wal ab in die lehmig-braune Brühe und versetzte die Eingeweide von Jon ›Gopher‹ Jonas, pendelnd in den kräftigen Strömungswirbeln, in eine köstliche Hochstimmung. Viel zu schnell vergingen ihm die siebzehn Minuten Überfahrt nach Maroux, wo der Wal so weit in den Wendebogen einfuhr, dass sein Achterteil mit der Finne wieder zum Land zeigte.

Er hob sie langsam an und entließ die Passagiere, die nach Luft schnappten und sofort in alle Richtungen davoneilten.

Im Freien nahm Jonas den Scooter von der Schulter, die jetzt nur noch eine Umhängetasche aus Leinen beschwerte und startete mit kräftigem, kurzem Antritt, reihte sich ein in den zäh fließenden Verkehr, den er bald, lautlos zwischen den Spuren kreuzend, abritt wie ein Surfer die Brandungswellen.

Am Ende der Algonkin Road bog er nach links ab in die Xhosa Straten, die ihn in ein Viertel brachte, das aus einer Ansammlung tiefschwarz verkleideter Häuserblocks bestand. Die Klötze hatten ihr Aussehen einem Konzept zur Energieeinsparung zu verdanken, das zwar funktionierte, den Bewohnern der Blocks aber nichts brachte, weil die Einsparungen vom Eigentümer nicht an sie weitergereicht wurden. Für sie blieb nichts übrig als das Vergnügen, in einer Gegend zu wohnen, die aussah wie abgebrannt und die sie immer daran erinnerte, dass sie nur ein kurzes Stück von der Hölle trennte.

Denn die war gleich nebenan: Elder Helltown. Ein Viertel, das selbst die Polizei mied, und das sie den Gangs, Junkies, Rockern und Kriminellen überlassen hatte. Solange die sich innerhalb der exakt ausgekämpften Grenzen bewegten, also zwischen den Schwarzen Blocks im Süden, der Turkstadt im Osten und dem piekfeinen Lemon Tree Park mit seinen duftenden Zitrusbäumen im Westen, mischte sich die Obrigkeit hier nicht ein und setzte lieber darauf, dass sich alles irgendwie von selbst regelte. Nicht immer im Rahmen der Legalität, versteht sich, aber immerhin ohne größeren Schaden für den Rest der Insel.

Lemon Tree Park, das Jonas zum Ziel hatte, war eine reiche Gated Community, umgeben von hohen, schier unüberwindlichen Mauern mit bewaffneten Wachtürmen, was angesichts der engen Nachbarschaft zur Helltown nicht groß verwunderte. Je schlimmer Helltown wurde, umso mehr war das Nobelviertel abgeschottet und aufgerüstet worden, bis es gegen die gesetzlose Nachbarschaft hermetisch abgeriegelt war.

Jonas bremste sein leichtes, aber flinkes Gefährt an der Grenze zu der Zone ab, die nur auf eigene Gefahr betreten werden sollte, wie die Schilder mit den zahlreichen Einschusslöchern verdeutlichten.

Es war seine erste Lieferung nach Lemon Tree Park und falls der Kunde zufrieden war, konnte daraus eine große Sache werden. Leider war der Mann offenbar äußerst anspruchsvoll, nicht nur, was die Qualität der Ware anging, um die es Jonas nicht bang war. Aber darüberhinaus bestand er auch auf absolut pünktlicher Lieferung und Jonas hatte schon ziemlich viel Zeit verloren, weil er nicht auf die Überfahrt mit dem Wal hatte verzichten wollen. Also musste er nun den kürzesten Weg nehmen, wenn er noch im Geschäft bleiben wollte, und der führte gradewegs durch Elder Helltown hindurch zur Uferpromenade mit dem Jachthafen, auf der er dann zum Nordgate von LTP gelangen konnte, das er auch bequem über die neue Brücke erreicht hätte. Er verfluchte seine Unüberlegtheit und schlechte

Planung, die, wie so oft, das Ergebnis von hedonistischen, triebgesteuerten Episoden waren, denn das Navi wies nun alle anderen Wege als erheblich länger aus und er würde auf ihnen nie und nimmer wie bestellt punkt sechzehn Uhr ankommen können.

Also mitten durch die Hölle? Und das auf einem Elektroroller, den all die schweren Jungs dort, die unter 750 Kubikzentimeter nichts gelten ließen, kaum weniger lächerlich fanden als einen Segway? Gefährlich, sehr gefährlich! Aber wohl leider auch unumgänglich, denn er brauchte dringend einen geschäftlichen Durchbruch, brauchte Kontakte zu betuchten Kunden, die bereit waren, angemessene Preise zu zahlen und nicht nur Almosen, für die es nicht lohnte, sich selber auszubeuten.

Auf den Straßen war wenig los um diese Tageszeit, schließlich hatte man es in diesem Halb- und Unterwelt-Viertel ja überwiegend mit Nachtarbeitern zu tun. Deshalb fiel ihm der Lange drüben auf der anderen Seite der Straße überhaupt erst auf. Ein hagerer Kerl mit einer Wollmütze von unbestimmbarer Farbe auf dem Zottelhaar, der ihn keinen Moment aus den Augen ließ. Jonas hielt ihn für einen Junkie, einen dieser devoten Typen, die nicht selber gefährlich waren, sondern ihr Überleben bei den Gefährlichen dadurch sicherten, dass sie schleimten, zutrugen und ausspähten, wenn sie grade nicht zugedröhnt waren. Die Alarmanlage des Viertels. Sie würde sicher gleich anschlagen, wenn der Späher sah, dass da ein Fremdling eindrang, auf eigene Gefahr, einer von draußen, bieder, eher spillerig und noch dazu auf einem arschigen Elektroroller.

Einige kräftige Schiebetritte und er setzte sich in Bewegung, um möglichst schnell und hoffentlich ohne unliebsame Begegnungen den gefährlichen Stadtteil hinter sich zu bringen. Aus dem Augenwinkel sah er, wie der Lange mit wichtiger Miene eifrig in seine Hand hineinsprach, in der sich vermutlich ein Mobiltelefon befand.

Jonas versuchte zu beschleunigen, aber die Straßen waren hier in einem erbärmlichen Zustand und er musste weit unter der erreichbaren Höchstgeschwindigkeit bleiben. Die kleinen Siligum-Räder konnten derbere Unebenheiten nicht gut ausgleichen und man flog leicht einmal über die Lenkstange, wenn es zu holperig wurde.

Seine Chancen, unbehelligt durch Helltown zu kommen, das wurde ihm nun klar, entsprachen in etwa denen, beim Schwimmen nicht nass zu werden. Ärger war das natürliche Fluidum, mit dem man zwingend in Berührung kam, wenn man in dieses Viertel eintauchte.

Immerhin war es in den Straßen sauber, auffällig sauber sogar, bedachte man den Umstand, dass auch Kehrtruppe und Müllabfuhr der Stadt das Territorium mieden. Zu verdanken hatte das Viertel diese Sauberkeit der feinen Community nebenan, denn der reiche Nachbar bezahlte eine dezent, aber sehr effektiv bewaffnete, private Reinigungsfirma, die Helltowns Straßen sauber hielt. Das Motiv dieser guten Tat entsprang purem Eigennutz, versteht sich, schließlich wollte man ja nicht, dass der Gestank vergammelnder Abfälle den köstlichen Zitrushauch überdeckte, wenn der Wind ungünstig stand. Während er an derlei Dinge dachte, war der Scooterlenker zügig unterwegs. Es geschah, als er schon hoffte, er käme vielleicht doch noch durch, ohne belästigt zu werden:

Plötzlich riegelten einige Kerle vor ihm die Straße ab.

Als er über die Schulter zurückblickte, sah er, dass auch hinter ihm dicht gemacht, der einzige Fluchtweg versperrt wurde.

Einige Harleys kamen bollernd näher und die bärtigen Jeanswestenträger, die sie ritten, grinsten und amüsierten sich über den Hänfling, der es gewagt hatte, durch ihr Revier rollernd den geheiligten löchrigen Boden zu schänden. Direkt geradeaus, am Ende der Straße, konnte er schon das Ufer sehen und die Masten der Boote, die auf dem Wasser schaukelten, aber nur drei Blocks davor hatten die Gangster zwei schwarze Luxuslimousinen mit dunkel getönten Scheiben quergestellt und warteten auf ihn, rauchend und lässig an die Fahrzeuge gelehnt, als seien sie bemüht, auch ja alle gängigen Klischees zu bedienen. Was Wunder, zahllose Film- und Serienklassiker hatten die Szene gründlich geprägt durch Beispiele, wie sich harte Jungs kleideten und benahmen.

Aus dem Fond einer der Limousinen stieg ein Mann aus, der allerdings nicht so leicht einem der üblichen Stereotype zuzuordnen war. Weder trug er feinen Zwirn, schwarze Hosenträger oder Sonnenbrille wie ein Mafioso, noch Jeans oder Leder mit massenhaft Nieten wie ein Rocker. Eigentlich wirkte er fast schon zu normal, um ernsthaft gefährlich zu erscheinen. Er sah nicht anders aus als der Mann vom Holzzuschnitt im Baumarkt, oder der Gesichtslose, der mit der Nasskehrmaschine durch die Fußgängerzone kreuzte. Aber das Benehmen all der Harten um ihn herum, die soviel bedrohlicher wirkten, zeigte, dass dieser scheinbar Harmlose von ihnen respektiert, ja gefürchtet wurde und zweifellos ihr Boss war.

»Seht nach, was der Junge da im Beutel hat«, befahl der Unauffällige kurz und zwei Männer lösten sich von den Kotflügeln und gingen auf Jonas zu, dem der Schreck in die Glieder fuhr.

»Du hast gehört, was Freeman gesagt hat«, knurrte der eine.

»Also komm rüber mit dem Sack«, zischte der andere.

Jonas sah, dass Widerstand sinnlos war, also nahm er brav die Leinentasche von der Schulter und reichte sie an den langen Henkeln dem Mann, der geknurrt hatte. Der Gorilla sah hinein und förderte etwas zutage, das aussah wie eine weiße, rechteckige Kunstoffdose mit einigen Verschlussklammern aus Alu.

»Fühlt sich kalt an«, wunderte er sich, »verflucht kalt.«

Er ließ den Behälter schnell wieder in den Beutel fallen und brachte ihn zu seinem Boss. Freemans Finger schienen weniger empfindlich zu sein. Er holte die frostige Box wieder heraus, wischte den dünnen Eisfilm vom transparenten Fenster an der Oberseite und pfiff dann leise durch die Zähne.

»Oho, was haben wir denn da?«, rief er staunend aus, »und wer hätte gedacht, dass so etwas von einem Spargel auf einem Kinderroller geliefert wird? Lasst ihn durch!«, ordnete er dann an, »und passt auf, dass ihm nichts zustößt!«

❡

Jonas war noch immer wie betäubt von den Ereignissen, die sich in den maroden Straßen Elder Helltowns zugetragen hatten, da saß er schon dem Privatsekretär seines potentiellen Kunden gegenüber, der sich ihm zunächst schlicht mit dem Namen Grindler vorgestellt, dann aber schnell noch ergänzend ein ›Doktor Heinrich Grindler‹ nachgeschoben hatte.

Auch eine Art, zu zeigen, wer man war: Man leistete sich einen promovierten Helfer. Das war beeindruckend und auch ein wenig einschüchternd, ebenso wie der Schreibtisch von der Größe eines turnierfähigen Snooker-Billardtischs, hinter dem der mutmaßlich überqualifizierte Assistent Platz genommen hatte.

Die Kerle aus der Höllenstadt hatten ihn bis fast ans Nordtor von LTP eskortiert, eine der Limousinen fuhr voran und ein Pulk Harleys knatterte hinter ihm her. Wieso? Was hatte der Blick auf seine Ware bei diesem Freeman in Gang gesetzt? Ein Rätsel, das er zu gern gelöst haben wollte.

»Wenn Sie möchten, lasse ich Ihnen gern eine Tasse Kaffee kommen«, drang jetzt wieder die Stimme des Doktors zu ihm durch. »Es wird sicher noch ein wenig dauern, bis unsere ersten kursorischen Prüfungen Ihrer Lieferung abgeschlossen sind.«

Der Mann war freundlich und zuvorkommend, ohne jedoch eine gewisse Überheblichkeit vollständig verbergen zu können, die Jonas in jeder seiner Bewegungen und Gesten, in jedem Wort, ja in jedem Atemzug, deutlich zu spüren glaubte.

»Was für ein Doktor sind Sie eigentlich? Jurist, wie?«, rutschte es ihm heraus. Er biss sich auf die Zunge und ärgerte sich über sich selbst. Schließlich wollte er hier ins Geschäft kommen und nicht die Leute verprellen.

Aber der Doktor schien mehr amüsiert zu sein als verärgert.

»Das denken viele«, lachte er. »Aber nein, ich habe Soziologie studiert und über die Genese und Bevölkerungs-Struktur von sozialen Problemvierteln promoviert. Unter besonderer Berücksichtigung von Synergieeffekten auf die angrenzenden Wohngebiete. Und seien Sie versichert, werter Herr Jonas, diese Studien sind mir bei der Arbeit hier von größerem Nutzen, als es die Juristerei je sein könnte. Kaffee?«

Jonas kam es so vor, als wollte der Mann etwas andeuten, um dann aber rasch wieder darüber hinwegzugehen, weil ihm eingefallen war, dass die Sache wohl dem Niveau seines Gastes nicht angemessen sein würde.

Am Tor hatten sie ihn erst einmal warten lassen. Den Beutel gefilzt, den Ausweis kontrolliert, ihn nach Waffen durchsucht und lange herumtelefoniert, ob er denn wirklich einen Termin hätte bei William Waylord dem Dritten, genannt WWIII.

Als alles sich als zutreffend und korrekt erwies, ließen sie ihn endlich passieren, missmutig und zögernd, ganz so, als habe er sich den Zugang nur erschlichen, mit miesen Tricks, die sie im Moment noch nicht so ganz durchschauten, aber warte nur Freundchen, sie würden ihn schon noch als den Schwindler enttarnen, der er in Wirklichkeit war.

Dann hatte ihn Dr. Grindler abgeholt und mit einem Blick auf die Uhr zufrieden genickt. Schön, dass er pünktlich sei, lobte er, denn darauf lege Mr. Waylord den allergrößten Wert: »Für ihn ist Pünktlichkeit nicht Selbstzweck, müssen Sie wissen, vielmehr sieht er in ihr den Gradmesser für Zuverlässigkeit überhaupt. Kaffee?«

Coffein war nur ein mildes Genussgift, nicht zu vergleichen mit Substanzen wie Nikotin oder Alkohol, also nahm Jonas schließlich dankend an. Eine gute Entscheidung, wie er später feststellte, denn es gab echten, duftenden Bohnenkaffee, nicht etwa einen dieser weit verbreiteten Hot-Coffee-Cubes, die man nur in eine Tasse mit kaltem Wasser werfen musste und die Plörre kochte sich dann von selbst. Praktisch, ja, auch heiß und anregend, aber im Geschmack nur entfernt kaffeeähnlich.

Es verging eine halbe Stunde mit belangloser Konversation, dann stürmte ein Mann um die Fünfzig in den Raum, leger gekleidet, energiegeladen und mit freundlichen, ja nahezu kumpelhaften Umgangsformen, der ohne jeden Zweifel WWIII war. Fotos von ihm konnte man zuhauf in den Illustrierten finden, die beim Friseur herumlagen. Mit ausgestreckter Hand eilte er auf Jonas zu und begrüßte ihn mit einem schmerzhaft festen Händedruck wie einen guten, alten Bekannten.

»Sie haben da verteufelt gute Ware gebracht, wie es aussieht, noch dazu pünktlich und so originell getarnt!«, rief er sichtlich begeistert. »Ich würde nur zu gern wissen, wie Sie an eine derart hohe Qualität kommen.«

Der unverhofft so Gelobte wollte etwas Passendes antworten, verhaspelte sich aber und begann zu stottern, weil er unsicher war, was Waylord mit origineller Tarnung gemeint hatte. Bezog sich das nur auf Leinentasche und Scooter, oder hatte er auch von der Helltown-Eskorte erfahren und sein Lob war als Ironie zu verstehen? Der Mann war superreich und hervorragend vernetzt, hatte also bestimmt überall Augen und Ohren. Kaum anzunehmen, dass ihm dieses Spektakel entgangen sein könnte.

»Nein, lassen Sie nur«, winkte WWIII ab, »es ist mir völlig klar, dass Sie nicht Ihre Geschäftsgeheimnisse verraten werden. Wir haben in unserem kleinen Labor nur ein grobes Screening gemacht, auf Spuren der gängigsten Medikamente und Drogen, aber diese Befunde waren schon sehr vielversprechend. Wenn Sie noch mehr gleichwertige Ware liefern können, sind wir im Geschäft! Ich bin geneigt, Ihnen dafür einen mehr als fairen Preis zu bezahlen. Den üblichen Schwarzmarktpreis, plus, sagen wir fünfzehn Prozent für die hervorragende Qualität, wenn die genaueren Analysen den ersten Eindruck bestätigen.«

»Wie! Soll das etwa heißen, du hast denen die Niere einfach überlassen, ohne Bezahlung, ohne Sicherheit?«, schnaubte der Doc entsetzt. »Du bist nicht bei Trost, Gopher! Und wenn die sie nun einfach behalten und du hörst nie wieder von ihnen?«

»Cool it, Doc«, beschwichtigte Jonas, »hätte ich etwa ne Quittung verlangen sollen? Glaub mir, so läuft das nicht mit diesen Leuten! Entweder die Ware gefällt ihnen, dann wollen sie ein reibungsloses Geschäft, bei dem alle zufrieden sind. Oder sie finden sie nicht gut und was sollten sie dann noch mit der

Probe? Man darf bei denen einfach nicht so kleinkariert sein. Manchmal braucht es eben einen Vertrauensvorschuss, um zu beweisen, dass man es wert ist, in ihrer Liga mitzuspielen.«

»Ich bleibe dabei«, beharrte Doc Barnard, »du bist verdammt naiv, Gopher. Bei mir heißt es immer: Zuerst die Kohle, sonst geht gar nichts. Nur Vorkasse bringts, Cash, verstehst du, alles andere ist Selbstbetrug.«

»Bei dir ist das auch was ganz anderes, Doc. Deine Kundschaft, das sind doch lauter lichtscheue Gestalten, die musst du natürlich vorher abkassieren. Aber solche Gauner kannst du nicht ernsthaft mit Leuten wie diesem Waylord vergleichen. Das sind Geschäftsleute, durch und durch seriös. Die haben Regeln, an die sie sich halten. Maßgeschneiderte Gesetze, verstehst du? Wenn *die* kriminell sind, dann sind sie legal kriminell. Das macht den Unterschied.«

Der Doktor zuckte mit den Schultern, wirkte aber noch immer nicht ganz überzeugt.

»Na gut, wenn du meinst. Ist ja wohl letztlich deine Ware. Mein Honorar kann ja wieder mal warten, so kennen wir das doch. Und wie solls jetzt weitergehen?«

»Die werden sich schon melden. Was ich zu bieten habe, das hat kein anderer. Alles clean wie von einem neugeborenen Säugling. WWIII war ja schon nach den ersten Tests ganz aus dem Häuschen. Wenn die mit ihren Untersuchungen durch sind, wollen die garantiert noch mehr. Viel mehr.«

»Ich hoffe, nicht zu viel. Deine Kapazitäten sind begrenzt, wie du weißt.«

Jemand hämmerte gegen die Tür des ehemaligen kleinen Reisebüros, das jetzt Barnards - der Name stank geradezu nach Pseudonym! - schäbige, improvisierte Praxis beherbergte.

Einer forderte mit diesem lächerlichen, gebrüllten Flüstern:

«He, mach auf Doc, Sweeny hats erwischt!«

Der Doc ging zur Tür und öffnete sie einen kleinen Spalt.

»Wie stehts mit der Kohle?«, hörte Jonas ihn fragen. »Löhnt erst mal oder macht euch vom Acker! Ich bin nicht die Heilsarmee.«

Als nächstes wollte der freundliche Herr Waylord eine Leber, den zweiten großen Giftspeicher des menschlichen Körpers. Jetzt wollte er es wohl ganz genau wissen.

Jon ›Gopher‹ Jonas suchte also wieder einmal den mürrischen Doc Barnard in seiner Hinterzimmer-Praxis auf, einem ehemaligen Reisebüro gleich neben dem Automaten-Waschsalon am Murrdoch-Platz, die in den einschlägigen Kreisen bekannt und beliebt war. Der Doktor, ein echter Mediziner und geschickter Chirurg, hatte vor vielen Jahren seine Zulassung verloren, aus Gründen, über die er nicht sprechen mochte. Seitdem hielt er sich mit diskret gegen Barzahlung durchgeführten Eingriffen über Wasser. Meist waren es Kugeln, die nach Schießereien zu entfernen waren, oder Platzwunden und Messerstiche, die dringend versorgt werden mussten. Auf die Dauer gesehen alles recht simple und ziemlich langweilige Verrichtungen.

Für Gopher Jonas, den er fast seinen Freund genannt hätte, wäre ihm das nicht allzu pathetisch vorgekommen, wurde er jedoch ganz anders tätig. Das war echte, anspruchsvolle Chirurgie, die dafür sorgte, dass er in Form blieb und dass seine verfahrenstechnischen und handwerklichen Fähigkeiten nicht in der Alltagsroutine der Piratenpraxis verkümmerten.

»Wie, jetzt schon? Das ist verdammt eng! Will der Typ etwa professionell ins Geschäft einsteigen? Du sagtest doch, das ist nur für den Bedarf in seinem Bekanntenkreis. Hat er denn wenigstens die Niere schon bezahlt?«, bombardierte Barnard Jonas mit Fragen, als der ihm von der neuen Bestellung erzählte.

»Allerdings, er hat mir achtzig Cultron dafür rübergeschoben«, antwortete Jonas, nicht ohne Stolz in der Stimme.

»Das ist ein guter Preis, beim derzeitigen Kurs.«

»Ach du grüne Neune! Dieser elektronische Mist«, polterte der Doc, »ich weiß nicht, ich trau dem Zeug nicht. Ist irgendwie nichts Reelles.«

»Was hast du erwartet, Doc, so läuft das eben heutzutage in die-

sem Business! Ist so viel wert wie Cash und kann nicht zurück-
verfolgt werden.«

»Das vielleicht nicht, aber da draußen gibts Unmengen an sol-
chem Kryptoscheiß! Wo wird das schon alles akzeptiert, bitte-
schön? Der eine nimmt Tronix, der andere Ether oder Stellar,
wieder ein anderer nur Aurora oder Holo, oder wie die alle
heißen. Wo willst du dir dafür was kaufen? Wo kriegst du ein
Auto für deine Cultron, damit du nicht weiter mit dem lächerlichen Scooter aufkreuzen musst, wenn du lieferst, wo denn, hä,
wo denn?«

»Lass gut sein Doc«, versuchte Jonas den grimmigen Doc zu
beschwichtigen, »du hast ja nicht ganz unrecht, wenn ich auch
meine, dass du zu misstrauisch geworden bist im Lauf der
Jahre. Na, jedenfalls gibts für die Leber Bares, das hat WWIII
fest versprochen. Wenn die Tests alle gut laufen, versteht sich,
und das werden sie ganz sicher.«

»Warten wirs ab«, brummte der Mediziner und schloss die Tür
zum fensterlosen Hinterzimmer auf, an der ›Nur für Personal‹
stand. Das Reisebüro hatte hier früher stapelweise Prospekte gelagert, von denen immer noch Restbestände in den Ecken und
in einigen primitiven Regalen an den Wänden verstaubten.

Als flackernd die Leuchtstoffröhren zündeten, konnte man in der
Mitte des alten Lagerraumes ein großes Zelt aus schweren, mil-
chigweißen Plastikplanen sehen.

Die Luft roch nach Desinfektionsmittel.

»Dann komm mal langsam in die Puschen«, raunzte Barnard.
»Du kennst ja die Prozedur.«

Bei der Lieferung der Leber schien es ihm, als sei er in so etwas
wie einen Schicksals-Zirkel geraten, eine Kismet-Schleife, denn
alles lief zwar ein wenig anders als beim ersten Mal, führte aber
dennoch zum gleichen Ergebnis.

Der notorische Schwarzseher Barnard hatte natürlich recht behalten und Jonas war es nicht gelungen, für die Cultron ein Auto zu bekommen. Also musste er wieder mit dem Elektroroller los, und obwohl er diesmal schon eine halbe Stunde eher aufbrach, um ausreichend Zeit für seine obligatorische Walfahrt zu haben, geriet er am anderen Ufer, in der Algonkin Road, in einen Verkehrsunfall mit Stau, der ihm die dreissig Minuten wieder wegfraß. Also hieß es für ihn, Helltown erneut zu durchqueren und der Junkie mit dem Handy war auch schon wieder da. Jonas fragte sich, wann dieser Kerl eigentlich einmal stoned in einer Ecke lag, wie es sich für seinesgleichen gehörte, anstatt hier artig Wache zu schieben und harmlose Scooterfahrer zu melden.

Aber dann löste sich der Zeitknoten und alles wurde doch noch ein wenig anders als zuletzt: Er wurde nicht aufgehalten und auch nicht eskortiert, sondern ganz einfach nur durchgelassen, und so sehr er auch einerseits darüber froh war, rief doch ein wenig die mutmaßliche Kontrolle, die sein angehender Kunde über die gefährliche Nachbarschaft auszuüben schien, ein mulmiges Gefühl in ihm hervor.

War es wirklich denkbar, dass sich zwischen den beiden ungleichen Stadtbezirken Lemon Tree Park und Elder Helltown über die massiven Barrieren hinweg delikate geschäftliche Beziehungen entwickelt hatten, wie immer wieder behauptet wurde? Es waren wohl nicht wenige Fälle bekannt, die den Verdacht nahelegten, dass schwere Jungs aus der Höllenstadt die Drecksarbeit für vermögende Bürger der Lemon Tree Park Community erledigt hatten, mit der diese Ehrenänner nicht selber in Verbindung gebracht werden wollten. Beweisen ließ sich das freilich nie, dank meist nur lückenhafter polizeilicher Ermittlungen und Rudeln gerissener Anwälte mit großen Gemeinschaftspraxen hinter prachtvollen Glas- und Marmorfassaden.

Am Nordtor wussten sie nun auch schon, wer er war, und hatten offenbar Anweisung, sofort Doktor Grindler zu verständigen, der kurz darauf am Tor eintraf und Jonas freundlich, aber distanziert, wie es seine Art zu sein schien, aufforderte, mit ihm zu kommen. Er übergab die Leber einem jungen Mann mit dicken Handschuhen, der ihn begleitet hatte und nun dienstbeflissen mit der Kühlbox davoneilte.

Grindler selbst führte Jonas wieder in sein Büro.

Dort wartete schon Waylord auf sie, begrüßte Jonas mit einem schmerzhaft festen, zupackenden Händedruck und ihm schwante, dass der freundliche, charismatische Mann so schnell nicht wieder losließ, was er einmal im Griff hatte.

Erneut pries WWIII die, wörtlich ›verteufelt gute Qualität‹ der Niere. Man habe da faktisch das ›zarte, frische Organ eines Babys‹ vor sich, schwärmte er, nur in der Größe eines Erwachsenen. Ungewöhnlich, wirklich sehr ungewöhnlich und er könne sich die Herkunft dieser exzellenten Ware beim besten Willen nicht erklären, es sei denn...

Jonas hätte zu gern den Rest von Waylords Vermutung gehört, aber der brach seinen Satz ab und ließ ihn im Ungewissen.

Stattdessen bestellte er noch eine zweite Niere, Lieferung bitte am Samstag, da stünde dann auch das Bargeld für die Leber zur Verfügung und die neue Niere werde er ebenfalls gleich bar bezahlen, wenn die Screenings ähnlich positiv ausfielen wie bei der ersten, worüber er keinerlei Zweifel hege.

Jonas war schockiert. So kurzfristig! Heute war Mittwoch! Warum nur so knapp? Offenbar ein letzter Test. Der Doc würde einen Wutausbruch bekommen und nicht einmal er selbst war sich, bei allem Optimismus, den er aufbringen konnte, sicher, dass er diesen Termin würde einhalten können. Waylord bemerkte seine Zweifel und bat, mit plötzlicher, unangenehmer Schärfe in der Stimme, ihn nicht zu enttäuschen. Es wäre doch wirklich zu schade, wenn ihre Kooperation so kurz vor dem Ziel noch scheitern würde, aber er müsse leider auf dem Termin bestehen, und termingerechte, pünktliche Lieferung sei ihm fast ebenso wichtig wie gute Qualität. Mit dieser kalten Dusche war er entlassen, und während er langsam den belebten Küstenstreifen entlangrollte, um das Höllenviertel zu umgehen, zermarterte er sich den Kopf darüber, wie er das hinbekommen und wie er es Chris Barnard am besten beibringen könnte.

Am besten einfach mit der Tür ins Haus fallen. Der Doc war kein Freund von langem Herumgerede um den heißen Brei.

»Läuft alles bestens!«, verkündete Jonas also frech, als ihn der Chirurg einließ.

»Er will sogar noch eine zweite Niere, bis Samstag, und dann gibts Cash satt.«

Der Doc starrte ihn verblüfft an.

Für einen kurzen Augenblick verschlug es ihm die Sprache.

»Ist nicht wahr, oder?«, sagte er dann langsam. »Alles nur ein blöder Scherz, he?«

»Oh nein, kein Scherz. Die Sache kommt langsam in Schwung«, erwiderte Jonas, übertrieben fröhlich.

Barnard schüttelte den Kopf. »Du bist verrückt. Ich habs immer gewusst. Wie soll das denn gehen? Du willst dem feinen Herrn wohl auch wirklich jeden Wunsch erfüllen, wie, und wenn du selber dabei draufgehst! Was machst du denn, wenn er als nächstes ein Gehirn verlangt?«

»Warum sollte er das denn? Du weißt doch ganz genau, dass man Gehirne nicht verpflanzen kann.«

Der Doc nickte grimmig. »Versteht sich. Aber selbst wenn man es könnte: Du hättest keins anzubieten.«

»Komm wieder runter, Doc«, bat Jonas. »Lass uns ernsthaft drüber reden. Wie hoch schätzt du das Risiko ein?«

Barnard machte eine hilflose Geste. »Was weiß ich, Mann? Was willst du von mir, Prozentangaben oder was? Tut mir leid, aber dafür gibts zu wenige von deiner Sorte! Es geht jedenfalls bis an die Grenzen deiner Möglichkeiten, vielleicht auch drüber hinaus und ich glaube nicht, dass ich das austesten will. Such dir dafür jemand anderen. Ich bin immer noch Chirurg und kein Schlachter.«

»Und ein unverbesserlicher Schwarzseher«, seufzte Jonas, wohl wissend, dass er Barnard schon noch überzeugen würde, wenn er nicht locker ließ. »Hast du neben der Sorge um deine Berufsehre noch weitere Bedenken?«, spottete er.

»Jede Menge! Aber vor allem plagt mich ständig ein ganz bestimmter Gedanke: Was, wenn die dahinterkommen, dass das alles *deine* Organe sind? Dann werden sie dich ausnehmen wie eine Weihnachtsgans und nur noch die Knochen von dir übriglassen.«

»Unsinn!«, lachte der mit so drastischen Worten Gewarnte, »die werden doch die Gans nicht schlachten, die ihnen goldene Eier legt! Da wären sie schön blöd, und das sind sie nicht, darauf kannst du wetten.«

Dem Doc stand der Sinn nicht nach Lachen. »Trotzdem«, beharrte er, »ich habe da ein ganz mieses Gefühl. Ich fürchte, du schätzt die Leute falsch ein, mit denen du dich da eingelassen hast. Irgendwo ist da ein Knick in deiner Logik.«

Es klopfte kräftig an der Tür und jemand rief: »Aufmachen! Shorty hats erwischt!«

Doc Barnard spähte durch den Türspalt.

Draußen stand einer, der durchschnittlich aussah, ganz normal eben, wie der Mann, der im Getränkemarkt das Leergut stapelt oder wie einer, der Litfaßsäulen mit Plakaten beklebt. Und er war allein.

»Hey, protestierte der Doc, »was soll das, willst du mich verarschen? Wo ist denn nun dein Shorty?«

Er wollte schnell die Tür wieder schließen, aber der Besucher war schneller, warf sich mit dem ganzen Gewicht seiner wenig besonderen hundertsechzig Pfund dagegen und drückte sie nach innen auf.

Barnard fiel fluchend zu Boden, während der Eindringling die Tür jetzt selbst von innen schloss und zweimal sorgfältig den großen Schlüssel umdrehte, der auf der Innenseite steckte.

Jonas war mit offenem Mund vor Schreck erstarrt, als er den Mann erkannte.

»Sieh mal einer an«, sagte Freeman, »der Rollerboy sieht aus der Nähe ja schon richtig erwachsen aus.«

»Ich bin achtunddreißig«, krächzte Jonas, dessen Mund ausgetrocknet war wie ein altes Benzinfeuerzeug.

»Hast dich recht gut gehalten«, nickte Freeman anerkennend. »Waylord will dich sehen. Jetzt gleich.«

Ein Hauch von Knoblauch wehte durchs Zimmer, wenn der Unscheinbare sprach.

»Aber er hat mir Zeit bis Samstag gegeben«, protestierte Jonas.

»Davon weiß ich nichts«, erwiderte der Helltown-Ganove gleichmütig und wandte sich dann an den Doc, der immer noch verwirrt auf den Dielenbrettern saß.

»Und du bist der Medizinmann?«

Barnard nickte grimmig und setzte zu einer Tirade an, aber Freeman schnitt ihm kurzerhand das Wort ab. »Du bleibst hier«, bestimmte er, »du wirst nicht mehr gebraucht.«

Er holte einen kleinen Revolver aus der Innentasche seiner Jacke und schoss dem Doc in die Brust und, als der noch hustete und zuckte, ein weiteres Mal in den Kopf.

»Abflug, Junge«, forderte er dann den vor Entsetzen wie gelähmten Jonas auf, »Waylord hasst Unpünktlichkeit.«

℘

Seine dritte Fahrt nach Lemon Tree Park machte Gopher Jonas in Freemans schwarzer, luxuriös ausgestatteter Limousine, die den schnellsten Weg über die neue Brücke nach Maroux nahm. Er saß auf der Rückbank neben dem Gorilla, der zischte, und der die ganze Zeit eine großkalibrige Pistole auf ihn richtete.

Sein Boss saß vorne auf dem Beifahrersitz neben dem, der knurrte und nun den Wagen lenkte.

Das Bild des hustenden, sterbend auf den Dielenbrettern sitzenden Doc Barnard, den Jonas fast einen Freund genannt hätte, wäre der Mann nicht immer so schroff und abweisend gewesen, hatte sich tief in sein Gehirn gegraben und beanspruchte ihn so stark, dass er gar nicht dazu kam, Angst zu haben. Vielmehr war er voll von ohnmächtiger Wut auf den arroganten Killer, der glaubte, das Recht zu haben, Menschenleben auszulöschen, wie es ihm beliebte. Und ihn schockierte die kaltschnäuzige Art, wie man den Doc ausradiert hatte: Ein Auftrag war erledigt worden. Da war nichts, rein gar nichts Persönliches im Spiel gewesen. Nein, Freeman hatte es getan, nicht anders, als hätte man ihm gesagt ›he, dreh mal den Wasserhahn zu‹ oder ›sieh doch mal in den Briefkasten.‹

Völlig ohne Gefühlsregung, achtlos, ohne besondere Aufmerksamkeit. Es peinigte und beunruhigte Jonas, dass er nicht die geringste Ahnung hatte, warum der harmlose Doc, der weiß Gott mehr ein bellender als ein beißender Hund gewesen war, und für niemanden eine Bedrohung, dem mächtigen WWIII im Weg gewesen sein sollte.

Und schließlich quälte ihn auch noch der dumme Gedanke, dass ihn diese Verbrecher gerade um seine hochgeschätzte Walfahrt betrogen hatten.

So also stand es um die geistige Verfassung von Jon ›Gopher‹ Jonas, als die Limousine in einiger Entfernung vom Tor anhielt und Freeman ihm befahl, zügig zum Eingang zu gehen und dabei immer daran zu denken, dass sie ihn bei jedem Schritt, den er tat, genau im Auge behalten würden. Flucht könne er also gleich vergessen, sie würden ihn hundertprozentig erwischen und dann mit dem größten Vergnügen einige sehr schmerzhafte Dinge mit ihm anstellen.

Der promovierte Assistent holte ihn wieder am Tor ab wie bisher, aber heute hatte er noch zwei finster aussehende Männer im Schlepptau, deren Anwesenheit er mit keinem Wort erklärte, aber Jonas begriff auch so, warum er sie mitgebracht hatte.

»Leider müssen Sie heute mal mit mir vorliebnehmen«, eröffnete ihm der Soziologe. »Herr Waylord ist zur Zeit auf einer Geschäftsreise.«

Jonas war enttäuscht, denn er hatte sich schon innerlich darauf vorbereitet, was er dem reichen Schnösel mit seinem falschen, freundlichen Getue alles an den Kopf werfen wollte und nun sah es so aus, als müsste er mit dessen aalglattem Sekretär vorliebnehmen, an dessen Fassade alles abprallen würde, was er zu sagen hatte.

Im Büro bot Grindler ihm wieder den guten Bohnenkaffee an, aber Jonas lehnte trotzig ab, was ihm nicht eben leicht fiel, aber

›diese Leute‹, von denen er gedacht hatte, zu wissen, wie sie tickten, waren nun wohl seine Feinde, und von Feinden wollte er nichts annehmen.

Er setzte sich in einen der Besuchersessel und machte ein finsteres Gesicht. Eine kurze Weile hielt er es aus, abweisend zu schweigen, dann platzte er heraus: »Warum habt ihr den Doc umgebracht?«

Der Assistent, der sich hinter seinem Riesenschreibtisch mit irgendwelchen Papieren beschäftigt hatte, blickte auf und machte ein überraschtes Gesicht, das ihm nur mäßig gut gelang, wie Jonas fand. »Ist er denn tot?«, fragte er unschuldig, »wie traurig! Aber wir haben damit nichts zu tun. Das geht allein auf das Konto dieses Freeman. Er hatte lediglich den Auftrag, Sie abzuholen und hierher zu begleiten. Diese Kerle schlagen gerne mal über die Stränge, feilen an ihrem Image des harten Mannes. Wirklich sehr bedauerlich, das mit ihrem Doc.«

Jonas glaubte ihm kein Wort.

»Was wollen Sie denn eigentlich jetzt schon von mir?«, fragte er, »ich sollte doch erst am Samstag liefern. Heute ist Donnerstag. Was also wollen Sie, warum bin ich jetzt schon hier, und warum auf diese üble Art und Weise?«

Grindler schob jetzt seine Papiere beiseite und widmete dem Zwangsgast seine volle Aufmerksamkeit. »Wie ich schon sagte, ich bedauere die Modalitäten ihrer Anfahrt. Aber wir wollten sicher gehen, dass sie auch ohne Verzug zu uns kommen und mussten uns sehr beeilen, bevor Sie eine große Dummheit begehen. Wir kamen offenbar gerade noch rechtzeitig, bevor ihr Mediziner ihnen dabei behilflich sein konnte.«

»Eine große Dummheit? Was meinen Sie damit?«

Der Sekretär lächelte.

»Ich meine damit das hohe Risiko, das Sie bereit waren einzugehen. Das hätte übel ausgehen können.«

Jonas stellte sich dumm. »Ich verstehe immer noch nicht. Was denn für ein hohes Risiko?«

Grindler zog gequält die Augenbrauen hoch.

»Bitte, es ist weder nötig noch sinnvoll, weiter Versteck zu spielen. Wir wissen recht genau über sie Bescheid. Ich rede davon, dass Sie bereit waren, sich innerhalb kurzer Zeit - *zu* kurzer Zeit! - nach einer Niere und einer Leber auch noch eine zweite Niere entnehmen zu lassen, nur um mit uns ins Geschäft zu kommen.«

Jonas schüttelte heftig den Kopf.

»Sie sind verrückt. Kein Mensch würde sich zwei Nieren entnehmen lassen. Ohne wenigstens eine davon kann man ja wohl nicht leben.«

»Nun ja, das ist schon richtig, es sei denn, man hat es mit einem ganz und gar außergewöhnlichen Menschen zu tun.«

Jonas schwieg.

Der Doktor der Soziologie sprach zu ihm wie zu einem verstockten Kind.

»Lassen Sie es mich genau erklären, dann brauchen Sie nichts mehr abzustreiten. Also, unter den Leuten, die schwarz mit Organen handeln, sind nicht selten auch Verzweifelte, Leute, die etwa eine ihrer eigenen Nieren verkaufen, um sich bei einem skrupellosen Wucherer freizukaufen, dem sie viel Geld schulden. Immer nach der Devise: Besser ein Organ verlieren, als gleich das ganze Leben, nicht wahr? Aber die Ware, die solche Leute anzubieten haben, ist gewöhnlich von miserabler Qualität, völlig verseucht mit den Rückständen von Medikamenten, Drogen und diversen Genussgiften. Nicht zu vergleichen mit dem, was Sie uns gebracht haben, obwohl auch Sie, mit Verlaub, in die Kategorie ›Verzweifelter Selbstvermarkter‹ zu passen schienen. Sie werden verstehen, dass uns das sehr neugierig gemacht hat.«

Jonas sah zu Boden und sagte kein Wort.

Nichts in seiner Miene ließ erkennen, wie Grindlers Erörterungen auf ihn wirkten.

»Also gingen wir der Sache auf den Grund«, fuhr der Sekretär fort, »und unsere Tests ergaben, dass Niere und Leber beide von ein und demselben Spender stammten.«

Er ließ Jonas, der wie versteinert wirkte, nicht aus den Augen.

»Das wäre an sich noch nichts Ungewöhnliches gewesen, aber

als wir uns dafür interessierten, wer dieser Spender wohl war, stießen wir in einer DNA-Datenbank auf eine merkwürdige Übereinstimmung mit einer Person namens Maxim Jenter, die aussah, wie Sie selbst vielleicht vor etwa zehn, fünfzehn Jahren ausgesehen haben könnten.«

Seine Worte tropften bedeutungsvoll in die Stille des Raums.

»Wenn schon«, sagte Jonas mit belegter Stimme, »eine zufällige Ähnlichkeit, nichts weiter.«

»Nicht ganz unmöglich«, gab Grindler zu. »denn leider waren aufgrund der damals noch sehr strengen Gesetzeslage keine biometrischen Parameter zu der Bilddatei verfügbar. Darum glichen wir Ihre DNA direkt mit der von Ihnen gelieferten Ware ab, und siehe da: Diese wunderbar cleanen Organe, wie man sie reiner nicht bei einem Säugling finden könnte, hatten bis vor kurzem noch Ihnen gehört, einem nicht mehr ganz jungen Mann von immerhin bereits achtunddreißig Jahren. Erstaunlich, nicht wahr?«

»Woher hatten Sie meine DNA für den Vergleich?«, fragte Jonas unsicher, »ich meine DNA, die zweifelsfrei von mir stammt?«

»Die Kaffeetasse«, erinnerte ihn der Assistent mit feinem Lächeln. »Zum Glück noch nicht gespült, weil die Putzfrau krank war.«

Jonas, dem nun ein neuer empörender Gedanke kam, schüttelte zornig den Kopf. »Und obwohl er wusste, dass die gelieferten Organe die meinen waren, hat Waylord noch eine weitere Niere bestellt? Warum? Wollte er mich in den Tod treiben?«

Grindler zuckte bedauernd mit den Schultern. »Oh nein, da tun Sie ihm unrecht. Zum Zeitpunkt dieser Bestellung nahmen wir noch an, die Organe kämen von einem unlängst Verblichenen. So ist es ja auch meist üblich, nicht wahr? Sehr verblüfft hat uns dann allerdings Ihre Bereitschaft, eine zweite Niere zu liefern, nachdem wir in Erfahrung gebracht hatten, dass die bisherigen Innereien von Ihnen höchstpersönlich stammten. Das gab uns noch ein weiteres Rätsel auf. Sie hinterließen bei uns ja keineswegs den Eindruck, lebensmüde zu sein.«

»Warum haben Sie dann Ihren Bluthund zu mir geschickt?«

319

Jonas war nicht gewillt, so schnell zu vergessen oder gar zu verzeihen. Zu sehr hatte ihn Docs beiläufige Auslöschung getroffen. Der Assistent zeigte sich auch weiterhin geduldig.

»Als wir den wahren Sachverhalt durchschauten, wollten wir Sie selbstredend daran hindern, sich doch noch von einer weiteren Niere trennen zu lassen. Wir wussten ja nicht, ob die Restitution der ersten schon weit genug fortgeschritten war. Also wurde Freeman losgeschickt, der manchmal kleinere Aufträge für Mr. Waylord erledigt. Leider kam es dabei zu diesem bedauerlichen Zwischenfall.«

»Ha! Zwischenfall! Ein scheußliches Verbrechen! Der Doc war mein bester Freund.«

»Und Ihr medizinischer Helfer, der Ihnen schon früher, wenn sie mal wieder derart in finanzielle Bedrängnis gerieten, dass ein Organ verkauft werden musste, mit seinen chirurgischen Fähigkeiten zu Diensten war. In angemessenen zeitlichen Abständen zum letzten Eingriff, versteht sich, damit sich Ihr Körper, dieser wahrhaft außergewöhnliche Körper, auch wieder gut regenerieren konnte.«

Jonas nickte und betrachtete nachdenklich seine Fingernägel.

»Wie haben Sie vom Lurch-Projekt erfahren?«, fragte er dann. »Ich habe immer gedacht, dass alle Unterlagen nach den letzten Hetzjagden vor zehn Jahren endgültig vernichtet wurden.«

Dann kam ihm ein schrecklicher Verdacht: »Ihr seid doch keine von denen, oder? Ich meine, ihr seid doch nicht etwa Strikte? Sagen Sie, dass das nicht wahr ist!«

Grindler lachte herzhaft. »Na hören Sie, so oft wie Waylord ›verteufelt‹ sagt, können Sie getrost davon ausgehen, dass er kein erzreligiöser Fanatiker ist.«

»Gott sei Dank!«, atmete Jonas erleichtert auf. »Ich weiß, dass es ein Risiko war, mit Ihnen in Kontakt zu treten.« Dann fiel ihm wieder der arme Doc ein. »Und Chris musste die Rechnung zahlen für meinen Leichtsinn«, sagte er düster und ihm fiel auf, dass er den gescheiterten Arzt sonst nie bei seinem Vornamen genannt hatte.

Grindler nickte nachdrücklich.

»Sie waren wirklich sehr unvorsichtig«, bestätigte er, »wer so einzigartig ist wie Sie, sollte um keinen Preis auffallen, verstehen Sie, um keinen Preis! Uns liegen zuverlässige Hinweise vor, dass immer noch einige Strikte intensiv nach Ihnen suchen. Wenn sich diese verbohrten Eiferer einmal in etwas verbeißen, lassen sie so schnell nicht locker. Und in die Suche nach dem ›letzten Lurch‹ haben sie sich wohl verbissen wie ein Kampfhund ins Kindergesicht. Verzeihen Sie mir den makaberen Vergleich, aber er beschreibt die Lage leider äußerst zutreffend.«

»Hört das denn nie auf!«, stöhnte Jonas, »was kann ich denn dafür, dass ich so bin, wie ich bin? Diese Spinner kümmern sich nicht einmal um die korrekte Benennung dessen, was sie da so hassen, denn eigentlich war es ja Molch-DNA, die mit der Genschere in unser Erbgut eingefügt wurde. Nur Molche sind nämlich in der Lage, Gliedmaßen und Organe wieder nachwachsen zu lassen. Lurch ist ein Überbegriff und umfasst auch diesbezüglich gänzlich unbegabte Tiere wie Frösche. Eigentlich sollten sie mich also den ›letzten Molch‹ nennen.«

Grindler zeigte sich amüsiert über die kuriose Mischung aus Gejammere und pedantischer Rechthaberei, die Jonas da vom Stapel ließ.

»Lurch oder Molch«, sagte er belustigt, »der Spuk ist vorbei, denn jetzt haben Sie ja uns und wir werden sehr sorgfältig auf Sie aufpassen.«

Jonas war immer noch misstrauisch.

»Was heißt denn das? Was genau habt Ihr denn vor mit mir?«, wollte er wissen, halb von Furcht und halb von zaghafter Hoffnung erfüllt.

»Nun, ganz einfach: Sie werden in Zukunft hier wohnen. Hier, im Lemon Tree Park, denn nur hier können wir Sie effektiv schützen. In Ihrem Viertel in der Stadt ist es viel zu unübersichtlich und daher gefährlich. Denken Sie nur, Sie tauschen Ihre heruntergekommene kleines Bude gegen ein helles, freundliches Zimmer! Hier, in Mr. Waylords Villa ist eins für Sie reserviert. Sie können sich in der Community frei bewegen, innerhalb der Mauern natürlich, aus den bekannten Gründen.

Es gibt hier viel Grün, wunderbare Parks, wohlriechende Zitrusbäume. Wir werden Ihren Scooter holen lassen, und was Sie sonst noch so brauchen aus ihrer alten Wohnung. Was sagen Sie dazu? Klingt fast wie ein Märchen, nicht wahr?«

»Klingt mir mehr nach einem goldenen Käfig«, meinte Jonas skeptisch, sah aber ein, dass zu seinem Schutz wohl besondere Maßnahmen erforderlich waren. »Und Sie würden für meinen ganzen Lebensunterhalt aufkommen?«

Grindler nickte. »Selbstverständlich.«

Jon ›Gopher‹ Jonas runzelte die Stirn. »Und wo ist der Haken? Irgendetwas wollen Sie doch von mir als Gegenleistung.«

Der Assistent lachte wieder.

»Sagen wir es so: Wir werden Ihnen Gelegenheit geben, sich für unsere Großzügigkeit erkenntlich zu zeigen, damit Sie nicht das unangenehme Gefühl mit sich herumtragen müssen, in unserer Schuld zu stehen. Bezahlen Sie einfach mit den Möglichkeiten, die Ihre Natur Ihnen gibt. Genießen Sie endlich die Vorteile, die es mit sich bringt, so zu sein, wie Sie sind. Wir verfügen über hervorragende medizinische Fachkräfte und ideale Bedingungen, und wir werden streng darauf achten, dass Sie nicht an Ihre physischen Grenzen gebracht werden, sondern immer kräftig und gesund bleiben.«

Jonas nickte wissend. »Hab ich es nicht gesagt? Will Waylord also doch selber ins Organhandel-Geschäft einsteigen, mit mir als Kapital«, verkündete er und in seiner Stimme konnte man kaum verhohlenen Stolz hören, Stolz darauf, dass nun endlich sein wahrer Wert erkannt worden war.

»Na, wie liefs denn so?«, fragte WWIII, jovial wie gewöhnlich. »Wie hat unser Lurch-Freund denn alles aufgenommen?«

Er saß hinter einem Schreibtisch, der fast bescheiden und klein wirkte gegen das Exemplar seines Assistenten und ließ sich von diesem Bericht erstatten.

Hinter ihm an der Wand hingen großformatige Ölportaits von WWI und WWWII.

»Zunächst eher schlecht«, berichtete Grindler und wiegte den Kopf. »Freeman hat den Doc vor seinen Augen erschossen, das hat er uns ziemlich übelgenommen. Aber ich habs wieder hingebogen. Nun sitzt ihm eine Heidenangst im Nacken, vor hartnäckigen Gruppen von Strikten, die immer noch hinter ihm her sein könnten. Und er glaubt jetzt, hier sei er ein wichtiger Teil eines geschäftlichen Projekts des mächtigen WWIII.«

»Um welches Projekt soll es denn dabei gehen?«

»Schwarzhandel mit Organen für Transplantationen. Das war alles, was er sich vorstellen konnte und mochte.«

Waylord lachte herzhaft.

»Du liebe Güte! Und er ist der Lieferant, wie? So verteufelt kleine Brötchen traut er mir zu? Was stellt er sich denn vor, wie man reich wird? Da könnte ich ja gleich Schnürsenkel aus dem Bauchladen verhökern.«

Grindler stimmte in Waylords ausgelassenes Lachen ein.

»Ich war schon versucht, ihm zu sagen, er sei nur so eine Art Lebensversicherung für Sie persönlich und einige Ihrer allerbesten Freunde. Aber dann ließ ich ihn lieber in dem Glauben, er spiele eine wichtige Rolle für Ihre Geschäfte. Das erleichtert es ihm, die radikale Beschneidung seiner Bewegungsfreiheit zu akzeptieren. Er hat ohnehin schon von einem ›goldenen Käfig‹ gesprochen. Ich bin nicht ganz sicher, wie lang die Angst vor religiös motivierter Verfolgung bei ihm vorhalten wird.«

»Wir werden sehen. Wenn es gar nicht mehr anders geht, müssen wir ihn eben in ein künstliches Koma versetzen, obwohl ich das am liebsten vermeiden würde. Ich befürchte nämlich, dass mangelnde Bewegung, mangelnde Aktivität generell, der Wertigkeit abträglich ist und einen faden Geschmack bewirkt. Er wohnt jetzt also oben, unterm Dach, in einem der Zimmer für das Hauspersonal?«

»So wie Sie es angeordnet haben.«

»Stellen Sie ihn doch umgehend dem medizinischen Team vor.

Die sollen ihm ein straffes Fitnessprogramm verordnen und ihm mit irgendetwas Angst machen, damit er es auch wirklich durchzieht. Guter Vorsatz schwindet schnell.«

»Ich habe veranlasst, dass ihm sein Scooter gebracht wird. Damit kann er viel im Park an der frischen Luft herumrollern. Zusätzlich zum Fitnessprogramm.«

»Sehr gut. Wie stehts denn nun mit dem Dinner am Sonntag abend? Eine Niere und eine Leber reichen da ja nicht aus. Ich würde den Termin aber nur sehr ungern verschieben. Der Senator kann es kaum mehr erwarten, die kulinarische Sensation, die ich ihm versprochen habe, endlich zu genießen und auch der Justizminister und seine Frau, ebenfalls große Connaisseure, lechzen schon danach. Aber wenns denn ganz und gar nicht geht... ich will keinesfalls einen Totalverlust riskieren. Das hat oberste Priorität.«

»Nun ja, ich bin weder Arzt noch Gourmet«, zog der Assistent sich aus der Affäre. »Das Grundproblem scheint mir aber darin zu liegen, dass ein einziger Lurch entschieden zu unproduktiv ist. Vielleicht sollten Sie noch einige Genetiker und Mediziner einkaufen, die in der Lage wären, das zu ändern. Kaffee?«

Eine enttäuschende Apokalypse

Ich genoss und erlitt eine religiöse Erziehung, und auch wenn ich nicht mehr an alles glaube, was man mir als Kind erzählt hat, so sind doch ganz tief in meinem Inneren einige Überzeugungen verblieben, feste Ansichten, beinah schon Gewissheiten über das Verhältnis, das Gott zu seiner Schöpfung haben mag.
Vielleicht ist das auch schon der eigentliche Grund dafür, warum ich jetzt im trüben Flackerlicht einer Kerze sitze und ein leeres, altes Schulheft vollschmiere, 16 Blatt A5, liniert ohne Rand, das ich in der aufklappbaren Eckbank gefunden habe, zusammen mit einem Drehbleistift.
Und dass ich hier nun versuche, Bericht zu erstatten, wem auch immer. Aber nein. So leicht wird es nicht werden mit den eigentlichen Gründen.
So viel glaube ich schon verstanden zu haben.
Gewissheiten. Genauso schwierig.
Beginnen wir am besten mit dem Anfang.
Dass es einen Gott geben muss, der die Welt und alles, was da rundherum existiert, geschaffen hat, fand ich immer direkt einleuchtend. Dem simplen Argument, irgendjemand müsse doch das alles gemacht haben, diesen ganzen, unfassbar komplizierten Krempel, konnte ich mich nicht verschließen.
Klar doch: Einfach alles war von jemandem gemacht worden. Wenn man drüber nachdachte, hatte alles einen Schöpfer, wenigstens einen Verursacher.
Außer Gott selbst. Da musste man aufpassen, wenn man nicht in die Falle tappen wollte. Denn Gott hat es einfach schon immer gegeben, weil er ewig ist, wie Pfarrer Tenhagen immer wieder feierlich predigte.
Ewig: Ein weiteres gefährliches Wort, über das man besser nicht nachdenkt.
Im Religionsunterricht hatte Tenhagen eine Geschichte erzählt, die uns, wie er sagte, die unvorstellbare und undenkbare Ewig-

keit ein wenig deutlicher vor Augen führen sollte. ›Hinter dem letzten Horizont‹, hatte er ausgemalt, ›also ganz am Ende der Welt, liegt ein riesiger Berg aus dem härtesten Granitgestein. Alle hundert Jahre kommt dort ein Vögelchen vorbei und wetzt den kleinen Schnabel an seinem Gipfel. Und wenn der ganze Berg abgewetzt sein wird, dann ist erst eine Sekunde der Ewigkeit vergangen.‹

Die Geschichte erschreckte mich und ich fuhr später noch lange Zeit aus dem Schlaf hoch, weil ich träumte, ich sei ein winzig kleiner Vogel, der einen gewaltigen Felsen abzuschleifen hatte. Im Traum konnte ich sogar spüren, wie arg mein Schnäbelchen schmerzte.

Dann fand ich eines Tages heraus, dass dieses furchterregende Bild aus einem alten Volksmärchen stammte. Ich war fünfzehn und zu alt, um noch an Märchen zu glauben, und ich hatte nach meiner Entdeckung diesen Traum nie wieder.

Ich wagte es sogar, meine Zweifel auf die Quellen des Pfarrers auszudehnen. Auch die Bibel, die er uns als eine Art Supergeschichtsbuch angepriesen hatte, entlarvte sich mir bald als Märchenbuch. Und wer weiß, wenn uns der Priester schon so viele Märchen erzählte, vielleicht hatte ja Gott doch auch selber einen Schöpfer. Vielleicht gab da es irgendwo, wahrscheinlich außerhalb des uns bekannten Universums, einen Ort, wo Götter in Serie hergestellt wurden, so wie Gartenzwerge. Kleine, große, dicke, dünne, ernste und ganz selten einmal einer mit Humor. Vielleicht betätigten sich auch gar nicht alle schöpferisch, sondern faulenzten lieber herum und ließen sich die Sonne, oder was sie da hatten, auf den Bauch scheinen.

Diesem Buddha-Kerl mit der Wampe, den ich damals noch für einen Gott hielt, hätte ich das zugetraut.

Und mutig trieb ich meine Ketzerei noch auf die Spitze, als ich argwöhnte, wir Menschengeschöpfe hätten offenbar das Pech gehabt, einen schlecht gelaunten, ziemlich verbiesterten Macho-Schöpfergott erwischt zu haben, der ständig alle mit unsinnigen Vorschriften traktierte. Deren Einhaltung überwachte er lückenlos und Verstöße dagegen bestrafte er hart, sofern man nicht be-

reute und ihm glaubhaft versicherte, man würde ihn lieben.
Was sehr schwer fiel bei seinem schwierigen Charakter.
Draußen gibts Krach den ich nicht einordnen kann.
Muss nachsehen.

Clint und Ronnie, zwei Brüder aus der Nachbarschaft, dumm
der eine, strohdumm der andere, haben ihre Geistesgaben zu-
sammengeworfen und versucht, die Tür zu meinem Schuppen
aufzubrechen.
Dabei war sie gar nicht abgeschlossen.
Wozu auch, ist ja nichts mehr drin.
Ich habe jedem von ihnen die erwartete Ohrfeige verabreicht,
damit alle sich besser fühlen können.
Für jede Art von Erziehung ist es ohnehin zu spät.

Irgendwie habe ich gerade das Gefühl, vom Thema abgekom-
men zu sein.
Aber andererseits - nein, ich denke, ich bin noch dran.
Ewigkeit. Wiederkehrende Zyklen verstehe ich besser.
Eine Linie, die irgendwo beginnt und nirgendwo enden soll, ist
verdächtig. Man kann nie sicher sein, ob sie nicht doch irgendwo aufhört. Ein Kreis dagegen ist eine überschaubare Form, die
unmittelbar einleuchtet. Man braucht dafür kein Vertrauen.
Jeder kann sehen, dass die Linie in sich selbst zurückläuft.
Das fand ich schon damals.
Tatsächlich machte ich mir mit fünfzehn mehr Gedanken über
Gott und die Welt als jemals zuvor oder auch wieder danach,
denn es dauerte nur noch bis sechzehn, dann war meine welt-
anschauliche Selbstfindung weitgehend beendet. Später war ich
nur mehr damit beschäftigt, das lockere Gerüst zu verstärken
und alles, was ihm im Weg war, zu beseitigen. Ein elegantes und
ästhetisch ansprechendes Bauwerk ist dabei nicht herausge-
kommen, eher ein zusammengewürfeltes, geflicktes Baumhaus,
das sich mit allerlei komischen Verankerungen und Versteifun-
gen in eine Astgabel spreizte, um nicht abzustürzen.
Aber es war das beste, das ich bekommen konnte.

Einfach und überzeugend.

Und es war meins. Wer braucht da noch Kathedralen?

So ist es bei mir gelaufen.

Andere waren vielleicht nicht so störrisch und eigensinnig und verließen sich lieber auf die Märchen, die irgendein Tenhagen ihnen erzählte.

Warum schreibe ich das nur alles auf? Wem sollte ich denn noch Bericht erstatten, wo es doch bald keinen mehr geben wird, der ihn noch zur Kenntnis nehmen könnte.

Vielleicht ist es doch eher ein Beschwerdebrief als ein Bericht. Adressiert an einen, der immer noch ein wenig herumspukt in meinem mühsam zurechtgezimmerten Bretterbaumhaus, das sich trotz aller Mängel als erfreulich haltbar erwiesen hat.

Draußen hatte es eben geknallt wie bei einer Schießerei.

Habe nachgesehen, aber es waren nur Fehlzündungen. Derlei kommt jetzt öfter vor, weil der Sprit rationiert ist und die Leute ihn mit allem möglichen Zeug pantschen.

Das ist dann auch schon alles, was ihnen dazu einfällt.

Die meisten Tankstellen sind ganz ausgefallen, ohne Strom für die Pumpen, aber wer gedacht hat, dass jetzt marodierende Motorradbanden auf der Suche nach Benzin herumbrettern würden, wurde herb enttäuscht. Vielleicht tun sie das irgendwo in Australien oder in den Hollywood Hills, ich weiß es nicht, weil man ja nichts mehr erfährt aus Gegenden, die weiter weg sind als die nächste größere Ortschaft, ganz so, wie es früher mal war.

Hier jedenfalls läuft bis jetzt alles recht unaufgeregt, und ohne dass kriminelle Energie in großem Maßstab freigesetzt wurde. Brave, praktisch denkende Leute bis zuletzt. Sie haben kleine, lokale Lösungen gefunden, die das Leben hier noch eine Weile aufrechterhalten. Und danach ist eben Schluss.

Wir langweilen uns zu Tode.

Wenn das jetzt enttäuscht klingt: Ja, ich gebe zu, ich bin enttäuscht. Nicht wegen des Fehlens von post-apokalyptischen Szenarien, auf die ich vorhin angespielt habe.

Denn was heißt das schon: post-apokalyptisch?

Ich bin alt genug, um noch ein gedrucktes Lexikon zu besitzen. Ich habe nachgeschlagen im zwölfbändigen Hammesland und da steht:

›Postapokalypse nennt man die Aera nach einem Ereignis von katastrophalen Ausmaßen, das die Vernichtung der Menschheit in ihrer Gesamtheit oder in großen Teilen zur Folge hatte. Jegliche Zivilisation ist dadurch vernichtet worden und die alten Gesellschaftsordnungen wurden außer Kraft gesetzt durch archaische Gewaltsysteme.‹

Aber worüber ich hier berichte, das ist keine Apokalypse, die einer überleben könnte. Was hier und jetzt geschieht, ist endgültig: Das Ende unseres Universums.

Und doch so gar nicht das, was ich - und ich wage zu behaupten: nicht nur ich, sondern sehr viele Menschen - sich darunter vorgestellt hatten.

Keiner hat die Art und Weise kommen sehen, wie es uns nun erwischt hat. Schon gar nicht dieser Träumer Johannes von Patmos, der es mit seinen kruden Prophezeiungen im vierten Jahrhundert gerade noch vor Redaktionsschluss in die Bibel schaffte, allerdings ohne den Segen der meisten Ostkirchen.

Was für ein buntes Spektakel hat uns nicht dieser Mann da versprochen, was für eine gigantische Inszenierung von Zeichen, Plagen und Schlachten, ein Panoptikum aus Feuer, Erdbeben, Stürmen, Hagel und Blut!

So wird eine Schöpfung ausgelöscht, für die man sich noch interessiert, so wird den Geschöpfen, gehorsamen wie ketzerischen, gezeigt, wer der große Zampano ist, der Herrscher des Himmels und der Erden!

Gut, vielleicht ist das alles dramaturgisch überzogen, zu sehr in den Effekt verliebt, mit zuviel Theaterdonner, Posaunengeschmetter und Orgelgebraus.

Und vor allem mit zu vielen Längen an manchen Stellen.

Trotzdem: Lesen Sie das Ganze mal nach, wenn Sie noch irgendwo eine Bibel herumliegen haben. Schauen Sie in die Schubladen der Nachttische, dort findet man zuweilen noch welche.

Sie werden sehen, die Geschichte ist wirklich originell und ikonisch und hat über die Jahrhunderte hinweg zahllose Künstler zu anrührenden und erschütternden Werken inspiriert, die sich tief ins kollektive Bewusstsein der Menschheit eingegraben haben.

Und dann das!

Draußen kühlt die Luft mehr und mehr ab in der Dauernacht, die seit drei Tagen alles verdunkelt. Dem Kalender nach ist Hochsommer und eigentlich müssten wir unter feuchter Hitze stöhnen. So aber muss man damit rechnen, dass bald der erste Schnee fällt. Im Juli.

Ich höre die Schlauberger, die in meinem Kopf sitzen, lästern: ›Hört hört, tagelange Dauernacht und Schnee im Sommer, und er nörgelt herum und hat Langeweile!‹

Aber ich sage nur, das ist nicht dasselbe, wie das Finale eines Stücks zu erleben. Einen sinnvollen, dramatischen Schluss, der einem ans Herz greift, womöglich Einsichten verschafft, im allerbesten Fall.

Nein, viel eher ist es doch so, dass der Vorhang längst gefallen ist und nur noch die Arbeiter sind auf der Bühne und erledigen, was eben so anfällt nach dem Ende eines Stücks. Hängen die Kostüme weg. Schieben die Kulissen fort.

Das will doch keiner sehen! Dafür sind wir nicht gekommen.

Was wir jetzt erleben, ist nicht mehr als logisch und konsequent. Auch wenn man nicht daran gedacht hat, dass es passieren würde, hat es nichts Sensationelles. Es entlockt uns nur ein Schulterzucken zerstreuter Einsichtigkeit: Ach ja, richtig. Noch gar nicht dran gedacht.

Klar, dass es jetzt bald grimmig kalt wird.

Auch wenn der glutflüssige Erdkern den Planeten stellenweise noch ein wenig warm hält, wird trotzdem bald alles im Eis erstarren.

Klar, dass der globale Austausch von Waren und Informationen zum Erliegen kommt, wenn die Satelliten alle ausfallen und auch die Sterne nicht mehr für die Navigation genutzt werden können.

Klar, dass bald der große Blackout kommt, der globale Strom-
ausfall, weil immer mehr Energie gebraucht wird, während in
der gleichen Zeit immer weniger produziert werden kann, in
ewiger Nacht und Kälte.

Klar auch die letzte Konsequenz, dass jedes Leben enden wird,
auf die eine oder andere Weise und dass wir es mit all unseren
technischen Möglichkeiten nur ein paar Wochen oder vielleicht
Monate hinauszögern können.

Und sollten wir das überhaupt tun? Uns wehren? Unsere Haut
so teuer wie möglich verkaufen, wie es so schön heißt? Gibt es
denn einen Interessenten, der sie gern erwerben würde?

Ich fürchte, sie ist keinen Cent mehr wert.

Alle Kommunikations-Strukturen, die größere Räume verbunden haben, sind zusammengebrochen. Radio, Fernsehen, Tele-
fonnetze, Internet: Nur mehr Rauschen und stumme Geräte.

Niemand weiß also, was die Menschheit beschlossen hat.

Nein, falsch: Es gibt so etwas wie eine Menschheit nicht mehr,
sie hat sich in ihre Atome aufgelöst, bildet nur noch kleine
Moleküle mit Atomen in nächster Nähe um sie herum.

Meine Nachbar-Atome hier in der Gegend scheinen keine gros-
sen Visionen zu haben, nur alle Hände voll zu tun, um das
Überleben in den nächsten Stunden zu sichern. Und sie haben
Angst, Angst, die sie tapfer hinter ihren gemeinnützigen Aktivitäten verbergen.

Gerade lassen sie einen Lautsprecherwagen herumfahren, der
sich im Schritttempo hinter zwei verlorenen Lichtstrahlen her
durch die pechschwarze Nacht tastet.

Wer keine Vorräte mehr im Haus habe, sei es zum Trinken oder
zum Essen, ebenso wer nicht mehr heizen könne, solle sich
bemerkbar machen und vor die Tür kommen. Sie würden ihn
dann mitnehmen zur Turnhalle der Elementarschule, wo ein
Behelfsquartier eingerichtet worden sei.

Rührend, wie sie mit großem Ernst ihre Notfallpläne durch-
ziehen und den Weltuntergang wie eine gewöhnliche Über-
schwemmung oder einen schlichten Sturm behandeln. Würden
sie es aus wissender Beharrlichkeit heraus tun, und nicht aus

gehorsamer Pflichterfüllung, wären es für mich tragische Helden und ich würde sie bewundern für die souveräne Geringschätzung, die sie der Gewissheit ihres Scheiterns entgegenbringen. So finde ich sie ein wenig lächerlich, aber ich beneide sie um ihr Wissen darüber, was sie zu tun haben.

Das haben sie mir voraus.

Allerdings bin ich mir ganz sicher, dass ich nicht vors Haus gehen und darum bitten werde, dass sie mich in die Notunterkunft bringen. Obwohl ich nur noch ein paar Flaschen Mineralwasser, eine Dose Linseneintopf und ein paar Fischkonserven habe. Mir fehlt einfach die Lust, meine letzten Stunden damit zuzubringen, dumme, aufbauende Geschichten anzuhören, wie vielleicht doch nochmal alles gut werden könnte. Oder dass man einfach nur auf Gott vertrauen müsse.

Lieber verhungere ich hier im Haus. Verdursten werde ich wohl eher nicht, obwohl aus dem Wasserhahn nur mehr ein komischer Geruch kommt. Bis mein Sprudel aufgebraucht ist, hat es es bestimmt schon so viel geschneit, dass man Schnee auftauen und trinken kann.

Und wenn ich die Möbel zerkleinere und im Kaminofen verbrenne, kann ich noch eine Zeitlang im Warmen sitzen.

Aber soll ich wirklich warten, bis das Unvermeidliche eintritt, oder soll ich dabei nachhelfen? Mir aktive Sterbehilfe leisten, solange ich noch bei Kräften bin?

Ich habe keine Schusswaffe im Haus wie die meisten anderen hier. Ein paar Küchenmesser, eines davon sogar ziemlich scharf, allerdings nur zum Schneiden geeignet, nicht zum Stechen. Damit könnte man sich sicher selber die Kehle durchschneiden, wenn man den ausreichenden Selbstvernichtungswillen hätte. Mir fehlt er bislang.

Die Pulsadern aufschneiden wäre eine Option, nur stelle ich mir die Wartezeit unangenehm vor, wenn man in einer klebrigen, nach rostendem Eisen riechenden Blutlache sitzt, während einem das Leben aus dem Körper rinnt.

Ich hätte es gern schneller. Einfach den Finger krumm machen und bumm, fertig aus. Warum habe ich nur diese Angst vor allem was knallt. Ob man den Knall überhaupt noch hört? Jetzt werde ich das wohl nie mehr erfahren.

Einfach nichts mehr trinken wird wohl nicht gehen. Man tut es einfach, wenn man am Austrocknen ist. Genauso, wie man auch nicht einfach mit dem Atmen aufhören kann.

Das jüngste Gericht.

Der finale Prozess wird uns wohl auch vorenthalten werden, so wie das ganze übrige apokalyptische Spektakel auch. Dass die Menschheit verderbt und das Überleben nicht wert ist, weiß zwar jeder gewöhnliche Kulturpessimist, aber ein ordentlicher, amtlicher Dies Irae, ein Tag des Zorns und der Abrechnung, sollte schon sein. Einfach so sang- und klanglos in den Mülleimer geworfen zu werden, ist für uns Geschöpfe höchst demütigend. Schließlich hat der Alte uns angeblich einen freien Willen gegeben, mit dem wir uns auch gegen ihn entscheiden könnten. Es sollte ein wenig mehr Aufmerksamkeit wert sein, wie es denn nun ausging: Für oder gegen ihn?

War das Ergebnis etwa so blamabel, war er so wenig überzeugend, dass er den Doomsday lieber gleich ganz ausfallen lässt? Aber das hätte er, der Allwissende doch schon immer gewusst. Er kann von den Entscheidungen seiner Geschöpflinge nicht überrascht werden. Nur, was heißt das dann für deren Freiheit? In solchen Logiklabyrinthen hat man uns herumirren lassen damals, Labyrinthen, in denen man nie zum Zentrum kam, sondern immer nur zurück zum Anfang. Und an dem stand dann immer irgendein Gottesmann und belehrte uns weise lächelnd, dass nur der Glaube ein zuverlässiger Führer sei, und nicht der Verstand. Der würde uns nur in die Irre führen. Eine Probe der Glaubensstärke. Eine Falle also, vom Herrn selbst uns gestellt, uns Heutigen, denn mit uns redet er ja nicht mehr, so wie mit denen aus der Bibel. Die brauchten keinen Glauben.

Wie fair ist das denn bitte?

Noch bin ich nicht tot. Bleibt also immer noch die Hoffnung, dass uns der alte Mann, als den wir ihn so gerne gemalt haben, um ihm mehr Würde und Autorität zu verleihen, wenigstens zum Einzelgericht antreten läßt. Ich hätte ihm da einiges zu sagen. Auf meine Gebete hat er ja nie geantwortet.

Gerade habe ich durchgelesen, was ich zuletzt geschrieben habe und finde es ziemlich ernüchternd. Jämmerliches Hadern mit Gott! Immer noch wate ich bis zu den Knöcheln in dem Sumpf herum, den ich schon seit meiner Jugendzeit glaubte verlassen zu haben. Aber wenigstens steht mir die trübe Brühe nicht mehr bis zum Hals.

Interessant jedenfalls, zu sehen, was sich bis heute gehalten hat, außer der wachsenden Gewissheit, dass kein Gott sich um uns kümmert, meine ich. Wie mir scheint, ist es der Wunsch nach einer gründlichen, objektiven Bewertung meines Lebens. Eine bis ins Letzte gehende Abwägung, unter intellektuellen und moralischen Gesichtspunkten, durch eine allwissende und neutrale Instanz; ich weiß also nicht, ob Gott wirklich der Richtige wäre für so ein Gericht.

Ich vermute, dieser Wunsch entspringt einem Bedürfnis nach Wahrheit und Gerechtigkeit, einerseits. Andererseits aber auch einer unbescheidenen Gewissheit, dass ich im Recht bin mit meinen Überzeugungen und dass Gott, bleiben wir mal bei ihm als Richter, wenn er denn wirklich so ist, wie er sein sollte, all die Frömmler, Pfaffen, Heuchler und engstirnigen Eiferer hinausprügeln wird aus seinem Haus, um dann lächelnd die Tür für mich zu öffnen.

Demut ist in meinen Augen keine Tugend, sondern nichts als feige Unterwerfung.

Gehorsam hielt ich schon immer für würdelos.

Das verquere Ethos unbedingter Gefolgschaftstreue der Samurai des alten Japan konnte ich nie nachvollziehen, nicht einmal, als ich noch in einem Alter war, in dem die folgsamen Schwertschwinger Kult waren.

Wenn ich also so erpicht bin auf eine Beurteilung, dann sicher nicht, um gesenkten Hauptes das Urteil anzunehmen, sondern vielmehr, um bei Nichtgefallen jedem Richter unverzüglich die Kompetenz abzusprechen oder ihn für befangen zu erklären. Notfalls würde ich ihm sogar die moralische Integrität bestreiten. Im Grunde glaube ich ja, wie wir alle, dass ich mir eine schöne Belohnung verdient habe, dafür, dass ich so lange so wacker durchgehalten habe mit dem Leben, so hart wie es oft war. Also bin ich mir ziemlich sicher, dass ich wenigstens Recht bekommen werde.

Was könnte man also nun einem derartig aufsässigen Geschöpf Schlimmeres antun, als es mit seiner ganzen wilden Streit- und Bekenntnislust einfach zu ignorieren, sich gar nicht zu interessieren für sein Leben und die Gedanken und Taten, die es hervorgebracht hat?

Nichts wäre perfider als das:

Ihn eines Gerichts gar nicht für wert zu befinden, ebensowenig, wie man einem Käfer Recht spricht, einer Pflanze oder einem Stein.

Schreibe ich das hier also, weil ich denke oder hoffe, dass Information nicht verlorengeht? Kein einziges Bit, nicht einmal beim Untergang eines ganzen Universums?

Und weil ich glaube, dass jede Information Folgen hat?

Oder doch nur, um der Angst zu begegnen, die mich ergreift angesichts des grausamen Nichts, das alles auffrisst. Angst vor der restlosen, rückstandlosen Auslöschung.

Ist denn da noch etwas in der Dunkelheit? Oder sind die Sterne nicht nur erloschen, sondern ganz und gar verschwunden, nicht nur mit all ihrer Energie, sondern auch mit ihrer ganzen Materie? Wer könnte das jetzt noch sagen, wo uns die Sicherheit genommen wurde, dass Naturgesetze immer und überall Bestand haben, solange der Kosmos existiert.

Dabei ist doch noch nicht einmal eine einzige Sekunde der Ewigkeit vergangen!

Ob wohl Tenhagen noch lebt?

Nicht völlig ausgeschlossen, obwohl er dann schon an die neunzig sein müsste. Ich wüsste ja liebend gern, was er zu diesem Schlamassel sagt, oder gesagt hätte. Vermutlich etwas wie ›Dör Hörr hat das Licht göschaffön, also kann ör ös auch wiedör wögnöhmön.‹

Die Kerle biegen sich ja immer alles irgendwie passend zurecht.
Für die Annalen, welcher Art auch immer; für die Verwalter der unzerstörbaren Information vielleicht:
Begonnen hat das alles vor etwa einem halben Jahr.
Erste Berichte über Anomalien tauchten auf, zuerst nur in Fachzeitschriften für Astronomie und Astrophysik, dann auch vereinzelt in den Wissenschafts-Rubriken von großen Print- und Online-Publikationen. Da sprach man von einem ›Rätsel der universellen Extinktion‹. Sehr weit entfernte Objekte am Rand des beobachtbaren Universums waren auf einmal nicht mehr auffindbar, obwohl sie allesamt mit ihren genauen Koordinaten registriert und katalogisiert worden waren.
Keinerlei Strahlung irgendeiner Art konnte an diesen Stellen noch gemessen werden, kein sichtbares Licht noch Radiowellen, Infrarot-, Röntgen- oder Gammastrahlung.
Als wären die Energiequellen, die sich dort einmal befunden haben mussten, einfach ausgepustet worden.
Das Phänomen, zuerst nur sporadisch beobachtet, breitete sich sehr schnell aus und dann berichteten allmählich alle Medien darüber, unter zunehmend unseriöser und hysterischer werdenden Schlagzeilen wie ›Was ist los am Rand des Kosmos?‹, ›Sternenklau beunruhigt Astronomen‹, ›Das ganze Universum schrumpft uns entgegen‹ oder ›Wissenschaftler erwarten den Weltuntergang‹.
Eine Balkenüberschrift mit schönem Galgenhumor ist mir besonders im Gedächtnis haften geblieben:
›Der Letzte macht das Licht aus‹.
Es ist kalt geworden im Haus. Ob ich den Ofen anheize? Bevor ich nicht fertig bin mit meiner Beschwerde beim Universum werde ich hier den Löffel nicht abgeben.

Habe das letzte Brennholz aus dem Carport geholt. Kaum zu glauben, dass es noch da war. Dafür fehlt der Rover. Sollen sie ihn haben. Wohin glauben sie denn noch fahren zu müssen?
Gleich ist es wieder warm hier drin und meine steifen Finger werden wieder etwas beweglicher.

Auf der Suche nach einem Ersatz für die heruntergebrannte Kerze habe ich im Küchenschrank eine Flasche Jack-Rackham-Rum gefunden, ein Geschenk, Jahre zurück, als ich mein Lebensquantum an Alkohol schon längst aufgebraucht hatte.

Vielleicht gehe ich mit der Flasche raus, sobald es richtig klirrend kalt ist, setze mich im Wald unter einen Baum und trinke auf den Abschied. Das Zeug hat stolze 55 Volumenprozent.

Einfach runterkippen, einschlafen und nie mehr aufwachen.

Die Extinktion kam aus der Richtung des Sternbildes Schwan, betraf dort zunächst die allerentferntesten Objekte und griff dann auf weitere über, die immer weniger weit entfernt waren. Die Geschwindigkeit, mit der sie sich ausbreitete, war unfassbar groß: Die Wissenschaftler berechneten, dass es nur sechs Monate dauern würde, bis auch unsere Sonne erfasst würde. Rückblickend kann man wohl sagen, dass sie bewundernswert genaue Prognosen abgaben.

Das allergrößte Rätsel dabei war offenbar die Zeit.

Ich las viele populäre Abhandlungen dazu, aber da ging es mir schon nach einigen Absätzen wie mit der Ewigkeit und der Frage, wer Gott gemacht hat. Ich versuchte deshalb gar nicht erst, zu verstehen, worüber die Gelehrten sich da stritten. Irgendwie ging es um die Frage, wie es möglich war, dass sich die Extinktion mit Überlichtgeschwindigkeit ausbreitete und warum wir sie so sahen, wie wir sie sahen, wo doch die verlöschenden Objekte Milliarden von Lichtjahren voneinander entfernt waren.

Da uns die meisten Sterne, die wir am Firmament mit bloßem Auge sehen konnten, sehr nah waren, erloschen diese natürlich erst ganz zuletzt, weshalb das Ereignis bis zum Showdown, dem Erlöschen unserer Sonne, kaum auffiel, wenn man einfach so in den lichtverschmutzten Nachthimmel blickte.

Vielleicht war das auch der Grund, warum die Leute kaum in Panik gerieten, trotz der Hysterie der Medien: Es war einfach unspektakulär. Als würde in einem Planetarium stufenweise der große Projektor abgeschaltet.

Aber wenn es das nun wirklich gewesen sein sollte, na gut, dann

war es eben so. Man konnte nichts dagegen tun, dass es ge-
schah, konnte es nicht aufhalten und für die Zeit nach dem
›Sunout‹, wie das Ereignis jetzt meist genannt wurde, gab es ja
Katastrophenpläne. Das war eine weitverbreitete Einstellung, die
auch von der Regierung und den Behörden, die in erster Linie
Unruhen vermeiden wollten, gern gesehen wurde.

Ich habe nun doch schon einen Schluck vom Rum getrunken,
weil mir kalt war. Der Ofen zieht nicht richtig, rußt dafür umso
mehr und raucht das Zimmer voll. Wahrscheinlich ist was im
Kamin, ein toter Vogel vielleicht.
Die 55 Prozent merkt man schnell, wenn man so viele Jahre keinen Tropfen mehr angerührt hat.
Man kommt sehr schnell auf komische Gedanken.
Auf einmal ist eine Geschichte wieder in meinem Kopf, an die
ich nicht mehr gedacht habe, seit ich hierher kam. Ich beuge
mich wieder über das Geländer und drunten, im reißenden
Fluss, treibt Sharkys Kopf, tanzt wie ein Korken auf den Wellen
und ich höre ihn schreien: »Das wirst du nie wieder los, hörst
du? Das verfolgt dich bis an dein Ende!«
Dann geht er unter und taucht nicht wieder auf.
Aber was sollte ich tun? Jeder, der die Geschichte kennt, wird
mir recht geben. Und ich meine die ganze Geschichte, mit allen
Einzelheiten. Mag schon sein, dass ich Schuld auf mich geladen
habe, simpel betrachtet. Aber Harry Sharko war ein durch und
durch skrupelloser Mensch, Gift für jeden, der mit ihm zu tun
hatte. Ich habe damals entschieden, die Welt sei besser dran
ohne ihn. Eine einsame und unbequeme Entscheidung.
Ich entschied, das Leben vieler wiege mehr als mein feiges, ego-
istisches kleines Gewissen, das sich nicht schmutzig machen
will. Ich denke, das ist wahrhaft selbstlos: Die ewige Verdammnis zu riskieren, weil das gute Werk als Todsünde zählt, die
nicht einmal ehrlichen Herzens bereut werden kann.

Die letzte Seite.
Was bleibt noch zu sagen?

Nur so viel: Die Toten, die uns lieb waren, werden wir nicht wiedersehen. Die wichtigen Fragen, auf die wir zu Lebzeiten keine Antwort hatten, bleiben unbeantwortet. Und den Sinn unseres Lebens, den wir selber nicht finden konnten, wird keiner uns offenbaren. Keiner nimmt uns an der Hand, wie ein Erwachsener ein neugieriges Kind, um uns alles zu zeigen, uns den Schmetterlingseffekt zu erklären, bis hinein in die feinsten Verästelungen seines Kausalgeflechts.

Und, ja, selig sind wohl die Skrupellosen, die sich der irdischen Gerechtigkeit entziehen konnten, denn sie werden mit ihren Untaten ungeschoren davonkommen.

Selig auch die Verbohrten und Fanatiker, denn sie werden nie eines Besseren belehrt werden.

All das finde ich tief enttäuschend.

Dass keine Gerechtigkeit und keine Erleuchtung am Ende steht.

Wie sagte doch der alte Ginzano zu mir, damals in seiner Kneipe, am Ende einer Nacht, totgeschlagen mit endlosem Gerede über Religion und Glauben:

›Wenn du deinen warmen Mantel wegwirfst, weil es nur ein Webpelz ist und kein Nerz, darfst du dich nicht wundern, wenn du im Winter frierst.‹

Mag sein, ich hätte das Kunstfell anbehalten sollen, in das meine Eltern mich gesteckt hatten. Aber wer einmal so wagemutig war, sich seinem Glauben mit dem Kopf zu nähern, für den gibt es keinen Weg mehr zurück in die trügerische Wärme.

Grade eben habe ich den qualmenden Ofen mit dem alten Pulverlöscher erstickt.

Jetzt sieht es im Zimmer aus, als hätte es geschneit und mir kriecht die Kälte des sterbenden Alls in die morschen Knochen. Aber damit komme ich gut klar, viel besser jedenfalls als mit allen Optionen, die einem die Luft zum Atmen entziehen, wie Ersticken, Ertrinken oder Erhängen. Und so eiskalt, wie es nun plötzlich geworden ist, kann ich mir meinen letzten Gang in den Wald wohl sparen; ich hätte ohnehin nicht mehr die Kraft dazu. Also komm zu mir, Jack mein Freund, ein Prost auf das

nächste Universum! Vielleicht bin ich ja wieder mit dabei, ich oder eine Blaupause von mir, wenn aufs Neue ein gelangweilter Gott versucht, sich die Sekunden der Ewigkeit zu verkürzen.
Fände er doch einen wie mich womöglich spannender als tausend gehorsame Diener.

Im Büro des Dienststellenleiters klappte Chief Rainfors das Schulheft zu und legte die seltsame Hinterlassenschaft behutsam auf den Schreibtisch.
Als die Dunkelwelle weitergezogen war, die jede Art von Strahlung blockiert und absorbiert hatte, erholte sich die Erde überraschend schnell von den Folgen des bislang gänzlich unbekannten Phänomens.
Nur die professionellen Sternenforscher und Kosmos-Theoretiker würden sicher noch sehr lange damit beschäftigt sein, das gigantische, monolithische Ereignis zu verstehen und in ihre Denkmodelle, Gleichungen und computergestützten Simulationen zu integrieren.
Kurz nachdem der Sunout wieder vorbei gewesen war, hatten zwei Männer vom örtlichen Katastrophenschutz den Rover des bärbeißigen alten Gerber aufgefunden.
Kurzgeschlossen und mit leerem Tank, aber unbeschädigt.
Sie hatten ihm einige Liter Treibstoff aus ihren Kanistern spendiert und den Wagen dann zu Gerbers Haus gefahren.
Als ihnen auf ihr Klopfen nicht geöffnet wurde, schauten sie durch die Fenster und entdeckten einen Körper, der bewegungslos auf dem Boden lag. Sie verschafften sich Zutritt zum Haus und fanden den Alten verletzt, aber noch lebend vor.
Er war stark unterkühlt, wies eine blutende Platzwunde am Kopf auf und roch nach Alkohol. Offenbar hatte er die Flasche Rum geleert, die neben ihm auf dem Boden lag.
Kein ungewöhnlicher Vorgang, denn eine Menge Leute hatte sich in Erwartung der nahenden Apokalypse rasch über die

340

Vorräte an Hochprozentigem in der Hausbar hergemacht und über das, was sich bei ihnen an Alkoholischem sonst noch so fand in Kühlschränken, Bierkisten oder Weinkellern.

Viele dieser ›Doomsday-Säufer‹ verstopften jetzt die Notaufnahmen der Krankenhäuser, wo sie mit ausgepumpten Mägen und tropfenden Infusionsbeuteln auf den Gängen herumlagen.

Gerber hingegen, der in viel geringerem Maß alkoholisiert war, hatte es dennoch ernster erwischt:

Bei seiner letzten Sause war er wohl gestürzt, hatte sich eine schwere Schädelverletzung zugezogen und das Bewusstsein verloren. Auf der Intensivstation der St.-Peters-Klinik, zwischen piependen und blinkenden Monitoren, hing er nun zwischen Leben und Tod im Koma, angeschlossen an ein Gerät, das leise fauchend für ihn atmete, und an ein wirres Dickicht von Kabeln und Schläuchen. Keiner der Ärzte konnte sagen, ob er wieder aufwachen würde und falls ja, wann und in welchem Zustand.

Das Heft, das der streitbare Alte offenbar bis ganz zuletzt noch im Schein einer nun heruntergebrannten Kerze vollgeschrieben hatte, schien den Männern von Belang, denn es hätte ja ein Testament sein können, für wen auch immer, und so hatten sie es mitgebracht.

Rainfors nahm es wieder auf und blätterte eine Weile darin.

»Wer weiß«, sagte der Beamte dann nachdenklich, »vielleicht bekommst du ja doch noch deinen Prozess, alter Mann. Ich würde nur zu gern sehen, wie dir der Richter gefällt.«

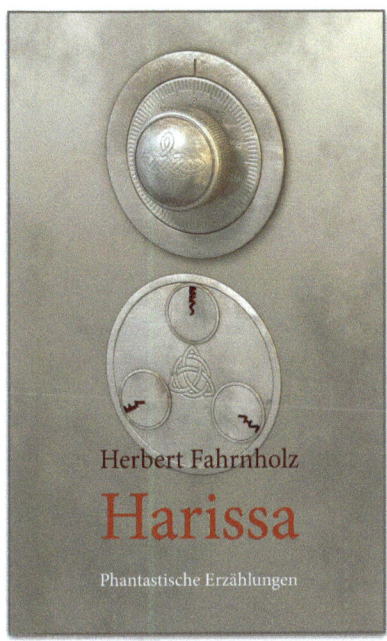

Herbert Fahrnholz

Harissa

Phantastische Erzählungen

- Eine Gruppe von Amateurforschern gerät auf einer Exkursion in den Untergrund einer riesigen Stadt in höchste Gefahr;
- ein Journalist sucht einen verschwundenen Kollegen und stößt dabei auf ein äußerst merkwürdiges Phänomen;
- einem begabten jungen Schlossknacker wird von einer verführerischen Frau eine Aufgabe gestellt, an der er zu scheitern droht;
- zwei Betatester von Simulations-Software verstricken sich in ein bedrohliches Gedankenlabyrinth;
- der Betreiber einer Retro-Kneipe bringt einen betrunkenen Gast nach Hause und scheint dabei etwas auszulösen, das für beide gravierende Folgen hat.

Ungewöhnliche Szenarien im Umfeld einer imaginären Megacity, die, kaum mehr regierbar, an ihren Rändern bereits zu verfallen beginnt, führen den Leser in ein Grenzgebiet zwischen Realität und Fiktion, in dem die wahre Natur der berichteten Ereignisse nicht immer eindeutig geklärt werden kann.

ISBN 978-3-7386-2796-1

- Ein privater Ermittler versucht, destruktive archaische Kräfte zu seinem höchstpersönlichen Vorteil zu nutzen;
- eine zum Tod verurteilte Mörderin, die ihre Hinrichtung überlebt hat, wird Opfer eines skrupellosen Spiels;
- drei Straßenkünstler mit einem Hang zu ungesetzlichen Handlungen müssen vor der Polizei in den riesigen, von allen gemiedenen Stadtwald fliehen;
- ein junges Mädchen, das auf der Straße lebt, gerät zufällig ins Fadenkreuz einer mörderischen, als Hundefänger getarnten Bande, die in den Randbezirken der Stadt eine obskure Todesliste abarbeitet.

Außergewöhnliche Szenarien, eindrucksvoll geschilderte Schauplätze, überraschende Wendungen und verblüffende Schlusspointen machen die vorliegende Kurzgeschichten-Sammlung zum idealen Lesestoff für alle, die spannende Unterhaltung mit Niveau schätzen.

ISBN 978-3-7528-3517-5

Herbert Fahrnholz

ZWISCHEN
DEN RÄNDERN

Roman

Ein riesiges Loch, exakt kreisrund, unmessbar tief und von unnatürlich
scharfen Rändern begrenzt, klafft plötzlich in einer Straße der Mega-
City. Auch von zwei angrenzenden Gebäuden fehlen Teile und mit
ihnen sind vierzig Menschen verschwunden.
Nachdem sich die erste Panik gelegt hat, versucht ein internationales
Forscherteam zu ergründen, was sich in dem großstädtischen Prob-
lemviertel zugetragen hat. Aber ist der Leiter des Teams wirklich an
der Aufklärung des rätselhaften Phänomens interessiert? Ein Sonder-
ermittler des Magistrats trifft ein, ebenso eine mysteriöse Beamtin und
ihre schlagkräftige Assistentin. Bald ist vor Ort eine Gruppe von Menschen versammelt, die sich gegenseitig argwöhnisch belauern und von
denen kaum einer wirklich das ist, was er zu sein vorgibt …
Ein spannender Roman, der verschiedene Genres wie Urban Fiction,
Scifi und Krimi in einer unterhaltsam zu lesenden Handlung vereint.

ISBN 9783732232697